Spiegelbeeld

Van dezelfde auteur

Amos Decker
De geheugenman
De laatste mijl
Het motief
Doodskleur
Verlossing
Ondergronds

Atlee Pine
De lange weg naar genade
Eén minuut voor middernacht
Daglicht

Aloysius Archer
Een goede daad
Dodelijk spel

Camel Club
De samenzwering
De verzamelaars
De verraders
De rechtvaardigen
Rechteloos

John Puller
De provocatie
Vergeten
De ontsnapping
Niemandsland

King & Maxwell
Onbewaakt ogenblik
Het uur van de zonde
Geniaal geheim
Familieverraad
De zesde man
King & Maxwell

Shaw
Niets dan de waarheid
Verlos ons van het kwaad

Will Robie
Onschuldig
De aanslag
Doelwit
De schuldigen
Eindspel

Overige thrillers
Het recht van de macht
Op eigen gezag
Duister lot
Vuil spel
Onder druk
De laatste man
In het geheim

Wilt u op de hoogte gehouden worden van de thrillers van David Baldacci? Meld u dan aan voor de nieuwsbrief via www.baldacci.nl of volg www.facebook.com/DavidBaldacciFanpage. Andere leestips zijn te vinden op www.awbruna.nl.

David Baldacci

Spiegelbeeld

A.W. Bruna Uitgevers

Oorspronkelijke titel
Mercy

Published by arrangement with Lennart Sane Agency AB.
Vertaling
Jolanda te Lindert
Omslagbeeld

Omslagontwerp
Studio Jan de Boer

ISBN 978 94 005 1283 2
NUR 332

Ter herinnering aan de geweldige en geliefde Finnegan,
mijn beste vriend.
We zullen je nooit vergeten.
Je bent vijftien jaar een bijzonder lid geweest van ons gezin.
Dank je wel.

1

Centimeter voor centimeter werd de gehavende doodskist uit het graf getakeld waar hij bijna twintig jaar in had gelegen. Atlee Pine keek ernaar. Kisten en lichamen hoorden niet opgegraven te worden. Die hoorden dáár te blijven waar ze waren begraven, in elk geval tot de zon doofde en afscheid nam van alle leven op aarde.

Zo'n dag was het dus voor Pine.

Zo'n jaar, eigenlijk.

Ze keek naar de zwarte kraai die op een tak van de kwijnende dennenboom boven het geopende graf zat te krassen. De vogel leek te denken dat zijn lunch in een lunchtrommeltje zat, en hij begon nu ongeduldig te worden.

Nou, ik ben al dertig jaar ongeduldig, dacht Pine.

Op blote voeten was ze bijna 1 meter 80 en ze had een gespierd lichaam, doordat ze al jarenlang aan gewichtheffen deed, eerst om sportprijzen te winnen en tegenwoordig om te voldoen aan de zware eisen die haar beroep aan haar stelde. Sommige agenten zaten voornamelijk op een stoel naar hun computerscherm te staren of hielden toezicht op agenten op straat. Pine hoorde daar niet bij.

Haar normale werkgebied was in Arizona, vlak bij de Grand Canyon. Het was een enorm gebied en zij was daar de enige FBI-agent. Pine gaf daar de voorkeur aan. Ze had de pest aan bureaucratie en aan de pennenlikkers die zich krampachtig vasthielden aan alle regels waardoor je nooit snel iets kon bereiken en al helemaal geen criminelen achter slot en grendel kreeg, wat voor Pine juist het enige doel was.

Op dit moment was ze in Virginia, waar ze aan een privézaak werkte. Dit was haar enige kans om haar leven op orde te krijgen.

Naast Pine stond haar assistente van de FBI, Carol Blum.

Pine en Blum waren op zoek naar Pine's tweelingzus Mercy Pine, die toen de meisjes nog maar zes jaar oud waren was ontvoerd uit hun gezamenlijke slaapkamer in Andersonville, Georgia. De ontvoerder had Pine toen bijna vermoord, maar ze had het overleefd door een combinatie van puur geluk en, dacht ze zelf, door haar absolute weigering dood te gaan. Daarna had ze Mercy niet meer gezien. Deze gebeurtenis had het gezin Pine vernietigd en was voor haar het cruciale en meest traumatische moment van haar leven.

Atlee en Blum hadden Mercy's verblijfplaats ontdekt, ergens in Taliaferro County in de buurt van Crawfordville, de meest landelijke en minst bevolkte county van de staat Georgia. Mercy had de naam Rebecca Atkins gekregen en had opgesloten gezeten tot ze jaren geleden was ontsnapt. Nu was het spoor even koud als een vriescel in een mortuarium.

Joe Atkins, een van de mensen die Mercy gevangen hadden gehouden, was de dag nadat Mercy was ontsnapt vermoord gevonden. Zijn vrouw Desiree was op hetzelfde moment verdwenen. Pine had ontdekt dat haar zus was ontvoerd door ene Ito Vincenzo, de broer van Bruno Vincenzo, een mobster die een grief had tegen Pine's moeder Julia. Julia Pine had in de jaren tachtig namelijk als mol voor de overheid gewerkt toen deze met succes verschillende New Yorkse maffiafamilies had opgerold. Maffiafamilies hielden daar niet van, die namen hun dat kwalijk. De familie Vincenzo had zeker weten een grief tegen de familie Pine. Op aandringen van Ito's moordzuchtige broer Vincenzo had hij geprobeerd de Pines te vernietigen, en daar was hij grotendeels in geslaagd.

Het Bureau had onlangs een PSA – *public service announcement*, een mededeling van de federale overheid – uitgevaardigd. Daarop stond de foto van Mercy die was gemaakt op het moment dat ze uit haar provisorische gevangeniscel was ontsnapt. Pine had gehoopt dat Mercy, als ze nog leefde, die oproep zou zien en zich zou melden. Maar dat was niet gebeurd, zodat Pine had besloten vanuit een andere invalshoek aan de zaak te werken.

Jaren geleden had Pine's moeder haar verteld dat haar vader Tim Pine zelfmoord had gepleegd. Later had ze gehoord dat niet Tim haar biologische vader was, maar Jack Lineberry. Lineberry was bijna gedood tijdens een aanslag op Atlee Pine, die toen aan een zaak werkte die daar niets mee te maken had. Het nieuws dat hij haar vader was had Pine geschokt, maar iets wat ze kortgeleden had ontdekt had haar net zo geschokt, of misschien zelfs nog meer. Daarom was ze hier.

Ik weet dat elk gezin verstoord is, maar ons gezin overtrof alles.

De kist was eindelijk boven de grond en werd op het gras ernaast gezet. Het metalen geraamte was zichtbaar beschadigd door water, maar ook doordat het al deze jaren onder de grond had gelegen. Pine vroeg zich af hoe geconserveerd de inhoud zou zijn.

Een forensisch team liep er vlug naartoe, maakte de kist open en stopte de menselijke resten in een lijkenzak. Ze ritsten de zak dicht en legden die achter in een zwarte bus, die snel wegreed. Pine dacht te weten wie er in dat graf had gelegen, maar vermoedens waren niet genoeg, zeker niet voor een FBI-agent of een rouwende dochter, vandaar de opgraving. DNA-identificatie zou zekerheid bieden. Dat zou duidelijk maken wie er in die kist had gelegen, daar was ze van overtuigd.

Pine was niet eerder bij dit graf op het platteland van Virginia geweest, om de eenvoudige reden dat haar moeder had gelogen over waar haar vaders vermeende zelfmoord had plaatsgevonden. Haar moeder had haar ook verteld dat haar vader was gecremeerd en dat ze zijn as op een onbekende plek had verstrooid. Allemaal leugens. Maar het leek wel alsof iedereen haar leugens over haar verleden had verteld.

Atlee dacht dat de man die hier was begraven niemand minder was dan Ito Vincenzo. Hij had kennelijk ontdekt waar Tim Pine zich bevond en was naar hem toe gegaan om wraak te nemen. Alleen was hij uiteindelijk degene geweest die was gedood.

Pine was ook verteld dat haar ouders waren gescheiden wegens onoverbrugbare meningsverschillen veroorzaakt door hun schuldgevoel na Mercy's verdwijning. Inmiddels wist Atlee dat Tim zijn eigen dood had gefingeerd en dat haar moeder haar enige overgebleven dochter kort daarna in de steek had gelaten. Nadat Julia Pine zich bij haar zogenaamd overleden echtgenoot had gevoegd, waren ze samen verdwenen.

En ze lieten mij helemaal alleen achter. Bedankt! Fantastische ouders waren jullie.

2

Pine keek naar Carol Blum. Haar assistente was in de zestig, had zes volwassen kinderen en werkte al heel lang bij het Bureau. Blum was inmiddels een soort plaatsvervangende moeder voor de federale agent geworden en had tot op zekere hoogte de plaats ingenomen van de vrouw die Pine in de steek had gelaten.

Blum keek naar haar baas, die haar handen diep in haar zakken had gestopt en een diepe frons op haar gezicht had. Ze vroeg: 'Hoe snel weten ze of het Ito Vincenzo is?'

'Hopelijk over niet meer dan een paar dagen. Ik heb ze monsters van zijn DNA gegeven.'

'Hoe komt u daaraan?'

'Van zijn zoon en kleinzoon. In dit geval zal een familieovereenkomst als een zekerheid worden beschouwd.'

'Dat is waar,' zei Blum snel. 'Anders zou er onmogelijk DNA van de familie Vincenzo in dat graf kunnen zijn.'

Even later liepen ze samen terug naar de auto, stapten in en reden weg.

'Wat doen we nu?' vroeg Blum.

'Het Bureau heeft ons officieel verlof gegeven en we hebben nog wat tijd over.'

'Dat was wel het minste wat ze konden doen nadat u en agent Puller die zaak in New York hadden opgelost.'

John Puller was een onderzoeker van het leger die met Pine had samengewerkt aan het onderzoek naar een chantagezaak tot op het hoogste niveau van de regering. Puller was daarbij beschoten, maar inmiddels bijna volledig hersteld.

'Jij hebt daar ook aan meegewerkt, Carol. En je bent bijna vermoord doordat ik de boel verklootte.'

'Maar u hebt mijn leven ook gered.'

'Nadat ik je eerst nodeloos in gevaar had gebracht.'

Ze verlieten de begraafplaats en Pine zei: 'Als Mercy die PSA ziet, meldt ze zich misschien. Dat zou de ideale gang van zaken zijn.'

'En als ze dat niet doet?'

'Dan... leeft ze misschien niet meer.' Pine keek Blum even aan. 'Ik heb me neergelegd bij die mogelijkheid, Carol. Al heel lang geleden. Natuurlijk leefde ze nog toen ze aan de Atkinses ontsnapte, maar daarna kan er heel veel zijn gebeurd.'

Blum zei: 'En het ziet er niet naar uit dat de Atkinses ook maar iets hebben gedaan om haar... nou ja, iets te leren of...' Haar stem ebde weg en ze keek onzeker naar haar baas.

'Laten we het maar gewoon hardop zeggen: ze leek op een wilde,' zei Pine langzaam. 'Ik vraag me dan ook af hoe ze in haar eentje in de samenleving zou kunnen functioneren. Want mensen die zonder steun aan de rand van de samenleving functioneren, kunnen worden misbruikt.' Pine keek weer voor zich en zei bedrukt: 'De vrouw die ik op die video zag... kan worden uitgebuit.'

'Maar ze was veerkrachtig en vindingrijk, agent Pine. Denk alleen al aan het feit dat ze de behandeling door de Atkinses heeft overleefd en de manier waarop ze hun te slim af was en is ontsnapt.'

'Joe Atkins is vermoord door een messteek in zijn rug,' zei Pine.

'Ik heb u al verteld hoe ik daarover denk: dat was zijn verdiende loon.'

'Ik ben het niet oneens met je, Carol. Maar ik bedoel, als Mercy hem heeft vermoord, als ze gewelddadig is, dan heeft ze het in de jaren daarna misschien heel moeilijk gehad. Dan heeft ze misschien ook andere dingen gedaan.'

'Denkt u dat ze andere mensen iets heeft aangedaan?'

'Of, en dat is waarschijnlijker, dat ze zelf het slachtoffer van geweld is geworden.'

'Wat me terugbrengt naar mijn oorspronkelijke vraag: wat doen we nu?'

'Ze is voor het laatst gezien in de buurt van Crawfordville, Georgia. Ze is die avond ontsnapt, zo leek het tenminste.'

'Wat bedoelt u met "zo leek het"?' vroeg Blum.

'Desiree Atkins is nooit gevonden. Ik kan minstens drie scenario's bedenken.' Ze telde ze af op haar vingers. 'Desiree heeft haar man vermoord en is gevlucht. Mercy heeft Desiree vermoord en is gevlucht. Of Desiree heeft Mercy vermoord en is gevlucht.'

'Waarom zou Desiree haar man vermoorden?'

'Volgens alles wat we hebben gehoord, was ze een sadistische gek. Op die video waren twee schoten te horen en wij gingen er gewoon van uit dat Joe op Mercy schoot. Maar stel dat Desiree degene was die schoot? Stel dat Joe probeerde haar tegen te houden? Hij pakt haar geweer af, maar zij steekt hem dood.'

'U denkt dus dat Joe misschien wílde dat Mercy ontsnapte? Dat geloof ik niet. Als de waarheid bekend zou worden, zouden ze allebei grote problemen krijgen.'

'Ik zeg dat het mogelijk is, niet dat het waarschijnlijk is. Misschien heeft zij Mercy vermoord, waarna Joe zenuwachtig werd en de politie wilde bellen, waarna zij hem doodstak, ervandoor ging en Mercy's lijk meenam. Alleen zou het heel zwaar voor haar zijn geweest om de dode Mercy in Joe's pick-up te tillen. Desiree was klein, terwijl Mercy langer leek dan 1 meter 80 en waarschijnlijk dertig kilo zwaarder was dan zij. En nadat we hadden ontdekt wat daar was gebeurd, zijn ze er met lijkhonden naartoe gegaan. Daar is nergens iemand begraven, dus die optie is uitgesloten. Maar stel dat Joe Desiree heeft geholpen Mercy's lichaam te lozen, maar daarna bang werd of spijt kreeg en dat Desiree toen dat mes in zijn rug stak?'

Blum dacht hierover na. 'Of, zoals u zei, Mercy heeft ze allebei gedood. Ze heeft Joe's lichaam achtergelaten, maar Desiree misschien meegenomen en ergens ver weg begraven.'

'Dat is mogelijk. Maar dat zou betekenen dat Mercy die pick-up moest besturen.'

Blum zei: 'Ze heeft vast ontdekt hoe dat moest.'

Pine schudde haar hoofd. 'Die pick-up was handgeschakeld. Ik kan me niet voorstellen dat iemand, en al helemaal niet iemand die jaren in een hel heeft geleefd en nooit de kans heeft gekregen ook maar ergens in te rijden, kan ontdekken hoe je moet schakelen. En al helemaal niet in zulke stressvolle omstandigheden. Ik geloof ook niet dat de Atkinses het haar hebben geleerd.'

'Wat wilt u daarmee zeggen?'

'Dat ik denk dat Desiree die nacht in die pick-up is verdwenen, en dat ze alleen was.'

'Omdat het spel uit was, bedoelt u?'

Pine knikte. 'Ja. Dus om je oorspronkelijke vraag te beantwoorden over wat we nu moeten doen, denk ik dat we terug moeten naar Georgia om te proberen een heel koud spoor te vinden.'

'En Jack Lineberry? Bent u van plan hem op te zoeken als we in Georgia zijn?'

Die vraag beantwoordde Pine niet. Ze had gemengde gevoelens over haar biologische vader. Hun laatste ontmoeting was rampzalig geweest en ze verwachtte niet dat het de volgende keer anders zou gaan. Maar feitelijk was het zijn schuld, niet die van haar. Dat was gewoon zo als je alleen maar leugens vertelde.

3

Pine en Blum waren vanuit Virginia naar Atlanta gevlogen, hadden daar de auto gehuurd en waren hiernaartoe gereden.

Pine keek om zich heen. Ze waren in Crawfordville, in de dichtbeboste Taliaferro County. Hier was het onmogelijk een aanvaller te zien voordat het te laat was. Dicht gebladerte was de beste vriend van een moordenaar, ongeacht of die op herten of op mensen jaagde.

Ze hadden al contact opgenomen met Dick Roberts. Hij was de gepensioneerde, goudeerlijke *county sheriff* die hen de eerste keer dat ze hier waren had geholpen. Roberts was degene geweest die jaren eerder de telefoon opnam toen iemand 911 belde en hij had Joe Atkins' lijk gevonden. De vraag was altijd geweest: wie had dat mes in zijn rug gestoken? Roberts was ook bij Pine geweest toen ze Mercy's oude gevangenis ontdekten die was uitgehakt in een kleine heuvel iets bij het huis van de Atkinses vandaan. En toen ze de video vonden en bekeken waarop de ontsnapping van haar zus was vastgelegd. Roberts wist dat Mercy Pine's zus was en dat dit een persoonlijke zaak voor haar was.

Nee, het is niet alleen persoonlijk. Ik stel mijn hele professionele leven in de waagschaal om deze zaak eindelijk op te lossen. Er is geen weg terug.

Even raakte ze in paniek, als een zwemmer die beseft dat hij in een getijdenstroom is geraakt en dat de kans dat hij de kust weer bereikt klein en riskant is. Daarna keek ze naar buiten, haalde diep adem om weer rustig te worden en hield op zich te gedragen als een klein kind.

Roberts had hun verteld welke route de pick-up van de Atkinses die avond had moeten nemen om de plek te bereiken waar die later was gevonden. Nu volgden zij dezelfde route over een landelijke weg. Alle wegen hier waren landelijk en op de dieren in het bos na uitgestorven. Onderweg zagen ze maar vijf huizen: drie waren bewoond en twee stonden leeg. Ze stopten, stelden hun vragen aan de bewoners en kregen te horen dat niet een van de mensen die er nu woonden hier in die relevante periode had gewoond.

Daarna reden Pine en Blum naar de plaats waar de pick-up was gevonden: een Esso-benzinestation dat lang geleden was verlaten. De vier letters en de neonbuizen erachter waren in de tussenliggende jaren als schietschijf gebruikt, wat alleen de metalen buizen hadden overleefd. Het was een kaal, geërodeerd streepje civilisatie in een bos dat van plan leek deze strook weer in bezit te nemen.

Ze stopten naast de plaats waar de pompen hadden gestaan.

Pine keek om zich heen naar het troosteloze uitzicht en had bijna geen hoop meer. Maar toen bedacht ze zich iets. 'Oké, de pick-up en Desiree zijn hiernaartoe gegaan. Maar waarom hier?'

Blum keek om zich heen. 'Volgens mij is dit zo'n plek waar je met iemand afspreekt: "Hé, vriend, haal me maar op bij het Esso-station." Dit was waarschijnlijk de enige plek in de omgeving waar dat kon. Desiree wist niet wanneer Joe's lijk zou worden gevonden. Ze wilde ervandoor, maar niet in een voertuig dat opgespoord kon worden.'

'En het aantal vrienden is nogal beperkt. Sterker nog, ik kan er maar twee bedenken.'

'Len en Wanda Atkins, haar schoonouders,' zei Blum. 'Maar sheriff Roberts zei dat hij hen heeft gesproken nadat Joe was vermoord en Desiree was verdwenen. Zij zeiden allebei dat ze niets van Desiree hadden gehoord.'

'Maar het is waarschijnlijk dat ze allebei logen om zichzelf te redden. Jij hebt die foto van Mercy met hen ook gezien. Ze wisten dat Mercy gevangen werd gehouden en ze wisten dat ze, wanneer dit allemaal werd ontdekt, naar de gevangenis zouden gaan. Daarom gingen ze er al vrij snel nadat Mercy was ontsnapt en Joe was vermoord vandoor. Ik weet nu wel zeker dat Desiree hen die avond belde en vertelde wat er was gebeurd. Ze spraken af haar hier op te halen en lieten de pick-up achter. Ze brachten haar ergens naartoe, misschien naar een bus- of treinstation. En Desiree vertrok om met een nieuwe identiteit een nieuw leven te beginnen. Len en Wanda reden terug naar hun caravan, waar ze waren toen ze de volgende dag te horen kregen wat hun zoon was overkomen.' Ze keek Blum aan. 'Is iets daarvan onwaarschijnlijk volgens jou?'

'Nee, alles lijkt te kloppen, agent Pine.'

Toen kneep Pine haar ogen half dicht en werd haar blik minder zeker. 'Maar het lijkt onwaarschijnlijk dat ze Desiree gewoon geloofden toen die had gezegd dat hij dood was. Ze dachten misschien dat ze hem nog konden redden of dat ze had gelogen. Als hij dood was, zouden ze heel bang zijn dat wilde dieren Joe's lichaam die nacht zouden aanvreten en we weten dat dat niet is gebeurd.'

'Dus misschien hebben zij ervoor gezorgd dat het lichaam van hun zoon niet werd geschonden.'

'Wat betekent dat we Len en Wanda Atkins moeten zoeken om ze dat persoonlijk te vragen.'

'Als ze nog leven.'

'Als ze nog leven krijgen ze een uitkering. Zo zouden we hen kunnen vinden.'

'Hij is een Vietnam-veteraan, en hij is gewond geraakt. Dus...'

Pine maakte Blums zin af: 'Dat betekent dat hij contact heeft met de VA, de Veterans' Administration, voor medicijnen en behandelingen en dergelijke. Dat is voor ons een snellere weg dan via de uitkeringsinstantie, omdat ik daar geen goede contacten heb.' Ze haalde haar telefoon tevoorschijn.

'Wie gaat u bellen?' vroeg Blum.

'Wie denk je? John Puller heeft me al geholpen om Len Atkins' militaire dossier in handen te krijgen.'

Ze sprak met Puller, die haar vertelde dat hij snel van zijn verwondingen herstelde. Hij zei ook dat hij verschillende mensen bij de VA kende, doordat zijn vader in een van hun instellingen was opgenomen, en dat hij alles zou doen om haar te helpen Len Atkins te vinden.

Ze bedankte hem en verbrak de verbinding. 'Oké, nu moet hij maar wonderen verrichten.'

'Terwijl hij dat doet, gaat u Jack Lineberry dan bezoeken?'

Er verscheen een harde blik op Pine's gezicht en ze keek naar buiten. Als in een nachtmerrie verscheen Lineberry op haar netvlies. 'Dat vroeg je me net ook al.'

'En u gaf geen antwoord, daarom vraag ik het opnieuw.'

'Waarom zou ik hem opzoeken?' vroeg Pine verhit.

'Of u het leuk vindt of niet, hij is wel uw biologische vader. En de manier waarop u hem achterliet...'

'Luister, ik ben niet trots op wat ik heb gedaan.'

'Maar nu is het tijd om op een andere manier met hem om te gaan.'

Pine keek haar vriendin scherp aan. 'Waarom zou ik dat moeten doen?'

'Omdat u zijn hulp nodig hebt, ongeacht of u uw zus wel of niet vindt.'

Pine vroeg, nog verbaasder: 'Waar héb je het over?'

'Ik neem aan dat u nog steeds uw moeder wilt vinden. Net als Tim Pine, nu u bijna zeker weet dat hij niet in dat graf lag. En Jack kan een waardevolle bron van informatie zijn om dat te bereiken. Ik zeg niet dat u hem met fluwelen handschoenen moet aanpakken...'

Pine viel haar in de rede. 'Goed, want dat ben ik ook niet van plan!'

'Maar,' zei Blum onverstoorbaar, 'ik denk dat hij echt probeert het juiste te doen. En hij is uw vader, dus als u niet op z'n minst probeert een relatie met hem op te bouwen, zult u daar volgens mij later spijt van hebben.'

'Ik heb spijt van een heleboel dingen, Carol,' zei Pine. Maar ze zette de auto in de versnelling en ging op weg naar de man die haar meer leugens had verteld dan wie ook in haar leven.

Op mijn verdomde moeder na.

4

Jack Lineberry's landgoed lag een uur rijden ten zuiden van Atlanta. Hij had een gigantisch vermogen verdiend in de financiële wereld en bezat naast deze hoofdwoning ook een penthouse in Atlanta en een pied-à-terre in New York, maar ook een privévliegtuig. Dit was een manier van leven die de meeste mensen heel erg wensten. Pine hoorde daar niet bij.

Als je zoveel speelgoed nodig hebt om van je leven te genieten, ben je nog steeds een kind.

Ze hadden gebeld om te vertellen dat ze kwamen en een afspraak met hem gemaakt. Ze meldden zich bij de poort, werden binnengelaten en door een van de dienstmeisjes naar Lineberry gebracht. Hij lag nog in bed, vertelde de vrouw. Pine schrok daarvan, want het was allang middag.

Ze liepen de kamer in en het dienstmeisje vertrok. Het vertrek was veel te warm en donker, doordat alle rolgordijnen naar beneden waren. Het was net een grafkelder met behang en vloerbedekking, en met levende mensen. Pine werd er onrustig van.

'Jack?' vroeg ze.

Iets bewoog op het bed. Lineberry, gekleed in een pyjama, probeerde moeizaam rechtop te gaan zitten, waar hij uiteindelijk in slaagde.

Pine en Blum liepen naar hem toe en ze schrokken zichtbaar van zijn toestand. Hij leek twintig jaar ouder dan de laatste keer dat ze hem hadden gezien. Hij was in de zestig en normaal een knappe, lange man, maar nu leek hij gekrompen, uitgeteerd, breekbaar en – dat was het duidelijkst – klaar met het leven.

Blum zei: 'Jack, wat is er gebeurd?'

Hij keek haar met een vermoeide blik in zijn bloeddoorlopen ogen aan en fronste geïrriteerd, kwaad bijna. 'Er is... niets gebeurd. Het gaat goed met me.'

'Je ziet er niet goed uit,' zei Pine ongezouten. 'Je ziet er helemaal niet uit alsof het goed met je gaat.'

'Dat vind jij,' zei hij narrig.

'Dat zou ieder normaal mens vinden,' zei Pine.

'Ik ben neergeschoten, Atlee. Ik heb geen griepje of zo. Niemand komt daar zomaar even overheen. Vooral niet iemand van mijn leeftijd.'

'Dat weet ik wel,' zei ze met een blik naar Blum. 'En ik weet dat ik onredelijk kwaad was toen ik hier de vorige keer was.'

'Je had alle recht om zo kwaad te zijn. Ik heb zelfs het gevoel dat ik er veel te gemakkelijk van af ben gekomen.'

'Doe maar niet zo ridderlijk, hoor. Dan maak je dit alleen maar moeilijker dan nodig is,' zei ze, iets luchtiger nu.

Hij hief zijn hand voordat ze meer kon zeggen. 'Ik heb heel veel nagedacht, Atlee. Dat moet ook wel in deze fase van mijn leven.'

'Waarover?' vroeg ze scherp, omdat zijn fatalistische toon haar helemaal niet beviel.

'Over jou, over Mercy, over je moeder en Tim. En, uiteindelijk, over mij.'

Pine trok een stoel naast het bed en ging zitten. 'Wat was je conclusie?'

Ergens wilde ze zijn antwoord niet weten, maar je moet weleens luisteren naar dingen die je niet wilt horen, misschien is dat zelfs meestal zo.

'Ten eerste laat ik alles wat ik bezit na aan jou en Mercy.'

Pine schrok hiervan en schudde meteen haar hoofd. 'Jack, ik wil niet...'

'Laat me alsjeblieft uitpraten. Het is belangrijk!'

Pine keek weer naar Blum, die knikte en haar smekend aankeek.

Pine leunde naar achteren en sloeg met een koppige blik haar armen over elkaar, maar ze zei: 'Oké. Ik luister, maar dat is niet hetzelfde als ermee instemmen.'

'Ik ben jouw en Mercy's vader. Daardoor heb ik bepaalde verantwoordelijkheden, maar daar heb ik me tot nu toe niets van aangetrokken.'

'Je wist niet waar...'

Hij viel haar in de rede. 'Ik wist meer dan ik liet blijken. En wat ik niet wist, had ik kunnen uitzoeken. Waar het om gaat, is dat ik me de hele tijd vreselijk heb gedragen. Ik betwijfel of iemand een slechtere vader had kunnen zijn.'

Hij was zo van slag dat Pine haar boosheid voelde wegebben. Ze leunde naar voren en legde een hand op zijn arm. 'Jack, je had geen keus. Die situatie was helemaal niet eenvoudig.'

'Voor mij is de situatie nu dus wel eenvoudig. Ik heb twee dochters. Jullie zijn mijn enige familie. Ouders laten hun bezit vaak na aan hun kinderen en dat ga ik nu ook doen. Als je het niet wilt hebben, prima, dan geef je het maar weg aan wie je maar wilt. Maar je kunt niet voorkomen dat ik het wel doe,' zei hij scherp. 'Ik heb mijn testament al laten opstellen en ondertekend. Daar kun je niets meer aan veranderen.'

'Oké, Jack, als je dat zo wilt.'

'Inderdaad.'

'Maar je hebt nog jaren te leven. Daarom is dit dus zeg maar prematuur.'

'Niemand weet wat er morgen gaat gebeuren, Atlee. Dat weten wij beiden beter dan de meeste mensen.' Voordat ze iets kon zeggen vroeg hij: 'Heb je al meer ontdekt over Mercy, of je moeder en Tim?'

Pine vertelde hem dat de kist was opgegraven en dat ze wachtten op bevestiging dat het inderdaad Ito Vincenzo was die daarin had gelegen. Ook vertelde ze wat ze hadden gedaan om te achterhalen wat Desiree Atkins die avond had gedaan en dat hun conclusie was dat Desiree een afspraak had gemaakt met Len en Wanda, en dat die haar hadden geholpen te vluchten.

'Bedoel je de mensen die samen met Mercy op die foto stonden?' vroeg Lineberry.

'Ja.'

'Denk je echt dat je hen na al die tijd nog kunt vinden?'

'Met de technologie en databases die tegenwoordig beschikbaar zijn, is het moeilijk je verborgen te houden.'

'En je hoopt dat zij je kunnen vertellen wat er met Desiree is gebeurd?'

'Inderdaad. En als we Desiree kunnen vinden, kan zij ons misschien meer vertellen over die avond. Misschien zelfs over waar Mercy naartoe kan zijn gegaan.'

'Zij heeft waarschijnlijk geen enkele reden om je dat te vertellen,' zei Lineberry.

'Er zijn manieren waarop ik haar kan overhalen. Er staat haar een gevangenisstraf te wachten voor wat ze heeft gedaan. En als ze haar man heeft vermoord of...' Pine ademde even in. 'Ze zal praten.'

Lineberry ging met moeite meer rechtop zitten. Hij leek op te leven door hun gesprek. 'Er is nog iets,' zei hij.

Pine keek hem ongerust aan. Haar echte vader had haar al in verlegenheid gebracht met die erfeniskwestie en ze zat er niet op te wachten dat dit opnieuw gebeurde. 'Ja?'

'Ik weet dat je al deze onderzoeken zelf hebt betaald.'

Pine fronste. Dit had ze niet verwacht. 'Nou en?'

'Het is niet eerlijk dat je dat blijft doen. Ik heb de middelen om...'

Ze begreep waar hij naartoe wilde. 'Nee, Jack, dit is mijn onderzoek naar...'

'Het is ook *mijn* onderzoek!' snauwde hij, zo onverwacht dat ze alle drie verstijfden. Lineberry leek zelf verbaasd dat hij daar de energie voor had. Iets rustiger zei hij: 'Als je een paar van mijn middelen gebruikt ontdek je de waarheid misschien eerder. Je kunt bijvoorbeeld mijn vliegtuig gebruiken om je te verplaatsen.'

Pine begon haar hoofd te schudden, maar Blum zei: 'Ga door, Jack. We luisteren.'

Pine keek Blum boos aan, maar hield haar mond.

'En ik weet dat je gebruik hebt gemaakt van huurauto's en zo. Dat is niet nodig. Neem de Porsche SUV. Die staat toch maar in de garage niets te doen. En... ik heb een bankrekening geopend en daar geld op gestort waar jij overal ter wereld over kunt beschikken.' Hij trok de lade van zijn nachtkastje open en haalde daar twee bankkaarten uit. 'Een betaalpas en een creditcard. Er is geen limiet aan het bedrag dat je kunt opnemen of betalen. De viercijferige pincode voor je betaalpas is je verjaardag, maand en dag.'

'Jack, ik kan je geld niet aannemen.'

'Dat is mijn geld niet, maar jouw geld. En het is niet zo dat je het gaat gebruiken om op vakantie te gaan, maar om jouw zus en mijn dochter te vinden. En je moeder en Tim. Volgens mij komt het je werk als FBI-agent ten goede als je meer middelen tot je beschikking hebt. Vergis ik me?'

'Eh... nee,' zei ze langzaam.

'Dan zie ik niet wat het verdomde probleem is. Jij wel?' voegde hij er onverbiddelijk aan toe, alsof hij haar wilde uitdagen om iets aan te voeren waardoor hij zich zou bedenken.

Nou zeg, dacht Pine, hij is er slim in geslaagd de rollen om te draaien. Ze was zelfs een beetje trots op de manier waarop hij dit had aangepakt.

Ondertussen had Blum de bankkaarten aangepakt. 'Er is helemaal geen probleem, Jack. Je bijzonder gulle aanbod om ons te helpen wordt erg gewaardeerd. Nietwaar, agent Pine?'

Pine keek naar haar en daarna naar Lineberry die haar bezorgd, maar toch hoopvol aankeek. Haar blik verzachtte. 'Dank je wel, Jack. Dat is heel aardig en heel behulpzaam.'

Hij leunde zichtbaar opgelucht naar achteren.

Blum gaf de kaarten aan Pine, die ze in haar zak stopte.

Lineberry zei: 'En als je hier wilt blijven, dan zou ik het fijn vinden als je mijn huis in Atlanta als hoofdkwartier gebruikt. Jullie kunnen daar met mijn vliegtuig naartoe of vandaan vliegen. Ik zal ervoor zorgen dat het toestel continu klaarstaat voor vertrek. Ik gebruik hem voorlopig toch niet.'

'Oké, Jack,' zei Pine met een blik op Blum. 'Dat is goed, maar we zullen daar misschien niet zo vaak zijn. We moeten daarheen waar de aanwijzingen ons naartoe leiden.'

'Begrepen,' zei hij snel.

'Maar ik wil niet dat mensen ons op onze wenken bedienen. We kunnen onszelf wel redden.'

'Ik dacht al dat je dat zou zeggen, dus heb ik het personeel voor drie maanden met betaald verlof gestuurd. Jullie kunnen daar alles zelf regelen.'

'Dat is heel aardig,' zei Blum.

'Het is alleen maar eerlijk,' zei Lineberry nadrukkelijk. 'Voor iedereen.'

Pine vroeg: 'Kun jij je nog iets herinneren wat een aanwijzing kan zijn voor waar mijn moeder en Tim naartoe kunnen zijn gegaan?'

Lineberry keek Pine ernstig aan. 'Als antwoord op die vraag zal ik je iets geven, ook al heeft je moeder me gevraagd je dat nooit te laten zien.'

Pine ging rechtop zitten, elke spier in haar lichaam gespannen, terwijl de adrenaline in zo'n hoog tempo door haar lichaam schoot dat het haar moeite kostte om te vragen: 'W-wat dan?'

Weer opende hij de lade en deze keer haalde hij er een grijze envelop uit. 'Als je dit leest, wil ik dat je precies het tegenovergestelde doet van wat je moeder hierin schrijft.'

'Wanneer heeft ze je deze brief gestuurd?' vroeg Pine, dit vreemde advies negerend.

'Rond de tijd dat ze jou verliet. Deze brief zat een keer tussen mijn post. Ik had Tim mijn contactgegevens gegeven toen ik bij hem was in Virginia. Er staat geen afzenderadres op de envelop, maar het poststempel is van Charleston in South Carolina. Ik denk dat ze misschien onderweg was naar Tim toen ze me deze brief stuurde.'

Hij wilde haar de envelop geven, maar Pine keek ernaar alsof het een vuurwapen was dat op haar was gericht. Even later nam ze hem met tegenzin aan. Ze keek naar het handschrift op de envelop. Dat was duidelijk van haar moeder. 'Ik denk dat ik deze brief later maar lees,' zei Pine schor.

Met een trillende stem zei Lineberry: 'Ik had je deze brief al veel eerder moeten geven. Hier is echt geen excuus voor, alleen dat ik een groot deel van mijn volwassen leven geheimen heb moeten bewaren. Het is geen excuus, dat weet ik ook wel. Het is gewoon... de realiteit. Voor mij tenminste.'

'Staat hier een aanwijzing in over waar ze misschien naartoe zijn gegaan?' vroeg Pine.

'Volgens mij niet.'

'Wat bedoelde je toen je zei dat ik precies het tegenovergestelde moet doen van wat zij schrijft?'

'Dat begrijp je wel als je hem leest,' zei Lineberry.

5

Pine reed met de Porsche en Blum met de huurauto naar de inleverlocatie op het vliegveld. Daarna reden ze samen naar Lineberry's penthouse in het centrum van Atlanta. Pine was er al eerder geweest om iets met Lineberry te drinken, maar dit was Blums eerste bezoek.

'O mijn god!' riep Blum toen de deuren van de privélift opengingen en ze de hal van het penthouse binnenstapten. 'Dit lijkt wel een droom.'

'Ja, ik weet het,' zei Pine nors.

Blum keek haar aan. 'Kom op, zeg. Dit is veel beter dan het motel waar we de vorige keer in zaten. Daar deed de verwarming het niet en er kwam bijna geen water uit de douche.'

'Hij heeft ons zijn huis in New York laten gebruiken. Nu rijden we in zijn Porsche, we logeren hier, we mogen zijn privévliegtuig gebruiken en hij wil me al zijn geld nalaten en...'

'Ja hoor, ik heb diep medelijden met u omdat u dat allemaal moet accepteren,' zei Blum met een blik waardoor Pine zich opeens heel klein voelde.

Pine zuchtte. 'Ik weet het wel, Carol. De meeste mensen zouden het gevoel hebben dat ze de loterij hebben gewonnen.'

'Maar u bent de meeste mensen niet,' zei Blum, nu weer ernstig.

'Dit soort dingen interesseren me niet. Dat is nooit zo geweest. Mijn appartement in Shattered Rock is perfect en ik heb mijn te gekke oude Mustang coupé. Meer heb ik niet nodig, ik kick niet op privévliegtuigen.'

'Dat is op zich prima, maar nu moeten we gewoon alles gebruiken wat Jack heeft aangeboden zodat we ons doel zo snel mogelijk bereiken, zoals hij zei.'

'Goed, oké.'

Blum keek op haar horloge. 'Het is tijd om iets te eten. Zal ik, aangezien het personeel met verlof is gestuurd, maar eens naar de ongetwijfeld fantastische keuken gaan en iets in elkaar flansen? Ik durf te wedden dat de koelkast en vriezer boordevol zitten.'

Pine haalde de creditcard uit haar zak. 'Of zal ik je in plaats daarvan op een etentje trakteren? Jack dus eigenlijk?'

De conciërge van het gebouw beval verschillende restaurants aan, en ze kozen voor een Franse bistro op loopafstand van hun gebouw.

Ze bestelden een fles wijn en hun gerechten, en zaten twee uur lang aan een tafel achterin voornamelijk over onbelangrijke onderwerpen te kletsen. Pine vond het verfrissend, maar voelde ook iets van spijt. Ze had de afgelopen tijd zo ongeveer elk moment dat ze wakker was gewijd aan de zoektocht naar haar zus. Nu ze zich daar niet mee bezighield, al was het maar heel even, had ze een gevoel van verraad tegenover Mercy.

'We máken vorderingen, agent Pine, maar af en toe moeten we even pauzeren.' Blum had Pine's gedachten kennelijk gelezen.

Pine knikte en keek om zich heen. Ze keek naar mensen die, daar was ze van overtuigd, hun eigen problemen hadden, misschien niet even afschuwelijk als die van haar, maar toch problemen. En ze was bang dat haar eigen probleem, ondanks de vorderingen waar Blum het over had, nooit zou worden opgelost of dat hun zoektocht zou eindigen met het vinden van het lijk van haar zus.

Kun je dat aan, Lee? Je hebt jezelf verteld dat je dat kon. Maar loog je misschien?

Toen ze terugliepen naar het penthouse vroeg Blum: 'Gaat u die brief vanavond lezen?'

Pine knikte. 'Ja. Ik zal wel moeten, ook al zie ik daar enorm tegen op.'

'Dat begrijp ik wel. Maar misschien staat er wel een aanwijzing in.'

'Misschien wel,' zei Pine niet overtuigd.

Terug in het appartement nam Pine een lange hete douche. Daarna trok ze een trainingsbroek en T-shirt aan, en stapte in bed.

Ze zat met haar rug tegen het kussen geleund, pakte de brief en zat een tijdje naar de envelop te kijken. Met haar wijsvinger volgde ze het mooie schuine handschrift van haar moeder dat ze zo goed kende. Ze stond opeens op, verliet de kamer met haar telefoon en liep naar de wijnkelder die Jack haar tijdens haar vorige bezoek had laten zien. Ze pakte een fles Italiaanse wijn, van hetzelfde jaar dat hij haar de vorige keer had geserveerd, want ze vond dat ze meer alcohol nodig had om de brief van haar moeder te kunnen lezen. Veel meer.

Ze ging naar het terras dat aan drie kanten om het penthouse heen liep en dat werd omsloten met een glazen wand tot borsthoogte en vol stond met weerbestendige gevlochten meubels en schitterende planten en fonteinen en een grote vuurplaats – het was echt een paradijs. Pine voelde zich vreselijk schuldig.

Ik vraag me af waar Mercy nu is. Vast niet op zo'n plek als deze.

Ze stak met de afstandsbediening de gashaard aan in een stenen ombouw met keramische tegels ervoor en besloot gewoon vlak voor de vlammen op de grond te gaan zitten. Ze legde haar telefoon neer, maakte de wijnfles open, schonk haar glas bijna vol en nam een grote slok.

Oké, niet langer uitstellen, Lee.

Soms dacht ze aan zichzelf met de naam die ze als kind had gehad. Mercy had haar zo genoemd, omdat zij het moeilijk vond om At-lee te zeggen. Pine had die naam gehouden, tot ze naar de universiteit ging. Nu zou ze er alles voor overhebben als haar zus haar weer zo zou noemen, ook al was het maar één keer.

Ze haalde de brief uit de envelop en vouwde de beide vellen open. Ze fronste toen ze zag dat haar hand trilde en nam nog een slok wijn om rustig te worden. Dat lukte niet.

Kom op, zeg! Het is maar een stomme brief!

Natuurlijk was het veel meer dan dat. Nu zou ze voor het eerst te weten komen hoe haar moeder dacht over de dingen sinds ze haar dochter al die jaren geleden had verlaten. Pine dronk haar glas leeg en schonk het weer vol.

Daar gaan we dan, dacht Pine, en ze hield haar adem in alsof ze een tijdje onder water zou blijven.

Lieve Jack,

Alweer moest je ons komen redden. Tim en ik kunnen je niet genoeg bedanken. Wat er in Virginia is gebeurd was vreselijk, afschuwelijk! Het was wel duidelijk dat die man me pijn wilde doen door Tim te vermoorden, of misschien dacht hij dat ik daar samen met Tim was. Ik ril nog steeds als een rietje nu ik hem bijna ben kwijtgeraakt.

Pine legde de brief bijna neer. Ze had helemaal geen zin om te lezen hoe haar moeder zich voelde nadat ze haar man bijna was kwijtgeraakt, terwijl ze er zelf voor had gekozen haar dochter in de steek te laten. Maar iets dwong haar verder te lezen.

En toen kwam het zelfs nog moeilijkere deel. Dat ik mijn geliefde Lee achterliet. Ik kan niet geloven dat ik dit schrijf, Jack. Zij is echt alles wat ik nog heb. Nadat Mercy was ontvoerd, wat helemaal mijn schuld was zoals we allebei weten, was Lee de enige die mijn leven nog zin gaf. Ik weet dat ik haar verwende, maar tegelijkertijd richtte ik een muur tussen ons op. Ik wist dat ik, wanneer ik mezelf toestond een te nauwe band met haar te krijgen, per ongeluk iets zou zeggen wat haar in gevaar zou brengen. Dat mocht ik mijn kleine meid niet aandoen. Toen ze in dat ziekenhuisbed lag en ik naast haar zat, zonder te weten of ze het zou overleven of niet, zonder te weten wat er met Mercy was gebeurd, kon ik niet meer nadenken. Ik kon nergens meer aan denken, behalve aan mijn allesverterende schuldgevoel. Toen mijn meisjes me nodig hadden was ik er niet. Terwijl dat de voornaamste taak is van een moeder. Een taak die ik helaas niet heb kunnen uitvoeren. Inmiddels is Atlee een bijzonder slimme, talentvolle jonge vrouw op wie ik ontzettend trots ben. En ze heeft alles helemaal alleen gedaan. Ik weet dat zij vindt dat ik haar heb buitengesloten en daardoor voel ik me nog schuldiger. Het doet iets met je, Jack, als je liefde onthoudt aan iemand van wie je meer houdt dan van het leven zelf – dat doet ongelofelijk veel pijn. Maar ik kan nu niet anders, dat kan gewoon niet. Want weet je, als Lee denkt dat ik niet van haar hou, zal ze me niet missen als ik weg ben. Dat hoop ik tenminste. Inmiddels heb ik wat geld, ik zal je niet precies vertellen hoe ik eraan kom, maar ik had me iets gerealiseerd en toen ik die persoon daarop aansprak bleek ik gelijk te hebben. Met dit geld kan Lee haar studie bekostigen en ze kan er ook later van leven; bovendien hebben Tim en ik nu wat geld om van rond te komen. Ik laat haar met een zwaar gemoed achter, maar ik heb er alle vertrouwen in dat ze nu veilig zal zijn.

Toen je me jaren geleden inhuurde was ik jonger dan Lee nu is. Ik was doodsbang. Ik wilde het niet doen, maar je liet me zien hoeveel goeds het zou opleveren. En ik denk ook dat het zo was. Voor anderen. Maar niet voor het gezin Pine. Dat heb ik geaccepteerd. Tim ook. Maar Mercy en Lee niet, zij hadden geen keus. Ik weet alleen, ook al zullen Tim en ik samen zijn, dat ik me eenzamer zal voelen dan ooit tevoren. Zonder mijn dochters ben ik niets. Ik dacht dat ik alles voor hen had opgeofferd. Maar uiteindelijk heb ik hén opgeofferd. Geen moeder had iets ergers kunnen doen dan ik heb gedaan. Iets wat zo erg is dat ik het niet eens verdien om moeder te worden genoemd. Ik denk elke dag aan Mercy en Lee, en dat zal ik blijven doen tot ik sterf. Zij waren mijn kleine bloemen en ik heb hen laten wegkwijnen. Maar ik zal de rest van mijn leven proberen goed te maken wat ik heb gedaan, al die verkeerde keuzes die ik heb gemaakt. Ik kan het in elk geval proberen.

Dank je voor alles, Jack. Als je Lee ooit spreekt, praat dan niet met haar over mij. Zeg niets wat bij haar herinneringen zal oproepen die ze gewoon zou moeten vergeten. Dat ben ik niet waard. Ze moet gewoon verdergaan met haar leven en nooit achteromkijken.

Ze had de brief ondertekend met haar echte naam, Amanda. Dus niet met Julia.

De tranen die uit Pine's ogen waren gedruppeld hadden op een paar plaatsen vlekken op het papier gemaakt. Ze las de brief nog een paar keer door en elke keer bleef haar blik rusten op andere woorden en andere zinnen. Uiteindelijk vouwde ze de vellen op en legde ze naast zich neer, terwijl het nacht werd en zij naar de verlichte skyline van Atlanta keek.

Haar familie wás ergens, maar het zou ook kunnen dat ze allemaal dood waren. Als dat zo was, zou ze hun graven vinden, als er graven waren – zou dat genoeg voor haar zijn?

Dat weet ik niet. Hoe zou ik dat moeten weten?

Haar telefoon piepte. Ze keek naar het scherm en zag dat het een berichtje was van John Puller. Ze ging rechtop zitten.

Leonard Atkins kreeg een uitkering van de VA. En die ging naar een adres in Huntsville, Alabama. Puller noemde dat adres ook.

Pine googelde de stad en zag dat die ongeveer drieënhalf uur rijden van Atlanta lag.

Ze ging weer naar binnen en stapte in bed.

Haar laatste gedachte voordat ze in slaap viel was: *Gewoon doorgaan met ploeteren, Atlee. Elke dag. Dan kom je er uiteindelijk wel. Je zúlt ze vinden, hoe dan ook.*

6

De vrouw zat op een gebutste houten stoel. Ze stond op en spande en ontspande eerst haar rechter- en daarna haar linkerhand. Haar vingers waren eeltig en sterk, net als de rest van haar 1 meter 82 lange lichaam. Ze voelde dat haar botten en kraakbeen krakend en stekend op de juiste plek terugvielen. Meer weerspannige delen weigerden op hun plek te vallen, maar bewogen zich met tegenzin iets dichter naar de normale positie. Ze strekte haar lange gespierde nek en wiegde haar hoofd heen en weer. Ze rolde haar stevige schouders naar voren, en haar monnikskap- en deltaspieren bedankten haar omdat de ontspanning onmiddellijk voelbaar was.

Ze droeg een gerafeld zwart sporttopje met een verbleekte Nike-*swoosh* met daaronder een borstbeschermer, en een verbleekte zwarte korte sportbroek. Beide strakke kledingstukken accentueerden haar lange gespierde lichaam, dat vol littekens zat.

De kleine fitte man naast haar hielp haar om haar handschoenen aan te trekken en daarna masseerde hij snel haar lange, gespierde armen. 'Klaar?' vroeg hij.

Ze keek fronsend op hem neer. 'Ik ben hier, Jerry. Dus wat denk je, verdomme?'

Hij stopte haar bitje in haar mond en sloeg een kruisje. Dat deed hij altijd en dat irriteerde haar elke keer weer mateloos.

'Wie probeer je een seintje te geven, man, je *bookie* soms?' mompelde ze.

'Zie je aan de overkant, El,' zei Jerry, waarna hij snel de ring verliet.

Eloise 'El' Cain werd een beetje te oud voor wat ze op het punt stond te doen, maar ze deed het alleen als ze het geld echt nodig had. Haar tegenstander vanavond was een kleine tien centimeter kleiner dan zij, maar een echte vechtersbaas die met haar 86 kilo zo'n vierenhalve kilo zwaarder was dan Cain. Ze bestond net als Cain bijna helemaal uit bot, kraakbeen en spieren die zichtbaar waren op haar brede schouders en pezige torso, ze had buikspieren die eruitzagen als rijen op elkaar gestapelde bakstenen, enorme dijen, stevige bilspieren en keiharde kuiten. Ze kon negenennegentig van de honderd mannen hier vernietigen en de resterende één procent goed tegenspel bieden. Ze had een fantastische techniek en kon de hele dag vechten en de gruwelijkste slagen incasseren, en ze had een vernietigende kracht in al haar vier ledematen. Ze was ruim twaalf jaar jonger dan Cain, en velen dachten dat ze kans maakte op de overwinning. De enige onzekerheden waren haar vechtkunst en mentale kracht. En het feit dat de wereld van de vrouwelijke UFC-vechters beperkt bleef tot vedergewicht oftewel vijfenzestig kilo.

Cain had altijd gedacht dat dat seksistische onzin was. Er waren vrouwen die met de allerbesten konden vechten. De mannen hadden zwaardere gewichtsklassen in de UFC, dus waarom werden zwaardere vrouwen afgewezen? Misschien moesten zij gewoon hun eigen organisatie oprichten, of anders zouden de zwaardere vrouwen de overstap moeten maken naar boksen, met de veel zwaardere gewichtsklassen. Maar uiteindelijk was het niet eerlijk, zoals altijd, de vrouwen trokken in de sport altijd aan het kortste eind, vond Cain.

Haar tegenstander had meer tattoos dan gave huid, zag Cain. Het meest voorkomende onderwerp bij de tatoeëerkunst leek een gewelddadige dood, met als goede tweede sadomasochistische marteling.

Cain wist dat ze hier alleen maar was zodat de andere vrouw een overwinning aan haar carrière kon toevoegen, terwijl ze opklom in de wereld van MMA, mixed martial arts.

Maar misschien heb ik wel andere plannen.

Dit was helemaal geen belangrijke wedstrijd. Geen kooigevecht dat op betaal-tv werd uitgezonden. Geen Ronda Rousey, Holly Holm of Cris Cyborg binnen een straal van vijftienhonderd kilometer. Geen prijzengeld van een miljoen dollar of verbijsterende commerciële donaties. Dit was een onbelangrijk, plaatselijk gebeuren. Toch was er een publiek van meer dan tweehonderd man, een opgefokte, zuipende menigte, en hun opwinding over wat ze zouden gaan zien was tastbaar. Het gevecht zou plaatsvinden in een voormalige schoenfabriek. Nu was het een waardeloos gebouw dat werd gebruikt voor ontelbare doeleinden – niet één officieel goedgekeurd en een paar overduidelijk illegaal. Maar wie zou de mensen een beetje plezier én een manier om ook nog wat geld te verdienen ontzeggen?

Vanavond kan ik mijn eigen pot met goud verdienen.

Het officiële prijzengeld was vijfduizend dollar. Als Cain won, zou ze daar maar duizend van krijgen. De verliezer kreeg maar driehonderd dollar, als dank omdat ze haar hersens door elkaar had laten schudden. Zo ging dat gewoon op dit niveau. Cain noemde het 'iemand verrot slaan terwijl de ander jou verrot sloeg', terwijl de menigte schreeuwend en joelend bier zoop en wiet rookte. De rest van het geld ging naar de verschillende mannen hoger in de voedselketen die geen waarde toevoegden, geen risico's namen en zelfs geen vinger uitstaken. Maar zij hadden macht en invloed, en werden dus dik betaald.

Toch was de kans op duizend dollar voor één avond werk voor Cain meer dan voldoende reden om hier nu te zijn, met een bitje in de mond, haar vuisten in de handschoenen, haar strategie bepaald en vol adrenaline.

De vrouwen ontmoetten elkaar in het midden van de geïmproviseerde ring, waar hekpalen in gigantische tractorbanden in cement waren gegoten zodat ze rechtop bleven staan. De omheining van harmonicagaas rondom de ring was 2 meter 40 hoog en het toegangshek was afgesloten met een hangslot. Anders dan bij een achthoekige UFC-ring was dit gaas niet bekleed met zacht vinyl en ook waren de metalen hekpalen niet voorzien van veiligheidsbekleding. Als je tegen dit gaas werd geramd, voelde dat niet goed. De vloer was niet van verend canvas, maar van beton, zodat hetzelfde gold als je daar opeens op terechtkwam. Maar Cain vond dat niet erg. Dit hier was een eitje vergeleken met andere kooien waar ze ooit in had gevochten, hoewel ze wel moeite had met het hek dat op slot zat. Maar als het moest kon ze over de omheining klimmen.

Cain keek naar haar tegenstander, die terugkeek met haar eigen versie van een intimiderende dodelijke blik. Deze blik verschilde van de blik waarmee mannen elkaar aankeken: tijdens dit soort mentale confrontaties overschatten de door testosteron opgefokte mannen zichzelf en hun mogelijkheden altijd, terwijl vrouwen minder duidelijk lieten blijken dat ze van plan waren je verrot te slaan.

'Droom maar lekker, schatje,' zei Cain. Ze beantwoordde de dodelijke blik met een brede glimlach, waardoor de vrouw pas echt kwaad leek te worden.

Als ik je pissig kan maken, des te beter.

De wedstrijd bestond uit drie rondes van vijf minuten, tenzij een vechter knock-out werd geslagen of zichzelf om een andere reden niet meer kon verdedigen. Cain was nog nooit knock-out geweest, maar de kans daarop bestond altijd. Het kleinere aantal rondes betekende dat het gevecht meteen vanaf het begin heel intens zou zijn. Er werd niet rondgedanst in deze ring van menselijk drama. Het publiek wilde afstraffingen en bloed zien, hoe meer hoe beter. Dit hier was, net als de NFL, veel Amerikaanser dan honkbal en appeltaart ooit zouden zijn. De hardste en gemeenste vechter won, en ieder ander was een loser.

De enige mensen in deze tijdelijke gevangenis, waar de maximumstraf vijftien minuten was, waren de kooivechters en de scheidsrechter. In dit geval een corpulente, arrogante klootzak, een griezel en een vrouwenhater die het niet te min vond om een vrouw die was neergeslagen en/of bewusteloos was te betasten. Tijdens een wedstrijd had hij dat één keer bij Cain geprobeerd toen ze even dizzy was, waarop zij haar ontevredenheid had laten blijken door een stuk van een van zijn vingers te bijten. Daarna had hij het bij haar nooit meer geprobeerd, maar ze ging er niet van uit dat deze hufter vanavond ook maar één keer een beslissing in haar voordeel zou nemen.

Cain was echter ook weer niet té zelfverzekerd. Ze had verschillende verwondingen die nooit echt waren genezen, waaronder een *rotator cuff* die de neiging had haar in de steek te laten op momenten waarop ze hem het meest nodig had. En Cains tegenstander zou niet veel voordeel nodig hebben om haar op haar rug te slaan, knockout.

De scheidsrechter gaf een paar korte instructies en keek Cain even aan, terwijl hij met zijn permanent beschadigde wijsvinger schudde. Daarna stapten de vrouwen achteruit in afwachting van het startsignaal.

Dat kwam een paar seconden later via een toeter en toen was het gevecht begonnen.

7

De vrouwen gingen meteen in de aanval en ontmoetten elkaar weer in het midden van de ring, met veel gesnuif, met gebogen en gespannen ledematen, en met een dodelijke blik, terwijl het publiek, met op de achtergrond de oude verroeste fabrieksschoorstenen, steeds luider schreeuwde. Alles werd opgeluisterd met oorverdovende muziek. 'Eye of the Tiger' werd continu afgespeeld, iemand had stroboscooplampen uit de jaren zeventig opgehangen en er stond zelfs een rookmachine rook uit te blazen. De opzichtigheid had een volkomen nieuw niveau bereikt, maar alle aanwezigen leken het geweldig te vinden, op de twee vrouwen na die op het punt stonden een serieus gevecht te beginnen. Zij hadden andere dingen om aan te denken. Zoals overleven. En geld.

Terwijl het publiek steeds meer kabaal maakte, namen Cain en haar tegenstander een paar seconden de tijd om elkaar te taxeren. Cain begon met een jab en een *snapkick* om de reacties, de kracht, de vaardigheden en de reactiesnelheid van de andere vrouw te peilen. Haar tegenstander deed hetzelfde. De vrouw haalde met een stevige stoot uit naar Cains schuine spier. Cain trok zich terug met een kick naar de vrouw, maar zonder haar been helemaal te strekken.

Cain incasseerde een rechtercross tegen haar kin en een knie tegen haar andere schuine spier. Beide slagen deden pijn. De vrouw was sneller dan zij, dat moest ze toegeven, en haar spierbeheersing was superieur. Toch was dat allemaal niet onverwacht. Ze kon wel merken dat de vrouw niet alles op alles zette, nog niet. Ze had het in zich om Cain neer te slaan, daar was geen twijfel aan.

Cain fingeerde een korte linkse en sloeg haar tegenstander daarna met een rechteruppercut in de maag. Maar de vrouw had een keiharde buik. Geen schade aangericht, niet echt. Cain zag dat de vrouw na de stoot scherp uitademde, als lucht uit een geknapte ballon.

Maar haar blik bleef helder en ze leek zekerder van de overwinning. Ze dacht kennelijk dat Cain al haar kracht in die stoot had gelegd. Maar je armen waren je zwakke ledematen. Je echte kracht, je echte knock-outkracht, dat wist Cain heel goed, zat lager.

Twee rondes gingen voorbij, terwijl honderden stoten en kicks en knietjes werden uitgedeeld en pijnlijk geïncasseerd. Er stroomde bloed, er stroomde zweet. En nog veel meer bloed en nog veel meer zweet als de beide lichamen tegen elkaar botsten, zich van elkaar losmaakten en steeds opnieuw tegen elkaar klapten – als grizzly's die met elkaar vochten.

De betonnen vloer was algauw besmeurd met de bloed- en zweetdruppels van beide vrouwen. Het patroon werd door hun constant bewegende voeten veranderd in wazige, slecht definieerbare vormen – als een vroeg meesterwerk van Jackson Pollock. Hun armen en benen en torso zaten vol striemen en paarsachtige bloeduitstortingen, en hun gezicht zat vol sneden. Dit soort dingen deed je niet als je je uiterlijk heel belangrijk vond. Door een onderarm tegen de neus of een voet tegen de kin kwam je op de grond terecht, niet op de cover van een tijdschrift.

Toen ze elkaar even vasthielden, zei Cain pesterig door haar bitje: 'Kom op, meid. Jij zou toch de volgende grote vechter zijn? Je hebt me nog niet één keer neergeslagen, watje!'

De vrouw werd kwaad en probeerde een *armbar*, maar Cain duwde haar ruw van zich af en werd zelf afgesnauwd. Haar tegenstander sprong naar voren en Cain incasseerde een harde stoot tegen haar hoofd. Ze stapte iets naar achteren, maar niet op een defensieve manier, want daarmee zou ze de vrouw aanmoedigen meteen achter haar aan te gaan in de hoop dat ze keiharde stoten kon uitdelen, steeds opnieuw, tot de scheidsrechter zich ermee bemoeide en er een einde aan maakte. En deze scheidsrechter zou dat onmiddellijk in het nadeel van Cain beslissen, alleen al om te voorkomen dat zij het geld kreeg.

Vanavond niet, lulhannes.

Maar toen hield haar rotator ermee op, zodat Cain haar arm niet hoog genoeg kon heffen om haar gezicht te beschermen; dat was heel duidelijk te zien.

De andere vrouw zag dat meteen en dook naar voren om het af te maken. Ze viel Cain aan met alle kracht die ze had en haar vuisten bewogen zo snel dat Cain ze bijna niet kon zien, laat staan kon blokken. Een cross raakte haar tegen de zijkant van het gezicht, waardoor ze wankelde. Een hoekstoot ramde de andere kant van haar hoofd. Een uppercut raakte haar kin en ze viel naar achteren, probeerde te blijven staan en haar rotator weer in beweging te krijgen.

Maar toen maakte de andere vrouw een fout. Meer was er niet nodig tijdens een kooigevecht. De fout was dat ze achteruit stapte en haar handen iets liet zakken, omdat ze dacht dat ze buiten Cains bereik was. Ze probeerde op adem te komen na haar serie slagen en nam even de tijd om te besluiten hoe ze Cain het best knock-out kon slaan – wat volgens haar de enige mogelijke uitkomst was.

Cain had hier tijdens het hele gevecht de basis voor gelegd door haar bewegingen kort te houden. Na een steekspel van ongeveer één minuut waren vechters op dit niveau mentaal in staat om elke millimeter van de ring op te meten en kenden ze ook het exacte maximale bereik van hun tegenstander. Die laatste berekening werkte echter niet als je tegenstander je alleen maar liet zien wat ze je wílde laten zien. Dat had Cain dus met elke uithaal systematisch gedaan: ze had de vrouw nooit haar maximale bereik laten zien en daar ging het dus om. Nu haar rotator haar in de steek liet, was het cruciale moment gekomen.

De trainer van de vrouw, die meer ervaring had met dit soort dingen dan zijn protegee en Cain ook al eerder had zien vechten, brulde een waarschuwing. Maar de vrouw hoorde die waarschuwing niet eens, doordat die één seconde kwam nadat Cain haar lange voet – zo hard als een boomtak – tegen de kaak van de vrouw ramde. Ondanks het enorme kabaal hoorde iedereen in het publiek het geluid – als van een watermeloen die op het terras viel – van het kaakbeen van de vrouw dat onder de botten in Cains voet bezweek.

Door de kracht van de stoot vloog de vrouw een paar centimeter door de lucht, terwijl haar hoofd sneller naar achteren klapte dan een hoofd eigenlijk hoort te doen. Toen ze weer op de grond stond, viel ze om als een naaldboom die werd omgezaagd, want ze was knock-out.

Het enige wat de scheidsrechter hoefde te doen, was zich bukken om te zien dat het slappe lichaam niets meer in zich had waardoor deze vechter het gevecht kon voortzetten. Na twee minuten en vierendertig seconden in de laatste ronde gaf hij aan dat het gevecht voorbij was. Er waren meer mensen in het publiek die teleurgesteld kreunden dan die juichten van plezier. Het was wel duidelijk dat de meeste gokkers hier hadden gedacht dat Cain vanavond het onderspit zou delven.

De gevloerde vrouw werd snel bijgebracht met een opengebroken ammoniakcapsule en overeind getrokken. Daarna stond ze, voornamelijk doordat haar chagrijnige trainer haar vasthield, in de ring, terwijl de scheidsrechter met tegenzin Cains arm omhooghield om aan te geven dat zij de winnaar was. Meteen daarna zakte de verslagen vechter ineen en werd ze op een brancard de ring uit gedragen.

Cain beende de ring uit, terwijl het bloed over haar gezicht en uit haar neus druppelde, zonder ook maar een woord tegen wie dan ook te zeggen. Er was niets wat ze wilde zeggen, en er was niemand tegen wie ze dat wilde zeggen.

Het enige wat ze wilde was haar verdomde geld.

8

In de groezelige, vieze kleedkamer zonder douche trok Cain haar bezwete kleren uit en wreef met een ingezeepte handdoek de stank en het bloed van zichzelf en haar tegenstander van zich af. De blauwe plekken op haar gezicht stelden niets voor; die genazen wel weer. Daarna keek ze heel even in de gebarsten spiegel in het knipperende harde neonlicht dat een halve eeuw geleden in de mode was naar haar lange naakte lichaam.

Alleen het beste is goed genoeg voor deze vrouw.

Ze had niet één tatoeage; die had ze niet nodig. Ze had littekens, brandmerken, bulten, pijnlijke diepe littekens van messneden en andere verminkingen – die haar door iemand waren toegebracht. Cain vertrok haar gezicht niet van woede of afkeer, maar glimlachte triomfantelijk.

Ik heb het allemaal overleefd.

Die instelling had ze altijd al gehad. Wat je haar ook maar aandeed, daarna stond zij nog steeds rechtop, zelfs als jij niet meer rechtop stond. Daar genoot ze vooral van, als jij niet meer rechtop stond.

Cain streek over haar donkere stekelhaar, dat zo kort was dat het bijna leek alsof ze haar schedel kaal had geschoren. Dat had ze vorig jaar gedaan. Ze had het veel eerder moeten doen. Lang haar had haar kwaad gemaakt, al zo lang als ze zich kon herinneren, wat niet eens zo lang was. Ze wist dat er hiaten, leemtes en zwarte gaten waren. Ooit had ze nog gehoopt dat ze die allemaal zou kunnen vullen. Nu was ze blij met die hiaten. Ze had geen behoefte meer om iets over haar verleden te ontdekken, want wat had dat voor zin? Alleen vandaag, morgen en overmorgen waren belangrijk. En op dit moment was zij de winnaar van duizend dollar. Dit was een van haar beste dagen sinds lange tijd.

Cain had eindelijk haar rotator weer los, een coldpack op de plaatsen gelegd waar ze de hardste stoten had geïncasseerd, zalf op haar snijwonden gesmeerd en haar onderbroek en beha, vale spijkerbroek en haveloze trui aangetrokken. Ze deed teenslippers aan, ook al was het koud buiten. Met het prijzengeld zou ze een paar nieuwe schoenen kopen. Maar maat dertien extra breed was niet vaak te vinden, in elk geval niet in een model dat niet op clownsschoenen leek. Ze haalde de slanke 15 schots Glock 19 met de matzwarte finish die ze altijd meenam naar dit soort gevechten uit een kluisje met een hangslot en stopte hem in haar riemholster. Haar andere bezittingen deed ze in een kleine weekendtas, hing hem aan haar schouder en ging op zoek naar haar prijzengeld.

Dat vond ze in de vorm van een kleine magere man in een goedkoop gekreukeld pak. Hij had een felle blik in zijn kleine ogen en een snor die steeds bewoog alsof er iets levends in zat. Hij stond in de hal vlak naast de ruimte waar het gevecht had plaatsgevonden. Een onaangestoken sigaret bungelde aan zijn lippen. Het publiek was vertrokken, dus misschien waren ze hier alleen, hij en zij, en Cain wilde dit zo snel mogelijk afhandelen. Een man, een vrouw, en geld dat moest worden overhandigd, allemaal op een verlaten plek, was altijd ingewikkeld.

Ze stak haar hand uit. 'Geef maar op, Sam. Ik moet morgen vroeg op.'

Hij haalde een envelop uit de binnenzak van zijn jas en zwaaide er uitdagend mee. 'Je hebt haar behoorlijk te pakken genomen, El. Maar ze is slim. Zij leert het nog wel. Anders dan jij gaat zij een ster worden.'

Cain hapte niet, om de eenvoudige reden dat het haar niets kon schelen. 'Op dit moment gaat ze alleen maar naar het ziekenhuis om te laten controleren of ze een hersenschudding heeft en om haar kaak met metaal vast te laten maken. Als ze echt slim is, gaat ze een IT-cursus volgen en laat ze jou en deze shit achter zich.' Ze liet haar weekendtas vallen, pakte de envelop en maakte hem open.

'Het zit er allemaal in,' zei Sam. 'Denk je soms dat ik je zou bedriegen?'

'Inderdaad, dat heb je namelijk al eens gedaan.'

'Dat was vroeger.'

'Vroeger?' Ze zag dat hij naar haar Glock keek en zei: 'Goddank voor *open carry* en geen achtergrondonderzoek. Het enige wat een vrouw nodig heeft om niet te worden verneukt door klojo's zoals jij.'

'Klopt!' snauwde hij. 'Zou jij een achtergrondonderzoek misschien niet doorstaan, El?'

Ze was klaar met het tellen van het geld en stopte het in haar tas. 'Net zo gemakkelijk als jij, Sam.'

'Dankzij jou hebben een paar lui een bom duiten verdiend. De meesten hadden tegen jou gewed.'

'Ja, stom van ze.'

'Jij hebt je beste tijd gehad. Misschien had je het tien jaar geleden serieuzer moeten nemen. Je had mazzel vanavond met die trap. Zij had met gemak van je kunnen winnen en sloeg je bijna KO. In de eerste twee rondes stond ze voor, en in de derde, toen die kloteschouder van je vastzat, sloeg ze je helemaal verrot. Ze is gewoon beter, geef het maar toe.'

'Hoe zou jij dat moeten weten, Sam? Jij hebt toch nooit in de ring gestaan, wel? Daar heb je heel veel dingen voor nodig die jij nooit zult hebben.' Ze keek naar zijn kruis. 'Zoals ballen groter dan pinda's.'

Hij leek niet naar haar te luisteren, maar bekeek haar kritisch. 'Weet je, als jij jezelf een beetje zou opknappen, al die stomme shit op je huid zou laten verzorgen, af en toe leuke kleren zou dragen, je kop niet kaal zou scheren als een achterlijke skinhead en je een paar uur als een vrouw zou gedragen in plaats van als een politiehond, zou een man je aantrekkelijk kunnen vinden. Als je dat doet, kunnen jij en ik misschien wat plezier hebben samen. Ik kan geweldig gezelschap zijn, met de juiste vrouw.' Hij streek over haar arm.

Het volgende moment werd hij tegen de muur geramd en drukte Cain de loop van haar Glock tegen zijn wang.

'Als je me ooit nog eens probeert aan te raken...' Ze trok de slede terug zodat er een kogel in de kamer kwam en drukte de loop zo hard in zijn huid dat die zijn jukbeen raakte.

'Je bent verdomme gestoord, bitch!' riep Sam doodsbang.

'Vergeet dat dus nooit meer.' Cain stapte achteruit, holsterde de Glock, pakte haar tas en liep weg.

Ze deelde handtekeningen uit aan een paar achterblijvers op de parkeerplaats die waarschijnlijk zo straalbezopen waren dat ze niet eens wisten wie ze was. Daarna stapte Cain in haar gedeukte tweedeurs Honda Civic uit de jaren negentig, met al zoveel kilometer op de teller dat hij bijna tien keer de wereld rond had kunnen rijden. Deze auto had in de loop der jaren als ze het land doorkruiste ook weleens als haar huis gefungeerd.

Geweldige ouwe auto, dacht Cain toen ze de auto startte. Wat zou ik zonder je moeten doen? Ze klopte op het dashboard alsof het een oude vriend was. En als je niet veel vrienden hebt, is een auto een prima vervanger.

De rit duurde niet lang, want Cain woonde vlakbij in een wijk die nog niet gerenoveerd was. Ze nam aan dat er gewoon te veel ongewenste mensen woonden.

Zoals ik.

9

Cain parkeerde de auto voor het huis en liep, nadat ze het verroeste hangslot had losgemaakt, door de enige deur van haar huis naar binnen. Ze deed de deur aan de andere kant weer op slot, omdat de mensen hier zich niet aan dezelfde wetten hielden als de meeste andere mensen. Ze wist dat de eigenaren haar en de andere bewoners er op een bepaald moment uit zouden schoppen en dit pand vervolgens zouden veranderen in iets waarmee ze echt geld konden verdienen. Op dit moment bestond het pand slechts uit provisorische ruimtes die van elkaar gescheiden waren door dunne muren die waren geplaatst tijdens de overgangsfase van commercieel gebruik naar woonruimte. Daardoor waren de casco's van de vervallen twee-onder-een-kapwoningen omgetoverd in 'woningen' en waren de huidige bewoners maar één stap verwijderd van een leven als dakloze. Maar ze wist dat dat een verdomd belangrijke stap was. Je vond een huis altijd vanzelfsprekend, tot je geen huis meer had.

Ze had een dak, een bed, een wc, een magnetron, voldoende warmte en ramen, en een staande ventilator in plaats van airco. Ze had een mobiele telefoon die ze had 'gevonden' door hem te stelen, en gebruikte de wifi van een netwerk in de buurt nadat ze het wachtwoord had achterhaald. Het wemelde er van de ratten, maar die lieten haar meestal met rust. Dit krot kostte haar vierhonderd dollar per maand aan huur plus water en stroom, en dat was een zegen voor haar omdat ze geen penny meer kon betalen.

Haar officiële naam was nu al heel lang Eloise Cain. Eloise kwam uit een boek dat ze als kind had gelezen. Ze noemde zichzelf al heel lang geen Rebecca Atkins meer, niet sinds die avond in Georgia. Voor die tijd had ze een andere naam gehad, maar ze kon zich niet herinneren welke dat was. Hoe komt het toch dat ik zoveel geluk heb dat ik al die namen heb? dacht ze soms na te veel biertjes of te veel wiet, of allebei. De meeste mensen hebben er maar één.

En Cain? Die naam had ze bedacht doordat ze de Bijbel had gelezen. Desiree Atkins had gezegd dat de Heilige Schrift de enige teksten waren die ze hoefde te leren en dat ze haar hele leven berouw moest hebben van alle vreselijke dingen die ze had gedaan en alle vreselijke dingen die ze had willen doen. Nou, het was wel zeker dat ze vreselijke dingen met Desiree had willen doen. Maar wat ze ook wilde doen, viel in het niet vergeleken met alles wat Desiree haar had aangedaan.

Na haar ontsnapping had Cain jarenlang zo ongeveer gewoond in enkele van de beste openbare bibliotheken van het land. En niet alleen om te lezen en te leren, in het begin tenminste niet. Maar ze had gemerkt dat ze je langer lieten blijven als je meer boeken las, en dat was belangrijk als het buiten ijskoud of gruwelijk heet was. En als je veel boeken las, en zelfs een handje meehielp, werden vriendelijke medewerkers vaak informele docenten die haar hielpen beter te lezen en te schrijven – en haar ook nog eens te eten gaven. Omdat je geest op een lege maag niet zo goed werkte. Die jaren waren feitelijk haar leerschool geweest, of ze het nu leuk vond of niet.

Ze had geen duidelijke herinneringen aan de tijd vóórdat ze bij de Atkinses kwam wonen. Op één ding na.

Maar dat was een belangrijk ding. Echt een heel belangrijk ding.

Ze liet haar weekendtas naast de matras op de grond vallen. Een doos naast de matras was haar kast. Ze had een lamp aan kunnen doen, maar gaf de voorkeur aan het donker. Het klonk misschien onlogisch, maar sommige zaken kon ze in het pikkedonker veel helderder zien. De nare facetten van het leven werden erdoor uitgefilterd, waardoor ze zich er volledig op kon concentreren – alsof haar leven ervan afhing, wat voor Cain vaak het geval was geweest.

Ze haalde een losse plank uit de vloer en opende de deksel van een blikken doosje dat ze daar bewaarde. Ze stopte het geld erin en legde de plank terug. Op de vloer stonden ook stapels boeken. Die had ze allemaal meegenomen uit bibliotheken, sommige met toestemming, maar de meeste zonder. Maar ze had ze allemaal gelezen, meerdere keren. Boeken moesten worden gelezen en niet tentoongesteld op een plank of als decoratie dienen.

Cain ging op de matras zitten en rolde een joint. Ze stak hem aan, nam een trekje en snoof de rokerige geur op, terwijl het nacht werd en de wiet iets van de pijn van het gevecht wegnam. In de loop der jaren had ze allerlei harddrugs uitgeprobeerd: coke, crack, meth, heroïne, synthetische drugs, exotische straatmixen. Ze was bijna doodgegaan door een OxyContin-pil met fentanyl, en er waren drie snufjes naloxonspray van een ambulanceverpleegkundige nodig geweest om haar terug te brengen, dat was haar tenminste verteld. Daarna had ze dat niet meer gebruikt. Afkicken was afschuwelijk geweest, maar zij had het gedaan. Waar het om ging, was dat ze niet wilde dat iets ooit nog sterker was dan zij.

Ze concentreerde zich op de herinnering van lang geleden.

Ze willen je niet meer, zei de man die avond tegen het kleine meisje dat ze was geweest met de naam en het verleden die ze zich niet meer kon herinneren. Toen ze in zijn auto zaten, had hij gezegd: *Ze stuurden me hiernaartoe om voor je te zorgen. Je moeder en vader zeiden dat ik je moest vermoorden. Maar dat ga ik niet doen. Ik breng je naar een ander gezin dat je wil hebben. Daar zul je veilig zijn.*

Ze dacht aan het oudere stel, Len en Wanda Atkins. Daar had de man haar naartoe gebracht. Vervolgens was ze snel doorgegeven aan Joe en Desiree Atkins. Wat zij met haar hadden gedaan – nou ja, vooral Desiree – had ze geprobeerd te vergeten. Maar dat was niet echt gelukt.

Slaaf. Dat was ze geweest. Een slaaf, een gevangene, een stuk bezit, een sloofje; ze had over die dingen gelezen. Zwarten waren vroeger slaven geweest in dit land, had ze gelezen. Hoe het ook werd genoemd, dat was ze toen allemaal geweest.

Hoeveel bomen had ze omgehakt voor brandhout? Hoeveel houtblokken had ze verplaatst, hoeveel struikgewas opgeruimd? Vloeren en ramen schoongemaakt, afgewassen, gestofzuigd, gras gemaaid, de tuin onderhouden, struiken gesnoeid, klimplanten en onkruid gewied, muren geverfd, kleren gewassen, wc's en wastafels schoongemaakt, bedden opgemaakt en maaltijden klaargemaakt die nooit voor haar waren? Hoeveel shit van de ene naar de andere plek gebracht? Hoeveel 'Doe dit, doe dat, nú!'-bevelen, alleen omdat ze haar konden dwingen?

Ze had het sprookje van Assepoester gelezen.

Ik was Assepoester, alleen heb ik nooit een prins gevonden. En mijn voeten zijn veel te groot voor een glazen muiltje.

Mensen zijn grappig, op een bijzonder niet-grappige manier.

Ze werd groot, heel groot. Haar ouders moesten groot zijn geweest, maar dat kon ze zich niet herinneren. En haar leven had haar sterk gemaakt: ze kon een pick-up optillen, had een enorm uithoudingsvermogen en kon dagen achter elkaar keihard werken zonder dat ze daar last van kreeg. Ze had ook geen gram vet op haar lichaam, doordat ze haar net genoeg te eten hadden gegeven om haar hongerig te laten blijven. En haar pijngrens? Wat ze vanavond had doorstaan? Dat was pijnlijk, echt wel, maar niets vergeleken met wat ze in het verleden had ondergaan.

Desiree had ervan genoten om van alles te brandmerken. Honden, katten... maar vooral El.

En mentaal was ze sterker dan ze anders zou zijn geweest. Het was elke dag hetzelfde. Eerst de afgesloten kamer in het huis. Daarna haar laatste bestemming, de kleine gevangenis in het bos. Een ander sprookje met een monster. De ketting. De geur van rottende klei. Ze was zich blijven concentreren om dat te overleven. Ze deed de geheugenspelletjes die noodzakelijk waren om niet gek te worden. Ze concentreerde zich op alledaagse dingen, zodat ze de volkomen absurditeit van haar huidige leven kon begraven in het zwarte gat van haar geest, terwijl ze zich bezighield met onbelangrijke zaken: de seconden tellen, het gedruppel van water, haar versleten kleren op haar vieze planken opbergen, afwassen, de fixatie op de plek waar ze de eerste kras op een boomtak moest maken. Of een reekalfje ontdekken, wat haar aan het huilen maakte; of een havik zien die zich op de luchtstroom liet drijven en die tegelijkertijd het beste uitzicht van het hele land had. Een vogel met meer vrijheid dan zij had.

Elke dag die ze leefde en de zon kon zien opgaan en daarna weer kon zien ondergaan was een gigantische overwinning. De kleine dingen waren echt het belangrijkst, vooral als alle grote dingen je werden ontzegd. De lange dagen en avonden keihard werken, het klopje op haar deur voor haar twee maaltijden per dag. Zij met het eten, hij uiteindelijk met het geweer. Omdat ze veel groter was geworden dan zij waren. Ze waren bang voor haar; dat kon ze zien aan hun grote ogen en aan de manier waarop Joe het geweer vasthield, aan de kloppende ader bij zijn slaap als die deur, die verdomde deur, openbleef. Nooit een ander levend wezen zien behalve die schijtlijster van een Joe en die valse Desiree, en een enkele keer Len en Wanda, die met een verdrietige blik in hun ogen kwamen en nog verdrietiger vertrokken. Cain was veranderd van een doodsbenauwd kind in een volwassen vrouw met een ijskoude blik. Ze was een gevangene, ook al was ze nooit berecht en ergens voor veroordeeld.

Tot díé dag was gekomen.

De ontsnapping, perfect getimed. Ze had hem afgeleid. Hij had niet meer aan het hangslot gedacht, hij was vergeten het dicht te maken, ook al had hij dat jaar na jaar wel gedaan. Ze glimlachte toen ze daaraan terugdacht. Ze wist het van de camera. Maar ze had gewacht tot ze terug waren in het huis, ze had in gedachten de stappen geteld. Ze kende hun routine beter dan zijzelf, doordat zij een heel ander leven hadden om aan te denken en zij dus niet. Zij had alleen dit. Toen had ze tegen de deur geslagen met alle kracht die ze bezat. En ze was zo verdomd sterk, zo sterk als een leeuw, zo sterk als een woeste leeuw die op het punt stond uit te breken na jaren van gevangenschap.

Jullie mensen kunnen maar beter verdomd hard rennen, want iets wat niet menselijk is komt je achterna. Het monster uit het sprookje zal vanavond ontsnappen, stelletje klootzakken.

En ze had tegen die deur geramd, keer op keer op keer op keer... En toen, opeens...

Vrijheid!

Ze nam een trekje van de joint, inhaleerde de rook en opende het koelkastje dat ze op een stortplaats had gevonden en had gerepareerd en schoongemaakt. Ze haalde er een Budweiser uit, maakte het blikje open en nam een slok. De drank irriteerde haar gebarsten lip. Ze drukte het koele blikje tegen haar lip en daarna tegen haar schuine spier. Die bitch met haar gebroken kaak had een behoorlijke stootkracht.

Maar op die avond stond ze daar, op weg naar de vrijheid, zonder te weten waar ze naartoe moest. Waar ze zich helemaal niet druk over maakte. Na al die jaren. Toen opeens... verscheen Joe Atkins. Hij doemde voor haar op als een grote, slechte kwelgeest. Alleen was zij groter en slechter dan Joe ooit zou zijn. Hij was een insect dat moest worden geplet.

Ze dronk het blikje leeg, veegde langs haar kin en drukte de joint uit; ze bewaarde de rest voor later. Ze ademde de rook in die als een miniatuurcumuluswolk in haar kamer hing, maar met het voordeel dat ze er high van werd.

Ja, toen was Joe er geweest. En toen opeens was hij er niet meer.

Geplet. Vrijheid.

Ze ging op haar rug op de matras liggen, schopte haar teenslippers uit en bewoog haar lange tenen.

Ze had geld, ze had één enkele creditcard die ze heel zelden gebruikte, ze had een plek waar ze kon wonen en een auto waarmee ze ergens naartoe kon gaan. Ze had een paar banen, dingen die ze deed. Niet allemaal legaal, maar wat gaf dat? Niets wat haar was aangedaan was legaal geweest.

Overleven. Ze viel in slaap met alleen die gedachte in haar hoofd. Zoals zo ongeveer elke avond.

Daardoor voelde ze zich niet slechter en voelde ze zich niet beter. Maar daardoor voelde Cain tenminste iets.

Halleluja, je hebt het allemaal overleefd, El. Nu moet je gaan slapen, zodat je klaar bent voor morgen. Gewoon voor het geval het komt.

10

De wekker op haar telefoon ging om zes uur 's ochtends. Cain rolde op haar zij en gaapte. Ze ging rechtop zitten en zette het raam open, zodat de laatste rook van haar joint kon ontsnappen. Veel zorgen maakte ze zich niet. Hoewel er steekproefsgewijs drugstesten werden gedaan op het werk waar ze vandaag als eerste naartoe ging, gebeurde dat met bloedtesten. Maar een bloedtest kon HTC, de stof in wiet waar je high van werd, tot ongeveer drie uur na gebruik traceren. Een speekseltest vierentwintig tot tweeënzeventig uur na gebruik. Een urinetest kon je er zelfs bij lappen tot dertig dagen na gebruik. Daarom doen veel werkgevers de speekseltest of, nog waarschijnlijker, de bloedtest. Want anders prezen ze zichzelf uit de markt doordat ze dan geen mensen hadden die het werk konden doen.

Dat was het smerige geheim van de klote werkwereld waar miljoenen mensen elke dag zwoegden. En de slimheid van verslaafden die een baan nodig hadden.

Ze opende de koelkast, brak drie eieren in een glas en dronk ze rauw op. Dat had ze ooit gezien in een oude film over een uitgerangeerde bokser die Rocky heette. Eiwitten die je lichaam kennelijk hielpen te herstellen en op te bouwen. Dat was goed, dacht Cain, omdat het smerig smaakte en de textuur bezat van snot.

Ze trok de kleren aan waarin ze had gevochten, vol zweet en bloed en alles, plus een capuchontrui, een trainingsbroek en versleten sneakers. Daarna verliet ze haar huis en deed de deur met het hangslot aan de andere kant op slot. Ze liep een paar kilometer hard, terwijl haar adem elke keer dat ze uitademde zichtbare wolken vormde. Het werd snel winter. Maar in haar huisje zou het hopelijk aangenaam toeven zijn.

Ze hield van hardlopen, en haar lange benen en lichaam waren gebouwd om snel een grote afstand af te leggen. Cain liep haar hele leven al hard. Soms in werkelijkheid, andere keren alleen in gedachten, vooral in al die jaren waarin ze opgesloten was. Dan liep ze hard op de plaats en liet ze zich door haar verbeelding naar andere plaatsen brengen dan waar ze was. De dingen die ze in gedachten deed om niet gek te worden, waren soms heel idioot. Leerden haar dingen. Bewezen dat je geest je overal doorheen kon slepen. Door alles. Want dat was voor haar zo geweest.

Het motto van mijn leven: als je niet kunt leven in de wereld die je hebt, moet je leven in de wereld die je verzint.

Ze stopte bij vijf verschillende 'tenten en dozen' en gaf overal een klein deel van haar prijzengeld. De mensen aan wie ze dat gaf waren geen drank- of drugsverslaafden, de meesten tenminste niet. Zij zouden het geld gebruiken om eten en andere noodzakelijke dingen te kopen, want ze hadden allemaal jonge kinderen die samen met hen in hun ellendige situatie zaten.

'Dank je,' zei een jonge moeder, die wit was maar bruin leek door de zon en de viezigheid. Cain wist: dit was de 'kleur' van dakloos zijn die op geen enkele andere huidskleur leek. Dakloos zijn vrat niet alleen aan je hersens, maar ook aan je buitenkant. Die kleur raakte je nooit meer echt kwijt, doordat je elke minuut bang was dat het je opnieuw kon overkomen. Het was alsof je je leven lang een vluchteling was, met als enige misdaad pech of verkeerde keuzes, terwijl als de rijken en machtigen een fout maakten die werd rechtgezet door hun advocaten en pr-mensen.

Cain wimpelde het bedankje van de vrouw af en rende verder. Het volgende gezin was zwart, en het gezin daarna ook. Het volgende gezin sprak alleen Spaans en rilde van de kou. Van het laatste gezin wist ze niet echt wat ze waren, maar dat maakte niet uit. Ze haalden adem, ze waren mensen. *In die zin lijken ze op mij.* Dat was genoeg. Dozen waren bedoeld om spullen in te bewaren, niet om mensen in te stoppen. Tenminste, niet voordat ze dood waren. De meeste mensen die naar hen keken hadden medelijden of voelden afkeer, of allebei. Cain niet. Zij zag alleen mensen die hulp nodig hadden.

En toen ze klaar was, had ze meer dan de helft van haar prijzengeld weggegeven.

Ze wist wat de term 'barmhartige samaritaan' betekende, maar alleen doordat ze de Bijbel had gelezen. Dat was echter niet de reden dat ze het deed. Ze deed het omdat zij vandaag geld had en deze mensen vandaag niet, terwijl ze het wel nodig hadden. Houd het simpel, was Cains motto. Als je er diep over nadacht, had je de neiging te houden wat je had en de neiging om anderen uit te dagen te proberen het van je af te pakken.

Ze kwam weer thuis, en werkte daar haar dagelijkse work-out af met push-ups, *floor dips*, chin-ups aan een stang die in een deuropening geklemd zat, heel veel buik- en kernoefeningen met een medicijnbal, en oefeningen met een kettlebell die ze voor een dollar had gekocht van een sportschool die ermee ophield. Daarna *bodyweight lunges* en squats en calisthenics gevolgd door schaduwboksen. Ze eindigde met *heavy-duty stretching.*

Als je sterk en waakzaam bent overleef je het niet altijd, maar het is verdomd zeker dat je je kansen wel vergroot.

Ze nam een koude douche, want iets anders had ze niet. Ze was de vorige avond ongesteld geworden. Op haar elfde was dat voor het eerst gebeurd, toen ze bij de Atkinses woonde. Ze had gedacht dat ze doodging toen ze kramp kreeg en er bloed uit haar druppelde. Ze had Desiree gesmeekt haar te helpen. Maar de vrouw had gelachen, een keukenrol naar haar toe gegooid en gezegd dat dit elke maand zou gebeuren. Ze had eraan toegevoegd: 'Daar zijn dingen voor te koop, maar voor jou is keukenrol goed genoeg. Je gaat toch nergens naartoe, dus red je er maar mee.'

En Cain had zich ermee gered door de keukenrol te gebruiken. Tot Wanda Atkins Cain had uitgelegd wat er echt aan de hand was en haar een doosje tampons gaf. Dat was een eyeopener geweest. Cain herinnerde zich dat ze Wanda had gevraagd of jongens ook ongesteld werden.

'Nee,' had ze gezegd. 'Maar goed ook, want die zouden het niet kunnen verdragen.' Cain dacht dat ze letterlijk de waarheid sprak.

Wanda was aardig voor haar geweest, gaf haar stiekem boeken en bepaalde medicijnen of bracht haar extra eten. Maar ze probeerde nooit om haar te bevrijden. Er waren grenzen, dacht Cain, aan de edelmoedigheid van mensen. En aan hun normen en waarden.

11

Vijfentwintig uur per week voor negen dollar per uur bediende Cain een vorkheftruck waarmee ze kratten op vrachtwagens laadde. Ze wilden haar niet fulltime aannemen, want dat zou gepaard gaan met toeslagen en andere rechten. Alle mannen daar – zij was de enige vrouw – waren ook parttimers.

Ze parkeerde haar Honda voor de terminal, zette de helm en veiligheidsneuzen voor haar schoenen en een veiligheidsbril op en klom in haar kleine machine. Ze hadden meer dan genoeg mannen kunnen krijgen met een certificaat voor dit werk en die tijdens de vorige recessie waren ontslagen. Maar Cain was veel goedkoper en eiste geen fulltimebaan. Mensen zoals zij waren op de vrije markt tegenwoordig zeer in trek. Ze was een arbeider die het niet erg vond genaaid te worden. Werkgevers waren weg van haar.

Ze hield van het werk, omdat ze niet echt met wie dan ook hoefde te praten of met wie dan ook hoefde om te gaan. Ze klom gewoon op haar stoel, laadde de kratten en kisten in en deed haar ding. Jaren eerder had ze goed kunnen rondkomen van ditzelfde werk. Toen was ze gewond geraakt tijdens het werk en de pijnstillers hadden goed geholpen, dus was ze ze blijven gebruiken. Toen kwam de dag waarop ze niet meer kon ophouden ze in te nemen. En daarna waren het niet langer alleen pijnstillers, maar alles wat ze kon snuiven, slikken of injecteren. En dat had het einde betekend van haar baan en de hele rest.

Iemand had voorgesteld dat ze in therapie ging. Ze was naar iemand toe gegaan, maar toen hij vragen stelde over eventuele problemen in haar verleden, was ze opgestaan en vertrokken. Dat was het niet waard. Cain wist dat ze, wanneer ze daar weer over na ging denken, haar polsen zou doorsnijden. Voor haar was er maar één weg die ze kon volgen, en dat was vooruit. Een psycholoog zou een boek over haar kunnen schrijven, maar zij zou dat nooit lezen. Zij had het meegemaakt. Eén rit door de hel was wel genoeg.

Cain had nooit in de gevangenis gezeten, maar wel af en toe korte tijd in een huis van bewaring voor stomme dingen die ze niet had moeten doen. Kleine diefstalletjes, rijden onder invloed, drugsbezit, een dronken accountant door een etalageruit duwen omdat hij aan haar kont had gezeten en toen aan haar borsten, waarna zijn vrienden allemaal hadden gezworen dat zij was begonnen. Dat soort dingen. Shit gebeurde, alleen leek het wel dat haar meer shit overkwam dan veel anderen.

Na elke arrestatie was ze bang geweest dat haar identiteitsbewijs en gefingeerde verleden de test niet zouden doorstaan en dat daardoor onaangename vragen zouden volgen. Maar ze had gemerkt dat de politie in het echte leven niet te vergelijken was met de lui die je op tv zag. De computers waren oud en hoekig, de kantoren grauw en de kleren die ze droegen zelfs nog grauwer. Niemand was zelfs maar een heel klein beetje sexy, het moreel was slecht en de energie om zich in te spannen voor onbelangrijke zaken zoals die van haar vrijwel niet aanwezig. Ze was slechts een papieren geval dat ze gewoon doorschoven omdat niemand het echt belangrijk vond.

Goddank.

Ze klokte op de seconde uit. Ze wilde net in haar auto stappen toen een nieuwe collega naar haar toe kwam. Zijn taak was het voltanken en schoonmaken van de vrachtwagens; dat had ze hem tenminste zien doen.

Hij was slank – eigenlijk te mager – en had een warrige slecht verzorgde baard, nerveuze ogen en een arrogante blik. Dat vond Cain tenminste.

'Hoi,' zei hij.

'Ja?'

'Hoor dat je niet van mannen houdt.'

'Hoezo?'

Hij grijnsde. 'Omdat je nog nooit een date hebt gehad met een van de jongens hier.'

'Heb je het over die ene man met tanden, of over al die anderen?'

'Hé, dat is bitchy!' zei hij fronsend.

'Wat gaat jou dat verdomme aan?'

'Dat weet ik niet. Luister, vergeet het maar. Shit, ik bedoel, wat is je probleem, verdomme?'

Cain zei: 'Ik heb geen probleem. Ik ben hier alleen om mijn werk te doen. En nu ga ik ander werk doen.'

Zijn kwade blik werd nieuwsgierig. 'O? Waar dan?'

'Hoezo?'

'Ik verdien hier bijna niets. 's Avonds maak ik kantoren schoon. Maar dat betaalt ook shit en het is geen vaste baan. Luister.' Hij keek nerveus om zich heen en stak een sigaret op. Zijn handen trilden. 'Luister, ik... heb een kind. En met mijn vrouw gaat het niet goed. Afkicken, weet je... Meth, dat is zwaar.'

Ze bekeek hem kritisch en kwam tot de conclusie dat zijn vrouw niet de enige was met een methverslaving. Cain zag alle symptomen, want ze was zelf ook eens verslaafd geweest. 'Vrachtwagens schoonmaken en kantoren schoonmaken? Biedt niet veel toekomst. Datzelfde geldt voor meth. Als je daar niet mee stopt is niets anders belangrijk, want dat zit in je hoofd en dan denk je alleen nog maar aan je volgende shot en hoe je daaraan moet komen.'

'Shit, dat weet ik! Dus, wat doe je nog meer?' vroeg hij.

Ze keek hem onderzoekend aan. 'Ik vervoer groepen voor Lyft, drie middagen in de week. Mijn auto is niet mooi, maar hij brengt mensen die niet veel geld hebben daarnaartoe waar ze moeten zijn. Verdient niet geweldig, maar het is iets. Daarna ga ik naar huis om te slapen. Want ik werk vier avonden per week als beveiliger en loop rondes in een omheinde woonwijk een paar kilometer buiten het centrum. Van tien uur 's avonds tot zes uur 's ochtends. Vanavond heb ik ook dienst. Vroeger hadden ze hun eigen privépolitiekorps, maar daar zijn ze mee gestopt om geld te besparen. Zie je, zelfs de rijken bezuinigen weleens. Ik verdien acht dollar vijftig per uur, zonder verdere voordeeltjes, maar het is geen zwaar werk. En je krijgt een autootje waar je in mag rondrijden. Ik doe dat inmiddels zes maanden en heb alleen nog maar een paar stomme kinderen uit het zwembad van een rijke stinkerd moeten sturen.'

'Een baan als beveiliger! Ik krijg echt geen bewijs van goed gedrag en als ik moet piesen in een...'

Ze viel hem in de rede. 'Dat soort dingen doen ze niet. Geen urinepotjes, geen testen, ik ben in elk geval nooit getest. Dat zou misschien wel moeten, maar het bedrijf dat mij heeft aangenomen... Ik had om vier uur 's middags een sollicitatiegesprek en kon om tien uur die avond al beginnen. Het enige wat ze me vroegen was welke maat uniform ik droeg en of ik een vuurwapen wilde. Ze willen alleen dat een paar lui in uniform rondrijden en eruitzien alsof ze weten wat ze doen. Uiterlijk vertoon, noemen ze het.'

'Echt, geen enkele training?'

'Als ze mensen moesten laten piesen of een bewijs van goed gedrag moesten laten overhandigen, konden ze hun bedrijf net zo goed opdoeken. Geen enkele goede atleet zal voor zo'n baan gaan.'

Hij nam een trekje van zijn sigaret en blies de rook uit, terwijl hij naar de grond staarde. 'Dat is misschien wel zo.'

'Bovendien hebben al die huizen dure alarmsystemen en bewakingscamera's aan de gevels. Wij zijn alleen een soort bonus.'

'En, wilde je een vuurwapen?'

'Nee.'

'Waarom niet?'

'Voor acht dollar vijftig per uur? Als ik een pistool trek, trekken zij hun pistool ook en is de kans groter dat ze op me schieten.'

'Ik denk dat ik wel een pistool zou willen.'

Ze bekeek hem kritisch. 'Weet je hoe je daarmee moet omgaan?'

'Tuurlijk. Hoe moet ik solliciteren?'

Ze haalde pen en papier uit het dashboardkastje, draaide hem om en gebruikte zijn rug als bureau terwijl ze een telefoonnummer opschreef. Ze gaf het aan hem. 'Hier. Zeg maar dat El Cain je heeft gestuurd. Misschien helpt dat. Ik weet dat extra geld handig kan zijn. Na belastingen en zo is het ongeveer tweehonderdtwintig per week.'

'Shit, dat is meer dan ik hier verdien! Ze betalen me zwart, zodat mijn loon lager is dan het minimum, maar ze geven me lunch en er zijn meestal nog een paar donuts over als ontbijt.'

'Zo zie je maar. Straks kun je je eigen donuts kopen.'

Hij keek naar het papier en zei: 'Bedankt. Ik meen het, echt.'

'Geen probleem. Hoop dat het lukt.'

Hij keek naar de blauwe plekken op haar gezicht; dit was kennelijk de eerste keer dat hij echt naar haar keek. 'Verdomme, wat is daarmee gebeurd?'

'Heb gevochten.'

‘Met wie?’

‘Een andere vrouw. Ligt nu in het ziekenhuis om haar kaak te laten repareren en hopelijk na te denken over iets anders wat ze met haar leven kan doen, terwijl ik naar huis ging om een biertje te drinken.’

Hij grinnikte alsof hij dacht dat ze een grapje maakte. ‘Maar je houdt wel van jongens?’

‘Ik hou soms van sommige jongens, maar meestal niet van de meeste jongens.’

Hij grijnsde en stopte het papier in de zak van zijn overhemd. ‘Je bent anders dan ze zeiden.’

‘Ik ben niet zoals iedereen zegt, doordat niemand me echt kent. En zo wil ik het ook.’

12

'Jij, een *rental cop*? Haha, dat is een goeie!' Cain keek naar zichzelf in de binnenspiegel. Ze droeg een eenvoudig grijs uniform met strepen op de mouw die helemaal niets betekenden. Dit alles was alleen nog meer uiterlijk vertoon. Ze zat in haar kleine tweedeurs Smart, met in hippe kleuren de naam STEELE SECURITY SERVICES op de beide portieren. Op het dak van de auto zat een oranje zwaailicht dat ze soms aanzette, waarna ze in hoog tempo rondreed, alleen om de verveling te verdrijven. Ze had haar stoel helemaal naar achteren geschoven, maar toch had ze te weinig ruimte voor haar lange benen.

Ze had nu een uur of twee gewerkt en het was even na middernacht. Ze had verschillende rondes gemaakt door het deel van de wijk waar zij verantwoordelijk voor was en niets zorgwekkends gezien. Natuurlijk, de rijken waren heel bang dat iemand zou proberen iets wat van hen was af te pakken, maar in werkelijkheid richtten de meeste dieven zich op eenvoudiger doelwitten, zoals de armen en de arbeidersklasse, en soms iets hogerop naar de mensen in de middencategorie van de economische pikorde.

Er stond een wachthuisje aan de enige toegangsweg van de wijk dat vierentwintig uur per dag werd bemand door een gewapende bewaker. 's Nachts patrouilleerden twee auto's door de wijk, waarvan er een nu dus van haar was. De huizen hadden allemaal de laatste snufjes op het gebied van beveiliging, met meer camera's dan een buitenset in Hollywood. Alles bij elkaar was het een groot probleem om hier je slag te slaan. Als iemand 911 belde, zouden de echte politieagenten en de rental cops er al zijn voordat je je telefoon had neergelegd. Er was een keer ingebroken in een appartement dat ze ooit in Detroit had bezeten in een wijk waarvan je eufemistisch kon zeggen dat die zich 'in een overgangsfase' bevond. Ze had 911 gebeld, maar de politie was niet eens gekomen. Dat durfden ze waarschijnlijk niet.

Ze begon aan een nieuwe ronde door een ander deel van de wijk. Zelfs nu ze de huizen, of landgoederen, al vele malen had gezien keek ze nog altijd met grote bewondering naar het formaat ervan. Het waren net kleine hotels. De tuinen waren door een tuinarchitect ontworpen, er waren enorme zwembaden, gastenhuizen en fraaie beeldhouwwerken. Het leek wel alsof iedere eigenaar zijn buurman probeerde te overtreffen, gezien de aantallen renovaties en nieuwe gebouwen. Maar je moest natuurlijk iets doen met je geld. Ze had geen idee wat voor werk de huiseigenaren deden om in dit soort panden te kunnen wonen, maar ze wist wel dat zij er daar nooit een van zou zijn. Dat vond ze prima. Ze wilde niet in een paleis wonen dat zo groot was dat ze er kon verdwalen.

Later stopte ze aan de kant van de weg, schonk lauwe koffie in een beker en voerde een paar aantekeningen in op de iPad die het beveiligingsbedrijf haar had verstrekt. De observaties waren oppervlakkig en alleen bedoeld om te laten zien dat ze echt iets deed. Ze betwijfelde of iemand ze ooit las. En als ze dat deden, was dat een gigantische tijdverspilling.

> Reed bijna een eekhoorn aan. Hoorde een hond blaffen. Zag een rijke witte jonge vrouw naar buiten sluipen en in een enorme auto springen waar een arme bruine jongen in zat en ze reden weg. Zag dronken huiseigenaar een al even dronken vrouw die niet zijn echtgenote was en half zo oud was als hij betasten, terwijl ze naar binnen strompelden terwijl ze hun kleren uittrokken.

Altijd hetzelfde liedje.

Cain zette de radio aan, dronk haar koffie en scrolde door haar telefoon. Verbazingwekkende dingen, die telefoons. Toen ze voor het eerst iets over internet hoorde, was ze verbijsterd geweest. Dát was pas cool. Er was zoveel wat ze niet wist dat ze prioriteiten moest stellen en zich moest richten op de zaken die ze nodig had om het te redden. Dat was alles. De rest was niet belangrijk.

Cain wilde wat wiet roken tegen haar chronische pijn, maar als haar werkgever dat ontdekte, zou ze worden ontslagen. En ze kon het zich niet permitteren om zo'n luizenbaan te verkloten. Na haar laatste gevecht, en haar discussie met Sam, betwijfelde ze of ze de komende tijd kooigevechten aangeboden zou krijgen. Bovendien had ze niet alleen dat probleem met haar rotator, maar een arts had haar verteld dat ze hartritmestoornissen had. Daar moest ze medicijnen voor gebruiken, maar medicijnen waren voor mensen die een verzekering hadden. Er moest ook dringend iets aan haar gebit gebeuren en ze zou een paar andere medische problemen moeten aanpakken. Maar zonder een ziektekostenverzekering moest je je er gewoon bij neerleggen tot je geld had. Ze had al bijna haar hele spaargeld uitgegeven aan de behandeling van een oude rugblessure. Ze had geweigerd daar haar creditcard voor te gebruiken; hoewel de limiet trouwens onvoldoende zou zijn geweest. Ze had de chirurg gevraagd of hij het echt moest doen. Hij had geantwoord: 'Niet als je het geen probleem vindt om over vijf jaar in een rolstoel te zitten.'

Toen ze een keer echt ziek werd, was ze naar de spoedeisende hulp gegaan. Ze deden wat ze deden en stuurden haar toen een rekening voor een gigantisch bedrag dat ze niet kon betalen en dus niet betaalde.

Het is zoals het is, denk ik.

De Atkinses hadden niet geloofd in bezoeken aan de dokter en de tandarts; in elk geval niet voor haar. De eerste keer dat Cain zo iemand had gezien, was toen ze twee jaar op zichzelf had gewoond. Er waren drie verrotte kiezen getrokken en twee implantaten geplaatst, en een maand later was ze geopereerd aan een hernia, een gescheurde spier en een gebroken arm die ze op haar tiende had gehad en die nooit door een echte arts was behandeld. De tandarts, de huisarts en de chirurg hadden gevraagd waarom haar ouders deze problemen niet eerder hadden opgepakt. Ze had gelogen en hun verteld dat haar ouders dood waren en dat zij was opgevoed door haar oma die niet helemaal goed snik was. Ze hadden het allemaal geloofd, wat maar goed was ook, omdat ze toen nog geen 'reserveleugen' had gehad. Sinds die tijd was ze veel beter geworden met haar serie verzinsels. De tandarts, de huisarts, de chirurg en het ziekenhuis hadden haar vervolgens voor de rechter gedaagd omdat ze haar rekeningen niet betaalde. Ze had de stad verlaten, wat het enige was geweest wat ze toen had kunnen doen.

Ze keek naar haar linkervoet en bewoog hem snel toen er een pijnscheut doorheen trok. Een giftige koperkop had haar daar gebeten toen ze dertien was en brandhout van een houtstapel pakte dat ze naar binnen moest brengen. Haar voet was helemaal gezwollen, het gif begon haar huid weg te vreten en ze kreeg een ernstige infectie. Desiree had er wat zij 'toverwater' noemde overheen gegoten en iets gebrabbeld wat Cain niet verstond – en ze betwijfelde of Desiree het zelf wel verstond. Drie weken later was Cain ontwaakt uit een coma, een woord dat ze pas later had geleerd. Wanda was bij haar toen ze wakker werd. Wanda had kennelijk een soort medische opleiding, want Cains voet zat dik in het verband en er stonden een paar potjes met medicijnen naast het bed. Het verband rook sterk naar wat ze nu wist dat ontsmettingsmiddel was. De huid op haar voet zou er nooit meer hetzelfde uitzien, maar dat kon haar niets schelen. Cain had het overleefd. Meer kon ze toch niet verlangen?

Deze overpeinzingen werden abrupt afgebroken toen Cain de verslaggever op de radio hoorde praten. Rebecca Atkins. De FBI was op zoek naar ene Rebecca Atkins uit Georgia in verband met een gebeurtenis begin 2000. Iedereen met informatie over haar moest het nummer bellen dat de FBI had verstrekt, en er werd ook een e-mailadres genoemd.

Gedurende alle jaren waarin ze gevangenzat, was ze altijd doodsbang geworden als ze de voetstappen dichterbij hoorde komen. Dat was toen ze jonger was en niet in staat was geweest zichzelf te verdedigen. Wat zou er gebeuren als de deur opengging? In welke stemming was Desiree? Wreed? Volkomen getikt? Dronken en meegaand? Of onder de drugs en gemeen? Zou Joe de gebruikelijke Joe zijn of monster Joe? Hoeveel pijn zou het doen? Zou ze huilen? Dan had ze het gevoel dat haar maag omdraaide. Dat haar bloed stolde en haar gehoor zo scherp werd dat ze kon horen dat het gras honderd meter verderop boog in de wind. Haar hele wereld werd gecomprimeerd tot de vorm van een deur, terwijl haar hartslag versnelde door de gedachte aan wat erdoor naar binnen zou komen. Het monster van elke sprookjesnachtmerrie, alleen woonde dit monster in hetzelfde huis als zij.

Sinds haar vijftiende had ze deze 'koude rillingen' zoals zij ze noemde niet meer gehad. Sinds ze haar definitieve lengte had bereikt en zo sterk was als een beer, was ze niet langer doodsbang voor de komst van de Atkinses. Want vanaf dat moment had zij hén doodsbang gemaakt. Maar ze was nog steeds een gevangene geweest.

Nu kreeg ze over haar hele lichaam koude rillingen.

De FBI was op zoek naar haar in verband met een gebeurtenis in Georgia begin 2000. In die tijd kon er maar één zaak zijn waarbij Rebecca Atkins uit Georgia betrokken was geweest.

Ze haalde haar joint tevoorschijn en stak hem aan. Ze zoog de rook diep in haar longen, alsof dit de laatste trekjes waren die ze ooit zou nemen. De oproep was afgelopen en de radiozender ging door met iets anders, maar Cain kon niet doorgaan met iets anders. Opeens scheen een paar koplampen precies op haar voorruit. Toen ze zag dat het haar collega was in de andere Steele Security-auto liet ze de joint zakken zodat hij hem niet kon zien, maar ze liet haar raampje niet zakken, hoewel hij dat wel deed. Ze liet hem haar telefoon zien alsof ze in gesprek was. Hij glimlachte, knikte begrijpend en reed door.

In de zes uren daarna reed Cain de ene ronde na de andere, alsof ze in een reusachtige draaimolen zat die geen uitknopje had. Maar ze zag niet een van de huizen, ook geen auto's of mensen, ook al waren die er allemaal wel.

Het enige wat ze kon denken, was dat de FBI naar haar op zoek was in verband met een gebeurtenis. Toen haar dienst erop zat, luchtte ze de auto voordat ze die inleverde. Daarna stapte ze op de parkeerplaats van Steele Security in haar eigen auto. Opeens bedacht ze zich iets. Ze gebruikte haar telefoon om online te gaan en googelde 'FBI' en 'Rebecca Atkins'.

Ze kwam op de officiële website van de FBI en kreeg opnieuw een schok toen er een vage foto op het scherm verscheen. Dat was zij, vlak nadat ze door die deur was gestapt op weg naar de vrijheid.

Ik... zie er beroerd uit. En zo was ik er waarschijnlijk ook aan toe. Nee, dat is wel zeker. Maar ik was ook slim en helemaal gefocust. Ik wilde alleen maar naar buiten. Wie zou dat niet willen?

Ze keek weer in de spiegel en daarna naar de foto op haar scherm. Ze slaakte een zucht van opluchting. Niemand zou denken dat dit dezelfde persoon was. Op de foto was haar haar lang, was haar gezicht magerder en vertrokken en vies. Daar leek ze op iemand die haar hele leven in een gekkenhuis had gewoond. Hoewel ze er nog altijd niet echt normaal uitzag, zag ze er nu ook niet meer zo uit.

Cain leunde naar achteren en dacht aan die eerste paar maanden dat ze vrij was. Ze had liftend het land doorkruist om een zo groot mogelijke afstand tussen zichzelf en Georgia te creëren. Ze was uiteindelijk gestopt bij de Stille Oceaan, ook al wist ze toen nog niet dat die zo heette. Ze had niet eens geweten hoeveel staten er waren. Ze had niet geweten wat Californië was. Het had haar jaren gekost om zelfs maar een beetje basiskennis te vergaren.

Ik moest mezelf leren een auto te besturen, medicijnen in te nemen en iets anders te lezen dan plaatjesboeken, hoewel de bibliothecarissen me daar in de loop der jaren goed mee hebben geholpen. Ik moest leren hoe ik mijn naam moest schrijven anders dan in blokletters. Ik moest leren optellen en aftrekken. Verdomme, wat was een creditcard? Of een huurbetaling? Of een mailtje? Of een smartphone? Of een computer en het internet? Of een miljoen andere dingen die ieder ander mens normaal vond, maar die ik nooit had gekend?

Ze leunde met haar hoofd op het stuur. *Je hebt zoveel overwonnen, El. Dat mag je niet vergeten.*

Ze reed naar huis om zich klaar te maken voor haar werk. Ze zou daarna wel gaan slapen, na haar werk met de vorkheftruck. Ze zou een bokszaktraining doen en vandaag als goedkope chauffeur fungeren.

Ze vond het niet prettig dat mensen naar haar op zoek waren. Ze wílde niet gevonden worden. Daar konden alleen maar nare dingen uit voortvloeien.

Er zijn me toch zeker al genoeg nare dingen overkomen?

Nou, kennelijk niet.

13

Verdomme!

Cain was naar haar huis gereden en zag daar dat het hangslot dat ze gebruikte was weggehaald en vervangen door een ander. Haar kleren en andere bezittingen waren vlak voor haar huisje op de grond gegooid. Ook haar bier en het kleine beetje eten dat ze had gehad, lag daar nu te bederven, en sommige verpakkingen waren opengescheurd door dieren. Op de deur, naast het slot, was een officieel uitziend formulier geniet waarop stond dat onbevoegden zouden worden vervolgd.

Maar in haar huisje, onder de houten vloer, zat nog steeds al haar cash, haar hele voorraad wiet en haar Glock.

'Klootzakken!' zei iemand.

Ze draaide zich om en zag een oudere man naar haar toe komen. Hij was te mager, rilde te erg en zag eruit alsof hij elk moment dood neer kon vallen. Hij was ook haar buurman en een goede, vriendelijke man.

'Wat is er verdomme gebeurd, Saul?' vroeg ze.

'Ze kwamen gisteravond, El. Smeten al mijn spullen naar buiten en mij erbij. Hebben mijn goede broek verpest en al mijn flessen Ensure zijn naar de klote. En die kostten verdomd veel geld. Klootzakken!' Hij spuugde op de grond.

'Wie waren het?'

'Zeiden dat ze waren ingehuurd door lui die deze huizen net hebben gekocht. Een paar lui aan de westkust, zeiden ze. Die er luxe *condos* of zo van willen maken.'

'Maar ik had de huur voor de hele maand al betaald.'

'Ik ook. Dat heb ik die jongens ook verteld. Ze zeiden dat dat hun probleem niet was. Ik kon ze voor de rechter slepen.'

'Ja hoor, wij kunnen wel een advocaat betalen. Maar er liggen nog steeds spullen van me binnen.'

‘Ik weet niet wat ik moet zeggen, El. Ze hebben mij er rond middernacht uitgegooid. Me de stuipen op het lijf gejaagd. Knipten mijn slot gewoon door. Dat hebben ze bij iedereen hier gedaan. Hadden politieagenten bij zich, gewoon voor het geval dat.’

‘Politieagenten? Maar hoe kunnen ze mensen uit huis zetten die hun huur hebben betaald? Ik dacht dat er wetten waren die dat verboden.’

‘Verdomme, wetten zijn alleen voor de rijken. Denk je soms dat iemand zich om ons bekommert? En toen ik dat aanvoerde zei een van hen dat de huur die we zogenaamd betaalden geen huur was. Dat we krakers waren, illegaal.’

‘Dat is onzin. Wat zeiden ze nog meer tegen je?’

‘Zeiden dat ze me, als ik terugkwam, in de bak zouden stoppen.’

‘Maar je bent terug.’

‘Verdomme, ik ben nooit weggegaan. Ik heb naast de afvalcontainer geslapen.’

‘Waar zijn die heren nu?’

‘Ik denk dat ze vanavond terugkomen. Ze zeiden iets over dat ze een omheining wilden plaatsen om de hele buurt hier.’

‘Wat ga jij nu doen?’

‘Dit was het enige huis dat ik kon betalen. Krijg alleen een uitkering en het beetje dat ik kan verdienen. Denk dat ik het maar bij een paar daklozencentra probeer. Maar de laatste keer dat ik dat deed, zaten ze vol en bovendien zitten daar een paar gemene kerels. Die doen je dingen aan en pakken je spullen af, het weinige wat je hebt. Ik ga misschien naar de spoorwegtunnel, of naar de rivieroever. Daar is een kleine sloppenwijk. In elk geval tot ik iets anders vind. Oké, succes.’ Hij drentelde weg om door te gaan met zijn leven.

Ze had bewondering voor zijn lef, ook al was hij zo ongeveer alles wat hij bezat kwijtgeraakt. Cain raapte al haar spullen op en bracht ze naar haar auto. Ze liep terug naar het gebouw en keek naar de deur met het hangslot erop. Ze vroeg zich af hoe ze dit het best kon aanpakken.

‘Hé!’

Ze draaide zich om en zag een man die snel naar haar toe kwam. Hij was in de dertig, ongeveer even lang als zij en bestond uit zo’n negentig kilo spieren. Zijn ongevoelige blik was even ernstig als die van een man die naar het slagveld ging. Hij had een pistool in een holster en droeg het uniform van een privaat beveiligingsbedrijf.

'Ook hoi,' zei Cain.

Hij bleef staan toen hij haar uniform zag. 'Wie ben jij?'

'En wie ben jij, verdomme?'

'Dwight Talbot. Ik werk hier en moet deze plek bewaken.'

'Nou, ik dus ook. Ik ben Donna White. Werd net gebeld dat ik hiernaartoe moest. En dat was na mijn nachtdienst.'

Hij keek naar het logo en de naam op haar uniform. 'Steele Security? Ik heb vroeger voor ze gewerkt. Hun beveiligers worden onderbetaald.'

'Vertel mij wat. Wanneer ben je overgestapt naar Douglas?' vroeg ze toen ze de geborduurde naam en het logo op zijn mouw zag.

'Ongeveer zes maanden geleden.'

'Slimme zet. Misschien doe ik dat ook wel.'

'Ik wist niet dat Steele hier ook was ingehuurd.'

'Ik ga gewoon daarheen waar ze me naartoe sturen, je weet hoe het is.'

'Ja, verdomd goed ook.'

'Een bedrijf aan de westkust gaat hier luxe condos bouwen, heb ik gehoord,' zei ze gladjes.

'Verdomme, ik vroeg me al af wat ze met deze bouwvallen van plan waren. Toen ik klein was maakten ze hier meubels, volgens mij tenminste.'

'Ach, wij zullen het nooit kunnen betalen om hier te wonen. Ik heb geen luxe in mijn toekomst.'

'Ik ook niet. Dat is de verdomde waarheid.'

'Luister, ik weet dat ze iedereen er vannacht uit hebben gegooid. Maar hebben ze al deze gebouwen ook gecontroleerd?'

'Geen idee, hoezo?'

'Omdat ik toen ik hier kwam durfde te zweren dat ik in dit huis iemand hoorde.'

'Shit, echt waar?'

'Ja, maar de deur is afgesloten met een hangslot. Wil jij de politie bellen? Hoewel, als ik me vergis hebben we een groot probleem. Maar als ik gelijk heb en we die lulhannes zelf oppakken...'

'Dan krijgen we misschien een bonus,' zei Talbot.

‘Dacht ik ook.’

‘Hoe wil je dit doen?’

‘Heb jij een sleutel voor dat slot? Ze hadden me een kopie willen geven, maar dat is in alle haast dus niet gebeurd.’

Talbot haalde een sleutel aan een grote sleutelring uit zijn zak. ‘Dit is een loper. Past op alle sloten die ze vannacht hebben aangebracht.’

‘Cool. Oké, geef maar op. Dan maak ik het slot open en kunnen we naar binnen. Jij dekt me met je pistool, oké?’

‘Oké.’ Hij gaf haar de loper en trok zijn pistool.

‘Schiet me alsjeblieft niet per ongeluk neer, Dwight.’

Hij grijnsde. ‘Verdomme, Donna, gaat niet gebeuren, schatje.’

‘Wilde het even zeker weten.’

Ze maakte het slot open, waarna ze geluidloos naar binnen gingen en een trapje op liepen. De hal was klein en had maar twee deuren. Cain wist dat de ene deur van haar slaapkamer was en de andere van haar badkamer.

‘Jij controleert die deur.’ Ze wees naar de deur van de badkamer. ‘Ik doe die andere.’

‘Weet je zeker dat je alleen wilt gaan? Jij hebt geen pistool.’

Ze haalde haar knuppel tevoorschijn. ‘Ik heb dit en ik doe aan MMA.’

‘Shit, zeg! Echt?’

‘Ja, heb gisteravond net een wedstrijd gewonnen.’

‘Nou, zo te zien kun jij wel op jezelf passen, zeker weten. Geef maar een gil als je me nodig hebt, schatje.’

Hij liep naar links en Cain naar rechts. Ze liep haar kamer binnen, keek naar de vloerplank en dacht snel na. Ze deed het raam open en stapte achteruit. ‘Hé, Dwight, kom snel!’ riep ze.

Talbot stormde de kamer binnen. ‘Er was niemand in de badkamer. Wat is er?’

Cain wees naar het raam.

‘Zag die klootzak net het bos daar in rennen. Hij moet via dit raam naar binnen zijn gekomen en ervandoor zijn gegaan toen hij hoorde dat we eraan kwamen. Jij lijkt sneller dan ik. Ga achter hem aan, dan meld ik dit.’

‘Oké! Ik krijg die klootzak wel te pakken.’ Talbot stormde naar buiten.

Zodra Cain hoorde dat de voordeur werd geopend, tilde zij de vloerplank op. Ze haalde haar geld, pistool en wiet eruit, legde de plank terug en rende de trap af en naar buiten. Ze legde al haar spullen in de auto en was net weer binnen toen Talbot hijgend terugkwam.

'H-hij is ontsnapt!' Hij boog voorover, helemaal buiten adem. 'H-heb je het gemeld?'

'Wel geprobeerd, maar ik heb verdomme geen bereik. Jij zult het moeten doen.'

'O-oké.' Hij ging rechtop staan en deed de melding.

Toen hij klaar was keek Cain naar haar telefoon. 'Verdomme, en nu word ik gebeld. Ik heb de pest aan AT&T.' Ze bracht haar mobieltje naar haar oor. 'Ja? Wat, ja, met Donna White. Je liegt, hè? Nee, echt, je liegt? Oké, jij kunt ook de pot op.'

Met een blik vol weerzin stopte ze haar telefoon weer in haar zak.

'Waar ging dat over?' vroeg Dwight ongerust.

'Steele heeft me net de zak gegeven. En weet je waarom? Omdat ze op de camerabeelden van vannacht hebben gezien dat ik tien seconden was weggedoezeld. Alsof geen enkele rental cop dat ooit doet.'

'Sukkels!' riep Talbot.

'Ze zeiden dat ik meteen terug moet komen om al mijn spullen in te leveren. Ja hoor, alsof ik dat ga doen. Ik dump het mooi allemaal in een afvalcontainer. Verdomme!'

'Dat zou ik ook doen, schatje, echt waar,' zei Talbot.

'Hou je haaks, Dwight, laat niet met je sollen.'

'Oké, Donna, hé klote, meid.'

'Ja, iedereen heeft problemen. Maar ik leef nog, nietwaar? En luister, zeg maar tegen niemand dat ik hier was, oké? Straks proberen ze me nog iets in de schoenen te schuiven zodat ze me mijn laatste salaris niet hoeven uit te betalen.'

'Hé, ik zwijg als het graf.'

Ze gaf hem een boks, liep naar haar auto, stapte in en reed weg.

O, Dwight, wat ben je toch dom. En bedankt hoor, schatje.

Ze keek naar de weg. Nu moest ze alleen nog een nieuwe woonplek zien te vinden. En er was nog steeds dat probleempje van de FBI die naar haar op zoek was.

Daar moest ze iets aan doen, maar wat?

14

Atlee Pine en Carol Blum reden naar Huntsville, Alabama. Dit statige, historische stadje in het dal van de Tennessee River in het zuiden had een groeiende bevolking en bezat ondanks de vooroorlogse basis een moderne uitstraling. Net als elk stadje bestond het uit rijke delen, arme delen en alles daartussenin. De katoenverwerking, de textielfabrieken en het ruimtevaartprogramma waar de economie afhankelijk van was geweest, was nu vooral geconcentreerd op de biotechnologie. Het stadje was een interessante mix van oud en nieuw, oude legendarische families en enorme huizen met zuilen aan de voorkant en uitzicht op water aan de achterkant, en werd overspoeld door een golf nieuwkomers op zoek naar goedbetaalde banen, interessant werk en goedkopere huizen dan in het noordoosten, Californië, Florida of Texas.

Ze ontweken het centrum en reden na een tijdje een met grind verharde oprit in van een huis van één verdieping van baksteen en hout. Het huis was ruim honderd vierkante meter groot en stond in een wijk vol zeventiende-eeuwse huizen waar waarschijnlijk al verschillende generaties in hadden gewoond en die waarschijnlijk nog door verschillende generaties zouden worden bewoond.

Pine klopte op de voordeur waarvan de verf was afgebladderd en die een koperen drempel had die was aangetast en gedeukt.

Even later hoorden ze achter de dichte deur een vrouwenstem. 'Ja?'

'Mevrouw Atkins?'

'Ja?' De stem klonk nu ongerust en geïntrigeerd.

'Ik ben van de FBI. Ik zou graag met u willen praten.'

'De FBI? Is dit een grap of zo?'

'Nee, dat is het niet.' Pine pakte haar badge en drukte die tegen de vieze ruit naast de deur. Vaag kon ze het gerimpelde gezicht zien van de vrouw die door het glas haar badge bestudeerde.

'Oké, waar gaat dit over?'

'Uw zoon, Joe Atkins.'

'Joe? Die is allang dood.'

'Dat weet ik. Daar wil ik dus met u over praten. Alstublieft, het is belangrijk.'

Ze hoorden dat het slot werd opengedraaid, waarna de deur langzaam openging.

Wanda Atkins was nu bijna tachtig, gerimpeld en door de jaren gekrompen tot iets wat zowel hard als zacht was. Ze droeg een kakikleurige lange broek met een witte blouse, en witte orthopedische schoenen die elk wel een kilo leken te wegen. Ze gebruikte ook een metalen stok met een gebogen handvat en onderaan een brede voet. Haar haar was vreselijk slecht gepermanent en door de kale plekken was haar roze schedel zichtbaar. Haar gezicht was doorgroefd met diepe concentrische rimpels en haar ogen lagen diep in de kleine verzonken kassen. Toch hadden haar ogen een jeugdige uitstraling, wat in combinatie met haar zongebruinde gerimpelde huid een ietwat verontrustend effect had, alsof Pine de vrouw voor haar ogen zag verouderen. De vrouw had een neusbril verbonden met een slangetje dat onzichtbaar in het huis verdween.

'Ja, wat is er met Joe?'

'Mogen we binnenkomen?' vroeg Pine.

Atkins keek naar Blum, die zei: 'We zijn hier alleen om informatie te vragen, mevrouw Atkins.'

Misschien gerustgesteld door Blums leeftijd en onschuldige uitstraling zette Atkins een stap naar achteren, zodat ze binnen konden komen. Ze roken onmiddellijk een mix van geuren: bleekmiddel, bedompte lucht en gefrituurd eten.

'Jullie moeten me even excuseren. Ik moet Len zijn medicijnen geven,' zei Atkins, terwijl ze langs hen heen liep. 'Hij moet ze precies op tijd hebben.'

Ze liepen met haar mee naar een kamer. Het huis stond vol kartonnen dozen die op elkaar stonden en stapels ongelezen opgevouwen kranten en tijdschrift en zo te zien verzekerings- en medische papieren. Op elk oppervlak dat Pine kon zien lag een dikke laag stof. Voor een muur stonden twee grote zuurstofflessen in hun houders, maar ook een draagbare zuurstofconcentrator die was verbonden met het slangetje dat aan Atkins' neusbril was gekoppeld. Op een tafel stonden dozen vol slangetjes en iets wat op een CPAP-apparaat leek. Twee aluminium krukken stonden tegen een muur. Een bloeddrukmonitor hing aan een stander en een brancard met inklapbare zijleuningen stond tegen een andere muur. Een tafel stond vol medicijnen naast een heel lange pillendoos met weekindeling. Alle vakjes zaten vol pillen. Dit leek wel een IC-afdeling.

Vastgegespt in een rolstoel zat – nam Pine aan – Len Atkins. Zijn kale schedel en verschrompelde lichaam waren opzijgezakt, zijn tong hing uit zijn mond en hij kwijlde op een spuugdoek die om zijn hals was gebonden. Hij leek op de ruwe huls van een menselijk wezen dat bijna zijn uiterste houdbaarheidsdatum had bereikt.

Atkins schonk uit een bruine fles een precies afgepaste hoeveelheid vloeistof in een maatdopje en deed de inhoud in een glas water. Ze zette een rietje in het glas en zei: 'Len? Het is tijd, lieverd. Je moet dit opdrinken.'

Len ging iets meer rechtop zitten. Zijn blik dwaalde door de kamer en bleef rusten op zijn vrouw die voor hem stond. Ze stak het rietje in zijn mond en hij begon te zuigen. Het duurde ongeveer een minuut, maar hij slaagde erin alles op te drinken. Ze veegde zijn mond af en zette het glas neer.

Ze draaide zich naar hen om en zei zacht: 'Hij heeft vorig jaar een beroerte gehad. De dokters zeggen dat het niet beter wordt dan nu. Hij kan niet lopen of praten of iets anders doen. Ik denk wel dat hij de meeste dingen begrijpt. Vier keer per week komt er een hulp. Maar op de dagen dat ze niet komt is het zwaar. Meestal komt de buurvrouw me helpen, zij is in de dertig en heel sterk. En zelf ben ik ook niet supergezond.' Ze keek naar de zuurstoffles. 'Ik heb zware COPD. Ga alsjeblieft nooit roken! Dit is niet fijn. En ik moet tot mijn schande bekennen dat ik er nog steeds niet mee kan stoppen. Maar ach, wat maakt het nu nog uit?'

Pine zei: 'Nou, met al die zuurstof hier kan het heel veel uitmaken als het een beetje lekt.'

'Daarom rook ik e-sigaretten. Dan heb je geen lucifers nodig. We kunnen Len hier wel laten als jullie willen en in de keuken over Joe praten.'

‘U zei dat hij wel dingen begrijpt?’ vroeg Pine.
‘Ja.’
‘Dan heb ik liever dat hij meeluistert, als u dat goedvindt.’
Atkins verstijfde, maar protesteerde niet.

15

Pine verplaatste een paar stapels papieren en post om ruimte te maken, zodat zij en Blum konden gaan zitten. Atkins nam plaats op een pianobankje voor een oude gehavende piano met toetsen die waren vergeeld door de tijd, te veel zonlicht en te weinig verzorging.

'Wat is er met Joe?'

'We waren bij uw oude caravan in Georgia,' zei Pine. 'Daar wemelt het nu van de slangen.'

Atkins fronste. 'Dat verbaast me niets. We hebben niet eens geprobeerd hem te verkopen, maar zijn gewoon vertrokken. Niemand wil dat ding immers hebben. We hebben in de loop der jaren wel allemaal nieuwe meubels gekocht.'

'Jullie zijn hier ongeveer achttien jaar geleden naartoe verhuisd?'

'Zoiets. Maar waar gaat dit over?' vroeg ze scherp.

'Hierover.' Pine haalde iets uit haar zak. Dat was de foto van Len en Wanda Atkins en Mercy die Pine had gevonden op de zolder van Ito Vincenzo's strandhuis in New Jersey. Ze hield de foto omhoog zodat Atkins hem kon zien.

De vrouw knipperde snel, hapte naar adem en bracht een trillende hand naar haar trillende lippen.

'Dat bent u, met uw man. En dit is een vrouw die jullie Rebecca Atkins noemden, maar haar echte naam is Mercy. Ze was door ene Ito Vincenzo ontvoerd uit haar huis in Andersonville en naar jullie gebracht om bij jullie te wonen. We weten dat Ito en uw man samen in Vietnam hebben gediend en dat Len Ito's leven heeft gered. Daarom heeft hij haar naar jullie gebracht, denk ik. Ik weet het niet zeker, maar hij dacht ten onrechte dat uw man geen kind kon verwekken door de wonden die hij had opgelopen en hij wist ook niet dat jullie al een zoon hadden. Maar in die fase van jullie leven hadden jullie geen zin om voor een kind van zes te zorgen en dus gaven jullie haar aan Joe en Desiree.'

Atkins kreeg tranen in haar ogen, ze sloeg een hand voor haar mond en begon onbeheersbaar te hoesten.

Blum stond op en liep snel naar de keuken, en Pine hoorde water stromen. Blum kwam terug met een glas water en gaf dat aan Atkins. De vrouw dronk het op en beheerste zich, haalde een paar keer diep adem en inhaleerde gulzig de extra zuurstof via het slangetje.

Pine legde de foto neer en keek Wanda Atkins afwachtend aan. Ze zat eindelijk tegenover een sleutelfiguur in het leven van haar zus nadat ze was ontvoerd en was niet van plan te vertrekken zonder dat ze belangrijke vooruitgang had geboekt met haar onderzoek.

Atkins haalde een tissue uit haar broekzak, duwde de neusbril opzij en wreef over haar ogen en neus. 'Ik realiseerde me niet dat ik toen zo dik was. Sinds die foto is gemaakt ben ik behoorlijk afgevallen, maar Len is nog even kaal.' Toen ze Pine's ijzige blik zag, praatte ze snel door: 'U hebt gelijk. Len kende Ito en heeft zijn leven gered. Maar we hadden Joe al voordat Len naar Vietnam ging. Maar Ito en Len hebben in de loop der jaren contact gehouden, dus hij wist dat we Joe hadden.'

'Dan kwam hij misschien naar jullie toe, omdat jullie de enigen waren die hij kende die dicht bij Andersonville woonden. Maar ik heb meer belangstelling voor wat er gebeurde toen Ito Mercy naar jullie toe bracht.'

'Hij kwam midden in de nacht, bonsde op de deur en maakte ons wakker. Ik schrok me dood. Ik weet het nog heel goed. Ito was echt van slag, heel nerveus en bijna gek van paniek.'

'Hoe kwam hij aan Mercy, zei hij?'

'Hij zei dat Becky of Mercy in de steek was gelaten, dat ze niemand had.'

'Vertelde hij hoe het kwam dat hij haar bij zich had?'

'Hij zei dat ze ergens over straat liep en dat hij haar had zien lopen.'

'En zij vertelde jullie niet dat het anders zat? Ze was zes. Ze kon praten. Ze wist dingen. Ze vertelde jullie niet dat ze Mercy heette en dat Ito haar uit haar huis had ontvoerd?'

'Niet dat ik me kan herinneren, nee,' zei Atkins zonder Pine aan te kijken. 'Ze was heel stil en zei niets. Ik probeerde haar iets te laten eten of drinken, maar dat wilde ze niet. Ze leek doodsbang.'

Pine leunde naar achteren. 'En ook later hebben jullie al die nieuwsuitzendingen en flyers en dat soort dingen met Mercy's foto niet gezien? Jullie woonden nog geen twee uur rijden van de plek waar ze was ontvoerd. Het nieuws in de staat Georgia ging bijna alleen over haar ontvoering.'

Atkins keek gespannen naar haar man. 'Ik... Ik weet niet... Het is al zo lang geleden en zo. En daar was niets over in het nieuws toen Ito met haar bij ons kwam.'

'Omdat niemand op dat moment wist dat ze was ontvoerd. Maar de belangrijkste vraag is deze: waarom hebben Ito of jullie Mercy niet naar de politie gebracht? Dat doe je toch, als je een kind vindt dat in de steek is gelaten?'

Atkins leek nu heel nerveus. 'Dat vroeg ik ook aan Ito. Ik zei dat we de autoriteiten op de hoogte moesten brengen, dat zij wel zouden weten wat we moesten doen.'

'En hoe reageerde hij daarop?' vroeg Blum.

Atkins zei handenwringend en heftig haar zuurstof inademend: 'Eerst zei hij dat hij in de pleegzorg was opgegroeid en dat dat een nachtmerrie was. Hij zei dat de autoriteiten dat ook met haar zouden doen, en dat ze misschien zou worden mishandeld en wie weet wat nog meer.'

'Maar dat hoefde niet de enige optie te zijn. Ze konden proberen haar ouders te vinden en te achterhalen waarom ze haar in de steek hadden gelaten, zoals hij beweerde,' voerde Pine aan.

'Dat zei ik ook tegen Ito. En dat ze misschien andere familieleden zouden vinden die haar wilden opnemen.'

'Wat zei hij toen?'

Blum vroeg: 'U zei "eerst". Betekent dit dat zijn verhaal veranderde?'

'Ja, inderdaad. Toen werd het pas echt vreemd. Ito vertelde ons dat ze niet echt in de steek was gelaten. Hij nam ons even apart, zodat het kind het niet kon horen, en zei dat de ouders hadden geprobeerd Mercy te vermoorden toen hij toevallig langskwam. Hij redde haar en ze vluchtten. Hij zei dat ze de staat waarschijnlijk allang hadden verlaten.'

'Zij probeerden hun eigen dochter te vermoorden en Ito kwam toevallig langs?' vroeg Pine spottend. 'En waarom zou het hem iets kunnen schelen of ze dat hoorde? Als dat echt was gebeurd, wist ze dat haar ouders hadden geprobeerd haar te vermoorden!'

'Ik weet hoe het nu klinkt,' zei Atkins verdedigend. 'Maar we lagen diep te slapen, waren net gewekt en werden opgezadeld met een kind. We dachten niet echt na.'

'Ik weet zeker dat niemand dat zou hebben gedaan,' zei Blum sussend.

'Dank u wel dat u dat zegt,' zei Atkins met een dankbare blik. Ze snoot haar neus in een tissue. 'Het was één grote nachtmerrie.'

'Dus jullie geloofden wat Ito zei?' vroeg Pine.

'Hij was heel overtuigend. En waarom zou hij liegen? Waarom zou hij anders met een kind bij ons komen?'

'Hij woonde in Trenton, New Jersey. Vertelde hij waarom hij midden in de nacht in Georgia rondreed?'

'Hij zei dat hij ons wilde opzoeken. Als een verrassing.'

'Andersonville ligt ten zuiden van waar jullie toen woonden,' zei Pine. 'Hij zou dat stadje nooit hebben bereikt als hij jullie alleen maar wilde bezoeken.'

'Maar dat wisten we niet, want hij heeft nooit iets gezegd over Andersonville. Hij heeft ons nooit verteld waar hij haar had gevonden.'

'Oké, dus jullie namen Mercy in huis?'

'Ja. We wisten niet wat we anders moesten doen. Len stond niet te juichen, maar ik kon niets anders bedenken.'

'Wat deed Ito? Is hij die nacht vertrokken?'

'Ja, hij zei dat hij terugging naar waar hij Mercy had gevonden om te zien wat er gebeurde.'

'Ja, dat heeft hij inderdaad gedaan,' zei Pine. Ze wist dat Ito Vincenzo de volgende ochtend voor hun huis met Tim Pine had gevochten. Hij beschuldigde Tim ervan dat deze zijn eigen dochter had ontvoerd, ook al wist hij natuurlijk dat dat niet waar was.

'Hebben jullie hem daarna ooit weer gezien?' vroeg Pine.

'Nee, hij is nooit teruggekomen. Maar hij schreef brieven en stuurde elk jaar geld. Daarvan kocht ik dingen voor Becky.'

'Ja, ik weet dat hij geld aan jullie overmaakte. Zodoende wisten we van jullie bestaan. Dus jullie hebben nooit contact met hem opgenomen over Mercy? Hem nooit gevraagd haar te komen halen? Of hij misschien meer over haar te weten was gekomen?'

'Nee, hij belde ons nooit waar dan ook over en volgens ons had het geen zin hem onder druk te zetten.'

Pine schudde haar hoofd en zei met een ongelovige blik: 'Oké, laten we het hebben over de foto die ik u liet zien en praten over wat er daarna gebeurde. U beweert dus dat jullie aan de staat waarin Mercy die dag verkeerde niet konden zien dat er iets mis was? Ze was vies en had wonden en kneuzingen en zat onder de blauwe plekken.'

Atkins kreeg alweer tranen in haar ogen. 'Luister, ik wil geen problemen.'

Blum zei: 'We willen alleen de waarheid horen, mevrouw Atkins.'

Pine zei: 'We weten min of meer wat er gebeurde op de avond dat uw zoon stierf. Wat we niet weten, is hoe hij precies is gestorven en wat er met Desiree en Mercy is gebeurd.'

'Waarom denkt u dat wij dat zouden weten?'

Ze hoorden een grom en draaiden zich om. Len Atkins wees met een stijve arm naar zijn vrouw. Hij gromde weer. Hij had het hele gesprek kennelijk gehoord en was niet blij met het verloop ervan.

Atkins leek hem te begrijpen. Ze legde haar handen in haar schoot en zei met een gelaten klank in haar stem: 'Het was Desiree, dat moet u begrijpen. Joe had zijn problemen, maar Desiree? Die vrouw was een duivel. Eerst niet, niet toen ze trouwden, maar later kwam haar ware aard naar boven.'

'We hebben gesproken met de voormalige sheriff van het stadje waar jullie toen woonden, Dick Roberts. Hij vertelde ons over Desiree. Hij noemde haar de "voodoo lady". Hij zei dat hij op een avond was geroepen omdat Desiree een hond martelde.'

'Dick was een goede man. En hij had gelijk over Desiree. Ze was heel slecht.'

'Wist u dat ze Mercy in een gevangenis achter hun huis hadden gestopt?'

Atkins' bovenlip trilde. 'Ga ik naar de gevangenis?'

'Niet als u onze vragen eerlijk beantwoordt,' antwoordde Pine, terwijl ze probeerde haar emoties in bedwang te houden en geduldig te blijven. 'Laten we even teruggaan naar het begin. Wat gebeurde er nadat Ito haar bij jullie had gedumpt en was vertrokken? Waarom ging ze naar Joe en Desiree?'

Atkins verfrommelde de tissue en legde hem weg. Ze keek even naar haar man en begon toen te vertellen: 'De volgende ochtend, toen het licht was geworden, waren we volkomen van slag. Ik bedoel, we geloofden wat Ito had gezegd, maar er waren nog zoveel vragen. En we wilden niet in de problemen komen en wisten niet wat we met het kind moesten doen. Ze was bang en vies en verward. We hebben haar een paar dagen bij ons gehouden en vroegen ons af wat we in vredesnaam moesten doen. Len vond Ito's nummer en belde hem, maar niemand nam op. Hij sprak berichtjes in, maar Ito belde niet terug. We overwogen haar naar de politie te brengen en daar te vertellen wat Ito had gedaan. Ik bedoel, we konden haar niet houden. Maar toen kwamen Joe en Desiree langs en we vertelden hun wat er was gebeurd. Joe zei meteen: "Wij hebben altijd kinderen gewild. Wij adopteren haar wel en voeden haar op." Nou, dat leek mij en Len een goede oplossing.'

Pine keek haar ongelovig aan. 'Mevrouw Atkins, hoe kon u dat in vredesnaam doen zonder na te gaan of Ito Vincenzo echt de waarheid had verteld? We hebben het over een kind, niet over een puppy. Een man komt midden in de nacht met een kind bij jullie, en jullie nemen haar gewoon in huis en doen verder niets?'

'Ik weet het...' zei Atkins ellendig. 'Maar Ito leek heel eerlijk en leek het meisje echt belangrijk te vinden. We konden ook geen enkele reden bedenken waarom hij een kind zou ontvoeren en naar ons zou brengen. We vertrouwden hem.'

Pine slaakte een diepe zucht en leunde naar achteren, terwijl ze de vrouw onderzoekend aankeek. 'Wist u dat er die nacht nog een ander meisje was? Mercy's tweelingzus? Ito zei het kinderrijmpje 'Iene miene mutte' op om te bepalen wie van de twee hij meenam. Daarna sloeg hij het andere meisje zo hard dat haar schedel brak. Ze is bijna gestorven.'

Atkins' hand vloog naar haar mond en ze kreeg opnieuw tranen in de ogen. 'O mijn god, waarom deed hij dat? Waarom?'

'Hij deed het voor zijn broer, een mobster met een grief tegen Mercy's familie. Hij ontvoerde Mercy en vermoordde haar zusje bijna om hun ouders te bestraffen.'

'Een m-mobster? Ito?'

'Nee, Ito had een ijssalon in Trenton. Zijn broer was de mobster van de familie. Hij dwong Ito bijna om te doen wat hij deed, maar toch is dat geen excuus voor Ito's misdaden.'

'Nee, natuurlijk niet. Maar daar wisten wij niets van.'

'Dus Joe wilde haar hebben, en jullie lieten Desiree het meisje meenemen ook al wisten jullie dat Desiree, zoals u net zei, slecht was?'

'Dat wisten we toen nog niet. Toen was ze alleen maar wat vreemd. Ik dacht echt dat het goed voor haar zou zijn als ze een klein meisje had dat ze kon aanbidden en opvoeden. En ik dacht dat Joe een goede vader zou zijn. Ze hadden geprobeerd kinderen te krijgen en dat was niet gelukt, dus dit leek een zegen. Desiree leek haar ook graag te willen hebben. Het was haar idee om haar Rebecca te noemen.'

'Maar hebben jullie Mercy nooit gevraagd waar ze vandaan kwam?'

'Ja, dat hebben we wel gedaan.'

'En wat zei ze toen?'

'Ze zei dat Ito haar bij haar ouders had weggehaald omdat haar ouders haar dood wilden, en dat kwam overeen met wat hij ons had verteld. Dat was allemaal zo verschrikkelijk. Het arme kind. Kunt u zich voorstellen dat ouders dat zeggen?'

'Mercy heeft jullie echt verteld dat haar ouders haar dood wilden?' vroeg Pine sceptisch.

'Nu ik erover nadenk, zei ze volgens mij dat Ito haar dat had verteld.'

Pine schudde haar hoofd om de naïviteit van de vrouw. 'Ook in de dagen daarna hebt u nooit gedacht dat dit meisje hetzelfde kind kon zijn dat in Andersonville was ontvoerd? Want dat was toen overal in het nieuws.'

'Luister, Len en ik waren erg op onszelf. We keken niet naar het nieuws en gingen zelden weg. Als jullie bij onze oude caravan zijn geweest, dan weten jullie dat we geen buren hadden. Ik had de naam Mercy nooit gehoord tot u die noemde, dat zweer ik.'

Ze hoorden gekreun achter zich en toen ze achteromkeken, zagen ze dat er tranen over Lens wangen liepen. Atkins stond op en streelde haar mans wang. 'Het is oké, Len. We... Ik moet het hun gewoon vertellen, oké?' Hij knikte schokkerig en zij liep terug naar haar pianobankje.

Pine keek haar weer aan. 'Wisten jullie hoe Joe en Desiree Mercy behandelden?'

Atkins sloeg haar blik neer en zei langzaam: 'Eerst leek alles normaal. Ze leken een echt gezin te worden.'

'Hebben ze Mercy officieel geadopteerd?' vroeg Blum.

'Ze zeiden van wel.'

'Maar jullie hebben nooit documenten gezien, een certificaat?'

'Nee.'

'Vertel verder,' zei Pine.

'Toen veranderde alles en als we langskwamen om het kind te zien, namen ze het kind mee om haar aan te kleden en haar kamer op te ruimen. Maar ik praatte met haar en ik speelde met haar en alles leek nog steeds in orde, hoewel ik gewoon voelde dat er iets vreemds aan de hand was.'

'Hoezo?'

Atkins keek op en zei met een gekwelde blik: 'Weet u, Desiree liet ons nooit alleen. Ze hing altijd om ons heen en Becky droeg altijd een lange broek en truien met lange mouwen, zelfs als het heet en klam was, zoals heel vaak het geval is in Georgia. En dan, na een halfuur of zo, tilde ze Becky, ik bedoel Mercy op en bracht ze haar weg.'

'En op een bepaald moment ontdekten jullie de waarheid?'

Atkins knikte. 'We kwamen een keer onverwacht op bezoek. Niet om hen te betrappen, hoor, maar we kwamen gewoon langs. Ik had een leuk jurkje voor Becky gevonden en wilde dat aan haar geven. Dat was misschien twee jaar nadat ze haar hadden gekregen. We hoorden gegil uit het huis en renden naar binnen. En...' Atkins zweeg even en haalde een paar keer diep adem en snoof de zuurstof op alsof het een lijntje coke was.

'Wat?' drong Pine aan.

Weer gegrom achter hen. Toen Pine zich omdraaide, zat Len Atkins wilde gebaren te maken. Hij drukte de vingers van zijn functionerende arm in zijn beschadigde arm.

Snel keek Pine weer naar Atkins. 'Wat probeert hij ons te vertellen?'

'Becky was vastgebonden aan een tafel. En Desiree had naalden in Becky's armen en benen gestoken. Tientallen! Ze gilde van de pijn!'

16

Pine depte het water van haar gezicht met de handdoek in de badkamer van de Atkinses. Ze keek naar zichzelf in de spiegel boven de wastafel en herkende haar spiegelbeeld bijna niet. Ze leek veranderd in iets wat leger was dan ze was geweest toen ze op de voordeur klopte, alsof een belangrijk deel van haar uit haar lichaam was gerukt. Ze haalde diep adem en probeerde rustig te worden. Ze had de kamer acuut moeten verlaten en hiernaartoe moeten gaan nadat Wanda Atkins hun had verteld dat Mercy werd gemarteld met naalden.

Ze liep naar het raam en keek naar buiten. Een havik vloog met een rustige vleugelslag voorbij. Ze hoorde de geluiden van spelende kinderen in een andere tuin. Een pick-up reed rammelend voorbij. Een auto toeterde. En ze hoorde het geknetter van een motor die werd gestart. Een vrouw met grijs haar in de achtertuin van de buren haalde wasgoed van de lijn. Allemaal normaal, allemaal gebruikelijk.

En niets van dat alles had ook maar iets te maken met hoe zij zich voelde. Zij voelde zich absoluut niet normaal. Alles was ruw, allesoverheersend en traumatiserend.

Maar dit is niets vergeleken met wat Mercy heeft ondergaan.

Ze rilde even, rechtte haar schouders, hoewel ze eigenlijk geen ruggengraat voelde in haar lichaam of ziel, en liep terug naar de voorkamer waar Atkins en Blum gespannen naar haar keken. Pine ging weer zitten en zei: 'Sorry hoor, ik moest even... weg. Ik ben persoonlijk bij deze zaak betrokken.' Ze wilde Atkins niet vertellen dat ze familie was van Mercy en daar waren verschillende redenen voor.

Atkins zei langzaam: 'Ja, dat kan ik wel begrijpen, natuurlijk.' Ze keek Pine en Blum ongerust aan.

Pine schraapte haar keel en vroeg: 'Hebben jullie overwogen Mercy bij haar weg te halen nadat jullie hadden gezien wat Desiree haar aandeed?'

'We waren met stomheid geslagen. Maar Joe had er een goede verklaring voor.'

'Dat kán toch niet?' vroeg Pine met opeengeklemde kaken.

Atkins wreef over haar bovenbenen en zei opgewonden: 'Hij zei dat Mercy vreselijk veel pijn had en dat wat Desiree deed een soort... Hoe heet dat ook alweer als ze naalden in je steken?'

'Acupunctuur?' opperde Blum.

'Ja, dat was het.'

'Bij acupunctuur gil je niet van de pijn.' Pine keek de vrouw met een kille blik aan. 'De naalden die ze daarvoor gebruiken, hebben niets te maken met gewone naalden.'

'Nou, ik geloofde mijn zoon,' zei Atkins verdedigend, terwijl ze haar blik afwendde.

'Wisten jullie dat ze haar van het huis naar de gevangenis in het bos verplaatsten?'

Atkins kromp ineen. 'Ze... zeiden dat ze niet meer te hanteren was, en zichzelf en anderen zou verwonden. Ze moesten voorzorgsmaatregelen nemen. Ze deden het ook om haar te beschermen.'

Pine haalde de foto weer tevoorschijn. 'Dus het meisje dat naast jullie staat, was niet te hanteren en zou zichzelf en anderen verwonden?'

'Joe zei dat ze haar die dag iets hadden gegeven om te kalmeren.'

'Joe leek overal een verklaring voor te hebben. Bent u naar die gevangenis gegaan?'

Atkins keek haar aan. 'Inderdaad.'

'Waarom?'

Atkins spreidde haar armen en zei bijna jammerend: 'Omdat ik medelijden met haar had. Ik bracht haar eten en boeken, en ik praatte met haar over dingen, las haar voor, rekende met haar. Ik ben geen docent of zo, maar ik deed wat ik kon. Ik... wilde gewoon dat ze een vriendin had.'

'Maar u hebt de autoriteiten nooit verteld wat Desiree haar aandeed?' vroeg Blum. 'Dat ze gevangen werd gehouden?'

Atkins schudde haar hoofd. 'Ik was bang. Dan zouden Len en ik naar de gevangenis kunnen gaan.'

Pine zei ongeduldig: 'Vertel me over die laatste avond. Toen Joe werd gedood.'

'We wisten helemaal niet dat dat was gebeurd. We hoorden de volgende dag pas over Joe.'

'Als u tegen me liegt, arresteer ik u.'

'Wat bedoelt u?' vroeg Atkins overstuur.

'We weten dat Desiree verdween. We weten dat ze met hun pick-up naar de plek is gereden waar die later door de politie werd gevonden. Haar man was dood en Mercy was verdwenen. Wie zou ze anders bellen dan u en uw man? Jullie waren de enigen die wisten wat er gebeurde, die het wisten van hun criminele gedrag.' Pine keek de vrouw strak aan. 'U moet ons dus de waarheid vertellen.'

Atkins keek naar haar man, die tegen haar gromde en daarna met zijn schuin gehouden hoofd knikte.

Atkins keek Pine weer gelaten aan. 'Ze belde toen Len en ik tv zaten te kijken, een herhaling van *Gilligan's Island*. Grappig dat je je dat soort dingen herinnert.'

'Vertel verder,' zei Pine ongeduldig.

Atkins zei snel: 'Ze zei dat Becky gek was geworden, dat ze was ontsnapt en Joe had vermoord en toen was gevlucht. Desiree zei dat ze weg moest gaan omdat ze haar anders zouden arresteren. Ze was volkomen in paniek.'

'Waarom waren jullie bereid haar te helpen?' vroeg Pine. 'Toen uw zoon al dood was?'

'We waren volkomen verlamd door wat ze ons vertelde.' De tranen stroomden over haar wangen. 'Mijn god, ze had me net verteld dat mijn zoon was vermoord. Toen bedreigde die valse bitch ons. Als we haar niet hielpen, zei ze, zou zij de politie vertellen dat wij Becky hadden gemarteld. Len en ik wisten niet wat we moesten doen. We waren ontzettend bang. Desiree kon beter liegen dan wie ook, dus hielpen we haar te ontsnappen.'

'Hoe dan?'

'We brachten haar helemaal naar Atlanta en daar nam ze de bus.'

'Waarnaartoe?'

'Dat weet ik niet. Dat wilde ze ons niet vertellen. We hebben haar daarna niet meer gezien.'

'Of met haar gepraat?'

'Nee. Opgeruimd staat netjes.'

'Wat vertelde ze jullie over Joe's dood?'

'Ze zei dat Joe probeerde te voorkomen dat Becky, ik bedoel Mercy, ervandoor ging. En... dat ze met elkaar vochten.'

'En Mercy vermoordde hem?' vroeg Pine.

'Dat zei Desiree.'

'En jullie geloofden haar?'

'Ik wist niet wat ik moest geloven. Alles was volkomen onbegrijpelijk.'

'En de sheriff vertelde jullie de volgende dag over Joe?'

Atkins zei met tranen in haar ogen: 'Ik wist al dat hij dood was, maar moest doen alsof ik in shock was. Dat was de ergste dag van mijn hele leven.'

'Wat vertelde de sheriff jullie over Joe?'

'Hij was ervan overtuigd dat Desiree hem had vermoord. Ik bedoel, hij wist niet dat Becky bij hen woonde. We vertelden hem dat we Desiree niet hadden gezien en niets van haar hadden gehoord.'

'Dus jullie logen tegen hem en belemmerden het moordonderzoek,' zei Pine bars.

Atkins knikte met een ellendige blik op haar gezicht. 'Ik neem aan van wel, ja.'

Pine keek naar Len Atkins, die haar met een spijtige blik aankeek en langzaam zijn hoofd schudde. 'Ik denk dat uw man wil dat u de waarheid vertelt.'

Atkins keek hem scherp aan. 'Ik vertél de waarheid.'

Pine zei met een harde klank in haar stem: 'Dus het lichaam van uw dode zoon lag de hele nacht buiten en werd toch ongemoeid gelaten door wilde dieren? Hij was niet aangevreten, volgens de politie.'

Atkins bracht een trillende hand naar haar gezicht. 'Alstublieft, zeg dat niet!'

Len gromde. Pine keek weer naar hem. Hij keek strak naar zijn vrouw.

Atkins keek naar hem, ademde diep in en zei: 'Oké, we gingen ernaartoe... en zagen Joe liggen. We moesten wel. Hij was onze zoon. We moesten het zeker weten. We wisten niet of Desiree loog of niet. Toen we zagen dat hij dood was, konden we onze zoon daar niet alleen laten.' Opnieuw stroomden de tranen uit haar ogen. 'Het was afschuwelijk! Len had zijn geweer bij zich en hield de wacht en joeg alle beesten weg... maar de vliegen... zaten op zijn hele lichaam.' Ze ademde schokkerig uit en had tijd nodig om rustiger te worden, terwijl Pine en Blum zwegen.

Atkins veegde met een mouw over haar ogen en zei: 'Ik ontmoette Desiree bij het oude Esso-station en bracht haar naar Atlanta, terwijl Len Joe's lichaam bewaakte. De volgende ochtend zou hij 911 bellen en hun over Joe vertellen zonder te zeggen wie hij was.'

'Waarom wachten tot de volgende ochtend?' vroeg Pine.

'Desiree wilde tijd om te ontsnappen. Maar de volgende ochtend vroeg, al voordat ik terug was, hoorde Len iemand aankomen en hij verborg zich. Een man liet zijn hond uit. Hij vond Joe's lichaam en rende weg, natuurlijk om de politie te bellen. Ik kwam tien minuten later aan en toen vertelde Len me wat er was gebeurd. We reden samen terug naar de caravan. Toen de politie bij ons kwam, deden we alsof we stomverbaasd waren.'

Pine keek haar onderzoekend aan. 'Hebben jullie het lichaam goed bekeken?'

'Hij was onze zoon, als u dat soms bedoelt.'

Blum zei snel: 'We weten dat dit moeilijk is, maar we proberen Mercy te vinden. Alles wat u ons kunt vertellen over wat u die nacht hebt gezien, zou ons kunnen helpen.'

Atkins depte haar ogen en zei gedecideerd: 'Er stak een mes in de rug van mijn zoon en hij was dood, dat heb ik gezien.'

'Nog meer?' vroeg Pine.

'Dat weet ik niet. Ik was zo van slag.' Ze zweeg even. 'Hij had een bult en wat bloed op zijn hoofd. Dat weet ik nog.'

'Hebt u iets gezien wat erop wees dat hij had gevochten?' vroeg Pine.

'Nee, maar ik zou ook niet weten waar ik dan naar moest kijken.'

'Wat was er volgens Desiree gebeurd? Zo gedetailleerd als u kunt.'

'Dat Mercy op de een of andere manier was ontsnapt. En dat Joe probeerde haar tegen te houden. En dat ze hem aanviel. En hem stak. En toen wegrende.'

'Hoe kwam ze aan dat mes?'

'Dat zei Desiree niet.'

‘Er werd geschoten,’ zei Pine. ‘Op de video van de bewakingscamera hoorden we twee schoten.’

‘Dat weet ik niet. Desiree heeft nooit gezegd dat er is geschoten.’

‘Had Desiree een geweer bij zich toen u haar bij het Esso-station zag?’

‘Nee.’

‘Vertelde ze u waar ze naartoe ging? Weet u zeker dat u in de jaren daarna geen contact met haar hebt gehad? Niet één keer?’

‘Nee. Ik wilde die vreselijke vrouw nooit meer zien!’ snauwde Atkins.

‘En toen zijn jullie verhuisd?’

‘Ja. We verkochten Joe’s huis. Nadat Desiree was verdwenen, waren wij de naaste familie. Met dat geld hebben we dit huis gekocht. Joe had ook geld op een paar bankrekeningen van zijn bedrijf. Dat kregen we ook allemaal.’ Ze keek hen nerveus aan.

‘Ik begrijp het.’ Pine stond op, haalde een paar visitekaartjes uit haar zak en gaf ze aan Atkins. ‘Als er u nog iets nieuws te binnen schiet of als u iets hoort van Desiree, bel me dan alstublieft.’

‘Ik denk niet dat we na al deze jaren nog iets van haar zullen horen.’

‘Ach, je weet het nooit, toch?’

17

Ze verlieten het huis en toen ze wegreden zei Pine: 'Ze loog.'

'Waarover?' vroeg Blum.

'Desiree zou nooit zomaar weggaan en al het geld van de verkoop van het huis en op de bankrekeningen aan hen overlaten. Als ze opnieuw wilde beginnen, had ze geld nodig. Ik durf te wedden dat Wanda weet waar ze is en dat ze contact houden voor het geval mensen zoals wij langskomen en vragen gaan stellen. Ik denk ook dat het geweer dat Joe had hetzelfde geweer was dat Len gebruikt heeft om zijn zoon die nacht te beschermen.'

'Als u gelijk hebt, wat gaan we daar dan aan doen?'

Pine keek in de binnenspiegel. 'Als ze contact met elkaar hebben, zal ons bezoek de ouwe Wanda behoorlijk aan het schrikken hebben gemaakt. Sterker nog...' Pine reed opeens naar de kant, zette de Porsche in de parkeerstand en zei: 'Ik ben zo terug.'

Ze stapte uit en rende terug. Nog voor het huis van de Atkinses liep ze tussen een groepje bomen door naar de achtertuin. Ze sprong over het hek en liep naar de achterkant van het huis. Daar was een keukenraam met een hor ervoor dat openstond. Pine kon zo naar binnen kijken, maar moest zich opeens bukken.

Wanda kwam de keuken in, heel bleek en zichtbaar van slag. Aan de muur tegenover Pine hing een telefoon met vergrote cijfertoetsen voor slechtzienden. Wanda liep ernaartoe.

Pine haalde haar telefoon uit haar zak, zette de videofunctie aan, drukte hem tegen de hor en zoomde in op de cijfertoetsen.

Wanda had een notitieboekje in haar hand, tuurde naar de opengeslagen bladzijde, zette haar bril op en toetste terwijl ze steeds opnieuw in het boekje keek langzaam een nummer in. Zodra het hele nummer was ingetoetst wachtte ze.

Pine liet de videorecorder aanstaan en luisterde mee door de hor.

Gelukkig stond Atkins met haar rug naar haar toe.

'Met mij, Wanda,' zei Atkins. 'Waarom ik bel? Nou, dat zal ik je vertellen. De FBI was hier. Ja, de FBI was hier en ze stelden vragen over Becky. Dat klopt. Over Becky. Ze weten alles wat jij en Joe hebben gedaan. En ze zijn op zoek naar haar en naar jóú! Ze weten ook dat je nog leeft en dat je die nacht bent vertrokken.'

Vanaf dat moment praatte Wanda veel zachter, of ze zei bijna niets en knikte alleen.

Pine stopte haar telefoon in haar zak, liep terug naar de Porsche en stapte een minuut later weer in. Ze vertelde Blum wat er was gebeurd en gaf haar de telefoon. 'Kijk welk nummer ze heeft ingetoetst, bel het Bureau en zeg dat ze moeten uitzoeken op wiens naam die telefoon staat en op welk adres.'

Blum ging aan de slag en verbrak de verbinding een paar minuten later. 'Ze gaan ermee bezig. Ze zeiden dat het een nummer is uit het westen van North Carolina.'

'Oké, dat is een begin. Als ze ons Desirees huidige naam en adres kunnen geven, hoewel ik zeker weet dat ze een valse naam gebruikt, komen we echt verder.'

'Wat kan ze ons vertellen, denkt u?'

'Op z'n minst wat er die nacht echt is gebeurd.'

'Maar Desiree heeft genoeg redenen om te liegen. En alles wat ze Mercy heeft aangedaan, is waarschijnlijk al verjaard.'

'Maar moord verjaart nooit.'

'Moord? U bedoelt Joe?'

'Misschien niet alleen Joe. We hoorden twee schoten op de video van de avond waarop Mercy uit haar gevangenis ontsnapte en Joe had geen schotwond.'

'Dus u denkt...'

'Ik moet rekening houden met elke mogelijkheid, ook dat Mercy die avond ook is vermoord en dat Desiree daarom is gevlucht. Alles wat we over die vrouw hebben gehoord, wijst erop dat ze een sociopaat is.'

'Dat is misschien wel mogelijk.'

'Maar het is niet meer dan een mogelijkheid. Daardoor is het nog niet waar.'

Terwijl Pine wegreed zoemde haar telefoon. Jack Lineberry belde haar.

'Jack?'

'Atlee, er is iets gebeurd.' Hij klonk over z'n toeren.

'Wat dan?'

'O mijn god!' riep hij.

'Jack, haal een paar keer diep adem en kalmeer een beetje.'

Hij negeerde haar advies en zij vergat dat zelf ook zodra hij begon te vertellen. 'De politie was hier net.'

'Welke politie?'

'De Georgia State Police en een rechercheur uit Virginia.'

'Virginia? Wat wilden ze?'

'Het lichaam in het graf van je vader is met zekerheid geïdentificeerd als Ito Vincenzo.'

'Oké, dat is geen verrassing.'

'Nee, maar ze weten nu dat ik loog toen ik het lichaam identificeerde als Tim Pine, Atlee. Ik denk dat ze me gaan arresteren wegens belemmering van een moordonderzoek.'

'Moordonderzoek? Waar heb je het verdomme over?'

'Toen ik zei dat Tim me had gebeld en me had verteld wat er was gebeurd, vroegen ze of ik bewijzen had dat hij Vincenzo echt uit zelfverdediging had gedood. Ze vroegen hoe ik er zeker van kon zijn dat Tim hem niet had vermoord.'

'Wat zei je toen?'

'Wat kon ik ze vertellen? Ik had helemaal geen bewijzen. Ik wist alleen wat Tim me had verteld. En het feit dat hij verdween en Vincenzo in zijn plaats werd begraven, nou, ik kan je wel vertellen dat de politie daar zeer wantrouwig over is. Ze zeiden zoiets als dat hij nu een voortvluchtige is.'

'Kennen ze het hele verhaal over mijn ouders en die maffiabazen? Dan zouden ze begrijpen waarom Vincenzo Tim zou willen vermoorden.'

'Dat leek me niet. En krachtens de wet mag ik daar nog steeds niets over vertellen. Maar misschien moet het allemaal maar bekend worden, afhankelijk van hoe dit afloopt.'

'Zeiden ze wat ze gaan doen?'

'Dat ze een arrestatiebevel voor Tim Pine wilden regelen. Ze gaan naar hem op zoek, Atlee. O mijn god, na al die jaren!'

Pine staarde versuft voor zich uit.

Nee, dit heb ik dus echt niet zien aankomen.

18

De vrouw zei tegen El Cain: 'Je moet wel weten dat we een week huur vooruitbetaald willen hebben. Cash, geen cheques en geen creditcards, want de mensen hier zijn zo oneerlijk als de pest en ze stelen als raven.'

Ze was klein, mollig, forsgebouwd en begin veertig, had lang geblondeerd haar met een middenscheiding waar haar donkere uitgroei al zichtbaar was. Ze had een hatelijke blik in haar ogen en een agressieve en onvriendelijke klank in haar stem. Ze droeg een verbleekte spijkerbroek, zwarte flatjes en een trui met vreemd genoeg een smiley erop.

'Fijn te weten dat ik op zo'n chique plek kom wonen.'

'Leek me dat je dat al wel had uitgedokterd voordat je hier binnenkwam.'

'Woon je hier zelf ook?' vroeg Cain.

'Mijn god, nee! Het is hier 's avonds niet veilig. Achter hebben ze een houtskoolbarbecue neergezet, maar je moet je eigen houtskool en aanmaakblokjes meenemen. En jij bent verantwoordelijk als er brand ontstaat en zo. Een paar zatte klootzakken hebben dit pand vaker dan één keer bijna laten affikken toen ze hamburgers en hotdogs aan het barbecueën waren.'

'Ik ben vegetariër,' zei Cain vals, 'en ik drink niet.'

'Oké,' zei de vrouw met een twijfelachtige blik op Cain.

Cain gaf haar het geld en nam de sleutel van haar nieuwe thuis aan. Ze was toen ze klaar was met haar vorkheftruckbaan op zoek gegaan en had deze dump ten slotte gevonden. Het was een U-vormig motel uit de jaren zeventig dat na een 'renovatie' was veranderd in 'appartementen'; dat had de vrouw haar tenminste verteld. Wat feitelijk betekende dat er behalve de naam niets was veranderd zodat ze meer huur konden vragen en de kamers per week verhuurden. De geasfalteerde parkeerplaats was allang overgeleverd aan afval en onkruid.

Cain deed de deur van nummer 10 van het slot. De breedte van de kamer was iets minder dan twee keer Cains lengte. Op het tweepersoonsbed lag een sprei van een gaasachtig materiaal en een plat kussen. De enige andere meubels waren een nachtkastje dat scheef stond, een bekrast bureau met een glimmende groene bijbel erop, een stoel waar de rugleuning deels van loszat en een kleine kledingkast met een paar metalen kledinghangers. Er lag geen vloerbedekking, maar ze hadden de grijze gehavende ondervloer laten liggen. Cain begreep niet waarom, maar misschien omdat je daardoor het beton eronder niet kon zien. Ze zag de spijkerstrips van de ontbrekende vloerbedekking tussen de muur en de vloer, waarvan de scherpe spijkers als de tandjes van een puppy omhoogstaken. De badkamer was eenvoudig: oude wc, gevlekte wastafel en plastic douchehokje zo groot als een telefooncel. Iemand had een halve rol wc-papier en een paar permanente urinevlekken op de wc-bril achtergelaten. Het raam stond open. Cain deed het dicht en probeerde het op slot te doen, maar dat lukte niet. Dat zou ze moeten repareren.

Ze zette de weekendtas en haar weinige andere bezittingen op het bureau, haalde haar Glock uit de holster en ging met haar pistool in de hand op het bed liggen. Ze was moe, ongerust en bang, maar niet door waar ze nu woonde. Ze was bang omdat de FBI naar haar op zoek was. Moord verjaarde niet, dat wist ze van afleveringen van *Law and Order.*

Maar konden ze haar echt oppakken voor moord? Ze hadden haar in een kooi opgesloten. Gaf dat haar niet het recht om zichzelf te bevrijden en zich tegen de Atkinses te beschermen? Ze wist het niet. Ze was geen advocaat. En mensen deden alles wat ze maar wilden en kwamen daarmee weg. Net zoals de Atkinses jarenlang hadden gekund.

De eerste jaren na haar ontsnapping waren niet veel beter geweest. Ze was een heel lange jonge vrouw van negentien met de kennis van een kind van tien en de emotionele ontwikkeling van iemand die zelfs nog jonger was. Door haar naïviteit was ze in gevaarlijke situaties beland. Door haar angst voor de autoriteiten had ze zich aangesloten bij groepen die haar hadden misbruikt, haar nog meer hadden beschadigd, haar hadden gebruikt en laten vallen. Maar op een dag was ze wakker geworden en had ze gezegd: *Nu is het genoeg.* Vervolgens had ze dat zelfs nog vastbeslotener gezegd tegen het lid van de motorbende met wie ze samenwoonde en ze had hem achtergelaten als een bloederige massa. Dat was het minste wat ze kon doen nadat hij haar maandenlang had mishandeld. Daarna was ze op zichzelf aangewezen, alleen. En ze zou alleen zijn tot ze zou sterven, dat had ze zichzelf beloofd.

Cain sliep een paar uur rusteloos en werd uitgehongerd wakker. Ze spatte water op haar gezicht en aangezien er in de kamer geen hand- of theedoeken waren, droogde ze haar gezicht af met een andere trui. Met haar MMA-prijs had ze een paar nieuwe schoenen gekocht en die trok ze nu aan. Daarna reed ze naar een eethuisje in de buurt waar ze een broodje kip met friet en een vanillemilkshake bestelde. Ze keek naar de andere tafels en zag moeders die hun kinderen hielpen met eten, hun mond en neus afveegden en geknoeid eten opruimden – de gewone dingen. Toch voelde ze iets vreemds in haar hoofd; daar doemden vreemde beelden op. Ze had ze al vaker gehad. Vage herinneringen... aan iets... aan iemand. Een meisje lachte en hield haar handen voor het gezicht van een ander meisje. Het andere meisje gilde en giechelde. Die droom leek zo reëel dat het zweet haar uitbrak. Maar als ze dan weer wakker werd, kon ze zich er niets meer van herinneren.

Ze vertrok en reed terug naar haar nieuwe huis. Het eerste wat ze daar hoorde was een gil: luid en angstig. Zodra de gil stopte opende ze haar portier en keek om zich heen op zoek naar de bron. Er waren nog meer bewoners, een paar zaten op een tuinstoel, op de grond of op een groot omgekeerd verfblik, terwijl ze rookten, dronken en kletsten. Twee anderen zaten te kaarten met stapels kwartjes als fiches. Niemand van hen reageerde op het gegil. Cain vroeg zich af waarom niet. En ze was van plan dat te ontdekken.

Cain liep naar een gezette man van in de vijftig. Zijn dikke grijze haar piekte onder een John Deere-honkbalpetje uit en hij droeg een vies T-shirt en een ouderwetse schildersbroek vol gekleurde verfvlekken. Hij had in zijn ene hand een blikje bier en in zijn andere een sigaret. Hij had een wazige blik in zijn rode ogen, zodat ze zich afvroeg hoeveel bier hij al ophad. 'Wat is er in vredesnaam aan de hand?' vroeg ze hem.

'Hoezo?' vroeg hij verbaasd.

'Dat gegil.'

Hij haalde zijn schouders op. 'Is mijn zaak niet, schatje.'

'Dat vroeg ik niet.'

Hij wees met zijn sigaret naar kamer 104, waar ongeveer op hetzelfde moment weer werd gegild. 'Dat meisje krijgt weer straf.'

'Welk meisje?'

'Kens meisje.'

'Waarom wordt ze gestraft?'

'Omdat Ken dat wil.'

'En wie is Ken dan wel?'

Op dat moment werd de deur van kamer 104 opengetrokken en rende er een jonge vrouw naar buiten, met haar handen beschermend om haar hoofd. Ze had alleen haar ondergoed aan en was blootsvoets. Ze was van Spaanse komaf, begin twintig en had een knap gezicht en een slank, tenger lichaam.

Achter haar aan kwam – nam Cain aan – Ken. Hij was in de dertig, ongeveer 1 meter 80, woog zo'n 110 kilo en leek op een bowlingbal. Doordat hij geen overhemd droeg, waren zijn sterke armen, dikke schouders vol tattoos en gespierde onderarmen zichtbaar. Zijn bierbuik was indrukwekkend, vond Cain. Hij leek wel zwanger van een drieling. Op zijn geschoren schedel en voorhoofd stond een tattoo van een groot doodshoofd. Hij had nog meer tattoos, waaronder een hakenkruis op zijn rechteronderarm. Hij had een riem in zijn rechterhand en er hing een sigaret aan zijn lippen en aan zijn riem een mes in een foedraal.

'Rosa, kom terug! Dwing me niet je achterna te komen, meid. Dat pakt niet goed voor je uit, als ik dat moet doen. Je hebt geen kleren aan, stomme bitch. Heb je dan geen schaamtegevoel, vrouw?'

Rosa draaide zich om, spuugde naar hem en hield een hele tirade in het Spaans, waar Cain geen woord van verstond, net als Ken zo te zien. Cain zag de felrode striemen op Rosa's armen en benen, waar ze door de riem was geraakt. Cain wreef onwillekeurig over haar armen waar Desiree haar ontelbare keren met haar riem had geslagen.

Ken haalde de sigaret uit zijn mond en doofde hem met de hak van zijn schoen. Hij sloeg met de riem alsof het een zweep was en gromde: 'Ik heb je al eerder gezegd dat je Amerikaans moet praten. Je brengt jezelf in nog grotere problemen, stomme tacovreter.' Hij lachte zelf om die belediging.

'Je bent zélf een tacovreter!' riep Rosa. 'Daarom ben je zo dik. Je eet te veel, varken dat je bent.'

Zijn glimlach verdween nu zijn slechte poging tot humor zich tegen hemzelf keerde. Hij keek om zich heen en zag dat iedereen keek. Cain wist dat mannen zoals Ken maar één reactie op zo'n publieke belediging hadden. Hij compenseerde zijn gebrek aan intelligentie en enorme onzekerheid door een overdaad aan wrede fysieke kracht en ongeïnspireerde voorspelbare reacties die altijd gewelddadig waren. Met een grimmige blik liep hij naar Rosa toe, terwijl de schilder zich snel terugtrok en de meeste andere mensen opstonden en naar hun kamer vluchtten.

Cain keek naar links en zag dat de vrouw van het kantoor voor de glazen deur naar hen stond te kijken. Ze schudde bezorgd haar hoofd en stapte vervolgens rustig naar binnen, alsof dit iets was wat elke dag gebeurde. Waardoor Cain begreep dat dit echt zo was. De Kens van deze wereld gedroegen zich allemaal hetzelfde en weken daar nooit van af. Daardoor waren ze gevaarlijk, maar voorspelbaar, en dus verslaanbaar, als je ze op de juiste manier benaderde. En Cain had een master behaald in het onderwerp gestoorde onvolwassen mannen.

Toen hij naar de uitdagende Rosa wilde lopen, versperde Cain hem de weg. 'Doe die riem weg, ga weer naar binnen, maak je hoofd helder en doe geen andere domme dingen,' zei ze.

De schilder zette een grote stap naar achteren en mompelde: 'O verdomme, stom mens dat je bent!'

Ken zei niets terug, maar haalde alleen met een enorme vuist uit naar Cains hoofd.

19

Cain ontweek de vuistslag door opzij te stappen en ramde een goed gerichte en keiharde uppercut precies in Kens middenrif. Hij klapte dubbel en zijn gezicht werd paars, terwijl het laatste beetje adem in zijn longen door de keiharde stoot naar buiten werd geslagen. Terwijl hij daarmee bezig was, gaf Cain een elleboogstoot tegen zijn rechternier. Hij gilde en doordat hij de pijn dankzij de adrenaline amper voelde, haalde hij opnieuw met een vuist uit naar haar. Ze blokkeerde deze vuistslag met gemak met haar onderarm, pakte zijn pols en elleboog vast en trok ze allebei een andere kant op, waardoor Ken opnieuw gilde. Ze duwde hem op de grond en zei: 'Verdwijn. Laatste waarschuwing, stomkop.'

Ken stond wankelend op en zijn dikke buik bewoog terwijl hij probeerde op adem te komen en zijn pijn onder controle te krijgen. Opeens trok hij zijn mes.

Maar voordat hij daarmee kon uithalen schopte Cain het mes uit zijn hand en vloog het wapen drie meter door de lucht.

Ken greep naar zijn gewonde hand. 'Je hebt mijn vinger gebroken, stomme bitch die je bent!'

'Als je niet ophoudt met deze onzin, zal dat niet het enige zijn wat ik breek.'

Hij brulde en vloog als een stier met zijn dikke armen gespreid op haar af.

Ze stapte opzij en ontweek zijn aanval daardoor probleemloos, greep zijn linkerarm toen hij langs haar heen zeilde, trok zijn elleboog omhoog en draaide tegelijkertijd zijn pols in een vervelende hoek naar binnen. Toen hij probeerde los te komen, ramde ze haar knie in zijn toch al beschadigde nier. Ze gebruikte zijn arm als hefboom en vloerde hem opnieuw, terwijl hij brulde van de pijn en daarna obsceniteiten tegen haar schreeuwde.

Hij bracht zijn andere hand naar zijn rug en er verscheen een pistool in zijn hand. Woedend gilde hij: 'Ik vermoord je, stomme bi...'

Hij maakte zijn zin niet af, want Cain liet zijn arm los, pakte hem bij zijn oren en trok hem naar zich toe, terwijl ze tegelijkertijd haar knie keihard in zijn gezicht ramde. Hij viel achterover, maar slaagde er toch in zijn pistool omhoog te brengen en de trekker over te halen. De kogel vloog maar een paar centimeter langs haar hoofd.

Terwijl hij moeizaam omhoogkwam, ging Cain in de aanval. Ze raakte hem met twee snelle stoten tegen zijn kaak en een linkerhoekstoot tegen zijn schuine spier, waardoor hij opnieuw door zijn knieën zakte. Ze greep zijn pols en probeerde die zo ver te draaien dat hij het pistool losliet. De klootzak was zo sterk als een beer, dat moest ze hem nageven.

Opeens haalde hij naar haar uit en beukte met de bovenkant van zijn hoofd tegen haar keel. Ze viel achterover, moeizaam ademend door de kopstoot, maar gelukkig pas nadat ze erin was geslaagd het pistool uit zijn hand te wrikken. Hij pakte haar hand en probeerde het pistool van haar af te pakken.

Dit begint heel gevaarlijk te worden, dacht ze. Ze bracht haar knie omhoog en ramde die twee keer achter elkaar tegen zijn borst. Hij wankelde achteruit maar trok haar met zich mee, terwijl ze allebei het pistool nog vasthielden. Hij slaagde erin de trekker te bereiken en haalde hem over. De kogel vloog uit de loop en sloeg in de muur van het motel.

Oké, dacht Cain, ik moet hier een einde aan maken.

De beweging die ze wilde maken was complex, maar ze had die al een paar keer gemaakt tijdens een kooigevecht. Terwijl ze het pistool nog steeds met haar ene hand vasthield, gebruikte ze haar andere hand voor een hoofdgreep die ze als een draaipunt gebruikte. Ze sprong op, zodat hij niet alleen zijn eigen gewicht moest dragen maar ook dat van haar. Ze boog haar lichaam naar achteren, met haar gezicht omhoog, en trok met alle kracht die ze bezat. Hij vloog over haar heen, terwijl zij onder hem door bewoog. Op het allerlaatste moment liet ze hem los. Zijn hoofd klapte op de grond, terwijl zij soepel opzijrolde.

Even later stond Cain op met het pistool in haar hand, doordat de torsie van de flipmove hem had gedwongen het los te laten omdat anders zijn schouder zou zijn ontwricht.

Cain stapte hijgend achteruit en keek naar Ken, die bloedend en bewusteloos op de grond lag.

'Godverdomme!'

Cain kokhalsde, spuugde en wreef over haar pijnlijke keel. Toen keek ze naar de man met de schildersbroek, die haar met grote ogen en nog steeds met een bierblikje in zijn hand aankeek.

'Wat?' vroeg Cain.

'Je hebt Ken zonet verrot geslagen,' zei hij ongelovig.

'Nou en?'

'Maar jij bent een vrouw en hij is een man.'

'Dat is geen antwoord,' zei ze schor.

Ze knielde en onderzocht Ken. Hij was bewusteloos, maar ze voelde zijn pols. Die was sterk. Ze trok aan een been en een arm. Hoewel hij bewusteloos was, reageerde zijn lichaam wel, zodat zijn ledematen onwillekeurig terugtrokken.

Oké, zijn ruggenwervel lijkt niet beschadigd doordat zijn hoofd tegen de grond klapte.

Ze stond op en keek Rosa aan. 'Gaat het?'

Rosa keek doodsbenauwd naar Ken. '*Madre de Dios.* Hij... Hij vermoordt me straks als hij bijkomt.'

'Ga je spullen halen,' zei Cain.

'*Que*?'

'Heb je kinderen? *Niños*?'

Rosa schudde haar hoofd. 'We zijn niet getrouwd.'

'Oké, ga je spullen halen. Dan breng ik je naar een plek waar je veilig bent.'

Rosa rende de kamer weer in en ze hoorde dat ze met veel lawaai haar spullen pakte.

'Hé!'

Cain keek om en zag dat de vrouw van het kantoor naar haar toe beende. 'Hé wat?'

'Je viel Ken aan.'

'Ik verdedigde mezelf.'

'Dat denk ik niet. Ik zal de politie moeten bellen,' zei ze.

'Ik dacht dat je dat misschien zou doen toen hij Rosa verrot sloeg.'

‘Hij leerde haar alleen maar een lesje. Je had je er niet mee hoeven te bemoeien.’

‘Nou ja, feit is dat we vertrekken,’ zei Cain.

‘Wie vertrekken?’

‘Ik en Rosa.’

De vrouw zei koppig: ‘Je krijgt je geld niet terug.’

‘Ja, ik snap wel dat je dat denkt.’

‘Omdat het zo is.’

‘Hoe lang is Ken hier al?’ vroeg Cain.

‘Een maand.’

Cain pakte haar telefoon. ‘Dan bel ík de politie.’

‘Waar heb je het verdomme over?’ riep de vrouw, verbijsterd over de wending die het gesprek had genomen.

‘Ken was voorwaardelijk vrij, dus ik bel nu de politie en vertel ze dat hij hier is en dat jij hem een maand onderdak hebt verleend.’

‘Shit, ben je dronken of zo? Hoe weet jij dat hij voorwaardelijk vrij is?’

Cain wees zwijgend naar een tattoo op Kens arm. ‘Dat is het lidmaatschapssymbool van de Aryan Brotherhood. Dat is een gevangenisbende en je krijgt die tattoo als je in de bak zit. Ik kan zien dat hij hem in de gevangenis heeft gekregen, want het is slecht gedaan; ze gebruiken gesmolten troep als inkt en slechte zelfgemaakte messen als naald. Nu is Ken vrij. Hij is een jonge vent en de proeftijd van de voorwaardelijke vrijlating is meestal een behoorlijk aantal jaren. Die tattoo lijkt heel nieuw, maar hij heeft een mes en een pistool en hij heeft net een vrouw mishandeld. Dat zijn drie overtredingen van zijn proeftijd. En jij hebt net toegegeven dat je weet dat hij dit regelmatig doet. Daardoor ben jij dus een medeplichtige. Daarvoor ga je minimaal een jaar de bak in.’

De vrouw zette een stap naar achteren. Haar zelfverzekerdheid verdween als sneeuw voor de zon en ze werd lijkbleek. ‘Hoezo weet jij daar zoveel van?’

Cain wist dat allemaal omdat ze toen ze aan het liften was een keer was meegenomen en aangevallen door een van deze ‘Brothers’. Ze was kort tegen haar wil vastgehouden voordat ze was ontsnapt en toen ze de man achterliet zag hij er ongeveer net zo uit als Ken nu.

Maar ze verklaarde heel overtuigend: ‘Ik ben een agent.’

'Larie! Laat je badge dan eens zien? En waarom zou je hier dan zijn?'

'Ik doe undercover onderzoek naar een paar criminelen hier in de buurt, dus draag ik geen badge. Bovendien, denk je soms dat iedere vrouw Ken zonder een speciale training kan uitschakelen?'

Cain was soms zelf stomverbaasd over het gemak waarmee ze leugens verkondigde die heel geloofwaardig klonken, net zoals die ochtend tegen die beveiliger. Maar ze had nu eenmaal het grootste deel van haar leven in situaties gezeten waarin ze acuut en onder stressvolle omstandigheden een alternatieve werkelijkheid had moeten bedenken en die zo echt moest laten klinken dat ze het zelf geloofde. Want alleen op die manier had ze het overleefd.

Oefening baart kunst. En oefening terwijl de dood op je loert, maakt die beter dan perfect.

Schildersbroek zei: 'Ze vertelt je de waarheid, Beth. Ik bedoel, dat zie je verdomme toch zelf! Verdomme, ik durf te wedden dat ze een ex-militair is of zo met al die verdomde ninjatraining.'

Cain zei: 'Dus Beth, ga mijn geld maar halen, het hele bedrag, en kom het me brengen. Dan zal ik de politie niet bellen. Niet omdat ik niet wil dat jij en Ken de bak in draaien, maar omdat ik mijn tijd niet wil verspillen met het invullen van papieren. Ik heb wel wat beters te doen.'

Beth bleef even aarzelend staan. Toen rende ze terug naar het kantoor. Ze kwam terug met het geld en gaf het aan Cain, die het natelde en toen in haar zak stopte.

Cain liep terug naar haar kamer om haar spullen te pakken en toen ze buitenkwam, stond Rosa al klaar. Ze had een spijkerbroek en een trui met lange mouwen aangetrokken en had een kleine weekendtas bij zich.

Ze reden weg terwijl de anderen naar de roerloze Ken stonden te kijken.

20

Cain bracht Rosa naar een vrouwenopvang waar ze zelf gebruik van had gemaakt toen ze pas in de stad was. Ze drukte Rosa honderd dollar in de hand en zei: 'Ga nooit terug naar die vent. Want hij vermoordt je, oké? Die man is gewoon slecht.'

'Dat doe ik niet, dat zweer ik. En eh... dank je wel.'

Cain zei niets, want ze wilde geen bedankje, niet van Rosa en van niemand. Ze wilde gewoon met rust worden gelaten en vroeg zich af waarom ze zich steeds weer met andermans problemen bemoeide. Misschien omdat niemand dat ooit voor haar had gedaan en ze heel goed wist hoe rampzalig de gevolgen waren als je niets deed.

Ze besloot zichzelf even te verwennen en gebruikte haar creditcard om in te checken in het plaatselijke Marriott Hotel. Ze nam haar bezittingen mee naar haar kamer op de derde verdieping en deed de deur achter zich op slot. Ze nam een lange douche met echt heet water en gebruikte alle toiletartikelen in de badkamer. Het kostte maar een paar seconden om haar haar te drogen. Ze trok een schone spijkerbroek aan in plaats van de broek die vies was geworden tijdens het gevecht, met een wit T-shirt en een wijde gele trui eroverheen.

Daarna ging Cain op haar bed zitten en staarde naar de vloer. De dag was nog niet voorbij en ze had al heel veel meegemaakt: ze was uit haar huis gezet, had haar nieuwe kamer moeten verlaten en was nu hier beland. Ze had vanavond geen dienst als beveiliger en morgen was het betaaldag voor haar vorkheftruckbaan. Ze zou haar cheque ophalen en incasseren, en dat geld bewaren bij haar andere geld.

Ze ging op het bed liggen en zocht op haar telefoon het bericht van de FBI weer op. Ze opende de foto van haarzelf op het scherm: haar wilde blik, haar lange haren en tegelijkertijd dolgelukkig en doodsbang nu ze na al die jaren opeens vrij was. Ze legde de telefoon naast zich neer, sloot haar ogen en dacht terug aan die laatste avond bij de Atkinses.

Ze was naar het huis gerend, niet omdat ze wraak wilde nemen, maar omdat ze wist dat daar de weg uit deze nachtmerrie te vinden was. Ze wist dat ze weinig tijd had door de camera bij de deur. Joe Atkins had steeds opnieuw tegen haar gezegd: *Ik hou je altijd in de gaten, Becky, altijd. Je hoeft niet eens te proberen om te ontsnappen, hoor je me?*

Toen ze pas bij de Atkinses was, woonde ze bij Len en Wanda, maar niet langer dan een paar dagen. Zij hadden haar goed behandeld, maar daarna was ze bij Joe en Desiree gaan wonen. En daar begon haar beproeving, hoewel niet meteen. Eerst waren ze min of meer aardig tegen haar geweest, hoewel alles van haar leven daarvoor vervormd was, als de slechte ontvangst op een telefoon. Ze wist dat die man haar ergens had weggehaald. Dat haar echte ouders haar om een onverklaarbare reden dood wilden; dat had hij haar tenminste verteld. Nu waren de herinneringen aan haar eerdere leven niet duidelijk genoeg om te weten of dat waar was of niet.

Maar op een dag was de manier waarop de Atkinses, of eigenlijk vooral Desiree, haar behandelden veranderd. Joe werkte meestal buitenshuis, zodat zij en Desiree alleen waren. Er kwam nooit iemand op bezoek, alleen Len en Wanda heel af en toe.

Eerst waren het kleine dingen: hevige onbegrijpelijke woedeaanvallen, privileges afnemen, time-outs die veranderden in verbale en daarna in fysieke mishandeling. Toen ze een jaar of acht was, begon Desiree – zoals Cain nu wist – *mind games* met haar te spelen. Ze plantte dingen in haar jonge hoofd die iemand die ouder en volwassener was zouden hebben gewaarschuwd. Eerst had Joe haar verdedigd, maar hij had Desiree nooit gedwongen haar gedrag te veranderen.

Sla haar niet zo hard, Desiree, zei hij dan. *Geef haar meer te eten, dit is niet eens genoeg voor een kat. Trek haar betere kleren aan, Desiree, wat is er met je aan de hand?* Maar toen veranderde Joe's gedrag ook. Becky dacht dat Desiree hem had opgejut toen hij haar kamer binnenstormde en riep: *Ik weet wat je hebt gedaan, Becky! Dat weet ik! En daar kom je niet mee weg.* Op een dag was hij haar kamer binnengekomen en zei hij: *Je zult mijn vrouw nooit meer bijten.* Waarna hij haar met zijn riem in haar gezicht sloeg. Natuurlijk had Becky Desiree niet gebeten, ook al had ze dat wel gewild.

Toen werd ze van het huis naar de gevangeniscel gebracht die in de zijkant van de heuvel was uitgehouwen. Ze waren haar kamer binnengekomen, hadden haar wakker gemaakt en zeiden dat ze vanaf nu in haar nieuwe huis moest wonen. Becky dacht dat ze haar aan een ander gezin zouden geven, en ze hoopte en bad dat die mensen aardiger zouden zijn, want nu werd ze regelmatig geslagen, verbaal doodsbang gemaakt, gedwongen keihard te werken en kreeg amper genoeg te eten om in leven te blijven.

Maar dat gebeurde dus niet. Toen ze haar meenamen het bos in was Becky ervan overtuigd dat ze haar wilden vermoorden en daar zouden begraven. Ze had gegild en geprobeerd te ontsnappen, maar dat was niet gelukt en bovendien was er niemand die haar kon horen. Ze brachten haar naar binnen en Joe had haar in het licht van zijn zaklamp laten zien wat er was. Het was kaal, vies en koud, en Becky dacht dat ze dingen over de vloer hoorde scharrelen.

Dit is je nieuwe huis, Becky, had Desiree pesterig gezegd. *Hier ga je elke avond slapen en word je elke ochtend wakker, tenzij je me niet gehoorzaamt en je misdraagt, want dan word je nooit meer wakker.*

Op dat moment was de jonge Becky zo in paniek dat ze niet kon verwerken wat er gebeurde. Nadat ze haar hadden opgesloten bonsde ze op de deur, gillend dat ze haar eruit moesten laten, dat ze vanaf nu heel gehoorzaam zou zijn. Toen zei Desiree aan de andere kant van de houten deur: *Als je nog meer lawaai maakt, laat ik slangen bij je naar binnen. Ik zie er nu twee die er heel hongerig uitzien. En zij zullen je net zo lang bijten tot je dood bent. En dan vreten ze je met huid en haar op, Becky. Hoor je me? Hoor je ze sissen? Ik doe het echt! Je weet dat ik het zal doen. Hier leven heel grote slangen.*

De doodsbange Becky was langzaam achteruit bij de deur vandaan gelopen, zo ver ze kon, helemaal tot de aarden wand van haar gevangenis in de heuvel. Ze was op de matras gaan zitten en had geen kik meer gegeven. Ze hoorde dat ze wegliepen en ze lieten haar daar achter. Ze was de hele nacht in het donker wakker gebleven, in afwachting van het gesis van de slangen die haar zouden doodbijten en daarna zouden opeten.

Cain ging rechtop zitten en wreef over een van de oude brandwonden op haar arm terwijl deze pijnlijke herinneringen terugkwamen. Desiree zou haar op haar bed vastbinden, een sigaret aansteken en boven haar houden, waarna ze de brandende punt onverwacht in haar huid drukte, zodat Becky begon te gillen. Daarna trok ze hem terug en drukte hem vervolgens in een ander deel van haar lichaam tot Becky zelfs nog luider gilde.

Stop alsjeblieft, Desiree, doe me alsjeblieft geen pijn!

Ik ben je moeder, je moet me moeder noemen. En dan volgde er een nieuwe brandwond. *Moeder, doe me alsjeblieft geen pijn!*

Desiree drukte de sigaret echter steeds opnieuw tegen haar huid en zei dan lachend: *Je moeder houdt niet van je, Becky. Ze heeft nooit van je gehouden, want dat verdien je niet, niet zoals andere kinderen die wel gehoorzaam zijn en goed, wat jij dus niet bent. Jij bent slecht en ongehoorzaam en je bent niet te vertrouwen.*

Cain sprong op en liep snel naar de badkamer, waar ze haar hamburger, friet en milkshake in de wc uitkotste. Ze waste haar gezicht boven de wastafel, strompelde de slaapkamer weer in en liet zich op het bed vallen.

Daar bleef ze moeizaam ademend liggen tot ze in slaap viel. In de maalstroom van een vage droom zag ze een gezicht dat zo opvallend op haar eigen gezicht leek dat ze het idee had dat ze in de spiegel keek. Met het spleetje tussen de voortanden, maar in een vieze spijkerbroek in plaats van in een jurk, een wilskrachtige kin, een zelfverzekerde blik, een kleine hand gebald tot een koppige vuist. Iemand riep steeds opnieuw een naam, maar het was een gedempte stem te midden van een orkaan. Ze kon de stem niet echt goed horen, maar hij gaf haar rust, een zekere noodzakelijke kracht; dat was altijd zo geweest.

Cain werd wakker en het beeld verdween. Ze ging rechtop zitten en vloekte. Waarom verdween het beeld zodra ze haar ogen opendeed?

Ze keek naar buiten en zag tot haar verbazing dat het donker was. Ze had langer geslapen dan ze had gedacht.

Ze nam de lift naar de hotelbar beneden. Ze ging aan het uiteinde zitten, ver bij de liveband vandaan, en nam chagrijnig slokjes van haar bier. De barkeeper was een zwarte vrouw van begin veertig, had roze en paars haar, een atletisch lichaam en stijlvolle tattoos op haar onderarmen. Ze bewoog zich efficiënt en had een schittering in haar ogen. 'Zo te zien kun je dat biertje wel gebruiken, meid.'

'Dit biertje en nog tien meer.'

'Dan hoop ik maar dat je hier blijft.'

'Doe ik.'

'Ben je in de stad voor zaken?' vroeg de vrouw.

'Nee, ik ben op doorreis.'

'Ach, wie niet?' Ze liep door toen een andere dorstige klant een hand opstak.

De televisie aan de muur was afgestemd op een nieuwszender en toen Cain haar foto zag verschijnen, verslikte ze zich in een slok bier en knoeide ze iets uit haar glas. Onder de foto stond de tekst dat de FBI op zoek was naar deze vrouw, dat de foto in 2002 was gemaakt, dat ze Rebecca Atkins heette en dat eventuele informatie over haar verblijfplaats moest worden gemeld per telefoon of e-mail, waarna het telefoonnummer en het mailadres op het scherm verschenen.

Cain zette langzaam haar glas neer en veegde een paar druppels bier van haar kin.

De barkeeper kwam met een theedoek naar haar toe, depte het geknoeide bier op en vroeg: 'Gaat het?'

'Ik verslikte me.'

Cain legde wat geld neer voor het bier inclusief een grote fooi, stond op en liep moeizaam weg.

De barkeeper draaide zich om en keek naar de tv, waar de foto van Rebecca Atkins nog steeds te zien was. Daarna keek ze achterom naar Cain die wegliep. Fronsend pakte ze het geld van de bar.

Nadat Cain het hotel de volgende dag had verlaten, deed ze haar werk op de vorkheftruck en kreeg haar looncheque. Daarna belde ze het taxibedrijf en zei dat ze een paar dagen vrij moest nemen. De man zei dat ze was ontslagen als ze niet kwam werken. 'Oké, dan ben ik ontslagen.' Ze verbrak de verbinding.

Cain ging zitten, telde haar geld, maakte een ruwe berekening en belde het beveiligingsbedrijf met dezelfde boodschap. De manager daar was een goede vent, een opa die een zwak voor haar had.

'Ik heb twintig werkloze kerels op de wachtlijst staan voor deze baan, Cain, en tien van hen hebben een graad. Weet je dit zeker?'

'Het spijt me, maar ik moet ergens naartoe en kan er niet onderuit.'

'Oké, succes. Geef me een seintje als je ooit terugkomt. Ik heb jou liever dan een of andere afgestudeerde filosoof.'

Cain gooide haar tank vol en vertrok. Ze had geen idee of haar besluit zou leiden tot verlossing of gevangenisstraf. Maar iets in haar wat heel sterk was maakte haar duidelijk dat ze dit móést doen. Na al deze jaren moest het hiaat in haar herinneringen worden gevuld, op welke manier dan ook.

Ze gaf gas en reed naar het zuiden.

Terug naar de nachtmerrie.

21

Uren later ging Cain langzamer rijden en toen ze Crawfordville binnenreed, voelde ze haar ademhaling versnellen. Dat kwam niet door de omgeving, want ze was hier nooit langs welke plek dan ook gekomen die ze nu kon herkennen. De Atkinses waren zo voorzichtig geweest haar nooit mee te nemen naar de stad of ergens anders naartoe, want ze wilden kennelijk niet dat iemand wist dat ze haar hadden. Eerst had ze niet geweten waarom dat zo was, maar na verloop van tijd begreep ze heel goed wat de reden was.

Cain stopte voor een eethuisje waarvan de helft van de knipperende neonverlichting het niet meer deed en de buitengevel was verbleekt door de tijd en waarschijnlijk door geldgebrek. Ze wilde een hapje eten, ook al had ze niet echt honger. Ze had echter gewoon wat tijd nodig om te verwerken dat ze hier terug was.

De serveerster schonk haar tweede koffie in en keek naar Cain, die lusteloos in haar eten zat te prikken. 'Vind je het niet lekker, liefje?'

Cain keek op. De vrouw was ver in de zeventig en leek te moe en te broos om nog te werken. De geur van sigarettenrook drong via haar poriën naar buiten en haar tanden zaten vol nicotinevlekken, maar ze had een vriendelijke blik en een oprechte glimlach. 'Nee hoor, het eten is prima. Ik heb gewoon geen trek meer.'

'Heb je niet eerder gezien. Ben je nieuw in de stad of gewoon op doorreis?'

'Gewoon op doorreis.'

'Ja, dat zeggen ze allemaal,' zei de vrouw melancholiek. Ze duwde een streng grijs haar terug onder het blauwe petje dat ze droeg. 'Ik zou ook weleens willen zeggen dat ik gewoon op doorreis ben, maar ik ben hier geboren. Hier geboren en nooit vrijgelaten. Waar kom je vandaan?'

'Atlanta,' loog Cain.

'Ben er één keer geweest, dertig jaar geleden. Zal wel erg veranderd zijn. Dit stadje verandert nooit. Soms is dat goed, maar meestal niet. Maar dit is alles wat ik ooit heb gekend, dus...'

'Verandering kan goed zijn,' zei Cain.

'Zo te horen heb je daar ervaring mee.'

'Zeker weten.'

'Hoop dat je een goed leven hebt gehad, liefje.'

Cain betaalde haar rekening en vertrok zonder antwoord te geven.

Ze had gehoord in welke straat de Atkinses woonden toen zij daar was en brieven gezien die aan hen geadresseerd waren. Om de een of andere reden was ze dat adres nooit vergeten.

De Google Maps-app op haar telefoon leidde haar naar haar bestemming. Toen ze de straat in reed zag ze eindelijk iets wat ze herkende: de enorme altijd groene Amerikaanse eik. De boom was in de tussenliggende jaren natuurlijk zelfs nog groter geworden; de kroon was zo breed dat de lucht bijna niet meer te zien was. Onder deze boom was Joe Atkins begraven. Ze vroeg zich af of het laatste wat hij ooit had gezien die boom was, in de wetenschap dat die hem zou overleven.

Hier stonden geen andere huizen, zoals wel het geval was geweest toen Cain hier woonde. Toen ze langs het huis reed brak het zweet haar uit, op haar gezicht, onder haar oksels, in haar knieholtes. Haar maag verkrampte. De koude rillingen namen haar in bezit met de kracht van een volledig beladen goederentrein. Ze gaf gas, scheurde langs het huis, stopte tweehonderd meter verderop abrupt, zette de auto in de parkeerstand, stapte uit en braakte koffie en gal uit achter een warrige struik.

Dit is belachelijk, El, beheers je.

Ze stapte weer in, reed terug door de straat en reed nu heel langzaam langs het huis. Het leek vrijwel onveranderd. Er stond een grote blauwe vrachtauto voor, vergeleken waarmee het eenvoudige huis heel klein leek. De verroeste metalen carport naast het huis was leeg. Ze zag geen licht branden in het huis. Ze stopte verderop, parkeerde in de berm en stapte uit. Met de zaklamp uit het dashboardkastje liep ze het bos in naar een heel specifieke bestemming.

Mijn oude huis.

Ze wist dat ze, als ze dit kon verdragen, alles kon verdragen, doordat dit de plek was waar ze álles had verdragen.

Cain herinnerde zich elke stap doordat dit dezelfde route was, maar dan in tegengestelde richting, die ze had gevolgd op haar weg naar de vrijheid. Ze sloeg links af en kwam uit bij een open plek. Nu moest ze heel voorzichtig zijn. Ze keek weer in de richting van het huis. Ze kon het niet zien, maar wilde er zeker van zijn dat niemand vanuit het huis haar kant op kwam.

Ze liep door en moest zich een weg banen door de wildernis die het pad in bezit had genomen sinds de laatste keer dat zij hier was geweest. Ze bleef even staan en keek naar een paar gebroken takken, beschadigde struiken, gescheurde jonge plantjes en de aarde die was verstoord door ontelbare voetstappen.

Ze begon weer te zweten.

De video. Kortgeleden waren hier mensen. Ze liepen naar de plek waar ik nu naartoe ga. De politie. De FBI.

De koude rillingen kwamen weer. Ze leunde tegen een boom en haalde een paar keer diep adem. Melkzuur maakte haar mond kurkdroog en haar ledematen slap. Dat was Cain ook tijdens haar allereerste MMA-gevecht overkomen. Ze was zo nerveus geweest dat ze zich bijna niet kon bewegen. De vrouw tegen wie ze vocht had haar zomaar gevloerd en daarna geprobeerd haar met een armbar te verslaan. Cain was zo kwaad op zichzelf geworden dat het melkzuur verdween in een golf adrenaline. De scheidsrechter had haar uiteindelijk van de vrouw af moeten trekken nadat ze die bewusteloos had geslagen.

Opnieuw ademde ze lucht en melkzuur uit, tot haar ledematen waren bevrijd van hun loomheid en ze weer speeksel in haar mond kreeg.

Bij de volgende open plek bleef ze staan en keek naar haar oude gevangeniscel.

De deur van de grot doemde op uit het donker, als een wezen dat alleen maar wanhoop uitstraalde. Het was kleiner dan ze zich herinnerde, maar dat was altijd zo als mensen de kwellingen uit hun jeugd opnieuw bezochten, en voor Cain was het woord 'kwelling' helemaal van toepassing. De deur was dicht, maar toen ze er in het licht van haar zaklamp naar keek, zag ze dat er geen hangslot op zat. De klimop rondom de deur was naar beneden getrokken zodat de verroeste bewakingscamera zichtbaar was.

Ze verzamelde moed, liep naar de deur, knielde en drukte haar oor ertegenaan. Ze hoorde niets. Daarna keek ze omhoog naar de camera en kreeg opeens een afschuwelijke gedachte: deed die het nog steeds? Ze stak haar hand uit en draaide hem weg. Ze vluchtte het bos in en wachtte ongeveer twintig minuten om te zien of er iemand aankwam. Toen dat niet zo was, sloop ze terug naar haar vroegere gevangenis. Ze vermande zich, duwde de deur open en liep naar binnen.

Cain scheen met haar zaklamp om zich heen en werd onmiddellijk overspoeld door duizenden gruwelijke herinneringen. Het effect was verstikkend, alsof alle zuurstof uit de lucht was verdwenen. Ze ging op de grond zitten en scheen weer rond.

Ze kromp ineen toen ze de ketting aan de muur zag. Daarmee hadden ze haar vastgeketend toen ze te groot en te opstandig was geworden.

En gevaarlijk. Ze durfden niet zo dichtbij te komen.

Zodra ze volgroeid was, waren er maar twee dingen belangrijk geweest: niet te dicht bij haar komen, en het geweer. Desiree had haar niet meer kunnen martelen. Maar dat had ze in de loop der jaren zo vaak gedaan dat Cain voor altijd verminkt was.

Ze keek naar de smerige matras waarop ze duizenden nachten had geslapen. Naar de plank waar vreemde dingen op stonden, dingen die voor haar in die tijd schatten waren geweest. Ze had ze allemaal een naam gegeven en zij waren in al die jaren haar enige vrienden geweest. Ze praatte tegen ze, hield theevisites met ze en toen ze ouder en sterker was had ze er een denkbeeldige bende mee gevormd die nare dingen deed om de Atkinses gek te maken.

Ze ademde diep in en de geur van natte klei en schimmel en rottend hout vulde haar longen als water in een emmer. Toen ze hier gevangenzat, had ze deze lucht elke dag ingeademd. Maar elke dag dat ze leefde om te kunnen ademen was een overwinning.

Er waren ook dingen die ze niet herkende. Een paar jongensschoenen, een honkbalhandschoen, een kapotte voetbal, een paar seksblaadjes. Misschien hadden de mensen die nu in het huis woonden kinderen die deze plek hadden ontdekt en als een soort schuilplaats of zo gebruikten. Hoe meer ze erover nadacht, hoe meer ze begreep dat dat misschien de reden was geweest dat de politie deze plek had gevonden.

En toen zag ze het.

Sally, haar pop, die in een hoek op de grond lag. Cain liep ernaartoe en raapte haar op. Ze leek nu heel klein in haar hand, hoewel ze de laatste keer dat ze de pop had vastgehouden toch al bijna helemaal volgroeid was. Ze had er spijt van gehad dat ze Sally had achtergelaten, maar op dat moment, dolblij dat ze vrij was, had ze helemaal niet aan Sally gedacht. Ze stopte de pop onder haar wijde trui. Deze keer zou Sally niet worden achtergelaten. Ze stond op, liep de grot uit en trok de deur achter zich dicht.

Op dat moment hoorde ze de jongensstem.

'Hé, wat doe jij hier?'

22

De tiener had een zaklamp in zijn hand en richtte die op Cain. Hij was van gemiddelde lengte en had een warrige bos haar. Ze schatte hem op een jaar of veertien, vijftien.

Ze hervond haar stem en zei: 'Hoi, ik hoorde net wat hier is gebeurd. Ik reed hierlangs en besloot een kijkje te nemen. Sorry, was niet kwaad bedoeld.'

Zijn blik verzachtte, maar hij bleef behoedzaam. 'O-oké. Ik zou misschien ook nieuwsgierig zijn.'

'Woon je in de buurt?'

Hij keek achterom. 'In het huis daar. Dit is ons land.'

'Wauw, oké. Ben je hier vroeger vaak geweest?'

'Ja, mijn broer en ik, toen we jonger waren.'

'Hoe heet je?'

'Hoe heet jíj?' vroeg hij scherp.

'Ik ben Donna.'

'Oké, ik heet Kyle. En... ik vind dat je hier niet moet zijn.'

Cain had Sally verplaatst naar haar rug, zodat Kyle de bobbel onder haar trui niet kon zien. 'Luister, het is logisch dat je schrok, maar ik schrok ook, weet je?'

'Ja, dat snap ik. Ik bedoel, jij bent een meisje en ik ben een jongen. Wees maar niet bang, ik zal je niets doen,' zei hij snel.

Cain glimlachte bijna, omdat ze Kyle met één luie kick had kunnen uitschakelen. 'Bedankt, Kyle. Dat waardeer ik echt. Op het nieuws zag ik dat de FBI met de zaak bezig is. Verdomme, zoiets maak je niet elke dag mee. Zijn zij hier ook geweest?'

Kyle stapte naar voren en keek haar opgewonden aan. 'Ja, ze waren hier. Het was net of we meededen aan een detectiveserie. Ze stelden vragen over een meisje, en over de mensen die hier voor ons woonden. Ik ben hun namen vergeten. Maar toen dacht ik weer aan deze plek. En ik heb het ze laten zien,' voegde hij er trots aan toe. 'Mijn vader heeft met de agenten gepraat en ze hielden hier kennelijk een meisje gevangen. Die mensen moeten wel gestoord zijn geweest. Ik bedoel, ze was een soort gevangene.' Hij fronste. 'Volkomen gestoord.'

'Volkomen. Iemand die ik ken zei dat-ie een foto van dat meisje op het nieuws zag.'

'Klopt. Ze stond op een videoband. Zie je die camera daar?'

'Ja.'

Kyle fronste toen hij zag dat de camera de andere kant op gericht was. 'Hé, iemand heeft hem verplaatst. De politie misschien. Maar goed, de klootzak die hier vroeger woonde, had een kabel naar ons huis aangelegd. Ik heb die ontdekt. En onder de vloer stond zo'n oud VCR-ding. En daar zat een band in. Die hebben we afgespeeld en toen stond dat beeld erop.' Hij richtte zijn zaklamp op de deur. 'Het meisje dat ze hier hadden opgesloten stormde naar buiten.'

'Wauw, te gek!'

'Echt wel. En dat is niet alles. De man van wie het huis was, die is vermoord. Mijn pa zei dat het meisje dat misschien heeft gedaan en dat die hufter dat verdiend had.'

Cain voelde iets als gesmolten lavasteen in haar maag. 'Zeiden ze hoe hij is gestorven?'

'Niet dat ik weet.'

'En was er nog iemand bij betrokken?'

'De vrouw van die vent. Zij is verdwenen. Ze weten niet wat er met haar is gebeurd. Of met dat meisje.'

'Maar de politie zal wel op zoek naar haar zijn. Naar dat meisje bedoel ik.'

'Ja, dat denk ik wel. Ik bedoel, als zij die man heeft vermoord moet ze een medaille krijgen, dat vind ik tenminste. Maar ik denk dat het als zij hem heeft vermoord ook een misdaad was. Misschien willen ze haar daarom vinden.' Hij keek haar onderzoekend aan. 'Jeetje, wat ben je lang. Net als die vrouw van de FBI.'

'De vrouw van de FBI?'

'Ja, de vrouw die hier was en allemaal vragen stelde. Maar jij bent langer.'

'Klopt, ik ben langer dan de meeste meisjes, tenzij ze basketballen.

Nogmaals, sorry dat ik op verboden terrein ben, Kyle. Ik wil niet in de problemen komen.'

Kyle maakte een afwijzend gebaar. 'Geen probleem, ik zal het tegen niemand zeggen. Hé, wil je dat ik je die ruimte laat zien?'

'Nee, ziet er veel te griezelig uit.'

Kyle knikte. 'Ik weet het. Toen mijn broer en ik het ontdekten, vonden we het ook griezelig, maar het was een coole plek om te chillen. Daarom hadden we het niet aan onze ouders verteld. Maar toen we hoorden dat daar een klein meisje gevangen was gehouden... Die lui moeten echt, ik weet het niet, volkomen geschift zijn. Dat zei mijn pa tenminste.'

'Volgens mij heeft je pa helemaal gelijk.'

'Toen we die video bekeken en dat meisje die deur uitstormde...' Kyle glimlachte. 'Ik weet het niet. Ik bedoel, dat was eng, maar nu ik weet waarom ze dat deed... Dat was zo maf, ik wílde gewoon dat ze ontsnapte.'

'Ja, dat zullen de meeste mensen wel willen. Maar ja, de wet kan een vreemd effect hebben.'

'Ja, denk het wel.'

'Wat doe je hier zo laat op de avond?' vroeg ze.

Hij haalde een camera uit zijn jaszak. 'Ik maak een video over dit alles voor mijn Instagram-account. Ik noem hem *Vlucht naar de vrijheid* of zo.'

'Oké, dat klinkt best cool. Bedankt, Kyle, leuk je te ontmoeten.'

'Ook zo, Donna.'

Cain draaide zich om en liep snel weg. Ze stapte in haar auto en bleef een paar minuten zitten, terwijl ze alles verwerkte wat ze zojuist had ontdekt.

De FBI was op zoek naar haar. Ze dachten waarschijnlijk dat zij Joe had vermoord, en Desiree misschien ook. Misschien zou ze worden vrijgesproken, maar misschien ook niet. Cain vond zelf dat ze niets verkeerds had gedaan, maar ze had genoeg ervaring met de wet om te weten dat de politie anders over dingen dacht. En door die denkwijze kon zij achter de tralies belanden. Ze had al eens in een gevangenis gezeten, ook al had ze helemaal niets misdaan, en ze was niet van plan ooit terug te gaan.

Ze reed naar de stad en nam een kamer in een motel.

Ze trok haar kleren uit en ging in haar ondergoed op het bed liggen. Ze sloot haar ogen en zag in gedachten meteen de binnenkant van die gevangeniscel in het bos. Elk detail stond in haar geheugen gegrift. Ze was al bijna twintig jaar weg, maar nadat ze daar weer was geweest, had ze het gevoel alsof ze nooit weg was geweest.

Ze herinnerde zich dat ze Desiree had gevraagd waarom ze haar zo behandelden.

Je bent een slecht meisje en je moet worden gestraft, had Desiree gezegd.

Maar welke slechte dingen heb ik dan gedaan? had Becky gevraagd.

Ik heb geen zin die allemaal op te sommen. Dat verdien je niet, vals klein monster dat je bent. Vergeet niet dat je wordt gestraft en dat je elke straf die je krijgt verdient. Daarna had ze Becky ook nog in haar gezicht geslagen.

Eén keer, toen Wanda langskwam had Becky haar dezelfde vraag gesteld.

Wanda had een klopje op haar hand gegeven en gezegd: *Er zijn slechte mensen in de wereld, Becky.*

Dus ik ben slecht? had Becky willen weten. *Zoals Desiree zegt?*

Ik heb het niet over jou, lieve kind. Ik heb het over andere mensen.

Cain herinnerde zich dat ze Wanda had gevraagd haar te helpen ontsnappen, maar de vrouw was gaan huilen en had gezegd dat ze dat niet kon doen. Iets over haar zoon, dat ze Joe niet in de problemen wilde brengen. Dus had ze Becky daar gewoon laten zitten.

Ze verweet het Wanda niet, niet echt. Ze kon wel begrijpen waarom Wanda had gedaan wat ze deed. Dat had alles te maken met overleven. Want wat kon je anders doen?

Ze pakte haar oude pop van het nachtkastje en drukte de beschimmelde pop tegen haar borst. 'Jij was mijn enige echte vriendin, Sally. En dat ben je misschien nog steeds.'

23

De volgende ochtend stond Cain laat op. Ze douchte en nam even de tijd om zichzelf in de spiegel te bekijken. Ze keek eerst naar de brandwonden op haar linkerarm en daarna naar die op haar rechterarm. Ze wist nog precies wanneer ze waren gemaakt en waarmee. De dader was altijd Desiree Atkins. Joe had daar kennelijk het lef niet voor, maar Desiree was kennelijk overal toe in staat.

Desiree had vaak een brandende sigaret gebruikt. Ze leek het leuk te vinden om te zien dat de huid zwart werd en er blaren ontstonden. Cain herinnerde zich dat ze naar haar keek, zelfs terwijl ze het uitgilde van de pijn. Hoe harder ze gilde, hoe meer Desiree glimlachte, hoe langer het branden doorging. Hoe jong Becky ook was, het duurde niet lang voordat ze begreep dat, als ze zich volledig concentreerde en niet gilde van de pijn, Desiree er geen plezier meer in had en ermee ophield, ook al schokte Becky's lichaam van ellende. Desiree genoot er kennelijk van om haar angst te horen. En soms nam Desiree naalden en het mes mee en dan sneed ze dingen in Becky's huid. Maar haar volgende favoriete martelwerktuig was de riem geweest. Toen Cain had gezien dat Ken de riem in zijn hand had en Rosa daarmee bedreigde, waren die herinneringen teruggekomen. Maar ook dan, als Becky niet gilde, vond Desiree het niet meer leuk en ging ze weg, waarna ze Becky met haar nieuwe wonden stilletjes huilend achterliet.

Er was maar één reden waarom Becky zich tijdens dat alles kon concentreren en niet hardop huilde. Er was één beeld dat ze bewaarde in de veiligste, verste uithoek van haar geest. Ze verstopte dat beeld, had ze als klein meisje gedacht, uit angst dat Desiree hem zou kunnen vinden en wegnemen, waarna Becky niets meer had om mee terug te vechten.

Het beeld was vaag, maar krachtig. Een klein meisje zat op de grond, ze droeg een gekleurde rok, haar lange haar hing in haar gezicht en keek omhoog naar iets in een hoge boom.

Een vrouw die Becky nooit kon zien riep iets tegen iemand in die hoge boom. 'Kom naar beneden, jongedame. Je hebt daar niets te zoeken. Straks val je en doe je jezelf pijn.'

Dan hoorde Becky het meisje in de jurk zeggen: 'Het is oké, mama. Het is Lee maar. Zij klimt wel weer naar beneden. Dat doet ze altijd. Niet boos op haar zijn, mama.'

Wie Lee was wist Becky niet. Waarom ze in een boom zat, wist Becky niet. Ze vermoedde dat zij het kleine meisje met het lange haar en die jurk was, maar dat wist ze niet zeker.

Ze klimt wel weer naar beneden, mama. Dat doet ze altijd.

Om de een of andere reden kon dat vreemde beeld Becky's aandacht zo vasthouden dat ze de brandwonden of de klappen of de messneden of de prikken van de naald niet voelde die Desiree haar toebracht. Daardoor kon ze het overleven. Becky was heel trots geweest op deze Lee: zij deed kennelijk wat ze wilde, nam risico's, bedacht oplossingen en kwam uiteindelijk op haar pootjes terecht.

Precies zoals ik moest doen.

Maar wat was Lee? Een hersenspinsel? Helemaal niets? Of misschien iemand die belangrijk was? Moest ze deze Lee dankbaar zijn of haar juist haten?

Was ik die Lee? Ik werd gemarteld elke keer als dit beeld in mijn hoofd verscheen. Was ik gewoon op zoek naar iets, naar iemand, om het te doorstaan? Omdat iemand dat moest doen, of het nou wel of niet echt was?

Cain spatte koud water op haar gezicht, kleedde zich aan en vertrok om te ontbijten. Ze ging naar het eethuisje waar ze de vorige avond ook had gegeten.

Ze ging aan de bar zitten en keek om zich heen. Ze zag vooral oudere mensen met koffie, eieren met bacon, geroosterd brood en gort. Arbeidersklasse, net als zij, maar tegelijkertijd zo volkomen anders dan zij als maar mogelijk was. Sommigen waren zo oud dat ze hier al hadden kunnen wonen toen zij bij de Atkinses woonde. Op het bord buiten stond dat dit eethuisje al sinds 1960 bestond, dus was het hier al lang voordat zij was geboren.

Had een van deze mensen haar kunnen helpen? Hadden ze het

kunnen ontdekken van haar? Hoe was het mogelijk dat mensen iemand in een plaats als deze gevangen konden houden zonder dat iemand dat wist? Cain had weliswaar iets gelezen over een man in Ohio die vrouwen gevangen had gehouden in zijn huis midden in een woonwijk. Hoe had hij dat voor elkaar gekregen? Trokken mensen zich gewoon nergens iets van aan?

'Hopelijk geniet je meer van je ontbijt dan van je avondeten, liefje.'

Cain keek op en zag dezelfde serveerster als de vorige avond. 'Ik heb veel trek, dus ik denk het wel.'

Ze bestelde en toen de serveerster haar ontbijt bracht, vroeg Cain: 'Ik vroeg me af of u zich de Atkinses herinnert die hier vroeger woonden. Zij waren ongeveer van uw leeftijd.'

'Bedoel je Wanda en Len Atkins?'

'Ja, inderdaad.'

Op het gerimpelde gezicht verscheen een verdrietige glimlach. 'Met die vraag breng je me terug in de tijd, liefje. Ik was goed bevriend met Wanda. Mijn man, God hebbe zijn ziel, en Len hadden allebei in het buitenland gevochten. Ze zijn al heel lang geleden vertrokken. Ze zijn weggegaan nadat hun zoon was vermoord.'

Cain deed alsof ze verbaasd was. 'Echt, vermoord?'

De serveerster leunde met haar ellebogen op de bar en boog zich naar haar toe. 'Joe Atkins is vermoord. En zijn vrouw Desiree heeft dat gedaan. Dat weet ik net zo zeker als jij hier zit. Ze ging ervandoor nadat dat was gebeurd en niemand heeft haar ooit teruggezien. Dat was een vreemde vrouw. Sadistisch, als je het mij vraagt. Ik heb een keer gezien dat ze met haar pick-up expres over een hond heen reed. Dat is toch ziek?'

'Nogal, ja. Dus zij is ook weg?'

'O ja, jaren geleden al. Waar ken je de Atkinses van? Je zei dat je hier niet vandaan komt.'

'Mijn vader kende meneer Atkins ergens van. Toen ik hem vertelde dat ik hier langskwam, zei hij dat ik ze moest bezoeken. Meneer Atkins had mijn vader verteld dat hij in Crawfordville woonde, maar mijn vader wist niet of ze hier nog woonden.'

'Zoals ik al zei, zijn ze al heel lang geleden vertrokken.'

'Hij zal teleurgesteld zijn. Volgens mij wilde hij weer contact met hem opnemen.'

De vrouw dacht diep na. 'Wacht eens even! Wat dom van me! Ik kan je wel helpen.'

'Hoe dan?'

De serveerster pakte haar telefoon. 'Wanda en ik sturen elkaar nog altijd kerstkaarten. Ja hoor, haar adres staat in mijn telefoon. Zij en Len wonen nu in Huntsville in Alabama.' Ze liet Cain haar telefoon met de contactgegevens zien.

Cain maakte er met haar telefoon een foto van. 'Wauw, ontzettend bedankt. Hier zal mijn vader blij mee zijn!'

'Oude vrienden zijn soms de beste vrienden. En tegenwoordig hebben we alle vrienden nodig die we kunnen krijgen.'

Dat is waar, dacht Cain. Ik hoop er ooit een te vinden.

24

De mishandelde Ken Buckley lag in het ziekenhuisbed, nog steeds bewusteloos. De monitor waarop zijn vitale functies te zien waren, stond op een roltafeltje naast het bed. De chirurg had in korte tijd zo veel mogelijk verwondingen behandeld, maar er moest nog meer gedaan worden en Ken was nog niet buiten levensgevaar. Dat hij nog steeds niet bij bewustzijn was, was het meest problematisch.

De man die naast hem in een stoel zat was Peter Buckley, Kens oudere broer. Hij was in de veertig, ruim 1 meter 80, fit en slank. Hij droeg een donker maatpak met een gekleurde pochet en een onberispelijk wit overhemd zonder stropdas. Zijn nagels waren goed verzorgd en zijn huid was gezond en gaaf. De schoenen die hij droeg, waren gemaakt van soepel leer en hadden duizend dollar gekost, en zijn chique pak twee keer zoveel. Zijn golvende donkere haar was goed geknipt. Zijn gezicht was gladgeschoren met scherpe gelaatstrekken. Zijn lichtblauwe ogen leken in bepaald licht bijna wit. Hij straalde zelfvertrouwen uit en bezat een stille intensiteit die de aandacht trok, wat hij niet echt op prijs stelde. Hij sloeg zijn benen over elkaar, waardoor zijn donkerrode sokken zichtbaar werden, en keek naar zijn broertje. Ken was het jongste kind en Peter het oudste, met verschillende broers en twee zussen tussen hen in. Twee broers waren dood, de derde was te gast in een staatsgevangenis in het zuiden. De zussen waren lang geleden verdwenen, blij verlost te zijn van de Buckley-clan. Hun vader, Peter senior, was tientallen jaren geleden zwaargewond geraakt tijdens een schietpartij met federale agenten op de compound van de familie in een afgelegen deel van het land. Hun moeder was tijdens diezelfde schietpartij gewond geraakt en daarna net als haar man gearresteerd. Maar zij had haar man verlinkt en dankzij haar getuigenverklaring had hij een paar keer levenslang gekregen, terwijl zij met haar kinderen in een getuigenbeschermingsprogramma werd opgenomen. Buckleys vader had zijn eerste jaar in de gevangenis niet overleefd; een andere gevangene had zijn keel van oor tot oor doorgesneden. Daarna had Buckleys moeder haar kinderen in de steek gelaten, en Buckley had haar nooit teruggezien.

Buckleys vader was de leider geweest van een grote groep volgelingen die geloofden in scheiding op basis van ras en etniciteit, onafhankelijkheid van externe wetten en sociale normen en waarden, en aanhankelijkheid aan een gedragscode die gold voor alle leden, behalve voor Buckley senior. Hij was vrij geweest om te doen wat hij wilde en met wie hij wilde, omdat hij de leider was, de uitverkorene, de man met een visie. Ze hadden ook gehandeld in gestolen goederen en verkochten drugs en wapens, want dat geld was nodig om hun verkozen manier van leven te financieren.

Maar op een avond was de federale overheid op bezoek gekomen, nadat er een paar lijken waren gevonden. De doden waren mensen die ooit volgelingen waren geweest, maar het nu absoluut oneens waren met Buckley senior. Daarop had hij niet gereageerd met woorden, maar met vuurwapens, messen en touwen. En met ondiepe graven voor de mensen die voortijdig en gewelddadig waren gestorven.

De Feds hadden zijn vader vernietigd, alleen omdat hij opkwam voor waar hij in geloofde. Niet aardig, vond Peter Buckley. Maar er waren nu eenmaal niet veel aardige mensen in de wereld.

Nadat zijn vader was gedood en zijn moeder hen in de steek had gelaten, had hij als het oudste kind de leidersrol op zich genomen met respect voor zijn resterende familie. Toen hij volwassen was geworden, had hij al zijn tijd besteed aan de ontwikkeling van zijn vaders ambities, maar veel geperfectioneerder. Hij koos ervoor te leren van de fouten van zijn vader en ze dus niet te herhalen.

In de loop der jaren had hij een veel groter imperium gecreëerd en de criminele facetten daarvan verborgen achter een complex netwerk van ondernemingen. Tegelijkertijd had hij ervoor gezorgd dat hij werd opgenomen in de hogere kringen door zich te verschuilen achter een consortium van heel gewone ondernemingen, terwijl hij ook een reputatie verwierf als filantroop. Hij steunde ontelbare kandidaten voor politieke functies en had veel vrienden met een hoge of meer gewone baan. Hij had gemerkt dat alleen die vrienden ervoor konden zorgen dat de dingen die volgens hem moesten gebeuren ook gebeurden. Macht op nationaal niveau was weinig nuttig. Want als je goedkeuring nodig had voor een woningbouwproject, een contract wilde voor afvalverwerking of het bestemmingsplan gewijzigd wilde zien voor een commercieel project, dan hadden de locals veel meer macht dan zelfs de president van de Verenigde Staten.

Jaren geleden had hij het land teruggekocht waar de compound van zijn familie was geweest en een paar gebouwen laten herbouwen. Hij had daar een privé-airstrip laten aanleggen, vloog er een enkele keer naartoe en bracht dan een paar dagen in zijn eentje door. Dan wandelde hij er rond, sliep in een kopie van het huis waarin hij was opgegroeid en stelde zich dan voor hoe het leven had kunnen zijn als de wet de Buckleys niet had vernietigd. Dat was zijn therapie, zijn 'vakantie' uit een wereld die hij had geleerd op zijn voorwaarden te domineren, maar waar hij ook nooit echt bij hoorde.

Hij had tevergeefs geprobeerd zijn broers te leren dat echte verandering betekende dat je het spel moest spelen tot je het punt had bereikt waarop je het spel bepaalde. Outsiders zorgden nooit voor echte veranderingen. Je moest een insider worden en dat werd je door een aantal stappen te zetten: je geliefd maken, domineren en dan consolideren. Laat de veranderingen zo marginaal zijn dat ze nooit konden zien wat er echt ging gebeuren, tot het veel te laat was.

Maar zijn slecht opgeleide broers hadden niet geluisterd naar het advies van hun oudste broer. Ken had sinds hij tiener was bijna continu in de gevangenis gezeten en was nog maar kortgeleden vrijgelaten na zijn laatste gevangenisstraf voor alweer een stomme en onbelangrijke misdaad. Ken was vooral hardleers; hij had zijn huid laten tatoeëren met rotzooi die hij zelf waarschijnlijk niet eens begreep. Hij was een loser en niet echt de moeite waard om je zorgen over te maken.

Zijn zussen hadden net als hun moeder de familie verlaten zodra ze volwassen waren geworden. Dat had Buckley hen nooit vergeven. Hij was nooit getrouwd en had nooit een serieuze relatie met een vrouw gehad, omdat hij wist dat vrouwen volkomen onbetrouwbaar waren. Als hij behoefte had aan seks, dan betaalde hij ervoor. De nacht ging voorbij en de volgende ochtend was de dame er niet meer. En dat vond hij prima.

Maar Ken was nog wel familie, dus maakte Buckley zich zorgen om hem. Toen hij werd gebeld door een agent die zijn telefoonnummer in Kens persoonlijke bezittingen had gevonden en die hem vertelde wat er was gebeurd, was hij er twee uur later in zijn privévliegtuig naartoe gevlogen. Hij had Kens eerste operatie afgewacht. Daarna was hij naar het motel gegaan om te achterhalen wat er was gebeurd en had ook met de plaatselijke politie gepraat.

Een vrouw, natuurlijk, had dit met zijn broer gedaan. Een lange, sterke vrouw die haar naam niet had opgegeven en contant voor haar kamer had betaald. Ze had de vrouw van het motel verteld dat ze een undercoveragent was. Maar de politie wist niets over haar; Buckley had op zijn vriendelijke manier naar bijzonderheden gevraagd en de politie was heel open geweest, omdat Buckley Kens broer was en er zeer respectabel uitzag en zich ook zo gedroeg. De vrouw had dus gelogen. En ze had Ken bijna vermoord.

Buckley had ook gehoord dat de vrouw dit Ken allemaal met haar blote handen had aangedaan. Een indrukwekkende vrouw, fysiek dan, want ook Ken was geen lichtgewicht als het op vechten aankwam.

De chirurg had gezegd dat ze meer onderzoeken moesten doen en meer röntgenfoto's moesten maken om er zeker van te zijn dat er geen blijvende schade aan zijn lichaam of aan zijn hersens zou zijn.

Buckley zou voor zijn broertje zorgen, zelfs als dat betekende dat hij mensen moest inhuren om zijn luier te verschonen en hem met een rietje te voeren. En hij zou die vrouw vinden en gepast straffen. Voor Buckley bestond er geen andere mogelijke uitkomst.

Hij verliet het ziekenhuis, stapte in een gehuurde Mercedes en reed terug naar het motel. Meestal werd hij overal naartoe gereden, maar hij was hier alleen naartoe gekomen. Dit was een familiekwestie.

Als er anderen bij gehaald moesten worden, zou hij die erbij halen. Maar eerst moest hij meer te weten komen.

En toen schoot hem iets te binnen.

Beth, de vrouw van de receptie van het motel, leek blij te zijn hem weer te zien. 'Hebben ze haar al opgepakt? Ik heb haar signalement verstrekt.'

'Helaas niet, maar de vorige keer dat ik hier was zag ik die camera op de voorgevel. Doet-ie het?'

'O verdomme, daar had ik helemaal niet aan gedacht! Ja, die doet het. Daar heeft de politie niet eens naar gevraagd.'

'Mag ik de opnames zien?'

Ze bracht hem naar een ander vertrek en liet hem plaatsnemen voor een computer. Even later verschenen er beelden op het scherm, en Beth spoelde de video versneld door tot ze bij een bepaald punt kwam. Maar er waren talloze wazige en helemaal zwarte fragmenten.

'Dat is haar auto,' zei ze triomfantelijk, waarna ze een toets indrukte om de video weer op normale snelheid af te spelen. 'Die grijze Civic.'

Buckley pakte zijn telefoon, toetste het kenteken in en maakte een paar foto's van de auto. 'Maar waar is die vrouw dan? Als je haar auto hebt, zou zij ook op de film moeten staan.'

'Dit is een waardeloos systeem,' zei Beth klagend. 'Hij filmt niet alles. En de camera is heel oud en doet het de helft van de tijd niet eens.' Ze spoelde de film terug en speelde hem weer af. 'Ziet u wel, daar en daar? Waar het allemaal wazig en grijs is? Dat was waarschijnlijk toen ze aankwam en naar het kantoor liep. Dit is de enige goede opname van de auto. Maar die hebben we gelukkig wel.'

Hij bedankte de vrouw met een biljet van honderd dollar.

'Ik hoop dat u haar te pakken krijgt,' zei Beth, die het geld gretig aannam. 'Ze is een echte bitch.'

'En de vrouw bij Ken over wie je het eerder had?'

'Rosa? Ja, die bitch heeft haar meegenomen. Zei dat ze haar naar een veilige plek zou brengen.'

'Heb je een foto van Rosa? Ik hoop dat we niet opnieuw afhankelijk zijn van die beveiligingsbeelden.'

'Dat is niet zo. Die staat op mijn telefoon.'

Buckley vroeg nieuwsgierig: 'Waarom dan?'

Beth keek beschaamd. 'Ze droeg een keer een jurk die ik leuk vond. Ik overwoog er een te kopen, dus... maakte ik een foto van haar.'

Hij keek naar haar slonzige kleren en haar mollige lichaam. 'Juist.'

Ze liet hem de foto zien, waar hij met zijn telefoon een foto van maakte.

‘Bijzonder mooie vrouw,’ zei Buckley. ‘Dank je.’

‘Gaat u proberen haar te vinden?’

‘Ja, ik wil haar laten weten hoe het met Ken gaat.’

‘Ik betwijfel of dat haar interesseert.’

‘Toch ga ik het doen. Enig idee waar ze kan zijn?’

‘Zoals ik al zei, zei die vrouw dat ze haar naar een veilige plek zou brengen. Er is een vrouwenopvang in de stad, dus misschien wilt u daar gaan kijken. In Everson vlak bij Fuller Street.’

‘Nogmaals bedankt.’

Hij stapte weer in zijn auto en stuurde de foto van de kentekenplaat naar een compagnon en vroeg diegene hem na te trekken. Daarna reed hij weg op zoek naar Rosa.

Eigenlijk moest hij nu heel veel belangrijke dingen doen, maar die had hij hiervoor allemaal op de lange baan geschoven. Zijn familie – toegegeven – stelde niet veel voor. Maar het was wel zijn familie. En in Buckleys wereld kon familie niet ongewroken blijven. Na de dood van zijn vader had hij nog maar één motto: je keert nooit iemand je andere wang toe. Dus moest Kens aanvaller worden gevonden en zo hardhandig worden bestraft dat ze in het ziekenhuis moest worden opgenomen.

Zo simpel was het in Buckleys wereld.

25

Beths informatie bleek helemaal te kloppen. Maar vanwege de veiligheidsvoorschriften mocht Buckley bij de vrouwenopvang niet naar binnen om met Rosa te praten.

Hij zat uren in zijn auto naar de vrouwen te kijken die naar binnen en naar buiten gingen. Uiteindelijk werd zijn geduld beloond toen Rosa naar buiten kwam, links afsloeg en een café iets verderop binnenging. Hij stapte uit en ging achter haar aan naar binnen. Ze had een tafeltje achterin genomen en hij liep naar haar toe en stelde zich voor.

Ze keek bang toen hij haar vertelde dat hij Kens oudere broer was.

'Ik mag niet met iemand zoals jij praten. Ze zeiden dat ik hier een paar minuten naartoe mocht, gewoon om mijn benen te strekken, maar ik moet meteen terug. Ze weten waar ik ben en als ik niet terug ben...'

Hij viel haar in de rede en zei ontwapenend: 'Alsjeblieft, ik heb het beste met je voor. Ik weet dat mijn broer een gevaarlijke gek is. Altijd al geweest. Hij komt al zo lang steeds opnieuw in de problemen dat ik de moed heb opgegeven. Echt waar. Maar hij belde me en vertelde wat er was gebeurd en ik ging bij hem op bezoek. Ik was in de buurt, weet je.'

'Hij belde jou, dus hij is oké?' vroeg ze nerveus.

'Hij is behoorlijk toegetakeld, maar ja, hij is oké. Hij beweert natuurlijk dat het zijn schuld niet was, maar ik weet wel beter. Ik heb ook met de mensen van het motel gepraat en die waren er heel duidelijk over dat het zijn schuld was en dat de jonge vrouw die je te hulp schoot een echte heldin was.'

'Dat was ze ook. Waarschijnlijk heeft ze mijn leven gered.'

'Mag ik gaan zitten?'

Ze aarzelde even, maar nadat ze in het drukke café om zich heen had gekeken, besloot ze waarschijnlijk dat het wel veilig was. 'Oké, tuurlijk.'

Buckley ging tegenover haar zitten. 'Ik heb Ken heel duidelijk gemaakt dat jij als hij ooit weer bij je in de buurt komt een aanklacht tegen hem zult indienen zodat hij heel lang de gevangenis in gaat.'

Ze keek hem met grote ogen aan. 'En dat zou je goedvinden?'

'Ken hoort in de gevangenis.'

'Hoe wist je eigenlijk dat ik hier was?'

'De vrouw van het motel had het over die vrouwenopvang. Dat was een gokje, maar net toen ik mijn auto parkeerde, kwam je toevallig naar buiten.'

'Hoe wist je dan hoe ik eruitzie?'

'Nogmaals, de vrouw van het motel heeft me een duidelijke beschrijving van je gegeven. Ze zei dat je heel mooi bent en ze had gelijk.'

Rosa sloeg haar blik neer en glimlachte. 'Dank je wel.'

Buckley bekeek haar en kon haar snel inschatten, doordat hij tientallen vrouwen zoals zij had gekend. Ze was sexy, en dat wist ze, ze was niet goed opgeleid, liet zich fysiek domineren en was dus gevoelig voor de juiste soort praatjes, bemoediging en vleiende opmerkingen, maar ze had wel een grens die niet overschreden mocht worden. Hij vroeg zich af hoe zijn stompzinnige, eendimensionale broer haar had versierd. Waarschijnlijk met brute kracht, hoewel dat bij vrouwen maar beperkte tijd werkte. Dan werd de vrouw verstandiger en ging ze ervandoor, of ze maakte de man zo kwaad dat ze stierf.

Of hij.

De serveerster kwam naar hen toe en ze bestelden allebei koffie. Buckley wachtte tot die was gebracht voordat hij verder praatte. 'Ik heb wel een vraag. Ken is niet subtiel of complex. Zijn woedeproblemen zijn heel duidelijk. Waarom was je dan toch bij hem?'

Rosa haalde haar schouders op. 'Hij was anders, in het begin. Hij was aardig en behandelde me goed. Toen veranderde hij, van het ene op het andere moment. Ik wilde hem verlaten, want niemand verdient het om zo behandeld te worden. Ik heb hem heel veel kansen gegeven.'

'Dat geloof ik meteen. Ik heb hem ook heel veel kansen gegeven. Het was dus een geluk dat die vrouw tussenbeide kwam.'

'Ja. Weet je, Ken was witheet, hij beweerde dat ik een paar seconden naar een andere man had gekeken. Ik bedoel, hoezo! Dat zou ik nooit doen, want dan zou hij me vermoorden.'

'Ja, dat denk ik ook. Wat kun je me vertellen over je redder in nood?'

'Hoezo?' vroeg Rosa wantrouwig. 'Luister, ik wil haar niet in de problemen brengen. Ze zei tegen Ken dat hij moest stoppen en weg moest gaan, maar hij trok eerst zijn mes en toen zijn pistool.'

Buckley maakte een ontwapenend gebaar. 'Ik ben hier niet om haar in de problemen te brengen. Maar de politie is naar haar op zoek. En ik wil haar vertellen dat Ken geen aangifte tegen haar zal doen, want dat heb ik hem ook heel duidelijk gemaakt. Zoals je al zei wilde Ken háár iets aandoen.'

'Echt wel! Hij zei dat hij haar wilde vermoorden. Hij vuurde twee schoten af met zijn pistool voordat ze hem bewusteloos sloeg. Dus waarom zoekt de politie haar dan? Als ze niets verkeerds deed en Ken geen aangifte doet?'

'Er is één klein probleem waar Ken niets mee te maken heeft. Ze heeft kennelijk aan iedereen verteld dat ze een undercoveragent is. Dat bevalt de politie niet. Ik denk dat ze daarom naar haar op zoek zijn. Zodat ze zichzelf kan identificeren als politieagent.'

'Dat zei ze alleen maar om die trut van de receptie kwijt te raken.'

'Hoe dan ook, ik vertel je alleen wat mij is verteld. Je hebt dus geen idee waar ze is of hoe ze heet?'

'Nee, dat heeft ze me niet verteld en ik heb het niet gevraagd. Maar volgens mij komt ze hiervandaan. Ik bedoel, ze wist waar de vrouwenopvang was. We reden er linea recta naartoe.'

'Denk je dat ze daar zelf een tijdje heeft gewoond?' vroeg Buckley.

'Misschien wel. Ik bedoel, hoe zou ze anders weten waar het was?'

'Tenzij ze daar zelf ooit heeft gewerkt,' opperde Buckley. 'Of een vriendin had die daar woonde of werkte.'

'Ja, dat zou kunnen.'

'Wat zijn je plannen?' vroeg Buckley.

'Ik heb nu geen echte plannen.'

'Wat voor werk doe je?'

'Ik ben receptioniste geweest, maar ik kan ook nagels doen. En ik heb als personal fitnesstrainer gewerkt.'

'Ja, je lijkt erg fit. Dus dat deed je voordat Ken in je leven kwam?'

'Ik had problemen met dingen die me een tijdje narigheid bezorgden.' Rosa wendde haar blik af. 'Ken en ik leerden elkaar kennen op een feest. We hadden een klik, dus...'

'Had je drugsproblemen?'

'Waarom vraag je dat?' Ze keek hem beledigd aan.

'Omdat dat het probleem is dat de meeste mensen hebben dat hun leven verkloot. Ik veroordeel je niet, hoor. Heel veel mensen raken verslaafd om allerlei verschillende redenen.'

'Nou, ik ben afgekickt. Tenminste, dat weet ik bijna zeker.'

Hij haalde zijn portefeuille tevoorschijn, telde duizend dollar af en gaf die aan haar.

'Waar is dit voor?' vroeg Rosa verbijsterd.

'Noem het maar een aanbetaling voor de financiering van je post-Ken-leven.'

'Dat hoef je niet te doen.'

'Maar ik wil het doen.'

Snel stopte ze het geld in de zak van haar spijkerbroek. 'Dank je. Dat is echt heel aardig van je.'

'Graag gedaan.'

Ze keek hem bewonderend aan. Ze vond hem duidelijk aantrekkelijk door zijn knappe uiterlijk, dure kleren, beschaafde gedrag en gulheid. 'Ik kan gewoon niet geloven dat je Kens broer bent.'

'We zijn altijd heel verschillend geweest. Maar als hij betere keuzes had gemaakt, had hij net zo kunnen worden als ik. Misschien zelfs wel beter. Hij had bepaalde kwaliteiten.'

'Had ik jou maar ontmoet,' zei ze koket, terwijl ze hem glimlachend aankeek, even met een streng haar speelde en iets naar voren leunde zodat hij een stukje van haar decolleté kon zien. 'Luister, ik geef je mijn nummer, voor het geval je nog meer... vragen hebt. Misschien kunnen we een keer wat drinken?'

'Misschien wel. Zullen we teruggaan?'

Hij liep met haar mee naar de vrouwenopvang en keek haar na toen ze naar binnen verdween nadat ze tegen hem had geglimlacht en gezwaaid.

'Zag dat je haar geld gaf, mister.'

Buckley draaide zich om en zag een vrouw achter hem staan. Ze was in de vijftig en had duidelijk een zwaar leven gehad. Haar kleren waren vies en slonzig, haar blik was wazig en haar lichaam trilde. Ze zei: 'Ik woon hier ook.' Ze wees naar de vrouwenopvang. 'Ik hoorde je met die knappe Mexicaanse meid praten, bij een kop koffie. Ik had ook koffie, betaald met mijn laatste dollar.'

'Juist ja,' zei Buckley. 'Misschien kun jij ook wat geld verdienen.'

De vrouw keek naar haar schoenen die bijna uit elkaar vielen. 'Ik was hier toen El haar hier bracht.'

'El?'

'El Cain.'

'Is El een afkorting van iets? Ellen, Eleanor?'

'Dat weet ik niet.'

'Hoe ken je haar eigenlijk?'

'Ze heeft hier ook gezeten, jaren geleden. Ik kom hier soms. En El vergeet je niet. Langste vrouw die ik ooit heb ontmoet. En stoer. Ze pikt geen shit van niemand.'

'Wat weet je nog meer over haar?' vroeg Buckley.

De vrouw keek hem bevreemd aan. 'Zag dat je haar geld gaf,' zei ze opnieuw.

Buckley pakte tien biljetten van twintig dollar en gaf ze aan haar.

Ze stopte het geld in haar zak en keek bezorgd om zich heen, alsof ze wilde controleren of er iemand keek. 'Ze is een goede vrouw. Heeft me geholpen.'

'Weet je iets over haar achtergrond? Waar ze vandaan kwam? Wat ze doet voor de kost?'

De vrouw dacht even na en knipte toen met haar vingers. 'Ze doet aan kickboksen, weet je wel? Dat MMA-nog wat.'

'MMA? Mixed martial arts?'

De vrouw wees naar hem. 'Ja, dát is het.'

'Waar vecht ze?'

'Ergens aan de zuidkant van de stad, in een oude schoenfabriek of zo. Ben daar een keer naartoe gegaan en zag twee meiden die elkaar bijna vermoordden. Heb El nooit zien vechten, maar durf te wedden dat ze goed was. Pikt geen shit van niemand, zoals ik al zei. Ze vertelde me dat ze daar heeft gevochten.'

'Ze is kennelijk een heel goede vechter. Wanneer was de laatste keer dat je haar zag?'

‘Nou, toen ze die Mexicaanse meid kwam brengen.’
‘Kun je me nog meer vertellen?’
‘Ze is een goede vrouw,’ zei ze weer.
‘Dat geloof ik meteen. Dank je wel.’

26

Na een paar telefoontjes wist Buckley uiteindelijk waar de oude schoenfabriek was. Voor de volgende avond stond er een gevecht op het programma. Hij bracht de dag door in het ziekenhuis bij zijn broer, die alweer was geopereerd. Terwijl hij naar zijn broer keek die nog niet was bijgekomen, dacht hij dat dit weleens het maximale kon zijn dat Ken zou bereiken. En dat maakte hem verdrietiger dan hij had verwacht.

De volgende dag ging Buckley naar het gevecht. Eigenlijk werden alleen genodigden binnengelaten, maar dat probleem omzeilde hij door de uitsmijter honderd dollar te geven.

'Ga maar naar binnen, meneer,' zei de uitsmijter meteen met een brede glimlach.

Binnen waren er ongeveer tweehonderd man, allemaal opgefokt en dronken. De vechters waren twee mannen met een geschoren schedel, een getraind lichaam en tattoos die meer van hun blote huid bedekten dan vrijlieten. Buckley interesseerde zich niet voor het gevecht. Hij stelde discrete vragen aan het personeel en concentreerde zich al snel op de man die Sam heette.

Na afloop van het gevecht nam hij Sam apart. 'El Cain?'

'Wat is er met haar?'

'Ik wil graag meer over haar weten dan ik nu doe.'

'Waarom wil je dat weten?'

'Ik ben nieuwsgierig. Ik begrijp dat ze een goede vechter is.'

Sam haalde zijn schouders op. 'Ja, maar ze heeft haar beste tijd gehad, voor het geval je in deze business zit en overweegt haar in te lijven. Maar ze is sneaky. En blijf buiten het bereik van haar kicks. Man of vrouw, maakt niet uit. Ze is heel goed.'

'Enig idee waar ze nu is?'

'Nogmaals, waarom wil je dat weten?'

Die vraag werd beantwoord met vijfhonderd dollar.

'Ze woont in een oud gebouw dat is opgesplitst in goedkope wooneenheden, hier niet ver vandaan. Daar woonde ze tenminste. Hoorde dat ze er net uit zijn gezet door de nieuwe eigenaren. Ik weet dus niet waar ze nu zit.'

'Wat weet je over haar verleden?'

'Hoorde dat ze hier jaren geleden vanuit het westen naartoe is gekomen. Op een dag kwam ze hier, zei dat ze kon vechten en ingeroosterd wilde worden. Ze zag eruit alsof ze zich wel kon redden, maar als je alleen maar groot en sterk bent ben je nog geen vechter. Dus testte ik haar even. Ik zette haar in de kooi met een van mijn jongens. Hij was toen in de veertig, had zijn beste tijd allang gehad, was nog steeds goed én hij was een man.'

'En toen?'

Sam stak een sigaret op en blies grijnzend de rook uit. 'Vriend, wat er gebeurde was dat ze mijn "stoere" jongen al binnen een minuut KO sloeg. Toen hij een halfuur later wakker werd, vroeg hij zich af hoe het verdomme mogelijk was dat hij ín een gebouw onder een vrachtwagen was gekomen. Daarna zei ik dus tegen El dat ze, als ze echt wilde vechten, beter ergens anders naartoe kon gaan. Om te boksen of om iets onofficieels te doen zoals wij hier, omdat de UFC niet zulke hoge gewichtsklassen heeft. Maar ze vecht alleen hier in de stad als ze echt geld nodig heeft. Kortgeleden vocht ze met een serieuze topper, die het echt gaat maken. Ze vloerde de vrouw en brak haar kaak met een van de hardste kicks die ik ooit heb gezien, van een man én van een vrouw. Ze incasseerde haar duizend dollar en vertrok. Daarna heb ik haar niet meer gezien.'

'Heeft ze je ooit iets over zichzelf verteld? Haar familie?'

'El praat nooit over zichzelf. Maar ik moet je waarschuwen, vriend. De laatste keer dat ze hier was bedreigde ze me met een pistool, omdat ik zei dat zij en ik, als ze leuke kleren aantrok en zich een heel klein beetje als vrouw gedroeg, samen wel plezier konden maken. Ik bedoel, een etentje, een drankje en een neukje en zo. Ik kon aan haar blik zien dat ze verdomme zonder een seconde te aarzelen mijn kop van m'n romp had kunnen schieten.'

'Nou zeg, en dat nog wel nadat je haar zo voorkomend had aangesproken.'

‘Precies!’

‘Bedankt voor je waarschuwing. Ik zal heel voorzichtig zijn wanneer ik haar vind.’

‘Áls je haar vindt.’

‘Dat bedoel ik natuurlijk.’

Hij kreeg het adres waar Cain had gewoond. Hij reed ernaartoe en zag dat er een hek om het pand stond en dat het werd bewaakt door een beveiliger die hem niets kon vertellen over de mensen die hier hadden gewoond.

‘Die zijn allemaal vertrokken,’ zei de beveiliger. ‘Maar goed ook. Dat waren allemaal schooiers.’

Toen Buckley weer in zijn auto zat, ging zijn telefoon. Het was het ziekenhuis. Hij luisterde aandachtig, bedankte de beller en zei dat hij alles zou regelen.

Hij startte de auto niet. Hij staarde voor zich uit in het donker en dacht na over wat de arts hem zojuist had verteld. Een onopgemerkt en nu gescheurd aneurysma. Niets meer aan te doen, Ken was nog geen minuut later dood geweest. Ze wisten niet zeker of het met zijn recente pak slaag te maken had, maar dat konden ze ook niet uitsluiten. Hoe dan ook, ze vonden het heel erg.

Buckley startte de auto en deed de gordel om. Nu moest hij dus alweer een broer begraven.

Het doel was niet langer dat El Cain in het ziekenhuis belandde.

Het doel was nu dat de vrouw in een graf belandde.

27

Buckley nam een kamer in een chic hotel en bestelde een diner bij de roomservice. Hij voerde een paar telefoongesprekken en verstuurde mailtjes en tekstberichten, terwijl hij zijn avondeten at en zijn wijn dronk en nadacht over de details en de besluiten die hij moest nemen. Ken zou worden gecremeerd. Er zou geen kerkdienst zijn; zoiets was aan de beide broers niet besteed.

Buckley wilde de as van zijn jongste broer uitstrooien op de plek van de wrede aanval door de overheid op hun vader. Ken, eerst een levend mens, toen een dode en nu as in een urn voor verstrooiing in de wind. Dat alles eigenlijk binnen heel korte tijd. Dat zette je aan het denken, dacht Buckley. Of dat zou zo moeten zijn.

Zijn kamer was onberispelijk en comfortabel, en voorzien van alle dure voorzieningen die je mocht verwachten. Buckley was opgegroeid zonder al deze zaken, want zijn ouders wilden ondanks het geld van hun volgelingen en van hun verschillende ondernemingen absoluut eenvoudig leven. Bovendien wilden ze uit principe niet dat hun kinderen zomaar iets kregen. Als kind had Buckley dat belachelijk gevonden, maar hij was het uiteindelijk wel eens geweest met de filosofie van zijn ouders dat mensen moesten verdienen wat ze kregen. Maar hij was ook geen voorstander van het 'eenvoudig leven'-principe.

Buckley kon zich nog niet eens zo heel erg lang dergelijke luxes veroorloven. Luxes zoals verschillende huizen, dure auto's, een jacht en een privévliegtuig. Het was een moeizaam karwei geweest, maar het was hem gelukt. Toch, als het erop aankwam, waren dit slechts speeltjes, beloningen, meer niet. Waar hij echt een kick van kreeg, was het binnenhalen van het geld, het verkrijgen van de macht, het verslaan van anderen om dat te bereiken. De rest vond hij onbelangrijk, deprimerend zelfs.

Hij was vier keer bijna vermoord, te beginnen met de schietpartij op de compound van de familie toen een kogel van de DEA slechts enkele centimeters boven zijn hoofd in de muur was geslagen terwijl hij op de grond lag, plus drie andere keren toen hij al volwassen was en zijn eigen weg ging. En elke keer had hij zich nog nooit zo levend gevoeld als toen hij minuten of zelfs seconden van de dood verwijderd was.

Hij haalde een envelop uit de lade en stopte er vijf twintigjes in voor het kamermeisje de volgende dag. Hij had er een gewoonte van gemaakt de arbeidersklasse te helpen, omdat hij zich meer met hen verbonden voelde dan met de mensen met wie hij zakendeed. Veel van die mensen waren bij hun geboorte al rijk en dachten dat het hun eigen verdienste was dat ze het zo goed hadden. Zij vonden dat ze recht hadden op het allerbeste omdat ze, hoewel niet door hun eigen inspanningen, altijd het beste van alles hadden gekregen. Daardoor vond hij het zelfs nog leuker als hij deze 'elitaire' groep die feitelijk uit veel te verwende stomkoppen bestond te slim af was in een spel waarvan ze stom genoeg dachten dat zij dat beheersten.

Hij hield van de macht door geld. Hij wilde daar graag zo veel mogelijk van bezitten, omdat hij zo veel mogelijk macht wilde bezitten. Maar hij was begonnen met geld verdienen omdat hij zijn jongere broers en zussen moest voeden, en het enige wat hen scheidde van de hongerdood was...

Ik.

Daardoor werd je voorzichtig. Daardoor dacht je na voordat je iets deed, omdat één vergissing fataal kon zijn, op verschillende niveaus. Maar als je erover had nagedacht, was je eerder bereid een risico te nemen, omdat het een goed overwogen risico was.

El Cain leek hem gebaseerd op alles wat hij over haar had gehoord ook zo iemand, ook al had hij haar nooit ontmoet. Als de situatie anders was, had hij haar misschien wel ingehuurd om voor hem te werken.

Ze leek iemand die was onderdrukt, maar inmiddels was uitgestegen boven alles wat het leven haar had toebedeeld. Hij dacht dat ze interessant zou zijn, en zelfverzekerd, en in staat tot grootse dingen als ze de kans kreeg. Maar die kans zou ze niet krijgen, als het aan hem lag. Ken moest worden gewroken. Als Buckley dat liet gebeuren, wat zou hij dan accepteren? Dan zou hij al heel snel helemaal geen principes meer hebben.

Hij ging naar beneden naar de zwembadhal, stak een Madurosigaar aan, dronk zijn wijn, zat aan het water en las de reacties op zijn eerdere berichten. Hij eiste veel van zijn ondergeschikten. Als dank werden ze goed betaald en beschermd, wat er ook gebeurde. Hij eiste volledige loyaliteit, maar anders dan vele anderen in zijn positie was hij ook loyaal aan hen. Niet noodzakelijkerwijs omdat dat juist of eerlijk was, maar omdat dat uiteindelijk in zijn eigen belang was. Als je de mensen die het niet met je eens waren liet stikken, begrepen ze algauw wat er aan de hand was en had je uiteindelijk alleen nog maar pluimstrijkers. En dat was net zoiets als incest: daardoor werd iedereen stom en zwak.

Hij had niets met vrouwen zoals Rosa, die de zaken met Ken volkomen anders had kunnen aanpakken of gewoon niet met hem had kunnen gaan hokken. Uit haar onbeholpen avances richting hem bleek duidelijk dat ze als hij dat had gewild met hem in bed was gedoken. Dat wees op een gebrek aan loyaliteit aan Ken en een gebrek aan respect voor Buckley. En daden hadden altijd consequenties. Hij stuurde een mailtje met Rosa's foto naar een ondergeschikte die hij nadat hij had gehoord dat Ken dood was opdracht had gegeven klaar te staan. De man reageerde meteen, waarna de zaken snel werden geregeld.

Buckley ging terug naar zijn kamer en sliep diep, met een zuiver geweten maar een bedrukt gemoed. Hij stond de volgende ochtend op, ontbeet, ruimde zijn kamer op, vouwde de gebruikte handdoeken op en legde ze netjes in de hoek naast het bad. Hij checkte uit bij het hotel, gaf ondertussen grote fooien en kreeg in ruil daarvoor glimlachjes en bedankjes.

Hij vertrok in zijn huurauto en gebruikte de bluetoothfunctie in de auto om contact met zijn mensen op te nemen. De resultaten waren veelbelovend.

Rosa had een terugval gehad en nam een overdosis met fatale gevolgen in een steeg achter de vrouwenopvang. De politie voerde een onderzoek uit, maar het leek duidelijk dat het daarbij zou blijven. Buckleys duizend dollar was meegenomen, zodat dat geen vragen zou oproepen. Misschien zouden ze navraag doen naar de man die de vorige dag in het café met Rosa had gepraat, maar niemand behalve Rosa was op de hoogte van zijn relatie met Ken. Trouwens, zelfs áls ze iemand iets over hem had verteld, was Buckley iemand van aanzien. Bovendien was het helemaal niet ongebruikelijk dat een afgekickte verslaafde een terugval had en een overdosis nam. Het hoofdstuk Rosa was dus afgesloten.

Vijf minuten later werd hij weer gebeld.

'We hebben het kenteken van die auto nagetrokken,' zei de beller. 'Hij staat op naam van Eloise Cain. Ik stuur u haar persoonlijke gegevens, voor zover we die konden vinden. Ze heeft een tijdje gezeten en had problemen met drugs. Het vreemde is dat er niets over haar bekend is tot ze een jaar of negentien, twintig was. De tijd daarvoor is een zwart gat.'

'Duik dan maar in dat zwarte gat,' beval Buckley. 'Hoe kunnen we haar vinden?'

'Ze heeft een creditcard en we gebruiken onze bronnen en contacten om die te traceren. Ze heeft haar kaart gebruikt in het Marriott nadat ze uw broer had aangevallen.'

'En haar mobiele telefoon? Ze moet er een hebben. Zo kan ze ook worden getraceerd.'

'Ze heeft geen abonnement. Het kan zijn dat ze een telefoon heeft gestolen en alleen wifi en andere gratis bronnen gebruikt om te bellen en te internetten, of ze gebruikt prepaidminuten of een wegwerptelefoon. Haar creditcard is geregistreerd op een adres dat niet meer bestaat. Er staat wel een Gmail-adres op die account, maar dat heeft ze niet recent gebruikt en er is niet echt een goede manier om die te traceren. Daarom zullen we haar creditcardactiviteit goed in de gaten houden.'

'Als je weet welke auto ze heeft, kun je dan de satellietmappingservice niet gebruiken en haar locatie op die manier achterhalen?'

'Het is een oude auto, die heeft dat niet.'

'Stuur me de info over het Marriott; er zijn er waarschijnlijk meer dan één in deze stad. En stuur me een foto van die vrouw, een kopie van haar rijbewijs misschien.'

'Komt in orde, meneer.'

Toen Buckley de informatie over het hotel had gekregen, reed hij naar het Marriott en checkte in. Hij liep daar de hele dag rond en praatte met personeelsleden over El Cain. Hij vertelde dat hij de advocaat van haar vader was en contact met haar moest opnemen over een erfenis. Niemand trok zijn geloofwaardigheid in twijfel bij het zien van zijn professionele verschijning en het horen van zijn oprechte, gecultiveerde stem. Maar niemand had een vrouw gezien die op zijn beschrijving leek.

Tot hij die avond naar de hotelbar ging.

Hij zat op een kruk aan de bar en bestelde een cognac met spuitwater en ijs. Dezelfde barkeeper die Cain had bediend bediende hem nu. Hij gaf een vage beschrijving van Cain en nadat hij haar zijn verzonnen verhaal had verteld stelde hij zijn vraag.

De vrouw knikte. 'Ja, ze is hier geweest. Ze zag eruit alsof ze wel wat goed nieuws kon gebruiken.'

'Heb je enig idee waar ze naartoe kan zijn gegaan?'

'Nee. Ze zei niet echt veel.' De vrouw veegde de bar schoon en bediende een andere klant, terwijl Buckley geduldig wachtte. Toen ze terugkwam zei ze: 'Maar er was iets vreemds.'

'Hoezo?'

'Er was een item op het nieuws. Op die tv daar.'

Buckley keek naar de tv en daarna weer naar haar. 'Vertel verder.'

'De FBI was op zoek naar een vrouw. Ze lieten haar foto zien en zeiden haar naam, maar die heb ik niet onthouden. Maar goed, ze onderzochten iets wat haar begin 2000 in Georgia was overkomen. Het meisje op de foto leek wel een wild dier, echt waar. Ze was lang en had zo'n wilde blik in haar ogen en lang haar tot op haar kont.'

'Waarom was de FBI naar haar op zoek?'

'Dat zeiden ze niet.'

'En de relatie met mevrouw Cain?'

De serveerster zette haar ellebogen op de bar, leunde naar voren en zei op een vertrouwelijke toon: 'Een erfenis dus?'

'Ja.'

'Veel geld?'

'Ja.'

'Stel je voor. Krijg ik ook iets van dat geld? Want dat zou ik echt wel kunnen gebruiken.'

Buckley legde driehonderd dollar op de bar.

'Uw stijl bevalt me wel,' zei ze, terwijl het geld verdween in een tasje aan haar riem. 'Ik ben barkeeper en we moeten dus goed opletten, lichaamstaal en gezichtsuitdrukkingen lezen, zien of iemand dronken is, weet u.'

'Ja, dat weet ik.'

'Nou, ze leek doodsbenauwd toen ze naar die vrouw op het scherm keek. Ze knoeide zelfs met haar bier. En ik keek haar na toen ze opstond en wegliep. Ze had alleen dat ene drankje op, maar het leek wel alsof ze niet meer rechtop kon lopen. Wie die vrouw op het scherm ook was, zij kende haar op de een of andere manier, zeker weten.'

28

Het Biltmore Estate lag in Asheville in North Carolina. Met een woonoppervlak van bijna achttienduizend vierkante meter was dit het grootste particuliere woonhuis dat ooit in de VS was gebouwd en het was nog altijd eigendom van de nazaten van de Vanderbilt die het had gebouwd. Het was nu geopend voor het publiek voor rondleidingen en andere evenementen, en trok elk jaar heel veel mensen naar Asheville. De stad had ook een bloeiende kunst-, wijn- en culinaire gemeenschap. Het westelijke deel van de Tar Heel State was pittoresk en de Blue Ridge Mountains vormden een prachtige achtergrond voor de stad.

Toen Pine en Blum Asheville binnenreden, dachten ze daar niet aan.

Zij waren op zoek naar één iemand, dat was alles.

De FBI had Blum na enige vertraging – waarschijnlijk omdat het geen verband hield met een officiële zaak – verteld dat het telefoonnummer dat Pine Wanda Atkins had zien bellen bij een specifiek adres in Asheville hoorde. Het Bureau had die informatie verstrekt en Pine was van plan die informatie goed te gebruiken.

Het werd snel donker en ze reden door straten met volle terrassen waar gasbranders warmte verspreidden en langs kunstgaleries vol licht en activiteit. Auto's en voetgangers waren onderweg naar talloze bestemmingen. Rijke mensen leken zich goed te vermaken, terwijl ze zich afvroegen waar ze hun zuurverdiende geld zouden uitgeven.

'Ik ben hier niet eerder geweest,' zei Blum. 'Het lijkt een erg leuke stad.'

'Alleen zijn we nu op zoek naar de duistere kant ervan, niet naar de leuke kant,' antwoordde Pine. Volgens de instructie van de navigatie van de Porsche ging ze rechtsaf en linksaf, waarna ze gas terugnam. 'Daar is het, aan de rechterkant met de witte gevels.'

‘Wat toepasselijk,’ zei Blum toen ze er voorbijreden en ze het bord zag. ‘Desiree Atkins die een esoterische winkel heeft. Ik had ook niet verwacht dat ze cupcakes zou bakken.’

Pine zei: ‘Ze noemt zichzelf nu Dolores Venuti. De telefoon staat tenminste op die naam. Maar het is Desiree, dat weet ik bijna zeker.’

Ze hadden kortgeleden Desirees dossierfoto gekregen van het DMV, het Department of Motor Vehicles, van Georgia. Op de foto was een vrouw te zien met een harde blik in haar uitpuilende ogen die, had Blum uitgeroepen, gewoon ‘griezelig’ waren. ‘Maar die foto is al heel oud,’ had Pine gezegd toen ze de foto voor het eerst zag. ‘Ik betwijfel of ze erg is veranderd,’ had Blum gezegd. ‘Dat gebeurt niet bij dat soort mensen. Die worden alleen nog griezeliger.’

De esoterische winkel was gevestigd in een kleine bungalow en de ingang bereikte je via een kromgetrokken houten trap. Op het grote bord stond in overdreven fraaie letters: ESOTERISCHE WINKEL THE DARK MOON RISING: paranormale lezingen, klassieke hekserijproducten, geneeskrachtige kristallen, beschermende sjaals, grote collectie medicijnen en nog veel meer.

‘Beschermende sjaals?’ mompelde Pine. ‘Kopen mensen die rommel echt?’

‘Meer dan u zou denken. In Arizona is een levendige occulte handel.’

‘Hoe weet je dat?’

‘Een van mijn vriendinnen zit in die business. Zij is ook tarotlezer, heeft een paranormale hotline en geeft workshops voor aankomende beoefenaren van het occultisme. Ze verdient veel meer dan ik.’

‘Dan is er iets helemaal mis met de wereld, Carol.’

Pine stopte verderop in de straat. ‘Het lijkt donker binnen.’ Ze keek op haar horloge. ‘Ik zie geen openingstijden staan, maar ze is waarschijnlijk al gesloten.’

‘Het gebouw lijkt ook niet zo groot dat Desiree hier ook kan wonen. En volgens mij mág je hier niet eens wonen.’

‘Je hebt waarschijnlijk gelijk. Ze kan heel goed ergens anders wonen en heeft misschien geen vaste telefoon. Dat geldt voor steeds meer mensen.’

‘Maar er zijn vast wel manieren waarop we kunnen achterhalen waar ze woont.’

'Het is allemaal een kwestie van snelheid en het vinden van het punt van de minste weerstand.'

Blum keek haar scherp aan. 'Waarom denk ik nu dat u iets van plan bent wat niet helemaal legaal is?'

'Ach Carol, wat ken je me toch goed. Wacht hier.'

Pine sprong uit de SUV en liep terug. Toen ze even om zich heen keek, zag ze dat dit deel van de straat vrij leeg was. *Goed.* Ze probeerde de winkeldeur te openen, maar die zat op slot. Ze keek door het raam in de deur om te zien of er een alarminstallatie was, maar zag niets. Misschien had Desiree een beschermende toverformule over haar winkel uitgesproken die na sluitingstijd in werking trad, dacht Pine.

Ze liep naar de achterkant van het pand en bekeek die kritisch. Eén deur, twee ramen. Grote, volwassen bomen langs de rand van het kleine parkachtige terrein dat achter alle winkels lag. Onder het bladerdak van de bomen stond een oude picknicktafel.

Ze voelde aan de achterdeur, maar die zat op slot, net als de ramen. Tot Pine de punt van haar mes in een van de sloten stak en het eenvoudige slot openmaakte. Langzaam schoof ze het raam open, klaar om weg te rennen als het alarm afging, wat gelukkig niet gebeurde.

Ze glipte naar binnen en sloot het raam, nadat ze geluidloos op de vloer was beland. Ze rook meteen een mix van doordringende geuren. Ze haalde een kleine zaklamp uit haar zak en draaide de lens zo dat er maar een klein dun lichtstraaltje verscheen. Ze bescheen de muren, die volhingen met planken die op hun beurt vol stonden met van alles en nog wat, vooral zonderlinge dingen. Dat vond Pine in elk geval. Een fles zogenaamde verschrompelde hoofden was een echte blikvanger.

Ik hoop tenminste dat ze nep zijn.

Doosjes tarotkaarten lagen op elkaar gestapeld op een tafel. En die waren te koop! Een levensgroot skelet dat onder een dikke laag stof zat, hing aan een houder in een van de hoeken. Die kon je mee naar huis nemen voor de verkoopprijs van 599 dollar. Astrologische kaarten in verschillende formaten en kleuren hingen in scheve, chaotische patronen aan de muren, net als afbeeldingen van wezens die Pine niet herkende. Er waren boeken met titels als *Hekserij voor thuis* en *Zelfgenezende tonicums*. Pine bladerde door dat laatste boek en dacht niet dat het de goedkeuring van de FDA zou wegdragen. De winkel was onverzorgd en ongeorganiseerd en overal lagen stapels rommel, waaronder ongeopende kartonnen dozen met de verzendetiketten er nog op.

Ze liep naar het vertrek ernaast. Dat was klein en leek het kantoor te zijn. Ook hier veel papieren en dozen. In een hoek stond een gelamineerd bureau met een computer erop, maar omdat die was beveiligd met een wachtwoord, bekeek ze de inhoud van de bureaulades. Ze vond briefpapier met de naam en het adres van de winkel, en onder een stapel rommel ook een chequeboek met daarop de naam Dolores Venuti en een ander adres in Asheville.

Pine was er echt van overtuigd dat Desiree en Dolores dezelfde persoon waren, hoewel ze daar graag een bevestiging van wilde zien. Die vond ze toen ze een paar foto's bekeek die op de muur waren geplakt. Op een ervan stond iemand die alleen maar Desiree kon zijn; ze leek op de beschrijving die Pine had gekregen en, nog belangrijker, op de DMV-foto. Desiree stond glimlachend voor de winkel. Onderaan had iemand met een viltstift geschreven: *Welkom in de buurt, Dolores.* Het was ondertekend door verschillende mensen, en de winkels waarvan de namen onder die handtekeningen stonden vormden waarschijnlijk de plaatselijke detailhandel. Ze maakte er een foto van met haar telefoon.

Pine noteerde het adres dat op de cheque stond en verliet de winkel op dezelfde manier als ze was gekomen.

Ze stapte weer in de SUV en gaf Blum het papiertje met het adres. 'Voer dit adres in.'

'Wat is het?'

'Hopelijk vinden we daar Desiree Atkins oftewel Dolores Venuti.'

'Hoe zag die winkel eruit?'

'Griezelig, precies zoals zij volgens mij is.'

'Wat gaat u doen als ze thuis is?'

'Me beheersen om te voorkomen dat ik haar wurg. Daarna ga ik mijn vragen stellen.'

'En als ze die niet wil beantwoorden?'

'Dan beheers ik me misschien niet meer en wurg ik haar wel.'

'Dat meent u niet.'

Pine zette de SUV in de versnelling. 'Daar zou ik maar niet op rekenen, Carol.'

29

Ze reden over een lange gravelweg met aan weerszijden dicht bos. Het begon mistig te worden en het enige licht was afkomstig van de koplampen van de SUV.

'Oké, dit ziet er niet goed uit,' zei Blum. 'Dit lijkt wel de openingsscène van de bloederigste horrorfilm die ik ooit heb gezien.'

'Laat je emoties niet met je aan de loop gaan, Carol,' zei Pine.

Blum keek naar haar baas. 'Bent u niet eens een klein beetje nerveus?'

'Ik denk dat Desiree zich meer zorgen over mij moet maken dan ik over haar.'

'Is ze thuis, denkt u?'

'Dat zullen we zo weten.'

Na een bocht zagen ze in de verte licht branden in een kleine splitlevelbungalow van steen en hout. Het huis zag er troosteloos uit, alsof het zich eenzaam voelde zonder andere huizen in de buurt. Naast het huis was een metalen carport, maar er stond geen auto onder. Het licht dat ze zagen kwam uit de voorkamer.

'Geweldig,' zei Blum. 'Het kleine huisje in het donkere bos. Ik vraag me af of Hans en Grietje binnen zijn om opgegeten te worden.'

Pine stopte de SUV en doofde de koplampen. 'Wacht hier.'

'Ik wil niet dat u er alleen naartoe gaat.'

'Ik ben gewapend en ik ben een federale agent die op dit moment meer dan een klein beetje moordlustig is. Simpel gezegd is Desiree een munchkin en ben ik een Amazon. Maar ga achter het stuur zitten, hou de portieren op slot en je telefoon in je hand.'

Pine stapte uit en liep naar het huis; niet over de weg, maar met behoedzame passen langs de boomgrens. Daarna liep ze naar de voorkant van het huis en keek door een van de verlichte ramen naar binnen. Ze zag meubels en een rood-blauw vloerkleed, en foto's aan de muren, maar geen mensen. Ze liep om het huis heen naar de achtertuin. Daar stond een kleine gereedschapsschuur met grijze wanden en een met dakspanen bedekt dak. Ze liep ernaartoe en scheen met haar zaklamp door een van de ramen naar binnen. Het schuurtje leek leeg; ze zag alleen wat gereedschap, een kruiwagen en een ladder. Ze voelde aan de deur, maar die zat op slot.

Ze sloop naar de achterkant van het huis en liep de houten trap op naar een veranda waar een paar tuinmeubels op stonden. Ook de achterdeur zat op slot. Ze scheen met haar zaklamp naar binnen en keek of ze het paneel van een alarminstallatie zag.

Shit.

Dat was er en ze kon zien dat het systeem ingeschakeld was. Waarom had ze die hier wel, maar niet in haar winkel?

Ze stapte naar achteren en keek om zich heen.

Oké, zo kan het misschien wel.

Pine liep snel naar het schuurtje en wrikte het slot open met haar mes. Ze ging naar binnen en kwam er even later uit met de ladder. Het terrein liep schuin af, zodat de fundering aan de achterkant hoger was en was bedekt met een bakstenen muur. Ze ging weer naar de verhoogde veranda, zette de ladder naast de achterdeur en klom naar boven tot de plek waar de aangebrachte alarmpunten nooit door een voet aangeraakt hoorden te worden. Ze pakte de rand van de dakgoot vast en trok zichzelf daaraan omhoog in de hoop dat die haar gewicht kon dragen. Dat was zo, en ze zwaaide haar benen op het dak. Met beide handen pakte ze de rand van een asfalt dakspaan vast en gebruikte die om zichzelf op de nok van het dak te trekken. Ze liep over het dak naar twee slaapkamerramen waardoor ze misschien naar binnen kon.

De meeste alarminstallaties in woningen beveiligden de bovenverdieping niet. Ze zou zo dadelijk weten of het hier een uitzondering op de regel was. Ze stak haar mes tussen de kier tussen het raam en kozijn om de haak open te wrikken. Als het raam beveiligd was had ze, doordat dit huis zo afgelegen stond, voldoende tijd om het huis te doorzoeken, een kop koffie te zetten en op te drinken en te verdwijnen ver voordat de politie er was.

Gelukkig ging er geen alarm af. Ze glipte door het raam naar binnen, dat ze achter zich sloot. In het licht van haar zaklamp bekeek ze de slaapkamer, die heel netjes was en schaars gemeubileerd. Ze keek in de kast en zag dat alle kledingstukken iemand van Desirees leeftijd en met haar kleine lichaam zouden passen. Ze liep naar de overloop, controleerde de badkamer naast de slaapkamer en daarna de slaapkamer aan de andere kant van de badkamer. Deze kamer was leeg, op twee dozen na die op elkaar stonden. Ze bekeek de inhoud, maar er zaten alleen wat oude kleren en andere onbelangrijke spullen in.

Het was duidelijk dat Desiree hier alleen woonde.

Pine liep de slaapkamer weer in. Ze had niet eerder zo'n nette en geordende slaapkamer gezien. Het bed was opgemaakt met sierkussens die met bijna militaire precisie waren neergelegd. Ze keek weer in de kast. Het leek wel een van die California Closets-kasten met twee rijen roedes, kasten met glazen panelen en diepe lades op soepele rails en open planken voor alle schoeisel. De truien waren netjes op elkaar gestapeld alsof ze in een etalage lagen, en broeken en truien en jurken en rokken hingen aan hangers die zo te zien op soort en kleur waren ingedeeld. Sjaals, schoenen, ondergoed en sokken waren allemaal systematisch gesorteerd en georganiseerd. In de badkamer waren alle toiletartikelen en andere items perfect gerangschikt. De badkuip met douche was brandschoon, de vloer en wastafelbladen waren geboend en roken naar ontsmettingsmiddel. Handdoeken lagen gesorteerd op formaat en kleur in de kast.

Ze ging naar beneden en zag dat het daar eenvoudig was ingericht, maar zo mogelijk zelfs nog georganiseerder en schoner dan boven. De houten meubels in de woonkamer waren glanzend opgewreven en de kussens, zonder ook maar één vlekje, waren opgeklopt. Aan de sporen op de vloerkleden op de hardhouten eiken vloeren was te zien dat ze kortgeleden nog gestofzuigd waren. De prullaria op de planken waren afgestoft en op de ramen zat geen streepje viezigheid.

Pine begon de andere kamers beneden te doorzoeken. Elk vertrek was even netjes als in een modelwoning. Slechts één deur zat op slot, maar toen ze haar oor ertegenaan drukte, hoorde ze alleen het gezoem van een luchtbehandelingsunit; dit was dus waarschijnlijk gewoon een soort technische ruimte.

De kleine wc-ruimte naast de hal leek op een toiletruimte zoals je die in een chic hotel zou vinden, van de decoratieve tissuedooshouder en koperen zeepdispenser en ingelijste kunst tot en met een fraaie wc-rolhouder in de vorm van een lange kattenstaart.

De keuken was klein, maar smetteloos. De travertijnen vloertegels leken zo schoon dat je erop kon picknicken, zonder een tafellaken of zelfs borden. De aanrechtbladen waren afgenomen, de tafel was gedekt met een bord, kopje en bestek in een opgerold servet. De voorraadbussen op de aanrechtbladen stonden op hoogte gesorteerd. De zes branders van het fornuis glommen en er zat niet één vetvlekje op.

Pine opende een paar kastjes en lades, en zag dat alles zo georganiseerd was dat ze het gevoel had dat ze in een modelwoning was, waar alles werd tentoongesteld zonder dat er echt iemand woonde die iets kon beschadigen, zodat alles perfect was. De inhoud van de koelkast was zo zorgvuldig geplaatst dat haar eigen koelkast in Arizona vergeleken daarmee wel een vuilnisbak leek. Maar dat was niet zo moeilijk, gaf ze toe.

Wat haar echter stoorde, was dat ze wel kon begrijpen dat Desiree een pietje-precies was, of misschien een dwangneurose had, maar hoe kon het in haar winkel dan zo'n rommel zijn? Bij iemand die zo in elkaar zat, hield de behoefte aan orde niet op bij de voordeur van het huis.

Naast de keuken was een klein washok. In een mand op de wasdroger lagen zorgvuldig opgevouwen kleren. Pine bekeek ze en wendde haar blik weer af, maar slechts even. Ze keek weer naar de stapel kleren, pakte de spijkerbroek die bovenop lag en hield hem omhoog.

Ze hadden haar verteld dat Desiree heel klein was, nog geen 1 meter 50, en haar rijbewijs had dat bevestigd. Pine hield de spijkerbroek voor haar eigen benen. Voor haar zouden de broekspijpen te kort zijn, maar toch waren ze veel langer dan iemand met Desirees lengte zou dragen, zelfs als ze hakken droeg. Ook de stijl en smalle heupen van de broek waren voor iemand die veel jonger was dan Desiree.

Het bloed leek in Pine's aderen te stollen.

Dit kan niet. Dit kan echt niet!

Pine legde de broek weer in de mand en verliet het washok. Ze rende weer naar boven en begon aan een nog nauwkeuriger zoektocht. Ze zag de haak van een luik in het plafond van de ongebruikte slaapkamer. Toen ze eraan trok, kwam er een vlizotrap naar beneden. Ze schoof hem uit en klom snel naar boven. Ze scheen met haar zaklamp om zich heen en riep: 'Hallo? Is hier iemand? Ik ben van de FBI? Hallo?'

Ze kreeg geen antwoord, hoorde geen enkel geluid. Ze bescheen de hele zolder met haar zaklamp en zag niets.

Ze klom weer naar beneden en vouwde de trap weer op. Die verdween in de zolderopening, waarna het luik dichtklapte.

Pine voelde beweging boven haar hoofd. Ze stond onder een ventilatierooster. De verwarming was net aangesprongen.

De verwarming?

Ze vloog de trap af en rende naar de afgesloten deur. Ze drukte er met haar schouder tegenaan en duwde. Ze voelde dat het slot een beetje meegaf. Ze haalde een *lockpick*-setje uit haar jas, maar nam niet de moeite het eenvoudige slot open te maken. Ze gebruikte een van de pinnetjes om de bout terug te schuiven. Ze opende de deur en deed het licht aan. Zoals ze al had vermoed, stond hier de HVAC-installatie. De buizen verdwenen in het onafgewerkte plafond en zouden daarvandaan wel verder lopen naar de rest van het huis. Voor een muur stond een stelling waarvan de planken vol stonden met dozen. De vloer was van beton.

Had ze zich vergist? Maar waarom zat de deur dan op slot?

Ze liep achter de stelling langs naar een kleine ruimte. Ze bleef staan en zag dat de vloer hier niet van beton was, maar van planken met messing en groef. Was deze vloer gewoon op het beton gelegd? Maar waarom zou je dat doen in een vertrek als dit, waar niemand behalve een monteur ooit zou komen?

In de verste hoek stond een steekwagen met een grote kist op het laadvlak.

Pine verplaatste de steekwagen, bukte zich en bekeek de plek waar hij had gestaan.

Ze had het gevoel alsof ze een stomp in haar maag had gekregen.

In de houten vloer zat een sleutelgat. Toen ze de vloer beter bekeek, zag ze de omtrek van een luik. In de vloer naast het sleutelgat zat een verzonken luikring.

Oké, daar gaan we weer, dacht Pine.

30

'Is er iemand beneden?' riep Pine door het houten luik heen.

Toen het stil bleef, bonsde ze op het luik.

'Hallo, is er iemand beneden?'

Niets.

Pine keek om zich heen. Aan een magneet op een van de metalen steunen van de stelling hing een sleutel.

Ze trok hem los, knielde en stopte de sleutel in het slot. Ze draaide hem om en pakte de verzonken luikring. Het luik ging moeiteloos open op hydraulische scharnieren.

De ruimte die ze zag was pikdonker.

'Hallo?' riep ze weer.

Deze keer hoorde ze een geluid. Geen stem, alleen een schuivend geluid.

Toen Pine met haar zaklamp in het donker scheen, zag ze een trap.

'Hallo, ik heet Atlee Pine. Ik ben van de FBI. Is daar iemand? Ik kom je helpen.'

Het geluid dat ze had gehoord zou van ratten kunnen zijn. Maar je had geen geheime ruimte om ratten op te sluiten. En ratten droegen geen spijkerbroek.

Pine begon de trap af te lopen, met de zaklamp in haar ene en haar pistool in haar andere hand.

'Hallo? Laat je alsjeblieft zien. Ik ben hier om je te helpen. Word je hier gevangengehouden? Waar is de vrouw die hier woont? Dolores Venuti?'

Nu hoorde Pine een zware ademhaling en zacht gejammer, alsof degene die hier was doodsbang was. Heel even dacht ze dat het misschien Desiree was. Maar de vrouw kon dit niet als schuilplaats gebruiken. Pine had de onderkant van het luik bekeken en gezien dat het enige sleutelgat aan de bovenkant zat.

'Ik zal je geen kwaad doen. Ik kom je helpen.'

Onderaan de trap moest ze zich bukken, want het was hier niet hoger dan 1 meter 20. Dit moest de achterkant van het huis zijn, waar de kruipruimte door de hellingsgraad hoog was. Ze hurkte en verlichtte het vertrek met haar zaklamp. Het was hier kil en ze rilde. Deze ruimte werd niet gekoeld of verwarmd, en ze nam aan dat de muur een buitenmuur was. Ze scheen met haar lamp naar links en daarna langzaam naar rechts.

Ze zag tot haar toenemende afschuw dat hier iemand moest wonen. Planken op bouwstenen met stapels kleren erop. Een gescheurde zitzak waar een paar versleten felgroene sneakers op lag. Een lamp op batterijen. Een stapel tijdschriften. Een matras waar een deken en een kussen op lagen.

Pine verstijfde toen ze de sok met een voet erin zag. Langzaam hief ze haar zaklamp en de lichtstraal ging omhoog, langs de benen in een spijkerbroek, langs het middel en over de wijde trui, tot hij bleef rusten op het jonge meisje dat haar met een doodsbange blik aankeek, maar haar ogen bijna dichtkneep in het felle licht van de zaklamp.

Pine liet haar lamp zakken en zei: 'Ik ben van de FBI. Ik kom je helpen' – ze keek om zich heen in deze gevangenis – 'om hieruit te komen.'

Het meisje maakte zich klein en trok zich nog verder terug in de hoek. Ze had een deken half om zich heen geslagen tegen de kou. Toen Pine haar gezicht bescheen zag ze dat het meisje haar hoofd schudde, alsof ze Pine's woorden niet kon geloven en de aangeboden hulp niet wilde aannemen.

Pine stopte haar pistool weer in de holster en pakte haar badge. Ze scheen het licht op zichzelf, zodat het meisje haar gezicht en de glimmende FBI-badge kon zien. 'Ik ben van de FBI. Weet je wat dat is? Ik ben een federale politieagent.'

Pine richtte het licht weer op het meisje om haar reactie te zien. Maar het kind keek zelfs nog banger, als dat al mogelijk was.

Pine kroop naar haar toe, pakte de lamp op batterijen en deed hem aan. De lamp verlichtte de ruimte een beetje, maar toch voldoende zodat Pine haar zaklamp uit kon doen. Ze ging in kleermakerszit tegenover het meisje zitten, bekeek haar aandachtig en schatte haar op een jaar of dertien, veertien.

Het meisje had slungelige armen en benen, en een lichte huid. Ze was ongeveer 1 meter 65 en broodmager. Ze had blauwe plekken op haar gezicht en een snee in haar lip. Haar haar was blond, slierterig en leek vies. Aan haar blik was te zien dat ze alles en iedereen wantrouwde.

'Kun je me vertellen hoe je heet?'

Het meisje sloeg haar armen om haar lichaam en kromp ineen.

Pine zei zacht: 'Ik kan je hieruit halen. Wil je... vrij zijn?'

Het meisje schudde haar hoofd en zei toen. 'N-nee.'

'Waarom niet? Ik kan me niet voorstellen dat je hier wilt blijven.'

'Dan wordt ze woedend!'

'Wie, Dolores?'

Het meisje knikte.

'Ik zal me wel met Dolores bezighouden. We kunnen nu meteen vertrekken. Dan breng ik je naar een veilige, warme plek.'

Pine stak een hand uit, maar het meisje deinsde achteruit. 'N-nee! De hond! Dan bijt hij me.'

'Welke hond?'

Het meisje wees naar boven.

'Ik heb het hele huis doorzocht, maar er is geen hond.'

'B-buiten,' zei het meisje met grote ogen.

'Ik kom van buiten en heb geen hond gezien. Zie ik eruit alsof ik door een hond ben aangevallen?'

Het meisje bekeek Pine en leek voor het eerst meer verward dan bang.

'Zei Dolores dat er een hond was?'

Het meisje knikte.

'Hoe heet je? Ik ben Atlee.'

'G-Gail.'

'Oké, Gail. Ik heb geen hond gezien. Dolores heeft gelogen.'

Gail ging rechtop zitten en wikkelde de deken om haar onderbenen. 'Maar ik hoor hem blaffen als ik hier ben.'

Pine dacht hier even over na. 'Laat ze je hieruit?'

'Alleen als ze thuis is. Ik maak schoon en kook en zo.'

'Dat dacht ik al. Maar heb je de hond ooit gevoerd? Ik bedoel, ik zag geen voerbakken of hondenspeeltjes. En als hij buiten blijft, er is geen hondenhok of een ketting.'

'Nee, ik heb de hond nooit gevoerd. Ik ben bang voor honden.'

'Als de hond blaft, klinkt dat altijd hetzelfde?'

Gail haalde haar schouders op. 'Denk het wel. Ik bedoel, het was een hond die blafte. En ik hoorde het nog maar een uur geleden of zo.'

'Gebeurt dat altijd op hetzelfde tijdstip als Dolores hier niet is en jij hierbeneden bent?'

Gail dacht hierover na. 'Misschien wel.'

'Juist. Weet je, er bestaat apparatuur waar je dat mee kunt doen. Met een recorder op een timer.'

'Is er echt geen hond?'

'Nee. Heb je dit huis ooit verlaten?'

'Niet sinds ik hier ben gekomen. Dolores zei dat dat niet kon, dat het niet veilig was.'

'Waarom zou het niet veilig zijn?'

Gail zei: 'Ik heb uit een winkel wat eten en andere dingen gestolen. En de politie is naar me op zoek.'

'Wie heeft je verteld dat de politie naar je op zoek is? Dolores?'

'Ja.'

'Nadat je haar had verteld dat je die dingen had gestolen?'

'Ja. Ze stelde me een heleboel vragen. En toen heb ik het haar verteld.'

'Hoe ben je hier terechtgekomen?'

'Ik stond te liften en Dolores stopte en nam me mee.'

'Wanneer? Hoe lang ben je hier al?'

Gail haalde haar schouders weer op. 'Dat weet ik niet zeker. Zes maanden misschien, of langer.'

'Waar is je familie?'

'Die heb ik niet. Mijn papa en mama zijn dood. Overdosis.'

'Wat erg voor je. En had je geen andere familie die je in huis wilde nemen?'

'Nee. Dus stopten ze me in pleeggezinnen. Dat... ging niet erg goed en dus ben ik weggelopen.'

'Toen bracht Dolores je hiernaartoe. En zij dwong je hierbeneden te wonen?'

'Eerst niet. Toen sliep ik boven op de bank. Maar toen zei ze dat ik slechte dingen had gedaan, ik weet niet wat voor dingen, maar ze bleef er maar over doorgaan. Ik werk heel hard voor haar. Ik hou het huis smetteloos schoon en doe de was. Ik doe alles wat ze me opdraagt. Maar toen zei ze dat ik hierbeneden moest slapen en dat ik, als ik me beter gedroeg, weer naar boven mocht, waar het warm is.'

'Waarom heeft ze eigenlijk zo'n kamer als deze?'

'Ze zei dat het een soort schuilkelder is, dat ze die had laten maken nadat iemand hier een keer had ingebroken. Dat zei ze tenminste.'

'Oké, maar dat luik kan alleen van buitenaf op slot, dus is het niet echt een schuilplaats, hè?'

Gail keek verbaasd. 'O ja, daar heb ik nooit bij stilgestaan.'

'Komt er weleens iemand langs?'

'Niet dat ik weet. Ik heb nooit iemand anders gezien dan Dolores.'

'Je hebt dus ook nooit geprobeerd te ontsnappen?'

'Ik kan nergens naartoe én ik dacht dat er een hond was.' Ze boog haar hoofd en begon te snikken.

Pine kroop naar haar toe en sloeg haar arm om haar heen.

Eerst trok Gail zich terug, maar na een tijdje leunde ze tegen Pine's schouder.

'Luister, eerst moeten we zorgen dat je hieruit komt. Een vriendin van me zit in een auto buiten te wachten. We nemen je mee naar waar wij wonen, dan kun je je wassen en geven we je te eten, oké? Je lijkt honger te hebben.'

'Dolores zei dat ik zo mager ben dat ik niet veel hoef te eten.'

'Ja, dat geloof ik meteen. Trek je schoenen aan en pak alles wat je mee wilt nemen.'

'Er is helemaal niets, echt niet.'

'Oké, kom maar mee.'

Pine nam het meisje mee naar boven en ze liepen net de hal in toen de twee vrouwen uit de schaduw stapten.

Eerst zag Pine Blum.

En daarna Desiree.

De kleine vrouw drukte een klein pistool tegen Blums hoofd. Ze was aangekomen, haar haar was lang en grijs en hing plat langs haar hoofd. Haar blik was hard en strak en vol venijn.

Ze keek Pine aan en zei: 'Jullie gaan helemaal nergens naartoe.'

31

'Het spijt me, agent Pine,' zei Blum, ook al drukte Desiree Atkins de loop nog dieper in haar slaap. 'Ze had me te pakken voordat ik het doorhad.'

'Kop dicht!' zei Atkins.

Ze loerde naar Gail en vroeg op schrille toon: 'Wat doe jij verdomme boven? Wil je soms dat de hond je aanvalt?'

Gail kromp achter Pine ineen.

Toen keek Atkins Pine aan. Ze fronste. 'Je komt me heel bekend voor. Ken ik jou soms? Je lijkt me een lastpak.'

Pine zei: 'Ik lijk waarschijnlijk op heel veel mensen die volgens jou een lastpak zijn.'

Atkins knikte, maar haar blik bleef argwanend. 'Ik heb een bewakingscamera op de oprit. Ik kreeg een melding en zag je op mijn telefoon aankomen. Mijn overleden man heeft me jaren geleden alles geleerd over beveiliging. Maar het spul van tegenwoordig is allemaal draadloos en heeft een telefoonapp. Zo kon ik het systeem uitschakelen voordat ik er was.'

Pine keek alleen naar haar pistool.

'Wanda vertelde me al dat je aan het rondneuzen was.'

Pine zei niets, maar bleef naar het pistool kijken dat tegen Blums hoofd werd gedrukt.

'Wanda zei dat je op zoek was naar Becky.'

Nu zei Pine: 'Haar naam is Mercy, niet Becky. Zo noemde jij haar.'

'Ach, voor mij was ze Becky.' Ze keek naar Pine's middel. 'Jij bent FBI, dus heb je een pistool. Haal hem eruit en leg hem op de grond. Heel, heel langzaam. Ik weet precies hoe ik dit wapen moet gebruiken.'

Pine haalde haar Glock uit de holster, hield hem bij de loop vast, bukte zich en legde hem op de grond. Ze had een Beretta Nano in een enkelholster als reservewapen, maar daar had ze niets aan zolang Atkins haar pistool tegen Blums hoofd gedrukt hield.

Atkins glimlachte triomfantelijk toen Pine weer rechtop ging staan. 'Kijk, helemaal goed. Zo te zien bezorg jij me geen problemen meer. Becky was een lastpak, veroorzaakte altijd problemen. Jij niet echt.'

Pine keek Atkins alleen maar aan.

De vrouw zei: 'Oké, nu gaan jullie samen naar Gails schuilplaats.'

'En dan?' vroeg Pine.

'Dan ga ik weg. Ik heb alles al ingepakt en mijn koffer ligt in de auto. Ik was al klaar voor vertrek zodra Wanda me belde.'

'En Gail?'

'Die gaat met mij mee. Zij heeft me nodig om voor haar te zorgen, nietwaar Gail?'

Gail keek Pine mismoedig aan.

'Je hoeft niet met haar mee te gaan, Gail,' zei Pine.

'Hé! Praat geen onzin tegen haar. Als je dat weer doet, krijgt je vriendin hier de volle laag.' Ze drukte de loop zo hard tegen Blums gezicht dat ze kreunde.

'Oké,' zei Pine. 'Oké.'

'Dat is beter.' Atkins genoot hier zichtbaar van. 'Nu lopen!'

Pine liep voorop met Atkins achteraan, nog steeds met haar pistool op Blums hoofd gericht.

Ze liepen het HVAC-hok binnen, waar het luik naar de ondergrondse ruimte was.

'Oké, blijf daar maar staan.' Atkins duwde Blum naar Pine toe, zodat Blum wankelde en bijna viel, maar Pine ving haar snel op.

Nu richtte Atkins haar wapen op Pine en haar vinger gleed naar de trekker.

'Ik neem aan dat wij met onze voeten eerst naar beneden gaan,' zei Pine.

'Tja, ik kan jullie moeilijk in leven laten zodat jullie je mond kunnen opendoen. Iemand zal jullie wel een keer vinden, maar tegen die tijd ben ik al in een ander land.'

'Het zal moeilijk zijn om samen met Gail het land te verlaten.'

'Wie zei dat ze meeging?' vroeg Atkins bars.

'Je gaat haar dus ook vermoorden?' vroeg Pine.

'Gail is een bang muisje. Ze zal doen wat ik haar zeg en...'

Ze begon te gillen, want Gail was naar voren gesprongen. Het meisje beet in de hand waarmee Atkins het pistool vasthield, en krabde en klauwde naar Atkins' ogen. Even worstelden ze met elkaar, tot Atkins Gail met het pistool een klap op het hoofd gaf. Het meisje hapte naar adem en dook weg.

Maar daarna pakte een veel sterkere hand Atkins' pistool vast en toen de vrouw opkeek zag ze dat het Pine was.

Pine trok glimlachend Atkins' arm naar achteren en gaf haar een vuistslag in het gezicht.

De veel kleinere vrouw klapte door de keiharde vuistslag tegen de muur, gleed naar beneden en viel bewusteloos op de grond.

Atkins kreunde toen ze ongeveer tien minuten later bijkwam en ze ging langzaam rechtop zitten. Haar oog was blauw en zo gezwollen dat hij dichtzat, en er zat een donkerblauwe plek op haar rechterwang. Met haar goede oog keek ze naar Pine, die boven haar uittorende.

'Opstaan!' zei Pine.

'Ik... denk niet dat ik dat kan. Ik ben...'

Pine pakte haar arm en trok haar overeind. Ze duwde Atkins naar de kist naast de steekwagen en zette haar erop.

Gail zat in een hoekje en Blum stond naast Pine.

Pine zei: 'Je kleine muisje is in een leeuwin veranderd, Desiree. Dat heb ik een meisje ook zien doen dat was ontvoerd door een griezel in Colorado. Hij had nooit verwacht dat ze zou doen wat ze deed, omdat ze jong was en een meisje. Hij zit de rest van zijn leven in een staatsgevangenis.'

Atkins keek naar Gail en wreef over haar gezwollen wang. 'Ik heb een dokter nodig.'

'Je zult veel meer nodig hebben, een advocaat bijvoorbeeld. Maar zelfs dat zal niet genoeg zijn om je te redden.'

'Je had ingebroken in mijn huis en ik verdedigde mezelf.'

'En Gail?'

'Ik heb geen idee wie zij is. Hield zij zich hier verborgen? Ik kom hier nooit.'

Pine keek Atkins minachtend aan. 'Drie getuigen tegen je, Desiree, plus het feit dat je hier een schuilplaats hebt waar Gail gedwongen leefde. En dan is er nog het probleempje van wat er in Georgia is gebeurd.'

'Wat er in Georgia gebeurde, was dat die bitch van een Becky mijn man vermoordde,' riep Atkins woedend, terwijl er spuug uit haar mond spatte.

'Kijk, nu zien we de echte Desiree Atkins. Ik wist wel dat die psychopaat ergens in je zat.' Pine leunde tegen de muur. 'Waarom vertel je me niet wat er die avond is gebeurd?'

'Waarom loop je niet naar de hel?'

Blum stapte naar voren. 'Je gaat de gevangenis in. De enige vraag is hoe lang. Als je meewerkt, zal dat minder lang zijn dan anders het geval is.'

Toen Atkins geen antwoord gaf, pakte Pine haar telefoon. 'Oké, ik laat de politie komen. Zij zullen je beschuldigen van ontvoering, vrijheidsberoving en poging tot moord, plus van nog een paar andere misdaden. Daarna bellen we de politie van Georgia, want die is al heel lang naar je op zoek, Desiree. Je bent gevlucht nadat er een moord was gepleegd. Moord verjaart niet. En je hield Mercy gevangen. We hebben videobeelden om dat te bewijzen en Wanda zal ook getuigen. Je maakt geen enkele kans.' Pine begon het nummer in te toetsen.

'Wacht!' riep Atkins.

Pine keek de vrouw aan, terwijl haar vinger boven de telefoon bleef hangen. 'Ik luister.'

'Wat wil je weten?'

'We weten dat Mercy uit haar gevangenis is ontsnapt. Wat gebeurde er daarna?'

'Ze viel ons aan. Ze stak Joe neer en kwam achter mij aan. Maar ik ben ontsnapt.'

'Hoe kwam ze aan dat mes?'

'Dat had ze bij zich.'

Pine wees naar haar telefoon. 'Als je blijft liegen, bel ik de politie en is het allemaal voorbij.'

'Ik lieg niet.'

'Mercy had geen mes. We hebben de video gezien.'

Atkins fronste. 'Dan heeft ze dat gevonden toen ze naar het huis liep.'

'Ja hoor, ik geloof meteen dat daar allemaal vleesmessen op de grond lagen. Wie vuurde de schoten af?'

'Welke schoten?'

Pine wees weer naar haar telefoon, maar zei niets.

'Dat... Dat was Joe. Hij... Becky besprong hem en hij schoot op haar, maar miste.'

'Je mist niet met een geweer, niet van dichtbij.'

Atkins leek in paniek te raken en haar blik schoot heen en weer.

'Ik zal je vertellen wat er volgens mij is gebeurd,' zei Pine. 'Mercy rende naar de weg, omdat ze dacht dat ze zo kon ontsnappen. Maar voordat ze daar was, kwam ze jou en Joe tegen. Joe en Mercy vochten met elkaar. Ze sloeg hem tegen zijn hoofd en vluchtte. Toen werd er geschoten. Daarna gebeurde er iets en lag Joe dood op de grond met een mes in zijn rug. Jij pakte vervolgens je spullen bij elkaar en belde de Atkinses. Wanda pikte je op bij het Esso-station, bracht je naar Atlanta en zette je op een bus, en jij verdween zo snel je kon. Je kwam hier terecht en regelde een nieuw slaafje, want zo ziek ben je.'

'Je hebt geen enkel bewijs voor wat er in Georgia is gebeurd.'

Pine schudde haar hoofd. 'Je gaat de gevangenis in. Dat had allang moeten gebeuren.'

'En als ik je vertel dat je geliefde Mercy die avond is gedood?' snauwde Atkins.

'Dat kun je me wel vertellen, maar daarom is het nog niet waar. Want als ze dood was, had je geen enkele reden gehad om Joe te vermoorden en als je hem niet had vermoord, had je geen enkele reden gehad om te vluchten. Zo is het toch? Want de politie wist niet dat je een jonge vrouw gevangenhield. Dan had je haar gewoon in het bos begraven en zou er geen haan naar kraaien.'

Atkins leek verslagen. Ze wendde haar blik af en zweeg.

Pine bleef haar lang en met een blik vol afkeer aankijken. Daarna belde ze de politie.

32

Pine en Blum zaten in het kantoor van de sheriff van Buncombe County in Asheville. De gehavende Atkins zat, nadat ze was gearresteerd en officieel in staat van beschuldiging was gesteld, in de countygevangenis iets verderop in de straat.

'We hebben contact opgenomen met Gails familie, agent Pine,' zei *deputy sheriff* Tate Callum. Hij was een slanke, energieke man van achter in de dertig met blauwe ogen en kort blond haar. Hij had de leiding over het onderzoek naar de misdaden die Desiree Atkins in North Carolina had gepleegd.

'Ze vertelde mij dat haar ouders na een overdosis waren overleden.'

Callum knikte bedachtzaam. 'Dat is ook zo, maar we hebben een oom en tante gevonden. Zij waren financieel kennelijk niet in staat Gail in huis te nemen na de dood van haar ouders. Nu zijn ze dat wel en ze willen dat ze bij hen komt wonen. Ze zijn nu onderweg om haar te halen.'

'Dat is fantastisch nieuws,' zei Blum.

'Hoe zit het met Desiree Atkins?' vroeg Pine. 'Of Dolores Venuti, zoals ze haar hier kennen.' Pine had Callum Atkins' echte naam verteld en ook dat ze in Georgia van moord werd verdacht.

'Ze zal, zodra ze een advocaat krijgt en hij ziet welke bewijzen er tegen haar zijn, waarschijnlijk een deal willen sluiten. Maar er is meer. Mijn agenten zijn op dit moment in haar winkel en zij hebben gemeld wat ze hebben ontdekt. Het ontvoeren en gevangenhouden van Gail is al erg genoeg, maar in een geheime kamer in haar winkel hebben ze bewijzen gevonden van wat eruitziet als een drugsdistributieoperatie. Haar esoterische winkel bracht vermoedelijk niet genoeg op. Ze krijgt minimaal twintig jaar tot levenslang. En dat is nog zonder alles wat ze zoals jij me vertelde in Georgia heeft gedaan. Ik zal de mensen in Georgia morgen bellen.'

'Kunnen we Gail nu zien?'

'Natuurlijk. Als jij niet naar binnen was gegaan, weet ik niet hoe het met haar zou zijn afgelopen. Ik weet dat ze veel heeft meegemaakt, maar ze toont heel veel lef.'

Callum bracht hen naar een klein kantoor, waar Gail zat met een broodje en een zak chips en een flesje water. Op haar hoofd, op de plek waar Atkins haar met haar pistool had geslagen, zat een verband.

Callum liet hen alleen en Pine en Blum gingen tegenover Gail zitten.

'Hoe gaat het met je hoofd?' vroeg Blum.

'Goed, hoor,' zei ze met een zwakke glimlach. Ze wreef er even overheen. 'Dolores sloeg me soms veel harder.'

'We hoorden het van je oom en tante. Dat is goed nieuws,' zei Pine.

'Ja, denk het wel.'

'Had je een goede band met hen?'

'Ze woonden niet bij ons in de buurt. Daarom ging ik naar pleeggezinnen, denk ik. Maar ze hebben een dochter van mijn leeftijd, Sarah. Heel vroeger gingen we weleens naar elkaar toe.'

Pine zei: 'Het was heel moedig wat je deed. Je hebt ons leven gered.'

Gail legde haar broodje neer en nam een slok water. 'Ik kon niet geloven dat ze me gewoon wilde achterlaten. Toen werd ik woedend. Na alles wat ik voor haar had gedaan.'

Pine en Blum keken elkaar nerveus aan.

Blum zei: 'Ze is geen goede vrouw, Gail. Je bent veel beter af zonder haar. Vergeet haar maar. Ze is het niet waard dat je nog langer aan haar denkt. Echt niet.'

Pine vroeg: 'Dat begrijp je toch wel?'

Gail keek haar aan. 'Ik wil gewoon niet opnieuw alleen worden gelaten. Dat is... eng.'

'Dat gaat niet gebeuren. Maar na alles wat je hebt meegemaakt, zul je psychische hulp nodig hebben.'

'Psychische hulp?' Gail keek doodsbang.

'Van iemand die is opgeleid om mensen te helpen met het verwerken van nare dingen die ze hebben meegemaakt. Die persoon zal alleen maar met je praten, Gail. En met die persoon kun je praten over... dingen. Dat is alleen maar bedoeld om je te helpen deze afschuwelijke ervaring achter je te laten en op een positieve manier je leven weer op te pakken.'

'O, oké.' Ze kauwde op haar broodje, maar keek nog steeds ongerust.

'En zoals je net zei, heb je een nichtje van je eigen leeftijd. Jullie kunnen opgroeien als zusjes. Dat wordt leuk. Dan heb je altijd iemand om mee te praten en dingen mee te delen.'

Gail leek gefascineerd door deze mogelijkheid. 'Ik heb nooit nagedacht over een zusje. Heb jij een zusje?'

Pine zei langzaam: 'Ja, inderdaad. Een tweelingzus zelfs. Dat is... best wel cool. Ze was... is mijn beste vriendin.'

Gail glimlachte. 'Dat is best maf. Een tweeling. Zijn jullie identiek?'

'Ik eh... denk dat je ons nu waarschijnlijk wel uit elkaar kunt houden.'

'Oké.'

Pine gaf haar een kaartje. 'Dit zijn mijn contactgegevens. Je mag me altijd bellen, oké?'

Ze omhelsden Gail en vertrokken.

'Denkt u dat het goed komt met haar?' vroeg Blum.

'Op dit moment is daar nog niets over te zeggen. Ze is maar zes maanden bij Desiree geweest, dus misschien is de schade die daardoor is veroorzaakt niet permanent. Ze heeft voor zo'n jong meisje heel veel meegemaakt en heeft waarschijnlijk alleen wat tijd nodig om te herstellen.'

Terwijl ze door de gang liepen vroeg Blum: 'Gaat het wel goed met u?'

'Het kómt wel goed met mij. Als ik mijn zus ooit vind.'

'En als we Mercy niet vinden?'

'Aan die mogelijkheid wil ik nu niet denken.'

'Wat gaan we nu doen?'

'Weer met Desiree praten, en hopelijk is dat de laatste keer.'

33

De gevangenis was schoon en opgeruimd en zag er modern uit, maar er waren wel tralies en beveiligde deuren om de slechte mensen bij de goede mensen vandaan te houden. Pine had gehoord dat in het hoofd- en bijgebouw meer dan vijfhonderd gevangenen zaten. Maar zij had belangstelling voor slechts een van hen.

Callum had hun komst aangekondigd, zodat een van de bewakers hen snel naar Desiree Atkins' cel bracht.

Atkins keek niet op toen de deur werd geopend en achter hen met een klap werd gesloten. Ze zat in de enige aanwezige stoel die aan de vloer was vastgeschroefd, was gekleed in een gevangenisoverall en keek naar haar handen alsof die al haar problemen bevatten en geen enkele oplossing. Op haar wang zat een pleister en de huid rondom haar oog was nu geel en paars.

Pine leunde tegen het bovenste stapelbed en Blum stond vlak bij de deur. De cipier was vertrokken om hun zo veel mogelijk privacy te geven als mogelijk was in een gevangenis.

Atkins keek op en vroeg: 'Wat willen jullie, verdomme? Je verkneukelen?'

'We willen met je praten,' antwoordde Pine.

'Je kunt de pot op. En ik sleep je voor de rechter voor mishandeling. Ik heb misschien wel een hersenbeschadiging opgelopen.'

'Ja, er is zeker weten iets mis met je hoofd, maar dat komt niet door mij. En je hebt alle tijd om te praten, want je gaat hier voorlopig niet weg. Je komt niet op borgtocht vrij in verband met je vluchtrisico,' zei Pine. 'En ze weten alles over Georgia.'

Atkins' ogen fonkelden van haat. 'Uitstekend. Dan kan ik ze vertellen dat Becky mijn man heeft vermoord. Ze moeten haar in de bak stoppen voor moord.'

'Dat kun je proberen, maar het feit dat jij haar al die jaren gevangenhield, zal betekenen dat ze jou niet zomaar zullen geloven,' zei Pine. 'Zelfs als ze Joe heeft vermoord, had ze daar alle recht toe. Hij wilde haar opnieuw opsluiten. Mensen die als slaaf worden behandeld, hebben het recht alles te doen om vrij te komen. Daar hebben we zelfs een burgeroorlog voor gevoerd.'

'Wat kan jou Becky schelen? Het is toch zeker al bijna twintig jaar geleden? Laat toch zitten.'

Pine vouwde haar lange vingers om de poot van het stapelbed om te voorkomen dat ze haar vuist balde en de vrouw opnieuw zou aanvallen.

Blum zag dat. Ze stapte naar voren en vroeg: 'Waarom heb je het gedaan, Desiree? Waarom heb je Mercy op die manier behandeld?'

Atkins snauwde: 'Wat heb ik dan precies gedaan? Dat zal ik je vertellen! Ik nam dat kind in huis toen niemand anders haar wilde. Die man zadelde Wanda ermee op. Alsof zij voor een kind van zes kon zorgen. Laat me niet lachen. Ze rookte zoveel pakjes sigaretten per dag dat het kind al voor mij zou zijn gestorven. Ik zou een medaille moeten krijgen, geen gevangenisstraf.'

Pine zei: 'Je hebt haar mishandeld. Je hebt haar gemarteld. Je sloot haar op in een grot in het bos. Wil je beweren dat je haar daar een plezier mee hebt gedaan?'

Atkins werd rood van woede. 'Ze was wild. Ze was niet te handhaven. We moesten haar wel opsluiten. Je had haar toen moeten zien.'

'Zodat ze niet zou ontsnappen, bedoel je?'

'Ik hoef je niet meer te vertellen.'

'Als je dat wel doet, kan ik een goed woordje voor je doen.'

'Ja hoor, zodat ik twee jaar minder krijg van wat me te wachten staat? Nee, dank je.'

'Heeft ze het ooit over haar familie gehad?' drong Pine aan. 'Heeft ze je ooit verteld wat haar was overkomen? Hoe ze echt heette? Heb je dat zelfs weleens gevraagd?'

Atkins maakte een afwijzend gebaar. 'Ik had mijn eigen problemen!'

'Je kunt ons dus niets vertellen?'

'Ik kan jullie heel veel vertellen, alleen wil ik dat niet. Dat is mijn recht. En daar kun je niets aan doen, bitch.'

'Wanda vertelde ons dat je het wel hebt geprobeerd, maar dat je zelf geen kinderen kon krijgen,' zei Blum.

Atkins keek haar vals aan. 'Wat is jouw rol hier, opoe, die van de goede agent? Me schuldgevoelens aanpraten zodat ik iets vertel? Dat is tijdverspilling, ouwe tang.'

'Ik bedoel, het moet wel zo zijn dat je kinderen wilde. Je nam Becky in huis, zoals je al zei,' hield Blum vol.

Pine keek haar nieuwsgierig aan.

'Dat is zo, verdomme. Ik nam haar in huis toen niemand haar wilde, zoals ik al zei. Ik deed haar een plezier. En wat kreeg ik daarvoor? Verdriet en ellende.'

'Je gaf dus om haar, op een bepaald moment?'

Atkins kalmeerde een beetje en de valse blik in haar ogen werd iets minder. 'Ik gaf om haar. Ik kleedde haar en gaf haar te eten. Ze was schoon. Tot... we haar verplaatsten.'

Blum ging tegenover Atkins op het onderste bed zitten en vroeg zacht: 'Omdat ze ongehoorzaam was? Omdat jullie bang waren voor wat ze zou kunnen doen? Dat is begrijpelijk.'

Pine keek Blum aan, maar zweeg.

'Ja! Ze terroriseerde ons. Toen ze elf was, was ze groter dan Joe. Toen Becky dertien werd, groeide ze als kool. Ze was enorm. Op haar vijftiende was ze al 1 meter 80 en zo sterk als een beer. Joe nam altijd het geweer mee als we naar het bos gingen; dat wilde ik per se. En als hij overdag weg was en zij voor ons werkte, moest ik haar onder schot houden. Uiteindelijk moesten we haar dwingen de meeste klussen te doen nádat Joe thuis was gekomen, omdat ik niet meer alleen met haar durfde te zijn, zelfs niet met het geweer! Als we haar in huis hadden gelaten, had ze ons in onze slaap vermoord. Het was alsof we een wild beest in huis hadden, zelfs als ze in het bos was kreeg ik amper rust. Ik was de hele tijd op van de zenuwen.'

Pine zuchtte inwendig van al deze ongevoelige opmerkingen. Alsof Atkins' ellende groter was geweest dan die van haar zus. Alsof het ergens Mercy's schuld was. Maar ze zei niets. Blum werkte kennelijk ergens naartoe en Pine wilde haar haar gang laten gaan.

'Ze had waarschijnlijk ook geheimen voor jullie,' zei Blum. 'Dat is vaak zo bij zulke mensen.'

'Dat is zo!' zei Atkins opgewonden. 'Dat klopt helemaal. Joe zei van niet, maar wat wist hij nou? Hij probeerde haar te vertrouwen toen ze nog klein was, maar ze hield hem gewoon voor de gek.'

Blum zei: 'Mannen snappen helemaal niets van vrouwen. Dat weten jij en ik allebei. Als je een bepaalde leeftijd hebt, zoals jij en ik, dan zie je dat heel duidelijk.'

Atkins wees naar Blum en grijnsde. 'Je slaat de spijker op z'n kop. Mannen! Die zijn onnozel als het om vrouwen gaat. Die snappen niet hoe wij denken, hoe wij hen manipuleren.' Ze zei met een meisjesstemmetje: 'O, grote sterke man, je bent zoveel slimmer dan ik, kun je niet komen en alles voor me doen wat ik je opdraag?' Ze grijnsde. 'En zie je wat dat Joe opleverde? Een vroege dood.'

'Maar jij liet je niet voor de gek houden,' zei Blum.

Atkins schudde haar hoofd. 'Ik keek dwars door haar heen. Ik wist wat ze wilde. Ze kon mij echt niet voor de gek houden. Al dat onschuldige gedoe. Proberen Joe aan haar kant te krijgen. Walgelijk was het.'

Pine stak haar hand in haar zak en sloot haar vingers om haar telefoon. Ze haalde hem eruit, maar hield hem achter haar rug.

Blum zag dit, maar Atkins niet. Zij staarde naar de grond, vol zelfmedelijden. Blum stond op en ging voor Pine staan, zodat Atkins haar niet kon zien.

Pine scrolde snel door een paar schermen en activeerde een app.

Blum zei: 'Maar in tegenstelling tot Joe was jij waarschijnlijk in staat om haar aan het praten te krijgen. Zodat ze je dingen vertelde die ze niet wilde vertellen, maar jij was slimmer dan zij.'

Atkins keek met een wanhopige blik op. 'Joe heeft me nooit bedankt voor wat dan ook. Ik was degene die hem vertelde dat hij in de beveiliging moest gaan werken toen hij zijn baan was kwijtgeraakt. Ik hielp hem dat bedrijf op te starten en klanten te krijgen. En ik zei tegen hem dat we die meid in een kooi moesten stoppen. Ik wist dat ze gek was. De man die haar had ontvoerd... Wanda zei dat hij haar had verteld dat Becky's ouders haar wilden vermoorden. En daar hadden ze waarschijnlijk een goede reden voor. Dat begon ik te begrijpen. Hij heeft Becky misschien gered voor wat haar te wachten stond, maar daar heeft hij ons geen plezier mee gedaan, dat is verdomd zeker.'

'Dat moet heel zwaar voor je zijn geweest.'

'Eerst dacht ik dat het misschien oké was, weet je. Een kind hebben. Je hebt gelijk, ik wilde kinderen, maar ik had daar een probleem mee en het kon dus niet. Maar ik wist niet zeker of dit de juiste manier was.'

'Toch nam je haar in huis. Dat was goed van je.'

'Eerst vond Joe het geweldig. Weet je, hij was degene die haar echt wilde. Een schattig dochtertje dat hij kon aanbidden. Maar zes maanden nadat ze in ons leven was gekomen, was het alsof ik niet meer bestond. Het enige wat Joe zag was die schattige kleine Becky,' voegde ze er honend aan toe. 'Hij negeerde me volkomen. En toen werd ze groter en veranderde die schattige kleine puppy in een wolf, in een monster!'

'Het zal wel moeilijk zijn geweest om dat te accepteren,' zei Blum alsof ze haar begreep.

Atkins riep: 'Het was onmogelijk! Wie was deze onbekende? Welk recht had ze om ons leven binnen te dringen en mijn man van me af te pakken? Welk recht had ze? O, ze was zo schattig, zo mooi. En wat was ik, een zak kolen?'

'Dat begrijp ik wel, hoor.'

'Nou, Joe dus niet. Dat maakte me laaiend. Ik kon hem wel vermoorden! En haar erbij!'

'Maar je hebt dus met Mercy gepraat? Hoorde je dingen van haar?'

Atkins keek met een sluwe glimlach naar Pine. 'Ik wist dat ze zo heette. Dat heeft ze me verteld. Maar ik ben jaren bezig geweest haar dat uit haar geheugen te wissen, uit haar leven.'

'Hoe deed je dat dan?' vroeg Blum, met haar blik gericht op Atkins. 'Dat is vast heel moeilijk geweest.'

'Daar had ik zo mijn manieren voor,' zei Atkins met een lepe glimlach. Ze praatte opnieuw met een meisjesstemmetje. '"Niet doen, mama, niet doen! Verbrand me niet! Snij me niet!". "Je naam is Becky," zei ik dan. "Becky. Alleen maar Becky. Mercy is dood, begrijp je? Mercy is dood." Steeds opnieuw. Uiteindelijk snapte ze het. Eindelijk. Geen Mercy meer.' Ze glimlachte. 'Zie je, ik won. Ik heb dat kleine mormel verslagen. Ze dacht dat ze zo slim was. Nou, ik was slimmer.'

'Moest je haar dwingen al het andere te vergeten?' vroeg Blum.

Atkins werd rustiger en sloeg haar blik weer neer. 'Er was één ding dat ik haar nooit heb kunnen laten vergeten,' zei ze.

Pine verstijfde en vroeg: 'Wat dan?'

'Iene, miene, mutte.' Ze keek op naar Pine. 'Stom kinderrijmpje. Ze las het in een boek dat we hadden en draaide helemaal door. Ze verscheurde het boek en begon te gillen. Joe moest naar binnen gaan om haar tegen te houden. Ze was toen nog maar zeven of acht. Ik had geen idee waar dat over ging. Gestoord, stom kind. De ergste vergissing van mijn leven was om haar in huis te nemen.'

Blum keek naar Pine, die haar ogen had gesloten, en daarna weer naar Atkins. 'Dus die avond waarop Mercy ontsnapte...'

'Die stomme Joe vergat die verdomde deur op slot te doen. Voordat we wisten wat er gebeurde, stormde ze naar buiten en rende langs het huis. Joe zag dat op zijn scherm en hij ging achter haar aan, maar die stomkop nam het geweer niet mee. Maar ik dacht er wel aan en rende met het geweer achter haar aan.'

'Omdat je haar niet kon laten ontsnappen?'

'Natuurlijk niet! We zouden naar de gevangenis gaan als ze daarin slaagde.'

'Maar ik begrijp het niet. Als jij het geweer had, waarom hield je haar dan niet tegen?'

'Joe kreeg haar te pakken, maar ze sloeg hem en hij viel, met zijn hoofd op een rotsblok. Hij bloedde als een rund. Hij probeerde op te staan, maar volgens mij had hij een hersenschudding. Hij viel weer op de grond en verroerde zich niet meer. Mercy zag het bloed en ook dat hij roerloos op de grond lag, dus toen ging ze er als een verdomd racepaard vandoor. Volgens mij raakten haar voeten de grond niet eens.'

'Wat gebeurde er toen?'

'Ik schoot twee keer op haar, maar ze was al in het bos. Ik wilde achter haar aan om haar dood te schieten, maar Joe kwam bij, stond op, probeerde me tegen te houden en wilde het geweer van me afpakken.'

'Waarom?' vroeg Blum. 'Hij wist toch wat er zou gebeuren als Mercy kon ontsnappen?'

'Hij was een watje,' zei Atkins vol afkeer. 'Hij wilde haar niet vermoorden. Hij wilde haar laten ontsnappen! Ongelofelijk toch! Zei dat het genoeg was geweest. De stomkop!'

'Dat zal je wel boos hebben gemaakt.'

Atkins glimlachte kwaadaardig. 'Ik zei dus: "Moet je kijken, Joe, daar is ze en ze komt terug!" Toen hij zich omdraaide, raapte ik een steen op en sloeg hem daarmee op zijn hoofd. Hij was meteen bewusteloos. Ik wilde hem doodschieten, maar het geweer was leeg. Dus rende ik het huis in, pakte een mes en...'

'... en maakte het af?' vroeg Blum.

'Daarna veegde ik mijn vingerafdrukken van het mes en belde ik Wanda. Ik vertelde haar dat Becky Joe had vermoord. Daarna heb ik mijn spullen gepakt en hielp zij me om te verdwijnen.'

Pine slikte nerveus en vroeg gespannen: 'En Mercy is ontsnapt? Ze leefde nog?'

'Ja, die verdomde bitch leefde nog.'

Pine greep het bed stevig vast, met haar ogen dicht en haar hart vol hoop.

Atkins keek opeens geschrokken, alsof ze uit een trance kwam. Ze keek hen met een harde blik aan. 'Maar ik zal alles ontkennen wat ik jullie net heb verteld en jullie kunnen niets bewijzen.'

'O, dat denk ik dus wel.' Pine opende haar ogen, liet Atkins haar telefoon zien en drukte op de PLAY-knop van de app, waarna Atkins' stem luid en duidelijk te horen was.

Atkins begreep meteen wat er net was gebeurd en zei terwijl ze hen met een felle blik aankeek: 'Dat mag je niet doen. Je... Je hebt me erin geluisd. Dat is illegaal.'

Pine schudde haar hoofd. 'Ik heb je niet gearresteerd. Ze hebben je verteld wat je rechten zijn, ook dat je het recht hebt om te zwijgen. Als je besluit alles te vertellen, is dat je eigen beslissing. En je hebt nog geen advocaat in de arm genomen en ook niet verklaard dat je een advocaat wilt. Dit was geen verhoor. Je hebt uit vrije wil gepraat. En ik had toevallig de recorderapp aanstaan.'

'Ik zal dat ongeldig laten verklaren, bitch die je bent!'

'Dat kun je proberen,' zei Pine. 'Ik weet zeker dat de politie van Georgia nog contact zal opnemen. Vooral nu je hun werk om je veroordeeld te krijgen hebt vergemakkelijkt.' Ze stapte naar voren en bukte zich, zodat ze Atkins recht aan kon kijken. 'Vergeet ook niet dat Mercy het beste wat je had van je heeft afgepakt en je toch nog te slim af was. Ze is nu ergens in vrijheid en leeft haar leven, terwijl jij de rest van jouw ellendige leven zult doorbrengen op een plek die veel erger is dan deze. En ik wens je nog een heel lang leven.'

Pine riep de cipier, waarna zij en Blum vertrokken.

Terwijl ze door de gang liepen, zei Pine: 'Fantastisch, zoals je haar aan de praat kreeg.'

Onverwacht slaakte Blum een diepe zucht. 'Ik zou nog steeds willen dat u haar verrot had geslagen.'

Pine sloeg haar arm om de schouders van haar vriendin. 'Ach, we hebben iets beters gedaan. Iets veel beters.'

34

Cain parkeerde in de straat en keek naar de eenvoudige bungalow in de arbeiderswijk aan de rand van Huntsville, Alabama. Dit was een omgeving waar Cain heel goed had kunnen opgroeien. Met een pop spelen, fietsen en voetballen in de achtertuin. 's Zomers barbecueën, onder de sprinkler door rennen en marshmallows roosteren, en 's winters sneeuwpoppen maken, hoewel ze betwijfelde of er zo ver in het zuiden veel sneeuw viel.

Normaal.

Ze snoof toen ze dat dacht.

Ja hoor. Pure fantasie.

Ze had Georgia verlaten en had halverwege de rit in een afgelegen gebied een lekke band gekregen. Ze had geen reserveband en het was al laat in de avond geweest toen ze eindelijk een bandenbedrijf had gevonden. Toen moest het bedrijf nog een vervangende band zoeken, omdat haar auto al zo oud was. Daarna was ze doorgereden tot ze uitgeput was. Uiteindelijk bracht ze de nacht door iets buiten Huntsville en toen ze wakker werd, kocht ze een kop beroerde koffie en reed ze door naar haar bestemming. En nu was ze er.

Het was warm, de zon scheen, de vogels vlogen rond en Cain had het gevoel dat ze onderweg was naar haar eigen begrafenis. Ze liep naar de voordeur, klopte aan en wachtte tot er iemand kwam. Ze wist nog niet hoe ze dit zou aanpakken, maar dat was misschien wel goed. Al vanaf het moment dat ze aan de Atkinses was ontsnapt, deed ze dingen meestal op de bonnefooi. Soms had dat gewerkt en soms niet. Maar waarom zou ze het nu anders doen?

Wanda Atkins deed de deur open met een e-sigaret in haar hand. Ze keek op naar Cain, die boven haar uittorende, en toen ze haar bezoeker herkende vloog haar vrije hand naar haar mond, waarbij ze de neusbril bijna uit haar neus trok. 'O mijn god! Jij bent het!'

'Dat is lang geleden, Wanda. En zelfs zonder het haar en na al die jaren denk ik niet dat ik erg veranderd ben.'

Wanda begon te trillen. 'Ik... Het spijt me allemaal ontzettend, Becky.'

'Het is nu El, kort voor Eloise.'

Wanda keek even geschrokken, maar toen verscheen er een trieste glimlach op haar gezicht. 'Eloise? Zoals het boek dat ik je heb gegeven?'

'Ja, alleen was het *Eloise in het nachtmerriehuis*. Mijn eigen kleine verzinsel.' Cain keek naar de neusbril in Wanda's neus en naar het slangetje dat daaraan vastzat. 'Ben je ziek?'

'Te veel sigaretten gerookt.' Ze hield de e-sigaret omhoog. 'Nu rook ik deze.' Ze keek bezorgd naar de lange Cain. 'Wat doe je hier, Beck... ik bedoel, Eloise?'

'Mag ik binnenkomen?'

Wanda leek onzeker, dus stapte Cain gewoon langs haar heen naar binnen. En het feit dat Wanda daar niets tegen kon doen, gaf Cain een ongelofelijk machtig gevoel.

Wanda liep achter haar aan naar de woonkamer, waar Len Atkins in zijn rolstoel zat te slapen.

Op tafels en stoelen lagen stapels opgevouwen wasgoed en op een kruk stond gebruikt servies.

Cain vond dat alle geuren bij elkaar muf roken. Ze deden haar denken aan oud en ziek.

'Sorry voor de rommel,' zei Atkins gegeneerd.

Cain haalde haar schouders op. 'Dit is veel beter dan waar ik vroeger woonde, vind je ook niet? De muren zijn niet van aarde en als je de deur open wilt doen, gaat-ie vast gewoon open.'

Atkins kuchte en keek nerveus naar haar man. 'Ik eh... denk dat je Len wel herinnert. Hij eh... heeft een tijdje terug een beroerte gehad.'

'Zal wel,' zei Cain kortaf. Ze vond beroertes of Lens of Wanda's problemen niet belangrijk. Dit moment draaide alleen om haar.

Wanda pakte snel wat dingen van de bank zodat Cain kon gaan zitten. Zelf ging ze tegenover haar in een stoel zitten en ze bekeek de jongere vrouw onderzoekend. 'Waarom heb je je haar geknipt? Het was zo mooi.'

'Niet na mijn tijd bij Desiree, echt niet.' Cain keek Wanda grimmig aan. 'Ze vond het leuk om het er met wortel en al uit te trekken of het in brand te steken. Maar dat weet je natuurlijk allemaal.'

De oudere vrouw kromp ineen onder haar strenge blik, als een bloem die opeens bevriest. 'Ik denk heel vaak aan je,' zei ze zwak.

'Je hebt een paar aardige dingen voor me gedaan, Wanda.'

'Maar ik heb nooit iets gedaan om...'

'Nee, dat heb je nooit gedaan,' zei Cain scherp, maar toen haalde ze haar schouders op. 'Het was jouw probleem niet, of wel soms. En uiteindelijk heb ik het zelf geregeld.'

'Ik... Joe verdiende wat je hem ook maar hebt aangedaan.'

'Ik sloeg Joe neer toen hij probeerde me tegen te houden en hij viel met zijn hoofd op een rotsblok. Als hij stierf, was dat mijn schuld niet. Daarna ben ik gewoon weggerend. Iemand heeft met een geweer op me geschoten, maar miste. Dat moet Desiree zijn geweest, want Joe was toen al dood. Daarna rende ik gewoon nog harder. Ik rende kilometers door tot ik een lift kreeg.'

Wanda keek haar geschrokken aan.

'Wat is er?' vroeg Cain.

Wanda beheerste zich en zei langzaam: 'Joe is niet gestorven doordat hij met zijn hoofd op een rotsblok viel.'

'O? Wat is er dan met hem gebeurd?' vroeg Cain, nu ook geschrokken.

'Joe stierf doordat iemand een mes in zijn rug stak. Hij is vermoord.'

'Met een mes?' vroeg Cain, nu zichtbaar verbijsterd.

'Geen twijfel aan. Die is door zijn hart gegaan.'

Cain leunde naar achteren en had het gevoel dat er een loodzware last van haar afviel.

Dan heb ik hem niet vermoord. Dus waarom zoekt de FBI me dan?

'Ik heb hem niet doodgestoken. Maar ik durf te wedden dat jij weet wie dat wel heeft gedaan.'

'Dat heb ik wel altijd gedacht. Ik bedoel, Desiree was zo...'

'... slecht? Ja, dat was ze. Weet je waar Desiree nu is?'

'Ik heb een telefoonnummer, maar geen adres.' Atkins keek haar nerveus aan. 'En dat wil je niet doen, Eloise. Dat... zou niet goed zijn. Je moet het verleden laten rusten. Ik wil niet dat iemand je pijn doet, niet opnieuw.'

'Iemand heeft me al heel veel pijn gedaan. Terwijl jij erbij stond en niets deed. Ik heb nog altijd pijn, weet je.' Ze rolde haar mouw omhoog zodat Atkins de littekens van de snijwonden, de bulten en de brandwonden kon zien die ze altijd zou houden tot ze stierf. 'Denk je soms dat dit allemaal ooit geen pijn meer zal doen? En dan heb ik het nog niet eens over hoe ze mij heeft gemanipuleerd. Dat was zelfs nog erger dan deze shit.'

Wanda kreeg tranen in haar ogen en bracht een hand naar haar mond om niet in huilen uit te barsten.

'Huil maar, Wanda. Huil maar zoveel je wilt. Daar wordt het niet anders door. Dat verandert niets aan hoe ik denk over jou en die ouwe Len in zijn rolstoel. Jij kon je eigen leven leiden, jij kon je huis in en uit lopen wanneer je maar wilde, maar ik niet. Dacht je daar weleens aan als je naar huis ging en mij daar achterliet?'

'Ben je hier om ons... iets aan te doen?' Wanda keek naar Cains grote, gespierde lichaam, met een blik die duidelijk maakte dat ze bang was dat Cain haar fysiek pijn zou doen.

'Gelukkig voor jullie: nee. Maar ik weet dat de FBI naar mij op zoek is.'

'Ze waren hier.'

Cain keek geschrokken. 'Hier? Wanneer? Hoe wisten ze dan dat jullie hier zijn?'

'Dat heeft ze niet gezegd.'

'Ze?'

'Een jonge vrouw van ongeveer jouw leeftijd met een oudere vrouw. Ze stelden vragen.'

Cain dacht aan wat Kyle, de tiener in het bos, had gezegd over die grote vrouwelijke FBI-agent. 'Wat voor vragen?'

'Over wat er die avond was gebeurd. Ze zeiden dat ze een video van je hadden.'

'Ja, dat heb ik op tv gezien. Wat voor vragen?'

'Over jou, hoe je ertoe kwam om te doen wat je deed. Wat er die avond dat je ontsnapte is gebeurd. Maar ze hebben me ook een paar dingen verteld.'

'Zoals?' vroeg Cain.

'Dat je echte naam Mercy was. En dat een man je uit je huis had ontvoerd.'

'Mercy? Ik... ben ontvoerd?' vroeg Cain.

'Ja. Door ene Ito Vincenzo. Hij en Len waren samen in Vietnam. Hij vertelde ons dat je ouders je dood wilden en dat hij je... had gered. Maar volgens die vrouw van de FBI loog hij. Hij had er zijn eigen redenen voor om je bij je ouders weg te halen. Dat had iets te maken met een grief die hij tegen je moeder had. De maffia had daar iets mee te maken. Het was echt bizar.' Wanda zweeg even en zei toen: 'En hij liet het andere kind achter. Hij zei kennelijk een kinderrijmpje op om te bepalen wie van jullie tweeën hij meenam. Iene, miene, mutte. Dat is toch ziek?'

35

Cain voelde haar hartslag versnellen en ze voelde een felle pijnscheut door haar hoofd, tegelijk met een golf onderdrukte, maar nog steeds vervormde herinneringen. Ze had het gevoel dat haar hersens zo snel werkten dat ze zichzelf naar buiten brandden en alle stoppen doorsloegen. Ze keek naar Len.

Heb ík nu een beroerte?

Ze herinnerde zich dat ze helemaal was doorgedraaid toen ze nog bij Desiree woonde en in een boek dat kinderversje had gelezen. Toen ze die woorden las, was het alsof er iets ontplofte in haar hoofd. Ze had nooit geweten waarom. Maar 'het andere kind'? Toen voelde ze zich dom. Dat versje werd altijd opgezegd als er iemand gekozen moest worden, dus natuurlijk moest er nog iemand anders zijn geweest. Even later klikte er iets anders in haar hoofd. Die vreemde herinnering die altijd was gebleven en die haar in staat had gesteld om Desiree te overleven.

Het is oké, mama. Het is Lee maar. Zij klimt wel weer naar beneden. Dat doet ze altijd. Niet boos op haar zijn, mama.

'Eloise, voel je je wel goed?'

Cain schrok op uit haar herinneringen en keek de oude vrouw aan, maar haar hart sloeg zo snel alsof ze zojuist wel tien lijntjes coke had gesnoven. 'Ik herinnerde me iets, dat is alles. Dus mijn echte naam is Mercy?'

'Ja. Herinner je je dat ook?'

Cain schudde haar hoofd. 'Desiree is er goed in geslaagd me dingen te laten vergeten.' Ze keek Wanda dreigend aan. 'Maar dat wist je ook, hè?'

Wanda wendde snel haar blik af. 'Je zult me wel haten. En daar heb je alle recht toe.'

'Volgens mij vind ik je niet belangrijk genoeg meer om je te haten, Wanda.'

Wanda keek op. 'Wat heb je al deze jaren gedaan?'
'Overleven.' Ze keek naar Len. 'Blijft hij altijd zo?'
'Ja. En ik ben de enige die voor hem zorgt.'
'Nou, dan leven jullie nu in je eigen kleine gevangenis, nietwaar? Vertel eens, hoe voelt dat?'
'Het spijt me heel erg, Eloise.'
'Ja, dat zei je al. Maar woorden kosten niets, hè? Wat zei die vrouw van de FBI nog meer? Waarom zoeken ze me als ik Joe niet heb vermoord?'
'Ik denk dat ze je willen helpen. Je was immers ontvoerd. En nadat ze waren vertrokken, heb ik dat nagekeken. De FBI houdt zich bezig met ontvoeringen.'
'Zoveel jaar later?'
'Het is een cold case, zo noemen ze het op tv. Misschien zou je naar ze toe moeten gaan.'
Cain keek haar aandachtig aan, en uiterst wantrouwig. Ze was er niet klaar voor om een woord te geloven, vooral niet van deze vrouw. 'Weet je zeker dat ze me niet willen arresteren voor de moord op Joe?'
'Dat denk ik niet.'
'Dat dénk je niet? Dat is niet genoeg.'
'Meer dan dat weet ik niet.'
Wat betekent dat ik nog steeds de klos ben.
Alweer had Cain het gevoel dat het gewicht van de hele wereld op haar brede schouders drukte.
'Hoe zit het met Desiree?'
'Wat is er met haar?'
'Geef me dat telefoonnummer. Ik wil haar bellen.'
'Waarom?'
'Ik vind niet dat jij het recht hebt me dat te vragen. Geef me dat nummer verdomme nu maar.' Cain stond op en keek op haar neer.
Wanda keek op, zichtbaar bang.
'Het is goed om bang te zijn, Wanda, als je bij mij in de buurt bent. Ik ben niet normaal. Niemand zou normaal zijn na wat mij is overkomen. Geef me dat nummer. Nu! Anders sta ik niet voor mezelf in voor wat ik jou of die lul in die rolstoel aandoe.'
'Ga je proberen Desiree te vinden? En wil je haar iets aandoen?'

'Dat is mijn zaak. Daar heb jij geen invloed op, nu niet en nooit niet.'

Wanda stond op, pakte een adresboekje uit een lade van een zijtafeltje en scheurde er een blaadje uit. 'Hier, neem maar mee. Ik wil die vrouw nooit meer spreken.'

Cain nam het blaadje aan. 'Weet Desiree dat de FBI je heeft bezocht?'

Wanda knikte. 'Ik heb haar gebeld.'

'Waarom, om haar te waarschuwen?'

'Zoiets.'

'Het bloed kruipt waar het niet gaan kan.'

'Desiree is geen bloedverwant van me,' zei Wanda chagrijnig.

'Echt niet? Nou, neem me maar niet kwalijk dat ik dat even dacht.'

'Kun je... het ons vergeven?' vroeg Wanda.

Cain schudde haar hoofd. 'De enige reden dat ik jullie beiden niets aandoe, is omdat jullie die moeite niet waard zijn.' Ze wees naar het papier. 'Maar als dit niet Desirees nummer is, kom ik terug en dan doe ik alles wat die bitch mij heeft aangedaan met jullie. En ik ben niet een van die dingen vergeten, geloof me.'

Nadat ze was vertrokken liet Wanda zich huilend in haar stoel vallen.

Cain liep terug naar haar auto, maar ze bleef staan en deelde een keiharde sidekick uit aan de lantaarnpaal op de stoep die daardoor omviel. Daarna stapte ze in haar auto en keek naar het papier met het telefoonnummer erop.

Ze was niet eerder zo dicht bij Desiree geweest. En ze wist dat ze buiten bereik van de FBI moest blijven. Maar nu ze had besloten dit te gaan doen, kon ze niet terug. Als dit haar einde betekende, gold datzelfde voor Desiree.

36

Cain was helemaal niet van plan Desiree te bellen. Ze reed naar Huntsville en stopte om iets te eten. Op haar telefoon ging ze ook op zoek naar een manier om het adres te achterhalen dat bij het telefoonnummer hoorde dat Wanda haar had gegeven. Dat vond ze al snel en nadat ze een klein bedrag had betaald voor de premium status, kwam de zoekmachine met de naam Dolores Venuti en een fysiek adres in Asheville. Dolores Venuti zou haar nieuwe naam dus wel zijn.

Cain voerde het adres in in de navigatieapp van haar telefoon. Het was vijf uur rijden zonder pauzes, voornamelijk over snelwegen. De uren vlogen voorbij tijdens de rit door de Blue Ridge Mountains. De mooiste herfstkleuren waren al verdwenen en veel bomen hadden hun blad al laten vallen, maar het was nog steeds een fraai gezicht. Tenminste, als Cain oog voor haar omgeving had gehad.

Ze zette de radio aan voor het geval er opnieuw iets zou worden gezegd over 'Becky uit Georgia', maar dat was niet zo. Ze stopte na ongeveer een uur om te plassen en ging daarna buiten aan een picknicktafel zitten, dronk een flesje water leeg en at een banaan die ze had gekocht. Ze stretchte om de stijfheid in haar rug en benen kwijt te raken en stapte weer in de auto.

Maar voordat ze wegreed, opende ze het dashboardkastje en keek naar de Glock die erin lag. Ze had dit pistool al drie jaar, maar er alleen op schietbanen mee geschoten, en vroeg zich af of ze echt in staat zou zijn Desiree in haar hoofd te schieten. Dat wist ze niet, maar het was toch een ontwikkeling, hoewel ze niet wist wat die inhield.

De vrouw had haar jarenlang gemarteld en de ene verwerpelijke daad op de andere gestapeld. Omdat Joe geen vinger had uitgestoken om haar tegen te houden, was er dus geen enkele reden dat ze zou treuren om zijn dood. Toch was ze opgelucht geweest toen ze hoorde dat ze hem niet had vermoord, terwijl ze jarenlang had gedacht dat ze dat wel had gedaan. Maar het feit dat zijn echte moordenaar en de vrouw die haar jarenlang had gemarteld, Desiree, er ongestraft van af was gekomen, was meer dan ze kon verdragen.

Wat ze nu wilde doen, kostte haar misschien het beetje leven dat haar nog restte, maar ze wist ook dat ze zolang Desiree nog leefde nooit zelfs maar een seconde van haar leven zou kunnen genieten. Jaren geleden had ze alleen maar willen ontsnappen. Nu wilde ze meer. Je kon het vergelding noemen, of wraak, misschien zelfs gerechtigheid. Ze wist niet welk woord toepasselijk was, als er al een woord voor bestond. Maar ze wist zeker dat ze het, wat dat het ook was, moest doen – of anders maar moest sterven terwijl ze het probeerde. Het was alsof alle onbetaalde emotionele rekeningen uit die tijd nu moesten worden vereffend en dat zij degene was die deze schuld ging incasseren.

Nog geen uur later was ze in Asheville. Het adres was een winkel. Zo'n maffe occulte winkel, zag Cain toen ze erlangs reed en het bord zag.

Logisch.

Er stond een politiebusje voor Desirees winkel. De voordeur van de winkel ging open en twee mensen gekleed in een blauwe overall met schoenhoesjes kwamen naar buiten met zo te zien afvalzakken, terwijl een agent bij de deur op wacht stond met zijn vingers om de riem gehaakt waar zijn holster aan hing. De beide mensen in overall openden de achterdeuren van het busje en legden de zakken achterin.

Cain reed door en parkeerde voorbij een zijstraat. Ze stapte uit en liep terug naar de winkel. Een vrouw kwam uit een andere winkel, vier deuren verderop. Het was een gezette vrouw van in de vijftig met haar grijze haar in een knotje. Ze droeg een spijkerbroek en een lang groen schort waar ORGANIC ALLEY op stond. Die naam kwam overeen met die op het bord boven haar winkel.

Cain liep naar haar toe en vroeg: 'Wat is daar aan de hand?' Ze wees naar de esoterische winkel.

'Dolores Venuti is gearresteerd, dat heb ik tenminste gehoord.'

'Dolores? Echt waar?'

'Ja. Dat is haar winkel.'

'Waarvoor is ze gearresteerd?'

'Ik ben ernaartoe gegaan om het te vragen, maar ze wilden me niet echt iets vertellen. Toen ik bleef staan, hoorde ik een paar agenten praten.'

'Wat zeiden ze?'

'Wie ben je eigenlijk, en waarom wil je dat weten?' vroeg de vrouw, die haar nu wantrouwig aankeek.

'Dat zal ik je vertellen. Ik ben hier helemaal vanuit Alabama naartoe gereden omdat Dolores me een baan in haar winkel heeft aangeboden. Ik heb eerder in zo'n esoterische winkel gewerkt; daar heb ik echt iets mee.'

De vrouw keek naar haar uiterlijk en zei: 'Ja, dat snap ik denk ik wel.'

'Ik nam dus ontslag en kwam hiernaartoe. En nu ziet het ernaar uit dat ik werkloos ben. Daarom wil ik dat dus weten.'

De vrouw keek haar meelevend aan. 'Ach, arme jij. Maar misschien ben je nu wel beter af, want ik hoorde de politie zeggen dat ze daar drugs hebben gevonden. En ze zeiden iets over een jong meisje dat Dolores iets heeft aangedaan. Ik hoorde zelfs het woord ontvoering. Ik bedoel, je denkt dat je mensen kent. Maar eerlijk gezegd kreeg ik altijd de kriebels van haar. En even tussen ons gezegd en gezwegen, ze leek me echt een beetje gemeen.'

'Wauw, wie had dat gedacht,' zei Cain zogenaamd verbaasd, wat misschien wel het moeilijkste toneelstukje was dat ze ooit had opgevoerd. 'Ik neem dus aan dat Dolores in de bak zit?'

'Ja, in de gevangenis in Davidson Street. Dat is hier niet erg ver vandaan.'

'Nou, hopelijk houden ze haar daar achter slot en grendel, ja toch zeker?'

'O mijn god, ja!'

Cain draaide zich om, liep terug naar haar auto en stapte in. Ze ging in haar telefoon op zoek naar het adres van de gevangenis, reed ernaartoe en keek ernaar.

Zo dicht was Cain al heel lang niet meer bij de vrouw in de buurt geweest. Ze kreeg rillingen over haar hele lichaam.

Ze kan je geen kwaad meer doen, El.

El?

Mijn echte naam is kennelijk Mercy. Dat was volgens Wanda de naam die de FBI haar had verteld, en daar zullen ze vast niet over liegen.

Ze leunde naar achteren en sloot haar ogen.

'Mercy.' Ze sprak de naam hardop uit. Dat was een vreemde naam. Waarom zou haar moeder haar Mercy hebben genoemd? En het andere kind. Het kind 'aan de andere kant' van dat kinderrijmpje?

Cain trok haar wenkbrauwen op, alsof haar verstoorde herinneringen daardoor naar boven zouden komen en haar alles zouden vertellen. Dat gebeurde niet. Er kwam niets. Op één ding na.

Het is oké, mama. Het is Lee maar. Zij klimt wel weer naar beneden. Dat doet ze altijd. Niet boos op haar zijn, mama.

Was Lee mijn zus? Zat zij in een boom en zei ik tegen onze moeder dat ze niet boos mocht worden?

Het gewicht op haar borst was opeens loodzwaar. Hetzelfde gevoel als toen ze voor het eerst een overdosis had genomen. Ze raakte in paniek en merkte dat ze niet meer kon ademen.

Cain stapte uit en begon te rennen. Ze rende steeds harder, sloeg rechts af, daarna links af, en kwam in een klein park. Cain dook meteen tussen de bomen en bleef rennen tot ze niet meer kon. Ze bleef staan bij een dikke eik en sloeg haar armen om zijn stam, alsof ze wilde voorkomen dat ze loskwam van de grond, en daarna liet ze zich langzaam in de aarde zakken.

Daar lag ze, en ze had geen idee hoe lang.

Cain huilde heel hard, tot ze geen tranen meer overhad en haar borst niet langer heftig op en neer ging. Ze slaagde erin op te staan door zich vast te houden aan de boomstam en zichzelf elke keer een paar centimeter op te trekken, alsof ze in een gladde paal wilde klimmen.

Toen ze zichzelf weer in de hand had, liep ze op wankele benen terug naar haar auto. Ze kon hem bijna niet terugvinden, maar nadat ze was ingestapt en het portier had dichtgetrokken, voelde ze zich een beetje beter.

Dit was haar al jaren niet meer overkomen. Na haar ontsnapping had ze elke vierde of vijfde avond een nachtmerrie gehad. Dan werd ze wakker en was ze ervan overtuigd dat Desiree haar bijna had gevonden en haar terug zou slepen naar de hel.

Ze reed weg, vond een hotel en checkte in. De kamer was duurder dan ze eigenlijk kon betalen, maar op dit moment dacht ze daar niet aan. Later dronk ze iets in de bar en liep om een hapje te eten naar een restaurant verderop in de straat, omdat ze behoefte had aan frisse lucht. Daarna liep ze terug naar het hotel en vroeg zich af wat ze nu moest doen.

Desiree zat in de gevangenis. Er was geen enkele manier om bij haar te komen. En zelfs als dat lukte, wat moest ze dan doen? Haar met haar blote handen vermoorden? Tegen haar gillen? Haar martelen zoals zij háár had gemarteld? En dan?

Zit ik dan de rest van mijn leven in een andere gevangenis?

Is dit dan allemaal voor niets geweest?

37

Buckley keek voor de zoveelste keer naar de foto op zijn computerscherm. De eerste keer was hij nieuwsgierig geweest en had hij zelfs sympathie gevoeld. De vrouw, die zoals hij nu wist Rebecca Atkins werd genoemd, was duidelijk bang; dat kon hij wel zien aan haar gezicht. De wilde ogen, de onnatuurlijk gespannen kaak, haar bolle wangen, de vreemde manier waarop haar mond openstond – dat alles wees op crisis. Maar er was ook een minuscule hint van iets anders... van blijdschap misschien?

Fysiek was ze er heel slecht aan toe. Het lange dikke haar zat vol knopen, was warrig en vies, haar kleren waren vodden en haar huid was smerig en zat vol littekens. Het was wel duidelijk dat de vrouw lange tijd in een hel had geleefd.

Daarna had Buckley op internet gezocht op een 'gebeurtenis' die verband hield met de Atkinses in de vroege jaren 2000 in een landelijke county van Georgia. Het was niet moeilijk geweest om het artikel te vinden waarin stond dat Joe Atkins dood was gevonden en dat zijn vrouw Desiree werd vermist, verdacht van de moord op haar man óf slachtoffer van zijn moordenaar.

Hij leunde naar achteren in de bureaustoel in zijn hotelkamer. Dit was bijzonder vreemd allemaal. Al deze nieuwsartikelen repten met geen woord over ene Rebecca Atkins. De meest voor de hand liggende reden daarvoor kon zijn dat de autoriteiten niet wisten – destijds – dat ze bestond. Maar hoe was dat in vredesnaam mogelijk?

Buckley keek opnieuw naar de foto van de vrouw op zijn computerscherm. In die tijd had je nog niet overal draadloze bewakingscamera's die verbonden waren met smartphones. Dus waarom had iemand bijna twintig jaar geleden op het platteland van Georgia een bewakingscamera gehad?

Buckley vergrootte de foto en keek aandachtig naar de omgeving.

Een boomtak, de wazige omtrek van een struik, een donker pad; dat alles bevond zich achter de vrouw die in de camera keek. Ze was in een bos, wat niet vreemd was op het platteland van Georgia.

Hij vergrootte de foto nog meer en kon nu de buitenmuur van het huis zien. Die leek vervallen en begroeid met planten.

Geen traditioneel huis. Een hut in het bos misschien? Maar met een camera die op de deur gericht was? Wat was daar het nut van, tenzij er binnen iets van waarde was? Zijn eerste gedachte was een soort illegale operatie. Een illegale drankstokerij misschien? Of smokkelden ze drugs? Of verkochten ze wapens? Of handelden ze in mensen? Zoals deze vrouw?

Hadden de Atkinses zich beziggehouden met mensenhandel? Dat leek hem niet waarschijnlijk. Lui die dat deden, verplaatsten hun 'handel' meestal snel naar locaties verspreid over het land. Ze kregen hun volledige vergoeding pas nadat het 'product' was afgeleverd. Deze vrouw zag eruit alsof ze heel lang gevangen had gezeten. Tenzij ze als slaaf bij de Atkinses was gebracht.

Hij keek naar het scherm van zijn telefoon, want een ondergeschikte had hem eerder een kopie van Eloise Cains huidige rijbewijs gestuurd. Het gezicht op die foto leek wel uit steen gehouwen. Er was niets 'gelukkigs' aan haar blik. Het lange blonde haar golfde om haar schouders. De foto, die toch al niet geweldig was geweest, en zelfs nog waziger was dan een digitale kopie, was al een paar jaar oud.

Buckley nam slokjes van zijn drankje, belde iemand op en vertelde de man wat hij gedaan wilde hebben.

Twee uur later kreeg Buckley via een tekstbericht kopieën van de rijbewijzen van Joe en Desiree Atkins. Buckley keek naar de fysieke beschrijving en had vooral belangstelling voor hun lengte. Joe Atkins was 1 meter 65 en Desiree 1 meter 50.

Hij keek naar Cains rijbewijs. Zij was 1 meter 82. En op haar foto die hij op de tv had gezien, leek ze die lengte zeker te hebben.

Tenzij er sprake was geweest van een genetische afwijking of een voorouder die heel lang was geweest, kon Rebecca niet de biologische dochter van de Atkinses zijn. Lichaamslengte was een van de meest voorspelbare genetische eigenschappen die van generatie op generatie werd doorgegeven. Kleine ouders kregen bijna altijd kleine kinderen en andersom gold hetzelfde voor lange ouders. Hij keek naar de foto's van de Atkinses op hun rijbewijzen. Er waren geen overeenkomsten tussen hun gezichten en dat van Rebecca, en dat gold ook voor hun haarkleur, ook al was dat niet beslissend.

Ze was dus of geadopteerd, of ontvoerd en afgeleverd bij de Atkinses, tenzij zij haar zelf hadden ontvoerd.

Hij richtte zich op een ander aspect van de zaak. Een nieuwsartikel uit die tijd ging over het verlies van Leonard en Wanda Atkins, Joe's ouders en Desirees schoonouders. Buckley ging ervan uit dat zij op de hoogte geweest moesten zijn van Rebecca. Ze woonden vlakbij en waren de enige familie die Joe had. En zij waren de enige overlevenden, behalve Desiree dan, volgens het artikel en het in memoriam.

In het artikel stond dat Leonard Atkins in Vietnam had gevochten en hoe oud hij toen was. Buckley telde daar de tussenliggende jaren bij op. De man zou nu ver in de zeventig zijn.

Hij stuurde een mailtje met een nieuw verzoek om informatie. Een uur later ontving hij een antwoord: Atkins was ingeschreven bij de VA en werd behandeld nadat hij een beroerte had gehad. En in het antwoord stond ook zijn huidige adres. Buckley wist niet hoe zijn ondergeschikte dat zo snel had achterhaald, maar vond wel dat de VA zijn internetbeveiliging heel snel moest upgraden.

Maar geldt dat niet voor iedereen?

Deze keer klaagde hij echter niet.

Een paar uur later zat Buckley al in zijn privévliegtuig. Na de landing reed hij in een huurauto naar het hotel waar hij een kamer had gereserveerd. Hij checkte in, ging naar zijn kamer en legde de dossiers op het bureau.

Hij pakte een flesje wijn uit de minibar en vroeg zich af wat hij nu zou doen. Dit begon ontzettend ingewikkeld te worden. En intrigerend. Hij klapte zijn laptop open, riep de foto op en tikte met zijn vinger op de foto van Rebecca Atkins alias El Cain.

Zij zou niet gemakkelijk zijn, een uitdaging. Hij glimlachte.

Aangezien de FBI er nu bij betrokken was, had hij een unieke asset die hij kon bellen om hem te helpen met zijn zoektocht naar de vrouw. Het was laat, maar hij kon altijd een berichtje inspreken. Hij tikte op de naam in zijn lijstje met contactpersonen.

Nadat de telefoon twee keer was overgegaan werd er al opgenomen: 'Hallo, Peter, ik neem aan dat je iets belangrijks voor me hebt. Ik verveel me nogal de laatste tijd.'

'Dat klopt. Sterker nog, het heeft te maken met je vroegere werkgever.'

'Met het leger of de FBI?'

'De laatste.'

'Uitstekend, ik neem het Bureau graag te pakken zodra ik de kans krijg.'

'Ze zijn op zoek naar ene Rebecca Atkins, ook wel bekend als Eloise Cain. En ik ook.'

'Waarom heb je belangstelling voor haar?'

'Een persoonlijke zaak: ze heeft mijn broer vermoord, Ken.'

'Dat spijt me voor je.'

'Ik kan het vliegtuig sturen. Geef me maar een plaats en een tijdstip.'

'Ik heb het nu even druk, ben iets aan het afronden, maar ik kan morgenochtend om een uur of acht klaar zijn. Op dit moment ben ik in D.C., dus ik kan wel naar Dulles gaan.'

'Oké. Ze vertrekken vanaf de Signature Terminal.'

'Waar zit jij?'

'In de mooie staat Alabama.'

'Oké, en wat interesseert je daar in die mooie staat Alabama?'

'Dat vertel ik je als je hier bent,' beloofde Buckley.

'Wat zijn privévliegtuigen toch handig. Ik wilde dat ik me er een kon permitteren.'

'Ach, je kunt die van mij altijd gebruiken.'

'Dat is ontzettend aardig van je. Luister, ik moet echt gaan. Een paar dingen afronden, zoals ik al zei.'

'Prima, tot gauw, Britt.'

Hij verbrak de verbinding.

38

Britt Spector stopte haar telefoon weg en keek naar het lichaam op de grond. Een paar minuten geleden was het nog een levend, ademend mens. Nu had ze dat veranderd in een lijk door zijn nek op zo'n manier te breken dat het leek alsof dit heel oude, lang zittende en hooggeplaatste Congreslid van de trap was gevallen in zijn prachtige huis in een deftige oude wijk in het noordwesten van D.C. In het autopsierapport zou staan dat de man te veel had gedronken en door een paar neurologische kwalen en zijn cognitieve aftakeling toch al slecht ter been was geweest, ook al had hij zijn herverkiezing met een grote meerderheid gewonnen. En het forensische spoor dat de val had achtergelaten, zou niet suggereren dat er opzet in het spel was geweest. Want hoewel ze hem met lichte druk van de trap had geduwd, was dat niet genoeg geweest om het spoor van zijn val te wijzigen waardoor de politie zou vermoeden dat er iets mis was. Daarna moest ze de klus afronden met een lichte, maar klassieke ingreep aan de toch al beschadigde ruggenwervel die het leger haar had geleerd. En hij was gestorven.

Probleemloos.

Spector had geen medelijden met de man, die wreed en corrupt was geweest. Ruim veertig jaar had hij zijn invloed op honderden manieren verkocht, met als gevolg telegrafisch overgemaakte bedragen naar buitenlandse rekeningen, en met substantiële gunsten en geheime betalingen aan mensen die hij gunstig gezind was, zoals familieleden, vrienden en maîtresses. Soms hoefde hij alleen maar te voorkomen dat een wet werd aangenomen; hij stond inderdaad bekend als iemand die daar heel goed in was. De wetten die dankzij hem nooit in werking traden zouden gunstig zijn geweest voor de gewone mensen met weinig geld en geen macht, zodat het resultaat van het tegenhouden of juist van het invoeren van een wet altijd in het voordeel was van de rijken en mensen met connecties, omdat die hem altijd beloonden. Zo werd het spel gespeeld, en hij speelde dat spel beter dan de meeste mensen.

Zijn alsmaar toenemende nettovermogen werd verklaard door goed uitgekiende beleggingen of door zakelijke speculaties die niets met geluk te maken hadden. Zijn rijkdom bleef perfect verborgen op die rekeningen in verre landen. Maar hij was te arrogant geworden en had een fatale fout gemaakt toen hij besloot opnieuw te onderhandelen over een deal die al was gesloten en voor hem veel betere voorwaarden te eisen.

Deze man had dit Spectors opdrachtgever voor deze klus één keer te vaak geflikt. Eerst waren ze akkoord gegaan met zijn eisen, maar daarna hadden ze besloten het zinkende schip te verlaten en het Congreslid toekomstige deals en zijn leven te ontzeggen. Ook al doordat diens gezondheid achteruitging, was het veel moeilijker hem te vertrouwen en te controleren. Hun angst werd steeds groter dat hij zich iets zou laten ontglippen wat een onderzoek in gang zou zetten dat bijzonder hinderlijk zou zijn.

De veel jongere man die hem op dit hoogtepunt van macht verving, zou lang niet zoveel bijbedoelingen hebben of zo stom zijn te denken dat hij overal mee kon wegkomen. Het waren allemaal doorsneesukkels. De enige principes waar ze in geloofden, waren de principes waar ze voordeel uit konden halen. De vraag was eenvoudig: hoeveel zouden ze kosten? Zij waren slechts een van de onkostenposten in een budget. Hoewel die posten nooit officieel in de boeken werden vermeld, waren ze daardoor niet minder belangrijk.

De berekening was eenvoudig: wetten stonden gelijk aan geld. Als jij de wetten maakte, verdiende je geld.

Deze immorele en corrupte man, die door zijn politieke besluiten veel gewone burgers op ontelbare manieren had benadeeld, zou worden begraven en iedereen die van hem hield zou om hem treuren, maar daarna zouden ze onmiddellijk vechten om zijn geld, het enige van waarde wat hij zou achterlaten.

Opgeruimd staat netjes, dacht Spector.

Ze was klaar met het lichaam en nam er de tijd voor om alle sporen van haar aanwezigheid te wissen. Daarna vertrok ze op dezelfde manier als ze was gekomen, door een onmogelijk hoog raam en langs een muur naar beneden die behalve een koperen dakgoot geen enkel houvast leek te bieden voor zo'n klim of afdaling. Maar dat gold voor een gewone indringer, niet voor Britt Spector. Niets wees erop dat iemand de toegang had geforceerd en dat zou er zeker voor zorgen dat de politie tot de conclusie kwam dat de dood van de man het gevolg was van een ongelukkige val.

Ze liep door de donkere straat en was even later alweer bij haar hotel. Ze nam een douche, dronk wat en stuurde een gecodeerd bericht aan haar opdrachtgever. Daarna wachtte ze en even later checkte ze een elektronische bankrekening om te kijken of het restant van het afgesproken bedrag was overgemaakt. Toen dit zo was, ging ze naar bed.

Ze stond de volgende ochtend om zes uur op, douchte en kleedde zich aan, pakte haar tas in, checkte uit en nam een Uber naar Dulles.

Ze vond het prettig om voor Peter Buckley te werken. Hij was een gedistingeerde man die extreem goed betaalde. En hij riep haar nooit te hulp voor iets wat niet aansloot bij haar uitzonderlijke vaardigheden.

Spector zag dat de Uber-chauffeur via de binnenspiegel naar haar keek. Ze wist dat ze een opvallende verschijning was. Ze was 1 meter 77, slank en elegant, en had zichzelf haar hele leven afgebeuld om haar doelen te bereiken. Ze had een exotisch uiterlijk dankzij haar Filipijnse vader en Scandinavische moeder. Haar huid was olijfkleurig en haar haar blond. Haar vader was een judoka van olympisch niveau geweest en haar moeder een lange, slanke biatleet die haar dochter had geleerd om tegelijkertijd te skiën en te boogschieten. Haar ouders hadden hun atletische eigenschappen doorgegeven aan hun dochter, maar Spector had hun manier van leven niet overgenomen. Zij had andere doelen.

Ze keek naar de begerige blik waarmee de man in de spiegel naar haar keek. Iedere vrouw kon die blik probleemloos interpreteren. 'Bevalt het je wat je ziet?'

Hij knikte. 'Heel erg.'

'Ach, het leven zit vol teleurstellingen,' zei ze. Daarna wendde ze haar blik af en dacht ze niet meer aan hem.

Ja, mannen waren eenvoudig. Vrouwen waren moeilijk. En Peter had kennelijk een uitdaging voor haar gevonden.

Dat was dus precies waar Britt Spector voor leefde.

39

De banden van de Bombardier hadden tijdens de landing goed houvast op het asfalt van de landingsbaan op het gedeelte voor zakenvliegtuigen. Het toestel stond stil, de trap werd naar beneden geklapt en de enige passagier stapte uit. Spector had haar zwartleren tas aan haar schouder gehangen en liep met een zwierige pas.

Voordat ze voor het Bureau was gaan werken, had ze haar opleiding afgemaakt en was ze bij het leger gegaan, waar ze voor de 101st Airborne Division uit uitstekend functionerende vliegtuigen was gesprongen. Vóór elke missie smeerden ze elk zichtbaar stukje huid in met veelkleurige camoverf. Dat was een lastig werkje, want je moest het precies goed doen omdat het doel anders niet werd bereikt. Onregelmatige diagonale strepen over het gezicht. Twee kleuren op de lippen, neus, kin, enzovoort. Vergeet de oren, neus, oogleden en handen niet. Als het goed gebeurde, was je onzichtbaar en kon de vijand je zelfs in het licht van een zaklamp niet zien. Dan kon je hen doden voordat zij jou doodden. Als het niet goed gebeurde, was je een gemakkelijk doelwit in het licht van een Hollywood-achtige schijnwerper en was je binnen de kortste keren dood.

Toch had het leger haar nooit begrepen of gewaardeerd. Toen de promoties minder snel kwamen dan ze had gewild, en nadat een paar van haar activiteiten buiten het leger de aandacht hadden getrokken van haar meerderen, was ze eervol ontslagen. Toen was ze met haar talenten naar de FBI gegaan, waar ze lang genoeg was gebleven om tot de conclusie te komen dat ook deze organisatie niet goed bij haar persoonlijke doelen pasten. Dus was ze een freelancer geworden op een terrein dat ze zich bijna volledig had toegeëigend en gebruikte ze dezelfde vaardigheden die ze eerst bij het leger en daarna bij het Bureau had geleerd, maar ze verdiende nu wel veel meer geld. En – dat was het mooiste – ze had dit leven zelf gecreeerd.

Hoewel haar ouders voorbeeldige atleten waren geweest, waren ze rampzalige ouders en verzorgers van hun enige kind geweest. Spector was daardoor in armoede opgegroeid en werd fysiek en verbaal mishandeld door haar vader en moeder, die hun droom van atletische glorie nooit hadden verwerkelijkt en dat op haar uitleefden. Nadat ze aan dat lot was ontsnapt, had ze keihard gewerkt; ze wilde nooit meer arm zijn of worden mishandeld.

Ze ging naast de chauffeur zitten van de klaarstaande zwarte SUV en zodra haar billen het leer raakten vertrokken ze.

Achter het stuur zat Peter Buckley, onberispelijk gekleed in een antracietgrijze pantalon, een overhemd en een klassieke marineblauwe blazer met een pochet. Hij keek haar aan en vroeg: 'Goede vlucht gehad?'

'Verdomd veel aangenamer dan een klapstoel in een C130 terwijl je je afvraagt of je door een grond-luchtraket uit de lucht wordt geschoten.'

'Is je klus in D.C. goed afgelopen?'

'Zo goed als mogelijk was, bedankt.'

'Maar nu werk je voor mij,' zei hij.

'Zelfde prijs als de vorige keer?'

'Dubbel.'

Ze deed haar zonnebril naar beneden en keek hem aan. 'Ik vergeet weleens hoe aantrekkelijk je bent, Peter, lieverd. Maar waarom dubbel?'

'Omdat de klus dat volgens mij waard is.'

'Je bedoelt dubbel zo moeilijk?'

'Jij leeft voor de uitdaging, of herinner ik me dat verkeerd?'

Ze zette haar bril weer op en keek naar buiten. 'Doe jij nooit iets verkeerd, Peter?'

Hij gaf haar een iPad. 'Lees zolang we onderweg zijn het dossier dat ik heb samengesteld. We eten in mijn hotelsuite. Ik heb al een kamer voor je geboekt. Wil je nog altijd champagne bij je salade niçoise?'

'Is er een andere manier dan?'

Tijdens de rit las Spector het dossier één keer, daarna een tweede keer en vervolgens een derde keer, want ze had geleerd dat je dan de echt nuttige kennis en nuances te weten kwam. 'Wie is de FBI-agent die deze zaak behandelt?'

'Dat weet ik niet.'

'Zou niet moeilijk moeten zijn om daarachter te komen. Ik heb daar nog steeds contacten.'

'Zelfs na wat er is gebeurd?'

Ze keek op. 'Officieel is er niets gebeurd. En ik verbrand nooit bruggen achter me. Tenminste, niet bij mensen die belangrijk zijn.'

'Oké, kijk wat je kunt ontdekken, maar laat geen sporen na.'

Spector glimlachte in zichzelf, misschien omdat ze aan haar laatste klus dacht. 'Dat doe ik nooit, Peter. Goed, ik heb het dossier gelezen, vertel me nu maar wat je denkt.'

Hij vertelde haar zijn theorie dat de vrouw die Rebecca Atkins heette gevangen was gehouden in Georgia. Toen hij haar Atkins' foto liet zien, keek Spector aandachtig naar het scherm en ze knikte. 'Een bosrijke omgeving, zoals ze eruitziet, bewakingscamera... Dat zou ook mijn conclusie zijn. Dus nu noemt ze zichzelf El Cain.'

'En ze heeft mijn broer Ken vermoord, zoals ik je vertelde.'

'Ik heb Ken nooit ontmoet, maar hij was vast een stoere vent.'

'Klopt. Maar tegenover iemand die wist wat hij deed, zoals jij, was hij geen echte partij. Een man met wie ik sprak, zei dat Cain een professionele vechter heeft afgeslacht met een verbetenheid die hij niet eerder had gezien. En ze bedreigde diezelfde man met een pistool en hij zei dat ze zijn kop van zijn romp zou hebben geschoten zonder maar een seconde te aarzelen.'

'Vertel eens waarom ze Ken heeft vermoord.'

'Maakt dat iets uit?'

'Ik probeer gewoon het hele plaatje te zien. Maar als je daar liever geen antwoord op geeft...'

'Mijn broer was met een vrouw, Rosa. Hij sloeg haar. De andere vrouw, laten we haar vanaf nu maar El Cain noemen, kwam tussenbeide. Ze gaf hem een paar keer de kans weg te lopen, maar hij werd steeds kwader. Toen hij haar bedreigde met een vuurwapen, deed ze er een schepje bovenop.' Buckley keek naar haar. 'Maakt dat iets uit?'

'Nee. Maar zou het onbeleefd van me zijn als ik zei dat je broer zijn verdiende loon heeft gekregen?'

'Nee, dat niet.'

'Waarom doe je dit dan?'

'Dat zou je begrijpen als je in mijn familie was opgegroeid.'

'Misschien wel, maar misschien ook niet. Wat is de eerste stap?'

'El Cain vinden.'

Ze raakte het scherm van de iPad aan. 'En we gaan met Leonard en Wanda Atkins praten. Ze wonen op dit moment in Huntsville, Alabama, en dat verklaart waarom je hier bent. Denk je dat de agent die deze zaak behandelt al met hen heeft gepraat?'

'Het zou me verbazen als dat niet zo was.'

'En als de Atkinses niet willen meewerken?'

'Dan heb ik wel manieren om ze zover te krijgen en dan heb ik het natuurlijk over geld. Maar als mijn manier niet werkt, dan ben ik ervan overtuigd dat jij wel iets kunt bedenken.'

'Je lijkt er helemaal voor te gaan. Anders denk ik niet dat je persoonlijk zoveel risico zou nemen door achter haar aan te gaan nu de FBI er al bij betrokken is.'

Hij keek haar fronsend aan. 'Ik heb mijn hele leven al persoonlijke risico's genomen, Britt, net als jij. Dat doe je als een zaak het waard is.'

'Jij houdt dus ook wel van een uitdaging. Misschien ben je wat verslapt.'

Buckley knikte peinzend. 'Laat dat "misschien" maar weg. Het klopt. De eerste jaren waren het best, toen ik iets opbouwde. Zelfs toen ik niets had, had ik altijd een droom. Ik dacht dat ik alleen maar omhoog kon, en dat dat allemaal van mij afhing. Nu ga ik naar bestuursvergaderingen of ik neem deel aan videoconferenties. Ik luister naar domme, saaie mensen die domme, saaie dingen zeggen en dan vraag ik me af waarom ik dat eigenlijk doe. Zij verdienen hun geld en ik verdien mijn geld. Maar op een bepaald moment heb je genoeg geld verdiend.'

'Zei een man die veel meer geld heeft dan hij ooit nodig zal hebben.'

‘Dan zal ik je honorarium verdrievoudigen, maar denk nooit dat geld de opwinding van het leven kan vervangen, Britt.’

‘Ik heb nooit beweerd dat ik dat zou doen, Peter. Daarom doe ik wat ík doe.’

40

‘We zouden weleens te laat kunnen zijn,’ zei Spector toen ze die middag naar de voordeur van de Atkinses liepen.

Spector had al ingecheckt in haar kamer in het hotel en haar champagne en salade in Buckleys suite genuttigd. Toen had Buckley verschillende telefoontjes gepleegd en tekstberichten en e-mails verstuurd. Spector was naar de sportzaal gegaan voor haar dagelijkse intensieve training. Daarna was ze bezweet en buiten adem geweest, had gedoucht en zich omgekleed.

Vervolgens waren ze hiernaartoe gereden.

Spector keek naar de omgevallen lantaarnpaal. ‘Dat lijkt heel recent.’

Ze liepen snel de voorveranda op en Buckley klopte op de deur.

Wanda Atkins deed open en zei met een vermoeide blik: ‘Ik hoop maar dat jullie niets willen verkopen, want ik ga niets kopen.’

‘Zo te zien hebt u wel een nieuwe lantaarnpaal nodig,’ zei Spector, terwijl ze naar de kapotte paal wees.

Atkins keek ernaar en zei met grote ogen: ‘Verdomme!’

‘Hoe is dat gebeurd?’ vroeg Buckley.

‘Neem me niet kwalijk, maar wie zijn jullie?’ vroeg Wanda wantrouwig.

Buckley zei: ‘We zijn op zoek naar ene El Cain, maar u kent haar misschien als Rebecca Atkins.’

‘Hoe weten jullie daar iets van?’ vroeg Atkins stomverbaasd.

‘Mogen we binnenkomen?’ vroeg Buckley.

‘Nee, ik wil nu geen bezoek.’

Buckley pakte zijn portefeuille en haalde er een handvol bankbiljetten uit. ‘Dat zal de moeite waard zijn, mevrouw Atkins. We hebben alleen een paar vragen. U bent Wanda Atkins, correct?’

‘Ja, dat ben ik en het kan me niet schelen wie dat weet. Ik heb niets te verbergen. Maar wat willen jullie met Becky?’

‘Dit kunnen we veel beter binnen bespreken,’ zei Buckley vriendelijk.

‘Nou, goed dan,’ zei Atkins met haar blik op de bankbiljetten in zijn hand. Ze nam hen mee naar de woonkamer, waar Len in zijn rolstoel zat te slapen.

‘Meneer Atkins?’ vroeg Buckley.

‘Ja, hij heeft een beroerte gehad. Ik wil hem niet wakker maken. Hij kan toch niet praten, hij kreunt alleen maar,’ zei ze bot.

‘Goed,’ zei Buckley, en hij keek naar Spector, die Atkins een harde blik zond.

Ze gingen alle drie zitten en Buckley vroeg: ‘Hebt u Cain onlangs nog gezien? Heeft zij die lamp misschien kapotgemaakt?’

Spector zei: ‘Daar moet je heel sterk voor zijn.’

‘Tja, ze is een lange vrouw, langer dan jullie,’ zei Atkins zonder erbij na te denken.

‘Ze is hier dus geweest?’ vroeg Buckley.

‘U had het over geld?’ vroeg Atkins.

Buckley legde tweeduizend dollar op de salontafel. ‘Dit bedrag zal ik verdubbelen, afhankelijk van wat u ons kunt vertellen.’

‘Ik snap niet waarom iedereen opeens zoveel belangstelling voor Becky heeft.’

‘Zoals?’ vroeg Buckley.

‘De FBI is hier geweest, een paar vrouwen.’

‘Vrouwelijke FBI-agenten?’ vroeg Spector snel.

‘Ja, een van hen was volgens mij een agent. Die andere was te oud. Volgens mij zei die agent dat ze een assistente was.’

‘Interessant,’ zei Spector. ‘Dat is niet de gebruikelijke manier waarop het Bureau een onderzoek uitvoert. Hoe heette die agent?’

‘Ze heeft me haar kaartje gegeven.’ Atkins stond op, liep naar een andere kamer en kwam terug met een van de visitekaartjes die Pine haar had gegeven en gaf die aan Buckley.

Hij keek naar de naam, gaf het kaartje aan Spector en vroeg: ‘Ken je deze Atlee Pine?’

‘Nee, maar er zijn bijna drieduizend vrouwelijke *special agents* bij het Bureau.’

‘Zijn jullie ook van de FBI?’ vroeg Atkins, die aandachtig naar hen luisterde.

‘Nee, maar ik ken een paar van hun agenten.’

Buckley zei: ‘Wat hebt u agent Pine verteld?’

‘Ze wist al heel veel, maar ik heb een paar hiaten kunnen vullen.’

Toen ze niet van plan leek meer te zeggen, schoof Buckley het geld naar haar toe. ‘Wij zouden het fijn vinden als u datzelfde voor ons doet, een paar hiaten vullen.’

‘Wat hebben jullie hiermee te maken?’

‘Wij hebben de opdracht El Cain te vinden. Ze wordt gezocht in verband met een misdaad.’

‘Wat voor misdaad?’

‘De ergste van allemaal vrees ik... Moord.’

‘Moord? Wie is er vermoord?’

‘Dat mogen we nu niet vertellen, maar de politie is naar haar op zoek. Wij proberen haar te vinden en willen haar dan overhalen zichzelf aan te geven. Op die manier overkomt niemand iets.’

‘Mijn god! Ze heeft niets gezegd over moord.’

‘Dat geloof ik meteen.’

‘Wacht eens even, u hebt het toch niet over mijn zoon Joe? Want Becky heeft hem niet vermoord.’

‘Nee, ik heb het over een recente moord. We hebben inlichtingen ingewonnen en nu hebben we u nodig om onze conclusies te bevestigen.’

Atkins leek volkomen in verwarring. ‘Ik ben bang dat ik het niet begrijp.’

‘Uw zoon en schoondochter hielden Rebecca gevangen in een grot in het bos en hebben haar, zoals het ernaar uitziet, emotioneel en fysiek mishandeld. Ze is ontsnapt. Jullie zoon is vermoord, misschien door zijn vrouw. Nu zijn zowel zijn vrouw als Rebecca verdwenen. En we weten dat u en uw man daarvan op de hoogte waren en Georgia hebben verlaten nadat dat allemaal was gebeurd. Ook dat Rebecca zichzelf nu El Cain noemt.’

Atkins zei beschuldigend: ‘U hebt zeker met agent Pine gesproken?’

‘Omdat zij dat ook zei, bedoelt u?’ vroeg Spector.

‘Ja. Zij leek het allemaal begrepen te hebben.’

‘Op welke manier werd Cain gemarteld?’ vroeg Spector, wat haar een scherpe blik van Buckley opleverde.

'Dat... weet ik niet zeker,' stamelde Atkins.

'We moeten de waarheid horen, mevrouw Atkins,' zei Spector. 'Anders loopt het niet goed af voor u. Bij deze zaak werken we samen met de autoriteiten.'

Atkins keek naar haar slapende man en zei: 'Desiree verbrandde graag dingen. En ze stak graag naalden in dingen en sneed in... dingen met messen.'

'Met "dingen" bedoelt u Cain?' vroeg Spector scherp.

'Ja. Toen ze hier was, Becky, ik bedoel Mercy...'

'Mercy?' vroeg Spector scherp.

'Ja. Agent Pine vertelde me dat haar echte naam Mercy was. Ook dat ze was ontvoerd uit haar ouderlijk huis en daarna naar ons werd gebracht in Crawfordville.'

'Hoe is haar achternaam?' vroeg Buckley.

'Die heeft ze niet genoemd.'

'Waarom zou de ontvoerder het meisje naar jullie brengen?' vroeg Spector.

'Hij was een oude vriend van mijn man. Ze hadden samen in Vietnam gevochten. Hij vertelde ons dat Becky's ouders haar dood wilden en... volgens mij was dat een leugen. Maar weet u, wij geloofden hem. En omdat wij te oud waren om voor een kind te zorgen, namen mijn zoon en Desiree haar in huis.' Ze rilde. 'Mercy heeft me een paar littekens laten zien van de dingen die Desiree met haar deed.'

'De psychische littekens zullen veel erger zijn,' zei Spector met een kille blik.

Met alweer een bevreemde blik naar haar vroeg Buckley snel: 'Weet u waar Cain nu is? Zei ze waar ze naartoe wilde nadat ze hier wegging?'

'Ik heb haar Desirees telefoonnummer gegeven.'

'Weet u waar Desiree woont?'

'Nee, ik had alleen haar telefoonnummer.'

'Dat zullen wij ook nodig hebben,' zei Buckley.

'Ik heb het aan Becky gegeven. Ik weet het niet uit mijn hoofd.'

'Mevrouw Atkins, ik herinner u eraan dat dit een moordonderzoek is. Als u dat onderzoek op welke manier ook belemmert, kunt u de gevangenis in gaan.' Hij keek naar Len Atkins. 'En wie moet er dan voor uw man zorgen?' Buckley wist dat zijn verklaring voor hun aanwezigheid hier zodra Atkins daar nuchter over nadacht belachelijk zou klinken. Hij was de politie niet. Ze hoefde hem helemaal niets te vertellen. Maar toch waren de meeste mensen, vooral in stressvolle omstandigheden, helemaal niet rustig of rationeel, maar juist heel kwetsbaar. En kwetsbare mensen waren erg gevoelig voor suggestieve opmerkingen. En voor veel geld.

Maar Atkins zei: 'Ik heb het niet. Ik heb mijn enige briefje met het nummer erop aan Becky gegeven.'

'Ik geef u nog eens duizend dollar.'

Met een gekwelde blik zei ze: 'Zelfs als u me al uw geld zou beloven, weet ik het nummer nog steeds niet.'

'Herinnert u zich dan ten minste het netnummer?'

Ze tuitte haar lippen en keek omhoog. 'Mijn kortetermijngeheugen is behoorlijk slecht. Dat gebeurt als je ouder wordt.'

'Juist,' zei Buckley met een gefrustreerde blik.

'Denkt u dat ze achter Desiree aan gaat?' vroeg Atkins.

'Zou u dat niet doen dan?' vroeg Spector.

Atkins bleef naar Buckley kijken. 'Maar waarom zou Becky iemand vermoorden?'

'Dat weten we niet. Daarom willen we haar vinden, om het haar te vragen. En als ze achter Desiree aan gaat, moeten we haar tegenhouden. We willen niet dat ze nog iemand iets aandoet.'

Spector vroeg: 'Waarom hebt u hen niet tegengehouden toen ze Becky pijn deden?'

Die vraag leek Atkins te verbazen. 'Wat? Ik... wist niet wat ik moest doen. Ik was bang.'

'Hoe jong was Rebecca toen ze een gevangene werd?'

'Zes.'

'U was dus te bang om een klein meisje te helpen?'

Buckley keek Spector vragend aan. Hij leek niet te begrijpen waar ze naartoe wilde.

'Ik ben er niet trots op,' zei Atkins.

'Is er nog iets anders wat u ons kunt vertellen over Cain toen ze bij u op bezoek was?' vroeg Spector.

'Ze haatte me voor wat ik had gedaan. Ze wilde me waarschijnlijk vermoorden. En dat had ze gemakkelijk kunnen doen, ze is zo groot en sterk. Maar dat heeft ze niet gedaan. Ik...'

‘Wat?’ vroeg Spector.

‘Het verbaasde me dat ze nu zo...’

‘... normaal was,’ zei Spector.

‘Ja. Ze leek haar leven op de rails te hebben.’

‘Niet dankzij uw hulp.’

‘Ik heb gedaan wat ik kon,’ zei Atkins verontwaardigd.

‘Ja hoor.’

‘Goed, dank u wel,’ zei Buckley snel. ‘U hoort nog van ons.’

Terwijl ze terugliepen naar de SUV vroeg Buckley: ‘Wat was je daar verdomme aan het doen, Britt?’

‘Niets. Ze maakte me alleen heel kwaad.’

‘Oké. Maar verlies daardoor niet ons doel uit het oog.’

‘Natuurlijk niet, Peter. Maar je zult moeten toegeven dat het heel verontrustend was.’

‘Het léven is verontrustend. Zet het nu maar van je af, want je zult een superprestatie voor me moeten leveren.’

41

Terug in het hotel gingen ze ieder naar hun eigen kamer.

Spector zat een hele tijd op haar bed voor zich uit te staren, iets wat ze bijna nooit deed. Het was pijnlijk om zaken te overdenken en dus contraproductief. Ze schonk een gin-tonic in uit de minibar en nam er kleine slokjes van, terwijl ze door het raam naar het centrum van Huntsville keek. Ze had gedurende haar carrière verschillende mensen gedood. Sommigen in haar tijd bij het leger tijdens gevechten. Eén keer als FBI-agent toen een vermoedelijke seriemoordenaar die ze hadden getraceerd een pistool trok en daarmee op Spectors partner wilde schieten. Ze had hem doodgeschoten. Daarna, in haar nieuwe carrière, had ze het leven beëindigd van anderen met wie ze zelf geen probleem had, puur voor het geld.

Welk recht heb ik dus om Wanda Atkins' waarden of normen ter discussie te stellen?

Ze dronk haar glas leeg, bleef op het bed zitten en haalde een foto van haar ouders uit haar portefeuille. Haar vader was klein en heel gespierd geweest, maar ontzettend soepel, met een enorm bereik, iets wat cruciaal was bij martial arts, wist ze. Haar moeder was lang en slank geweest; fysiek leek Spector op haar. Ze keek naar hun ontevreden gezichten. Haar ouders hadden haar slecht behandeld, waardoor ze een ellendige jeugd had gehad. Haar vader had zichzelf dood gedronken en haar moeder had zichzelf doodgeschoten met een geweer dat vrijwel identiek was aan het wapen dat ze tijdens biatlonwedstrijden had gebruikt.

Spector kon niet zeggen dat ze een van beiden miste. Dat gebeurde als je een kind constant een pak slaag gaf. Een deel van haar – Spectors verrassend gevoelige emotionele deel – wilde de Atkinses opnieuw een kort bezoekje brengen om zowel Wanda als haar gehandicapte echtgenoot te doden; dat zou gemakkelijk zijn. Maar haar professionele deel maakte haar duidelijk dat dat niet mogelijk was.

Ze trok haar rechtermouw omhoog en keek naar het merkteken dat toen ze zeven was door haar dronken vader in haar huid was gegraveerd, terwijl haar gedrogeerde moeder haar vasthield.

El Cain had haar leven kennelijk weer op de rails gezet, in elk geval tot op zekere hoogte.

Ik weet niet zeker of ik hetzelfde kan zeggen.

Ze had, anders dan Cain, alle andere littekens laten weghalen door een plastisch chirurg – op dit ene litteken na. Omdat die wond de eerste was geweest en omdat ze dat litteken altijd wilde houden, zodat ze het nooit zou vergeten.

Niet dat ik dat ooit zou kunnen.

Ze had Cain nooit ontmoet. Ze zou haar vermoorden als het zover was, want op die manier verdiende zij de kost. Maar nu ze had gehoord wat deze vrouw had meegemaakt, zou ze er niet van genieten. Sterker nog, ze begon er spijt van te krijgen dat ze deze klus had aangenomen.

Ze had geen enkele moeite met een corrupte politicus of met een bendebaas, van wie ze er al twee naar het hiernamaals had gestuurd. Of met een dictator uit een probleemland die zijn volk al tientallen jaren had vermoord en beroofd, tot zij er door de leider van een ander land naartoe was gestuurd om hem zo snel mogelijk uit te schakelen. Haar opdrachtgever was even slecht geweest als de dictator, maar dat had ze geen probleem gevonden.

Maar deze opdracht was anders. Toch had ze afgesproken het te doen.

Desondanks lag ze op haar bed naar het plafond te staren, terwijl ze nadacht over de beslissingen die zij in haar leven had genomen, zonder daar een goed antwoord op te hebben.

Nadat Peter Buckley in zijn kamer wijn had gedronken en nog wat had gewerkt, zat hij naar zijn aantekeningen van het gesprek met Wanda Atkins te kijken. Het was een tegenvaller dat ze Desirees telefoonnummer of adres niet hadden, maar dat probleem zouden ze nog wel oplossen. Stel dat zij op de een of andere manier het eerst bij Desiree konden komen en daar de komst van Cain konden afwachten? Maar Cain had het telefoonnummer van de vrouw wel en was hun misschien al mijlenver voor.

Zijn smartphone zoemde toen er een berichtje binnenkwam. Hij keek naar het scherm en kon niet geloven hoeveel geluk hij had: Eloise Cains creditcard was gebruikt in een hotel in Asheville.

Uit zijn dossier haalde hij een kopie van haar rijbewijs. Hij had twee mensen klaarstaan, juist voor een kans als deze, die onmiddellijk gebruik konden maken van zijn privévliegtuig. Hij gaf hun de noodzakelijke informatie, maakte een foto van Cains rijbewijs en stuurde die naar hen. Verder schreef hij:

Vlieg daar meteen naartoe, zorg dat je haar vindt en neem haar mee. En laat het me weten als dat is gelukt. Dan regel ik een plek waar jullie haar naartoe kunnen brengen en stuur jullie die info. Daarna kom ik zo snel mogelijk.

Hij belde een van zijn mensen en gaf die opdracht op het vliegveld van Huntsville een privévliegtuig te charteren. Helaas was er geen toestel beschikbaar en alle commerciële vliegtuigen die die dag zouden vertrekken, hadden een lange tussenstop. Hij verbrak de verbinding, stuurde Spector een berichtje met dit nieuws en voegde eraan toe dat hij naar Asheville zou rijden, een rit van iets meer dan vijf uur, en dat ze moest klaarstaan zodat ze over tien minuten konden vertrekken. Hij kreeg één opgestoken duim als antwoord. Hij fronste toen hij dat zag. Hij wist niet goed wat er aan de hand was met de vrouw, maar het beviel hem helemaal niet.

Hij belde een andere medewerker, die hij de opdracht gaf om binnen een uur een privéwoning in een buitenwijk van Asheville te vinden. Dat leek een moeilijke opgave en dat was het ook. Maar Buckley betaalde mensen nu eenmaal om moeilijke dingen te doen. En óf ze slaagden daarin óf ze werkten niet langer voor hem.

Hij pakte zijn tas in en liet twintig dollar achter voor het kamermeisje. Daarna trof hij Spector in de lobby, en vervolgens liepen ze samen naar de huurauto.

42

Pine zat die avond op het bed in haar hotelkamer toen de telefoon ging. 'Hallo?'

'Agent Pine?'

'Ja, met wie spreek ik?'

'Special agent Drew McAllister van het WFO,' zei hij, waarmee hij verwees naar het Washington Field Office.

'Wat kan ik voor u doen?'

'Ik ben belast met de Ito Vincenzo-moordzaak.'

Pine schopte haar schoenen uit, leunde tegen het hoofdeinde van het bed en dacht terug aan Jack Lineberry's opgewonden telefoontje. 'Dit is nu dus een FBI-"moordzaak"?'

'Ja. En ik wil u graag een paar vragen stellen.'

'Oké, ga uw gang.'

'Ik bedoel niet telefonisch. Waar bent u?'

'Asheville, North Carolina.'

'Ik kan er morgenochtend zijn.'

'Ik vraag me af wat ik u kan vertellen. Waarom is dit eigenlijk geen onderzoek voor de plaatselijke politie? Ik had begrepen dat de politie van Virginia én die van Georgia hier al mee bezig zijn.'

'U weet hoe dit soort dingen gaan. Het Bureau heeft hier een belang in en ik dus ook. Kunt u me het adres in Asheville geven?'

Dat deed Pine en ze maakten een afspraak voor de volgende ochtend. Ze verbrak de verbinding, gooide haar telefoon op het bed en mompelde: 'Shit!'

Ze masseerde haar slapen, omdat die opeens heel warm waren geworden. Ze gingen echt achter Tim Pine aan in verband met de dood van Vincenzo.

Ach, misschien vinden ze Tim en mijn moeder wel voor me. En dan stoppen ze hen en Jack in de gevangenis. Geweldig. Ze kreunde toen ze hieraan dacht.

Pine móést iets doen om wat energie kwijt te raken. De gewichten in de sportschool van het hotel vormden geen uitdaging voor haar, dus rende ze naar een winkel verderop in de straat en kocht daar een zwart zwempak. Ze ging terug naar haar kamer en kleedde zich om – het zwempak met haar spijkerbroek en T-shirt eroverheen – en ging naar het zwembad. Ze dook in het water en zwom baantje na baantje, terwijl ze zich als een vorm van goedkope therapie concentreerde op haar slagen en haar ademhaling. Ze stopte toen ze uitgeput was, trok zichzelf omhoog uit het water en stapte in de hottub naast het zwembad. Ze genoot van het hete water uit de massagejets terwijl ze zich afvroeg welke vragen special agent Drew McAllister haar de volgende dag zou stellen. En nog belangrijker: welke antwoorden ze kon of wilde geven.

Ze klom uit de hottub, liep naar de kleedkamer, trok haar zwempak uit, droogde zich af en trok haar kleren weer aan. Toen ze het zwembad verliet, keek ze door het raam naar de sportzaal ernaast.

Daar was maar één persoon, een lange vrouw met stekeltjeshaar. Waarschijnlijk een militair, dacht Pine. Ze droeg een wijd trainingspak en gebruikte alle gewichten die het universele apparaat ter beschikking had.

Pine liep terug naar haar kamer, douchte en trok een andere spijkerbroek en een schone trui aan. Na een roomservicemaaltijd zat ze in de stoel naar buiten te kijken, terwijl ze zich afvroeg of ze een wandeling zou maken om haar hoofd nog leger te maken. Nu Desiree in de gevangenis zat, wist ze niet goed wat ze moest doen. Maar Mercy vinden was nog steeds haar enige prioriteit.

Even later ging haar telefoon. Ze griste hem van het nachtkastje. 'Ja?'

'Agent Pine? Met Wanda Atkins. Ik hoop dat het niet te laat is om u te bellen.'

'Nee hoor, helemaal niet. Is u nog iets te binnen geschoten?'

'Nee, maar ik dacht dat u moest weten dat ze hier is geweest.'

'Wie is bij u geweest?' Desiree kon het niet zijn, wist Pine.

'Becky, ik bedoel Mercy, zij was hier. Ze heeft me opgespoord, vraag me niet hoe.'

Pine was volkomen verbijsterd en stond te trillen op haar benen. 'Mercy was bij u thuis?'

'Ja.'

'Wanneer?'

Toen Atkins het haar had verteld brulde Pine: 'En u belt me nu pas?' Ze had het gevoel dat haar hoofd elk moment kon knappen en kon bijna niet ademhalen.

'Ze was heel erg van streek. Waardoor ik heel erg van streek raakte. Ik heb voor mijn gevoel dagenlang gehuild, maar uiteindelijk vond ik dat ik u moest bellen om u te vertellen wat er was gebeurd.'

Pine kreeg haar zenuwen weer in bedwang en concentreerde zich. 'Wat wilde ze?'

'Ze wilde weten of ik contact kon opnemen met Desiree.'

'En wat zei u toen?'

'Ik... had een telefoonnummer. Ik weet dat ik u dat had moeten vertellen, maar dat heb ik dus niet gedaan. Sorry.'

'Vergeet het, dat is nu niet belangrijk. Maar vertel, hebt u Mercy Desirees nummer gegeven?'

'Ja, inderdaad. Maar ze heet nu geen Mercy meer. Ze noemt zichzelf Eloise, of El. Ze heeft me haar achternaam niet verteld. Ze zei dat Eloise de naam is uit het kinderboek dat ik voor haar had gekocht toen ze... bij Joe en Desiree woonde. Ik... probeerde haar te helpen, weet u,' voegde ze er op een zielig toontje aan toe.

Toen Pine zweeg, vroeg Wanda: 'Waarom wilde ze dat telefoonnummer hebben? Ik denk echt niet dat Desiree met haar zal praten. Ik bedoel, waarom zou ze?'

'Dat is niet de reden dat ze het wilde hebben,' zei Pine.

'Hoe bedoelt u?' vroeg Wanda met een paniekerige klank in haar stem. 'Wacht, kan ze Desiree vinden alleen aan de hand van haar telefoonnummer?'

'Ja.' Pine had het ziekmakende gevoel dat dat precies was wat Mercy wilde doen en misschien al hád gedaan. Sterker nog, Pine had die informatie sneller kunnen vinden door te betalen voor toegang tot een internetdatabase dan door te wachten tot het Bureau het aan haar doorgaf. Die fout zou ze niet opnieuw maken. 'Er zijn mogelijkheden om via internet een fysiek adres bij een telefoonnummer te vinden.'

'O mijn god! Dan is ze misschien al bij Desiree, als ze niet te ver bij Huntsville vandaan woont.'

Pine was bijna in trance. Haar hartslag versnelde toen ze zich realiseerde dat haar zus vanochtend dus nog leefde. Maar stel dat Mercy probeerde Desiree te pakken te nemen? Haar keel was zo droog dat het haar moeite kostte te praten. Ze zocht steun aan de muur, want haar benen leken haar niet meer te kunnen dragen. Ze stelde een eenvoudige vraag: 'Hoe... Hoe zag ze eruit?'

'Lang, zelfs nog langer dan u. En ze leek heel sterk. Maar zo is ze altijd al geweest. En haar prachtige haar was weg. Ze had het zo kort geknipt... O, dat was heel erg... Het leek wel alsof ze...'

'... in het leger zat,' zei Pine, die zich opeens iets herinnerde.

'Ja, inderdaad. Maar ik wilde u ook vertellen dat een paar andere mensen hier waren en van alles vroegen, en...'

Pine hoorde dit wel, maar de woorden drongen niet echt tot haar door. Ze liet de telefoon op het bed vallen en rende haar kamer uit. Ze ging niet met de lift, maar nam de trap en sprong met drie treden tegelijk naar beneden. Op de begane grond trok ze de deur open, duwde twee personeelsleden en een gast opzij en sprintte door de lobby op weg naar de sportzaal van het hotel.

Alsjeblieft, alsjeblieft, alsjeblieft!

De sportzaal was alleen toegankelijk met een hotelkaart. Pine nam echter niet de moeite haar kaart te gebruiken, maar trapte de deur gewoon open. Ze keek wild om zich heen en haar hoop verdween. De enige aanwezige was een oudere man die op een trainingsfiets iets op een iPad zat te lezen. Hij viel bijna van zijn fiets toen ze de deur opentrapte. Pine liep snel naar hem toe, vertelde hoe Mercy eruitzag en vroeg hem of hij haar had gezien.

Hij schudde zijn hoofd. 'Nee, mevrouw. De zaal was leeg toen ik binnenkwam en daarna is er niemand meer geweest.' Hij keek naar de kapotte deur. 'Behalve u.'

Pine rende naar de receptiebalie, waar ze haar badge liet zien en vroeg naar het kamernummer van een gast met de voornaam Eloise.

De jonge man zei: 'We verstrekken geen...'

'Deze badge zegt iets anders,' brulde Pine. 'Nu!'

De geïntimideerde receptionist ging snel op zoek op de computer.

'Ja. Ene Eloise Cain. Ze is vanochtend gekomen en blijft maar één nacht. Heeft betaald met een creditcard.'

Eloise... Dezelfde naam die ze Wanda heeft verteld. Ze móét het zijn!

'Wat is haar kamernummer?' vroeg ze gehaast.

'Dat kan ik u niet...'

Pine greep zijn arm en trok hem naar zich toe. 'Geef me dat kamernummer verdomme, anders arresteer ik je!'

'Nummer 404.'

'Geef me nu een sleutel voor die kamer.'

'Dat kan ik niet doen. Ik moet eerst met een...'

'Ik heb geen tijd voor discussie. Dit is een kwestie van leven of dood!'

De man verbleekte, pakte snel een lege sleutelkaart, laadde hem op en gaf hem aan Pine.

'Weet je in wat voor auto ze reed?'

'Nee, we hebben geen valets. De gasten parkeren hun auto zelf. En ik moet wel zeggen dat dit hoogst ongebruikelijk is.'

'Daar heb je verdomme gelijk in,' snauwde Pine en ze rende naar de lift.

43

Pine kwam Blum tegen in de lobby.

'Ik wilde een wandeling maken voordat ik naar bed ga. Wat is er gebeurd?' vroeg Blum toen ze het opgewonden gezicht van haar baas zag.

Ze liep met Pine mee die haar snel vertelde dat Mercy waarschijnlijk in het hotel was en ook dat special agent Drew McAllister de volgende ochtend zou komen om haar te ondervragen.

'Denkt u echt dat het uw zus was die u hier in de sportzaal zag? Ik bedoel, wat een toeval.'

'De beschrijving die Wanda me gaf komt precies overeen met de vrouw die ik in de sportzaal zag. En hoeveel Eloises van ruim 1 meter 80 zijn er?'

Ze kwamen bij kamer 404.

Pine haalde diep adem en klopte op de deur. Haar hand trilde. Ze hoorden helemaal niets binnen.

Pine klopte weer. Met haar mond dicht bij de deur riep ze: 'Mer... Eloise Cain? Ik ben...' Pine vroeg zich opeens wanhopig af wat ze moest zeggen.

Blum riep: 'Het is uw zus, Atlee Pine.'

Pine keek Blum even met grote ogen aan en bedankte haar toen met een zwakke glimlach. Maar ze hoorden nog steeds geen enkel geluid in de kamer.

Pine stopte de sleutelkaart in de lezer en duwde de deur open. Ze liepen naar binnen en Pine deed het licht aan. 'Mercy? Ik ben het, Atlee. Mercy! Ik ben het, je zus Lee.'

Het bed was nog opgemaakt. Ze zagen helemaal niets wat niet in de kamer hoorde te zijn. Een gebruikte handdoek en washandje lagen op de vloer van de badkamer.

Pine zei: 'De receptionist zei dat ze vandaag is gearriveerd en maar één nacht zou blijven.'

'Ik zou zeggen dat ze misschien even naar buiten is gegaan, maar ik zie geen koffer of iets anders van haar. Denkt u dat ze al is vertrokken? Maar als ze al heeft uitgecheckt had de receptionist u dat wel verteld.'

'Als ze hiernaartoe kwam op zoek naar Desiree, heeft ze misschien al ontdekt dat die is gearresteerd en in de gevangenis zit. Dan kan ze met geen mogelijkheid naar haar toe. Misschien is ze gewoon vertrokken zonder de moeite te nemen uit te checken.' Pine stond midden in de kamer en sloeg een hand voor haar gezicht. 'Shit, ik kan gewoon niet geloven dat ik langs mijn zus liep en niet eens wist dat ze het was.'

'Maar mijn god, agent Pine, u had haar dertig jaar niet gezien. Zij zou u ook niet herkennen.'

'Maar we zijn tweeling, Carol. Verdomme, je zou toch denken dat ik...'

'Wat? Een tinteling zou voelen? Zo werkt dat niet, agent Pine. Het was een verbazingwekkend gelukje dat ze in hetzelfde hotel logeerde, en gewoon pech dat u haar niet herkende. U kon er niets aan doen.'

Pine liep naar het raam en keek naar buiten. Opeens dacht ze ergens aan. 'Ze hebben hier geen valetservice, zodat de gasten hun auto zelf moeten parkeren, maar misschien hebben ze wel een bewakingscamera.'

Ze gingen snel terug naar de receptie, waar dezelfde jongeman nog stond. Hij fronste toen Pine naar hem toe liep en verdween in het vertrek achter de balie, waar een halve minuut later een oudere vrouw uit tevoorschijn kwam. Zij fronste ook en vroeg met een afwijzende blik: 'Kan ik u helpen?'

Pine haalde haar badge tevoorschijn. 'Ik ben van de FBI. Ik moet weten of jullie videobewaking op de parkeerplaats hebben.'

'Waarom moet u dat weten?'

'Omdat ik probeer een gast te vinden die hier logeert. Ze is niet in haar kamer. Misschien heeft ze het hotel kortgeleden verlaten. Ik moet zien of haar auto of zijzelf op de camerabeelden staat.'

'Hebt u een huiszoekingsbevel?'

'Waarom heb ik dat nodig?' vroeg Pine. 'Ik vraag niet om iemands kamer te doorzoeken.'

'Dat hebt u kennelijk al gedaan, vertelde mijn medewerker me. Camerabeelden bekijken is een vorm van doorzoeking. Dat is een inbreuk op iemands privacy, niet alleen op die van de persoon naar wie u volgens uw verklaring op zoek bent, maar ook op die van onze andere gasten. Dus, zonder gerechtelijk bevel geen videobeelden.'

'U praat als een advocaat.' Pine was onder de indruk van het argument van de vrouw, ook al frustreerde het antwoord haar enorm.

'Ik heb twintig jaar als juridisch assistent gewerkt voor een van de beste strafrechtadvocaten in de staat.'

'Waarom werkt u nu dan hier?'

'Als u het moet weten, hij stierf en ik verloor mijn baan. En ik ben kennelijk te oud en te duur om nog als juridisch assistent te worden aangenomen,' zei ze bitter.

Blum zei: 'Dan vergissen die mensen zich dus en zijn ze dom.'

De vrouw keek Blum aan. 'Werkt u ook bij de FBI?'

'Inderdaad.'

De vrouw was zichtbaar onder de indruk en Pine kon haar hersens bijna zien werken. 'Tja, dat is... vooruitgang.'

Blum zei met een wetende glimlach: 'Ja, inderdaad. Maar er moet nog veel meer vooruitgang worden geboekt. Dat weten we denk ik allebei.'

De vrouw bleef haar lang aankijken, maar toen keek ze weer naar Pine. 'Toch ben ik nog steeds bang dat ik niet kan doen wat u wilt zonder de juiste juridische procedure.'

Pine's blik ontspande zich. Ze leunde met haar ellebogen op de balie en keek de vrouw aan met een mengeling van wanhoop en psychische uitputting. 'Zou het verschil maken als ik u vertelde dat de vrouw in kwestie mijn tweelingzus is? En dat ik haar niet heb gezien sinds we zes waren en ze werd ontvoerd uit ons huis in Georgia?'

De vrouw zette een stap naar achteren en keek hen allebei onderzoekend aan. 'Is dat echt zo?'

'Zoiets zou ik nooit verzinnen.' Pine gebruikte Blums telefoon omdat ze haar eigen telefoon in haar kamer had achtergelaten en liet de vrouw de foto zien van Mercy van de PSA van de FBI. 'Dit is mijn zus toen ze ontsnapte nadat ze jarenlang in een hel gevangen was gehouden. Ik denk dat ze nu in dit hotel is. Ik ben al dertig jaar niet meer zo dicht bij haar in de buurt geweest.' Pine gaf de telefoon terug aan Blum en vroeg smekend: 'Wilt u me alstublieft helpen? Als ik op een gerechtelijk bevel moet wachten, is ze allang verdwenen. Dit zou weleens mijn enige kans kunnen zijn.'

Het duurde even voordat de vrouw dit allemaal had verwerkt. Ze knikte en zei: 'Wilt u misschien een rondleiding in onze *security room*? Dat bieden we weleens aan onze gasten aan, zodat ze kunnen zien dat wij hun veiligheid serieus nemen. Ik kan mijn mensen zelfs opnames van de parkeerplaats van vandaag laten zien, bijvoorbeeld van rond de tijd dat uw zus hier incheckte.'

'Dank u wel,' zei Pine met een opgeluchte glimlach. 'Ontzettend bedankt.'

'Ik ben ook iemands zus,' zei de vrouw ernstig.

44

Tien minuten later zaten Pine en Blum naast een geüniformeerde vrouw in een klein kantoor naast het zakencentrum van het hotel.

De vrouw drukte een paar toetsen in en toen verschenen er beelden op het computerscherm. 'Oké, daar gaan we.' Ze liet de beelden versneld afspelen steeds als er iemand op de parkeerplaats verscheen. Ze zagen mensen en auto's komen en gaan.

Opeens zei Pine: 'Zet hem stil. Daar!'

De vrouw stopte de opname, en Pine en Blum keken naar een heel lange persoon met een capuchontrui aan die uit een auto stapte. De filmkwaliteit was slecht, zwart-wit en korrelig.

'Het is moeilijk om veel te herkennen,' zei Blum. 'We kunnen zelfs niet zien of het een man of vrouw is.'

'Ik kan het gezicht helemaal niet zien,' zei Pine teleurgesteld. 'Alleen het profiel. Kunt u dit beeld frame voor frame afspelen?' vroeg ze aan de vrouw.

De beveiliger knikte en drukte een paar toetsen in.

Daarna zagen ze dat deze persoon langzaam bij de auto vandaan naar het hotel liep, met een weekendtas in de hand.

'Ik kan er nog steeds niets van maken, zelfs het kenteken niet,' zei Pine. 'Kunt u terugspoelen en de kentekenplaat vergroten?'

'Sorry, meer dan dit kan ik niet doen,' zei de vrouw. 'Maar het model en type van de auto zijn wel duidelijk. Het is een Honda Civic, zo te zien erg oud.'

'Ja, dat klopt,' zei Blum.

Pine zei: 'Bedankt voor de moeite.'

'Graag gedaan. Ik hoop dat u degene vindt die u zoekt.'

Pine en Blum verlieten het kantoor en liepen naar de lift.

'Dit geloof je toch niet? Ze was hier en nu is ze weg.'

Blum vroeg: 'Waarom denkt u dat Mercy nu bij dit alles is betrokken?'

'Ze moet de PSA van de FBI hebben gezien. En dat is een probleem.'

'Waarom?'

'Door de manier waarop het Bureau het heeft verwoord, denkt ze misschien dat ze haar zoeken in verband met de moord op Joe Atkins. Shit, ik had Wanda moeten vragen of Mercy zich daar zorgen over maakte. Maar zodra ik op mijn kamer ben, kan ik haar wel bellen en het haar vragen. Doordat ze me op mijn mobieltje belde, staat haar nummer in mijn telefoon.'

Blum zei: 'Kunt u het Bureau vragen de tekst te wijzigen? We weten dat ze Atkins niet heeft vermoord nu Desiree heeft bekend.'

'Dat heb ik al geprobeerd, maar dat hebben ze geweigerd. Je weet dat ze altijd proberen heel voorzichtig te zijn. Nadat we dit van Desiree hebben gehoord, kan ik het nog wel een keer proberen, maar ik denk niet dat het zin heeft.'

Opeens opgewekter zei ze: 'Als McAllister hier morgen is, kan ik het hem vragen. Misschien kan hij degenen hogerop in de hiërarchie overhalen om het te doen.'

'Ondertussen kunt u een opsporingsbericht voor een Honda Civic laten uitgaan.'

Pine zei: 'Dat kan, en dat zal ik doen, maar heb je enig idee hoeveel er daarvan rondrijden? We konden de kleur niet eens zien.'

'Maar u kunt wel het signalement van Mercy rondsturen. Ze valt op en nu hebben we een geactualiseerd signalement van haar.'

'Ja, dat kan ik ook doen.'

'U klinkt niet erg hoopvol.'

'O, ik heb goede hoop, Carol. En daar is een heel goede reden voor.'

Blum knikte. 'Nu u weet dat uw zus nog leeft.'

Pine glimlachte opgelucht. 'Het is wel vreemd.'

'Wat is vreemd?'

'Ik ben niet eerder tegelijkertijd zo gelukkig en zo ongelukkig geweest. En wie weet, we hebben al één wonder meegemaakt. Misschien maken we opnieuw een wonder mee en komt Mercy terug in het hotel.'

'Ik zal duimen.' Blum ging naar haar kamer.

Pine besloot Mercy's kamer nog een keer te controleren. Ze dacht dat ze misschien iets over het hoofd had gezien doordat ze te afgeleid was geweest om de kamer grondig te doorzoeken.

Ze nam een paar minuten de tijd om rond te kijken. Toen raapte ze de handdoek en het washandje van de grond en ging ermee op de rand van het bad zitten. Zou ze ooit weer zo dicht bij haar zus zijn? Zou Mercy opnieuw dertig jaar verdwijnen?

Een minuut of twee was ze euforisch geweest, maar nu voelde ze zich zo somber als nooit tevoren. Ze liet de handdoek en het washandje op de grond vallen. 'Het spijt me, Mercy. Dat was ontzettend stom van me. Ik had moeten weten dat jij het was. Dat had ik moeten weten.'

Ze stond op en verliet de kamer, maar toen ze zich omdraaide om de deur achter zich dicht te trekken, voelde ze dat iemand de loop van een pistool tegen haar ruggenwervel drukte en hoorde ze een stem die zei: 'Je gaat heel rustig met ons mee, anders ben je dood. Als je ook maar één beweging maakt of probeert te ontsnappen, schieten we iedereen dood die we tegenkomen. Als je me niet gelooft, moet je het maar gewoon proberen.'

Toen Pine achteromkeek en zijn harde, wrede blik zag geloofde ze hem meteen.

45

Pine haalde diep adem. Doordat ze geblinddoekt was, kon ze de duisternis die haar omringde niet zien, maar wel voelen. Ze was ook geboeid en gekneveld. Ze wist niet hoeveel tijd was verstreken, maar had om de een of andere reden het gevoel dat het nog steeds avond was.

Zelfs met haar gebonden polsen en enkels had ze, weliswaar rusteloos, even kunnen slapen. Ze had geen idee wie haar had ontvoerd en waarom. En waar ze was. Ze hadden haar geblinddoekt tijdens de rit naar de plek waar ze nu was. Ze had wel een schatting gemaakt van hoe lang de rit had geduurd: ongeveer een halfuur. In een bergachtige omgeving als Asheville kon ze nu in *the middle of nowhere* zijn.

Af en toe had ze geluiden gehoord, maar de mannen waren niet teruggekomen. Ze hadden haar geholpen een trap af te lopen, dus was ze misschien in een kelder.

Pine verstijfde toen ze boven zich voetstappen hoorde, en een gedempt gesprek. Maar toen zei een hardere stem iets wat ze niet kon verstaan en daarna hoorde ze weer voetstappen. Een deur werd geopend en een lamp ging aan. Door de blinddoek verblindde het licht haar niet, maar haar hartslag versnelde wel toen de voetstappen dichterbij kwamen.

Peter Buckley en Britt Spector bleven voor Pine staan. Ze keken allebei naar Pine's FBI-badge in Buckleys hand. Spector leek behoorlijk ontdaan door het idee dat ze hier een ontvoerde FBI-agent hadden, maar Buckley leek dat niet echt een probleem te vinden. Hij keek naar de twee mannen die Pine hadden ontvoerd en wendde zich toen weer tot haar. 'Wie ben jij?' vroeg hij.

'Special agent Atlee Pine van de FBI. Wie ben jij, verdomme?'

Buckley trok een stoel bij en ging tegenover Pine zitten. 'Ik ben op zoek naar ene Eloise Cain. Ik hoorde dat jij navraag naar haar hebt gedaan. Waarom?'

'Geef eerst maar antwoord op mijn vraag.'

'Om te onderhandelen, moet je iets hebben waarmee je kunt onderhandelen. Jij hebt niets.'

Pine reageerde hier niet op.

'Zo komen we nergens, lijkt me,' zei Buckley zacht.

'Waarom ben je geïnteresseerd in Cain?' vroeg Pine.

'Ze heeft iemand vermoord.'

'Wie?'

'Gaat je niets aan,' zei Buckley.

'Hoe weet je dat zij die persoon heeft vermoord?'

'Er waren verschillende getuigen.'

'Waarom deed ze het dan?' vroeg Pine.

'Nogmaals, gaat je niets aan.'

'Was het zelfverdediging?'

'Ik heb al een aantal van jouw vragen beantwoord. Nu ben jij aan de beurt, vind ik.'

'Zij heeft iets te maken met een onderzoek waar ik bij betrokken ben,' zei Pine.

'Ik weet het van de PSA van de FBI. Jullie zijn op zoek naar haar. Vroeger heette ze Rebecca Atkins en ze kwam uit Georgia.'

'Dat klopt.'

'Ik heb informatie over die zaak ingewonnen. Er is iemand vermoord. Joe Atkins. Zijn vrouw Desiree Atkins is verdwenen. Heeft de FBI daar belangstelling voor?'

'Ja.'

'Ze was hun dochter niet. Ze werd ontvoerd door iemand en naar de Atkinses gebracht.'

'Je lijkt veel te weten,' zei Pine.

'Ik weet ook dat ze toen Mercy heette. Wat was haar achternaam?'

Pine dacht snel na. 'Dat weten we nog niet.'

'Je liegt. Als ze werd ontvoerd, had ze een achternaam en kende de FBI die. Wat was haar achternaam?'

'Dat kan ik je niet vertellen.'

'Wat houdt jullie onderzoek precies in?'

'Dat mag ik niet vertellen.'

Buckley knikte naar Spector en wees naar Pine.

Spector stapte naar voren, ademde diep in en stompte met haar vuist in Pine's maag.

Pine had niet gevoeld dat er iets ging gebeuren en was daardoor niet voorbereid geweest op de stomp, maar haar keiharde buikspieren beschermden haar een beetje. Toch deed het verdomd veel pijn en ze viel van de stoel.

Een van de mannen tilde Pine op en duwde haar weer op de stoel, waar ze dubbelklapte en probeerde niet over te geven.

Toen ze eindelijk weer rechtop kon zitten, zei Pine hijgend: 'Jullie hebben je verdomd veel problemen op de hals gehaald door een FBI-agent te ontvoeren.'

'Klopt,' was Buckleys verrassende antwoord. 'Alleen dachten mijn mannen dat je Cain was. Lang en sterk, met donker haar, dat was de beschrijving die ik op haar rijbewijs zag. En je kwam uit haar hotelkamer, dus kan ik mijn mannen niets kwalijk nemen. Nu moeten we er maar het beste van maken. Ik laat je blinddoek zitten, zodat we deze kwestie misschien vreedzaam kunnen oplossen. Als jij me vertelt wat ik wil weten, laten we je gaan. Ik heb helemaal geen behoefte je te doden als het niet nodig is.'

'Ik kan je niets vertellen, want ik weet niet waar Cain is. Ik ben net als jij op zoek naar haar.'

'Ik weet dat ze een kamer heeft geboekt in hetzelfde hotel als waar jij logeert. Heb je haar al gezien? Waar is ze?'

'Ik wist niet dat ze in mijn hotel was.'

'Zoals ik al zei, jij kwam uit haar kamer. Mijn mannen hebben het kamernummer gecheckt bij een van de personeelsleden.'

'Oké, ik heb wel ontdekt dat ze daar was, maar pas nadat ze alweer was vertrokken. In haar kamer was geen koffer, helemaal niets.'

'Waarom ben je dan nog steeds in Asheville? Gaat het om die Desiree Atkins, de vrouw die is verdwenen?'

'Dat maakt niet uit,' zei Pine.

'Waarom niet?'

'Zij is ergens in de afgelopen vierentwintig uur gearresteerd en zit nu in de gevangenis, beschuldigd van een aantal ernstige misdaden.'

'Waar is ze precies voor gearresteerd?' vroeg Buckley.

'Dat ga ik je niet vertellen.'

Op een teken van Buckley haalde Spector weer uit naar Pine, deze keer via een *spin kick* tegen de zijkant van haar hoofd.

Misschien was het gelukkig voor Pine, want deze keer verloor ze het bewustzijn.

Buckley keek naar Pine, die op de grond lag, en wendde zich toen tot een van zijn mannen. 'Ga op zoek naar meer informatie over de vrouw die is gearresteerd. Ik denk niet dat dat onder de naam Desiree Atkins is geweest. Nu meteen.'

De man rende de trap op, terwijl Spector zich bukte om te kijken hoe Pine eraan toe was. Ze voelde haar pols en was opgelucht toen ze een stevige hartslag voelde. Ze veegde het haar uit Pine's gezicht en zag de grote blauwe plek die op de zijkant van haar gezicht ontstond. Ze keek naar Buckley. 'Het was niet mijn bedoeling haar zo hard te slaan.'

'Niet belangrijk,' zei Buckley afwezig.

'Peter, ze is een FBI-agent. Weet je wel hoe ernstig dit is?'

'Ik beschouw het als een kans.'

Spector ging rechtop staan. 'Wat bedoel je daarmee? Wat voor kans?'

'Weet je iets van mijn verleden?'

'Een beetje, ja.'

'Mijn vader is kapotgemaakt door de federale regering. Ze hebben het zelfs voor elkaar gekregen dat mijn moeder hem heeft verraden.'

'Peter, ik begrijp dat...'

Buckley brulde: 'Dit is mijn kans dat recht te zetten, Britt! Misschien is dit wel mijn enige kans. En die ga ik dus grijpen.' Hij keek naar Pine. 'Daar ligt het glanzende symbool van de federale regering in al haar onbekwame en walgelijke glorie.' Hij keek Spector aan. 'Twee vliegen in één klap, Britt. Een leven vol onrechtvaardigheid in één bedrijf.'

Spector keek naar hem en verstijfde. Zijn blik en zijn hele houding waren enorm veranderd; hij leek een volkomen andere man. 'Waar komt dit allemaal vandaan, Peter? Ik dacht dat we alleen achter Eloise Cain aan zaten. Ik heb niet getekend voor een symbolische oorlog tegen de federale regering vanwege wat zij je familie hebben aangedaan.'

Hij wees naar haar. 'Jij hebt getekend voor wat ik je opdraag. Als je dat niet kunt doen, heb ik niets aan je.'

'Ik dacht dat je zei dat je naar een vreedzame oplossing toe wilde werken met betrekking tot agent Pine.'

'Dat was gelogen. Goed, sta je aan mijn kant of niet?'

Spector keek naar Pine. 'Ik sta aan jouw kant, natuurlijk.'

'Dank je. Goed, ik moet een telefoontje plegen.' Hij liep naar een hoek en toetste een nummer in, terwijl Spector zich over Pine heen boog en probeerde haar bij te brengen.

Vijf seconden later werd de telefoon opgenomen door een man met een beschaafde diepe stem. 'Meneer Buckley? Is er iets mis?'

'Je moet naar Asheville komen. Ik zal het vliegtuig sturen.'

'Wat is er in Asheville?'

'Ik heb iemand die je voor me moet vertegenwoordigen in een kwestie die voor mij heel belangrijk is.'

46

Cain had Asheville verlaten, maar nadat ze twee uur had gereden stopte ze, deed de motor uit en bleef gewoon zitten. Ze wreef over haar gezicht en daarna nog een keer. Ze voelde zich vies, ook al had ze gedoucht. Ze voelde zich niet goed, ook al was ze niet ziek. Ze was hiernaartoe gegaan om haar nemesis voor eens en voor altijd te vernietigen, maar toen bleek dat haar nemesis in de gevangenis zat.

Maar pas nadat ze nog een ander meisje had ontvoerd en gevangen had gehouden. Cain zat zich zo op te winden en sloeg zo hard tegen het stuur dat ze voelde dat dat een beetje doorboog. Ze ontspande zich en keek naar buiten. De duisternis keek terug naar haar zonder ook maar een spoortje begrip of medeleven, ook al had ze eerlijk gezegd behoefte aan beide.

Je moet dit achter je laten, El. Je kunt dit niet meer doen. Dat red je niet.

Maar ze had een ander dilemma. De FBI zocht haar nog steeds. Zij had Joe Atkins niet doodgestoken, maar Desiree zou nooit zeggen dat ze dat niet had gedaan. Ze zou proberen haar mee te sleuren, dat was zeker. Sterker nog, dacht Cain opeens helemaal in paniek, misschien zou ze dat gebruiken als middel om een betere deal voor haar andere misdaden te kunnen sluiten: Cain in ruil voor strafvermindering. Cain zou nooit denken dat die vrouw ergens niet toe in staat was, want letterlijk niets was te min voor haar.

Wat moest ze dus doen? Ze was moe, ze voelde zich dom en niets kon haar nog schelen. Nu Desiree achter de tralies zat, had ze het gevoel dat alle energie uit haar was weggesijpeld. Daarom had ze besloten gewoon te vertrekken. Maar nu vroeg ze zich af of dat wel een goede beslissing was geweest. Ze tastte naar de sleutelkaart van haar hotelkamer die in haar zak zat. Ze had veel geld betaald voor haar kamer, maar daar niet eens geslapen en ook niet uitgecheckt.

Ze besloot terug te gaan en een nacht goed te slapen. Morgenochtend zou ze dan wel besluiten wat ze ging doen.

Ze reed terug naar het hotel, ging naar haar kamer en liet zich op het bed vallen. Een paar uur lang zouden haar problemen haar gedachten in elk geval niet beheersen, hoewel ze stiekem terug konden komen in de vorm van nachtmerries. Toen ze haar ogen sloot, besloot Cain daar gewoon verandering in te brengen. Nachtmerries konden je geen kwaad doen. Pas als je er wakker van werd, kon je de echte pijn voelen.

Carol Blum begon de volgende ochtend ongerust te worden. Ze had afgesproken om al vroeg met Pine te gaan ontbijten, maar Pine was niet gekomen. En dat was niets voor haar. Blum had Pine's mobiele telefoon en de telefoon op haar kamer gebeld, maar niemand had opgenomen. Ze was naar Pine's kamer gegaan en had aangeklopt, maar ook toen geen reactie gekregen. Toen ze Pine's mobiele telefoon belde, hoorde ze de ringtone ervan in haar hotelkamer. Er was zeker weten iets mis.

Ze ging snel naar beneden naar de lobby om te vragen of iemand Pine had gezien, toen twee mannen in een blauw FBI-windjack binnenkwamen alsof het hotel van hen was.

Ze liep naar de mannen toe en vroeg automatisch aan de oudste van de twee: 'Agent McAllister?'

Deze man was achter in de veertig, had donkerblond haar, was van gemiddelde lengte, had een slank lichaam en een alerte blik.

De andere man was begin dertig, lang en slank, en hij had een hoekige kin, een hoog voorhoofd met rimpels en blond haar. Hij keek Blum argwanend aan.

De oudere man knikte. 'Ik ben special agent Drew McAllister. En u bent?'

Blum vertelde snel wie ze was, en ook dat Pine vermist leek te zijn.

McAllister nam meteen de leiding en won informatie in bij de receptiebalie. Een van de receptionisten liep met hen mee naar Pine's kamer en opende de deur voor hen. Vlug doorzochten ze de kamer en zagen dat al haar bezittingen er waren, alleen konden ze haar vuurwapens niet vinden.

'Ze zouden in de kluis kunnen liggen,' zei Blum. 'Ik weet dat ze ze daar meestal neerlegt.' Ze opende de kast en wees op de kluis. 'Hij zit op slot.'

'U hebt waarschijnlijk gelijk,' zei McAllister.

'Ze had haar badge bij zich toen ze gisteravond terugging naar haar kamer,' zei Blum.

'Misschien heeft ze haar kamer nooit bereikt,' zei McAllister grimmig. 'Staat jullie auto nog steeds op de parkeerplaats?'

'Ja, ik kon hem vanuit mijn raam zien staan.'

'Ze heeft geen contact met u opgenomen nadat u haar gisteravond zag?'

'Nee. Ik denk dat u gelijk hebt, dat ze haar kamer niet heeft bereikt.'

'Is er gisteravond iets ongebruikelijks gebeurd?' vroeg de andere agent, die aan haar was voorgesteld als special agent Neil Bertrand.

Terwijl Blum hem aankeek, dacht ze snel na. Ze wilde de FBI niet vertellen dat Mercy Pine de vorige avond in het hotel was geweest. Maar zodra ze navraag zouden doen, zouden de agenten te horen krijgen welke vragen Pine had gesteld. 'We trokken een paar aanwijzingen na, maar dat leverde niets op.' Ze was zo verstandig om iets te vertellen wat op de waarheid leek, want ze werkte al te lang bij de FBI om tegen twee agenten te liegen.

McAllister keek haar strak aan met 'de FBI-blik', die Blum zelfverzekerd doorstond doordat ze daarmee in het verleden al heel vaak was aangekeken.

'Hoe lang werkt u al bij het Bureau?' vroeg hij op kille toon. Nadat ze hem dat had verteld, zei hij: 'Ja, dat dacht ik al.' Hij grijnsde. 'U bent bekend met het spelletje, nietwaar?'

'Ik wil agent Pine gewoon vinden.'

Ze gingen weer naar beneden, waar McAllister en Bertrand het personeel systematisch ondervroegen. Uiteindelijk vonden ze een werknemer die bijna vrij was. Hij zei dat hij een vrouw had gezien die het hotel de vorige avond om een uur of tien had verlaten samen met twee mannen.

'Leek het alsof ze tegen haar wil werd meegenomen?' vroeg McAllister.

'Dat weet ik niet, maar ze liepen heel dicht bij haar. Een van die mannen had zijn arm zelfs om haar middel geslagen. Ze leek niet erg blij, als ik het me goed herinner, maar ze gilde ook niet of zo.'

'Hebt u gezien of ze in een auto zijn gestapt?' vroeg Bertrand.

'Nee, ik ben niet naar buiten gegaan.'

Op dat moment riep McAllister de plaatselijke politie erbij. De werknemer van het hotel werd overgedragen aan een politietekenaar, die een tekening van de twee mannen moest maken. De opnames van de bewakingscamera's werden bekeken, maar daar was Pine niet op te zien. McAllister vermoedde dat de mannen hun auto niet op de parkeerplaats hadden gezet, maar gewoon voor het hotel.

'Maar waarom zouden ze haar hebben uitgekozen?' vroeg McAllister toen ze klaar waren met de plaatselijke politie.

'Dat weet ik niet,' zei Blum. Ze vertelde dat Dolores Venuti was gearresteerd en dat ze haar in de gevangenis hadden opgezocht. 'Behalve dat ze een jong meisje als slavin hield, dreef ze kennelijk ook een soort drugshandel. Misschien werkten deze mannen in die hoedanigheid voor haar.'

McAllister en Bertrand vertrokken om dat met de plaatselijke politie op te nemen en lieten Blum alleen achter in de lobby.

Ze liep een beetje verdwaasd rond, tot ze langs de receptiebalie kwam. De receptionist die de vorige avond dienst had gehad, zag haar toen hij de lobby binnenkwam. 'Mevrouw?'

'Ja.'

'De gast die u en uw vriendin gisteren zochten...'

Blum verstijfde. 'Ja?'

'Die is gisteravond teruggekomen.'

'Echt?'

'Ja. Ik herkende haar. Eloise Cain. Ze valt zeg maar op. Toen ik aan kwam rijden, was ze aan het hardlopen en toen ik de parkeerplaats op reed, liep ze via de buiteningang de sportzaal in.'

'Ontzettend bedankt.'

Hij glimlachte. 'Nou ja, we zijn niet goed begonnen. Waar is uw vriendin, die agente?'

'Wist ik het maar,' zei Blum. 'Hoe kom ik bij de sportzaal?'

Blum deed een schietgebedje, vond de sportzaal en liep naar de deur. Ze keek door het raam naar binnen en zag een bijzonder lange vrouw in een tanktop en trainingsbroek die op een apparaat zat en een hele stapel gewichten optilde; haar spieren waren strakgespannen en duidelijk zichtbaar.

Blum dacht heel even dat ze haar bazin zag – maar dan zonder het lange haar – en gebruikte de sleutelkaart om de deur te openen.

El Cain keek verbaasd naar Blum toen ze binnenkwam, omdat de vrouw helemaal niet gekleed was om te sporten.

Blum vroeg zich even af hoe ze dit het best kon aanpakken. Omdat het zo dringend was, besloot ze uiteindelijk dat de rechtstreekse aanpak de beste was. 'Mercy Pine? Je tweelingzus, special agent Atlee Pine van de FBI, is ontvoerd uit dit hotel en ik heb je hulp nodig om haar te vinden.'

47

Cain stond langzaam op en torende boven Blum uit, die naar haar toe was gelopen. 'Wie ben jij in vredesnaam?' vroeg Cain.

'Mijn naam is Carol Blum. Ik werk bij de FBI. Mijn baas is je tweelingzus Atlee Pine. We zijn al heel lang naar je op zoek.'

'Ik heb geen zus en al helemaal geen tweelingzus.'

Blum haalde een foto uit haar tas en liet hem aan Cain zien, die hem uit haar hand griste en bekeek. 'Deze foto is van agent Pine; dit zijn jullie samen met jullie moeder. Jullie woonden toen in Andersonville. Het is een polaroidfoto, de enige foto die ze van jullie als zusjes heeft. Nu we naar je op zoek zijn, heb ik hem bij me.'

Cain keek aandachtig naar alles wat er op de foto stond. Vage beelden uit haar geheugen, dingen die ze zich herinnerde verdrongen elkaar, botsten als autobumpers tegen elkaar op, kwamen terug en verdwenen weer. 'Mijn moeder?'

'Ja.'

'En jij beweert dat deze Atlee mijn zus is?'

'Inderdaad.'

Cain drukte de foto weer in Blums hand. 'Wat een onzin! Ik heb nog nooit gehoord van iemand die Atlee heet.' Ze pakte haar trui en beende naar de deur.

'Maar ik vertel je de waarheid!'

Cain draaide zich vliegensvlug om en schreeuwde: 'Laat me verdomme met rust, mens! Ik zit helemaal niet op deze shit te wachten, nu al helemaal niet!'

Terwijl Cain zich weer omdraaide dacht Blum snel na en riep toen: 'Je noemde haar Lee toen jullie klein waren!'

Toen Cain dit hoorde, bleef ze stokstijf in de deuropening staan. Ze had verwacht dat elke spier in haar lichaam zou verstijven, maar in plaats daarvan ontspanden haar spieren zich, net als de spieren van een vermoeide zwemmer die veilig de kust heeft bereikt.

Het is oké, mama. Het is Lee maar. Zij klimt wel weer naar beneden. Dat doet ze altijd. Niet boos op haar zijn, mama.

Cain begon te trillen. Haar kalmte was verdwenen. De bumpers in haar hoofd botsten nu met nog meer kracht tegen elkaar. Het deed echt pijn – niet zoals hoofdpijn, maar alsof iemand een lucifer in haar ziel had aangestoken. Maar toch, ze had meer nodig dan een naam en een oude foto.

Ze keek Blum aan. 'Er zijn heel veel meisjes die Lee heten.'

'Je moeder heette... Julia,' zei Blum gespannen.

Cain schudde haar hoofd. 'Zegt me niets.'

Weer draaide ze zich om, terwijl Blum wanhopig iets probeerde te bedenken, wat dan ook, om Mercy tegen te houden. Toen herinnerde ze zich hun gesprek met Desiree, wat de vrouw had gezegd over het boek waardoor Mercy helemaal was doorgedraaid. Misschien zou ze zich dat wel herinneren.

'Iene, miene, mutte!' riep Blum.

Cain draaide zich vliegensvlug om. 'Wat!?'

'Het kinderrijmpje dat je ontvoerder gebruikte om een van jullie uit te kiezen: Iene, miene, mutte. Herinner je je dat?'

Cain liet zich tegen de deurpost zakken, maar liep toen snel naar een van de trainingstoestellen en ging erop zitten.

Blum zei meelevend: 'Ik weet dat dit allemaal overweldigend is, Mercy. De man die jou die avond heeft ontvoerd, heette Ito Vincenzo. We weten nu ook waarom hij je meenam, en dat hij je naar Len en Wanda Atkins bracht. Die jou op hun beurt aan Desiree en Joe hebben gegeven.'

Cain zei mat: 'Dat heeft Wanda me verteld. En ik heb ontdekt dat Desiree hier in de gevangenis zit.'

'Je zus heeft haar gearresteerd. Desiree had een ander meisje opgesloten, ene Gail, maar wij hebben haar bevrijd. Daarvoor, maar ook voor andere zaken, is Desiree in staat van beschuldiging gesteld.' Ze zweeg even. 'We hebben haar zover gekregen dat ze heeft bekend dat zij Joe Atkins heeft vermoord, Mercy. We hebben daar een geluidsopname van. Ze heeft bekend dat ze hem heeft doodgestoken.'

Cain keek haar aan, knipperde haar tranen weg en zei, terwijl ze langzaam haar hoofd schudde: 'Dit... Dit is wel een beetje...'

'... te veel om te verwerken?'

Cain knikte, met een gekwelde blik op haar gezicht.

Blum ging naast haar zitten. 'Natuurlijk is dat zo, Mercy. Of heb je liever dat ik El zeg?'

'Heet ik echt Mercy?'

'Ja, inderdaad. Mercy Pine.'

'Dan eh... is Mercy oké.'

Blum zei: 'Ik begrijp dat er van alles door je hoofd gaat en ik wil het je niet nóg moeilijker maken, maar er zijn een paar dingen die je absoluut moet weten.'

'Zoals?'

'Dat er ook andere FBI-agenten in dit hotel zijn. Ze kwamen hiernaartoe om agent Pine vragen te stellen over Tim Pine. Maar ze weten niet dat jij hier ook bent.'

Mercy fronste. 'Tim Pine?'

'Jij en je zus dachten dat hij jullie biologische vader was. Dat was hij niet. Een andere man was jullie vader, maar Tim en jullie moeder hebben jullie opgevoed tot jullie zes waren en jij werd ontvoerd. Iedereen dacht dat hij zelfmoord had gepleegd, maar inmiddels weten we dat dit niet zo is. De FBI weet nu dat de dode man niet jullie vader was, maar Ito Vincenzo.'

'De man die mij heeft ontvoerd?'

'Ja.'

'Wanda zei dat hij banden had met de maffia of zo en een grief had tegen mijn moeder.'

'Hij heeft jou ontvoerd en probeerde tien jaar later Tim Pine te vermoorden. Alleen is Tim erin geslaagd hem te doden. Een vriend van hem en jullie moeder hebben de dode geïdentificeerd en beweerden dat het Tim was, waarna Tim is verdwenen.'

'Jezus christus!' Mercy ademde diep uit.

Blum klopte op Mercy's schouder. 'Ik weet dat ik je nu overlaad met informatie, maar voorlopig wil ik de FBI bij je uit de buurt houden, omdat ik niet weet hoe dat zal uitpakken.'

'Maar je zei net dat Desiree heeft bekend dat zij Joe heeft vermoord!' riep Mercy. 'Dan ga ik toch zeker vrijuit?'

'Desiree heeft inderdaad bekend, maar dat weet de FBI nog niet. Het bewijs daarvan staat op de telefoon van je zus en daardoor zul jij vrijuit gaan, zoals je zei. Het probleem is nu dat we haar telefoon wel hebben, maar die niet kunnen activeren. Daarom wil ik jou en het Bureau gescheiden houden tot we agent Pine hebben gevonden.'

'Je zei dat ze was ontvoerd?'

'Ja, gisteravond, uit dit hotel, door twee mannen. Dus óf ze werken samen met Desiree, die ook in drugs handelde, en proberen agent Pine te gebruiken om Desiree vrij te krijgen, óf ze hebben iets met jou te maken en hebben agent Pine ontvoerd om haar te dwingen alles wat ze over je weet te vertellen.'

'Maar wie zou er achter mij aan zitten?'

'Dat weet ik niet. Heb je vijanden? Is er iemand die je zoekt?'

'Ik denk niet dat ik vijanden heb die een FBI-agent zouden ontvoeren. Ik bedoel, zo belangrijk ben ik niet. Ik leid een heel gewoon leven. Ik heb helemaal geen vrienden... of vijanden.'

'Dan heeft het misschien iets met Desiree te maken. Misschien werkt ze samen met een stel bijzonder gevaarlijke mensen.'

'Hoe wist je dat ik hier was?'

'Agent Pine zag je gisteren in deze sportzaal, alleen wist ze toen niet dat jij het was.' Ze keek naar Mercy's hoofd. 'Ze kon natuurlijk niet weten dat je je haar zo kort droeg. Ze heeft Wanda Atkins gesproken en Wanda vertelde agent Pine dat ze jou Desirees telefoonnummer had gegeven toen je bij haar was.'

'Met dat nummer heb ik Desiree hier gevonden.'

'Ja, dat dachten we al. Toen Wanda haar dat vertelde, maar ook hoe je eruitzag, begreep agent Pine meteen dat jij het moest zijn geweest die ze in deze sportzaal had gezien. Maar tegen de tijd dat ze hier terug was, was jij al verdwenen. We kwamen je kamernummer te weten, maar toen was je al vertrokken.'

'Ik wás ook vertrokken, maar besloot terug te gaan. Ik... heb heel veel geld voor die kamer betaald en ik dacht... dat ik daar op z'n minst de nacht maar moest doorbrengen.'

'Ik had hetzelfde gedaan,' zei Blum vriendelijk.

'Heb je een vermoeden waar ze Lee naartoe kunnen hebben gebracht?' vroeg Mercy.

'Nee. We hebben alleen de verklaring van een medewerker van het hotel dat ze door twee mannen is meegenomen. Hij gaf een beschrijving en de FBI is daar samen met de plaatselijke politie mee bezig.

Maar ik denk niet dat ze al aanwijzingen hebben.'

'En die foto van mij op de televisie?'

'Dat had agent Pine geregeld. We ontdekten waar je was vastgehouden en zagen de laatste opnames die Joe Atkins had gemaakt. Daar is die foto van gemaakt.'

'Dus Desiree heeft hem echt vermoord?'

'Ja. Joe was kennelijk van plan je te laten gaan en dat wilde Desiree absoluut niet. Ze stak hem dood en ging ervandoor, waarna Len en Wanda haar hielpen ontsnappen.'

Mercy schudde haar hoofd. 'Ik weet nu dus dat ik een tweelingzus heb en we hadden elkaar bijna gevonden, maar nu is zij ontvoerd. Net zoals ik al die jaren geleden. Dat is toch te gek voor woorden?'

'Echt wel,' zei Blum zacht.

Mercy keek op. 'Lijk ik op haar?'

'Jij bent een paar centimeter langer en zij heeft lang donker haar, maar aan jullie gezicht en jullie ogen kan ik het heel goed zien. Zeker weten.'

Mercy knikte en sloeg haar blik neer. 'Hoe gaan we haar zoeken?'

'Dat weet ik niet zeker.'

'Als Desiree hier iets mee te maken heeft, weet zij misschien wie Lee hebben ontvoerd.'

'Ja, maar zij zit in de gevangenis.'

'Dan gaan we daarnaartoe om met haar te praten. Dat wil ik al jaren doen.' Ze keek Blum aan. 'We hebben niets te verliezen, toch?'

'Klopt.' Blum probeerde te glimlachen, maar haar glimlach bereikte haar ogen niet omdat deze gedachte haar helemaal niet beviel.

Mercy stond op en balde haar vuisten. 'Laten we dan maar gaan.'

48

Blum had de autosleutels uit Pine's kamer gehaald, terwijl Mercy naar haar kamer ging om zich om te kleden en haar weekendtas in te pakken. Ze droeg nu een spijkerbroek en een andere capuchontrui, en had uitgecheckt uit het hotel.

Mercy zette haar tas op de achterbank van de Porsche SUV en stapte in. 'Is dit jouw auto?'

'Echt niet! Dat kan ik echt niet betalen.'

'Hij is dus van Lee?'

'Nee, zij kan dat ook niet betalen. Hij is van een man die Jack Lineberry heet. Hij is heel rijk en laat ons zijn auto gebruiken.'

'Wat heeft hij met dit alles te maken? Waarom laat hij jullie zijn auto gebruiken?'

Blum stak de sleutel in het contact en startte de motor. 'Ik neem aan dat je dat moet weten en dat ik het je dus net zo goed nu kan vertellen.'

'Dat ik wat moet weten?'

'Dat Jack Lineberry jullie biologische vader is.'

Mercy nam dit rustig op, knikte en keek naar buiten. 'Mannen waren dus gek op onze moeder?'

'Nee, zo was het volgens mij niet. Hij was haar *handler* toen ze undercover werkte om een paar maffiafamilies onderuit te halen. Ze... werden verliefd op elkaar of zo en toen werd jullie moeder zwanger van jou en je zus.'

'Hoe kreeg ze dan een relatie met deze Tim?'

'Ze werden verliefd. Jack is veel ouder dan jullie moeder en hun... relatie had meer te maken met hun werk, in elk geval voor jullie moeder. Ik moet wel zeggen dat Jack Lineberry heel veel van jullie moeder hield en hij doet dat waarschijnlijk nog steeds.'

'Waar is onze moeder?'

‘Bij Tim, denken we.’

‘En Lee? Hoe staat zij hierin?’

‘Toen je zus op college zat verliet jullie moeder haar, zonder enige verklaring. Ze weet niet waar jullie moeder is.’ Blum keek haar aandachtig aan. ‘Je neemt dit alles wel heel rustig op.’

‘Nou ja, dit is niet veel schokkender dan de andere dingen die je me de laatste tien minuten hebt verteld.’

Blum glimlachte om deze simpele verklaring. ‘Je lijkt veel meer op je zus dan je weet.’

‘Echt?’ vroeg Mercy ongelovig. ‘Mijn leven is kennelijk totaal anders verlopen dan dat van haar.’

‘Ik weet iets van wat je hebt meegemaakt met Desiree.’

‘Ik heb honderden keren gedroomd dat ik haar vermoordde.’

‘Dat geloof ik graag.’

‘Ik kwam hiernaartoe om haar te vermoorden.’

‘Ja, agent Pine dacht dat al.’

‘Agent Pine? Van de FBI en zo? Wist niet dat veel vrouwen dat werk deden.’

‘Ze is een fantastische agent, een van de besten.’ Blum verliet de parkeerplaats en reed de weg op.

‘Goed van haar,’ zei Mercy, maar het compliment klonk niet alsof ze het echt meende. ‘Jullie zijn dus al een hele tijd naar me op zoek?’

‘Ja, dat was een hele onderneming, met een heleboel hobbels.’

‘Dat zal best, ja.’

Blum keek haar aan. ‘Wat heb jij de hele tijd gedaan, Mercy?’

‘Gewoon overleven, net als iedereen.’

‘Het zal wel moeilijk voor je zijn om Desiree terug te zien, denk je ook niet?’

‘Dat zal voor háár misschien moeilijker zijn dan voor mij.’

Blum zei scherp: ‘Je bent niet aan die afschuwelijke vrouw ontsnapt zodat ze je weer in een gevangenis kan stoppen, of wel soms.’

‘Ik vind dat ik alle recht heb om haar te vermoorden.’

‘Maar als je dat doet, wint zij. En ik weet dat je slim genoeg bent om dat te beseffen. Maar als je me niet kunt beloven dat je haar niet zult aanvallen, gaan we niet naar Desiree toe.’

‘Misschien is zij de enige die ons kan helpen je baas te vinden.’

‘En jouw zus. Dus als je niet bereid bent je begrijpelijke woede in te houden, zullen we agent Pine niet vinden, wat betekent dat ze waarschijnlijk zal sterven.'

'Ik zou meer voor haar moeten voelen,' zei Mercy zo eerlijk dat ze er misschien zelf van schrok. 'Maar het is zo lang geleden. En er is sindsdien ontzettend veel gebeurd. En zij mocht thuisblijven en ik verloor dat kinderrijmpje, dus belandde ik in die nachtmerrie.'

Blum klemde haar lippen op elkaar. 'Ito Vincenzo, de man die jou ontvoerde, heeft haar schedel kapotgeslagen. Ze heeft daar de hele nacht gelegen met een ernstige hoofdwond. Ze heeft heel lang in het ziekenhuis gelegen en het is een wonder dat ze het heeft overleefd. Die nacht heeft jullie gezin kapotgemaakt. Je zus dacht later dat Tim zelfmoord had gepleegd, maar dat kwam doordat jullie moeder daarover loog. Toen vertrok ze om naar Tim toe te gaan en liet ze je zus alleen achter. Vincenzo dacht kennelijk dat hij je naar een goede plek bracht, waar goed voor je zou worden gezorgd. Hij wist niets van Desiree. Daarom denk ik dat hij dacht dat jij de winnaar was van dat kinderrijmpje en je zus de verliezer.' Blum keek naar Mercy en zag dat deze haar boos aankeek.

'Ik was op geen enkele manier een winnaar, hoe je het ook bekijkt.'

Blum zei snel: 'Natuurlijk niet. Ik zeg alleen dat Vincenzo van plan was je zus te vermoorden, niet jou.'

Mercy leunde weer naar achteren en keek naar buiten.

Blum zei: 'En in tegenstelling tot jou heeft agent Pine heel duidelijke herinneringen aan je. Ze lijdt al dertig jaar onder dat verlies.'

Mercy zei, veel rustiger nu: 'Desiree is erin geslaagd al die herinneringen uit me te slaan. Ik herinner me een paar flarden. De naam Lee. Het feit dat er nog iemand was, weet je?'

'Ja, dat begrijp ik.'

'Maar dat is niet hetzelfde als herinneringen hebben. Het is alleen maar shit in je hoofd waar je geen bal van snapt. Alsof iemand je een boek heeft gegeven om te lezen, maar de woorden eerst zo heeft beklad dat je er nog maar een paar kunt herkennen. Dat is... heel moeilijk om mee te leven, de wetenschap dat het ergens is, maar dat je het nooit kunt vinden.' Ze keek naar Blum. 'Sorry als de dingen die ik zeg nergens op lijken te slaan. Je zei dat je baas naar college is geweest en zo. Ik kom misschien dom over, maar dat ben ik meestal niet. Ik lees heel veel. Boeken hebben me door een heleboel shit heen geholpen.'

‘Ik vind dat je je duidelijk uitdrukt. Ook vind ik dat het gezien alles wat je hebt meegemaakt een wonder is dat je nog leeft.’

‘Ik geef niet op. Heb ik nooit gedaan. Als jij me iets aandoet, doe ik gewoon nog meer mijn best.’

‘Zo is je zus ook, precies zo.’

Mercy knikte, maar zei niets.

‘En Desiree?’ vroeg Blum nerveus.

Mercy antwoordde niet meteen. ‘Ik zal haar met geen vinger aanraken.’

‘Waarom niet?’

‘Omdat je gelijk hebt. Ik wil niet verliezen, vooral niet van die bitch.’ Nadat het even stil was geweest, voegde ze eraan toe: ‘En misschien wil ik wel de kans krijgen om mijn zus te ontmoeten. Levend.’

49

Mercy liep achter Blum aan die met deputy sheriff Tate Callum meeliep door de gang naar de cel van Desiree Atkins. En Mercy liep te zweten. Daar waren twee redenen voor. Ten eerste omdat ze in een gevangenis was omringd door politieagenten; dat was op zich al erg genoeg. Ze was al eerder in gevangenissen geweest, aan de andere kant van de tralies, en door dit bezoek kwamen al die herinneringen weer naar boven. Ten tweede omdat ze straks de vrouw zou zien die haar lang geleden had gemarteld en daarna had geprobeerd haar te vermoorden. Ze wist welke van de twee redenen de ergste was: de vrouw in levenden lijve zien won het met gemak van de stalen tralies.

Callum vroeg aan Blum: 'Waar is agent Pine eigenlijk?'

'Bezig. Ze wilde graag dat ik hiernaartoe ging om een paar vragen te stellen. Agent Cain hier helpt ons.' Dat was het verhaal dat ze onderweg naar de gevangenis hadden bedacht.

Callum vroeg aan Mercy: 'U werkt dus undercover, agent Cain?'

Mercy glimlachte, streek over haar schedel en raakte haar gevlekte sweatshirt aan. 'Wat was uw eerste aanwijzing? Behalve dat ik mijn badge niet bij me heb?'

Hij lachte. 'Natuurlijk. Maar wat zijn de vrouwen bij het Bureau lang, zeg!'

Ze bleven bij de deur van de cel staan.

Callum deed de deur van het slot en liet hen naar binnen gaan. 'Geef de cipier maar een seintje als jullie klaar zijn.' Hij deed de deur achter hen dicht en liep weg.

Desiree draaide zich om en zag Mercy. 'Verdomme!'

Mercy zei niets, keek alleen maar naar de vrouw.

Desiree deinsde achteruit tot ze met haar rug tegen de muur stond. 'Haal het niet in je hoofd dichterbij te komen!' Ze keek naar Blum.

'Waarom heb je die psychopaat hier verdomme mee naartoe genomen?'

'Ik vond dat het de hoogste tijd was dat jullie werden herenigd.' Blum slaagde er niet in haar glimlach te verbergen.

Mercy keek om zich heen en ging op het onderste stapelbed zitten. 'Leuke schone cel heb je, Desiree. Je zou hier prima de rest van... je kloteleven kunnen zitten!'

'Ze kunnen niets bewijzen. Wacht maar tot ik een advocaat krijg.'

'Hoorde dat je met een ander meisje dezelfde kutstreek hebt uitgehaald als met mij. En zo te horen is ze veel eerder vrijgekomen dan ik. Je wordt er steeds minder goed in, dus.'

'Hou je bek!'

'Het verbaast me dat ik ooit bang voor je was. Ik bedoel, je ziet eruit als een dikke vette muis die op het punt staat opgegeten te worden. En ik kan heel veel eten.'

'Toen kon ik je wel bang maken.'

'Zo moeilijk is dat niet met een kind van zes. Maar veel moeilijker met iemand van zestien. En op dit moment verdomme helemaal onmogelijk!'

Desiree schudde haar hoofd. 'Je weet er niets van! Je had geen idee met wie je te maken had.'

'Hoe meer je probeerde me kwaad te doen, hoe meer ik me in mezelf terugtrok. Toen viel je mooie sprookje in duigen en liet je me alleen. Dus raad eens wie uiteindelijk heeft gewonnen?'

'Je denkt toch zeker niet dat dit me ook maar iets kan schelen?'

Mercy zei met een brede glimlach: 'Ik zal getuigen tijdens je proces. Ik kan bewijsstuk A tot en met Z zijn en getuigen dat je een sadistisch mens bent.' Ze keek naar Blum. 'En nu wil deze dame je een paar vragen stellen.'

'Loop naar de hel!'

'Dat is niet erg aardig,' zei Mercy.

Blum zei: 'Als jij ons helpt, Desiree, kunnen wij jou misschien helpen.'

'Hoe dan?'

'De politie weet dat je een drugsoperatie leidde. Ze willen weten met wie je samenwerkte. Als je hun dat kunt vertellen, kunnen ze misschien strafvermindering voor je regelen.'

Desirees gezicht lichtte even op, maar toen werd haar blik weer hard. 'Nou, dan moeten ze met een verdomd goede deal komen, anders vertel ik helemaal niets.'

'Wat kun je ons vertellen?'

'Niets, tot ik zwart-op-wit een deal zie.' Ze glimlachte vals. 'Maar de jongens met wie ik werk, zijn behoorlijk gevaarlijke *hombres*.'

'Denk je dat ze weten dat je bent gearresteerd?'

'Ze zijn echt niet dom, hoor!'

'Maar je hebt ze nog niet gesproken?'

Ze keek Blum nieuwsgierig aan. 'Waarom wil je dat weten? En waar is die andere FBI-bitch? Waarom is zij niet bij je?'

Blum keek naar Mercy en toen weer naar Desiree. 'Ik zal zien wat ik kan regelen. Maar als ik terugkom met een aanbod, kun je ons dan helpen?'

'Waarmee dan wel?'

'Dat zal ik je vertellen zodra we een deal hebben geregeld.' Blum liep naar de deur. 'Cipier?' riep ze.

Toen de man naar hen toe kwam, vroeg Desiree aan Mercy: 'Je vindt jezelf nu heel wat, hè?'

Mercy keek niet eens naar haar. 'Vergeleken met jou ben ik dat zeker.'

'Je bent alleen maar groot en lelijk. Een beest, dat is alles wat je ooit zult zijn.'

'En daar geniet ik elke minuut van.'

Ze verlieten Desirees cel en liepen samen door de gang terug naar Callum.

Onderweg kwamen ze een oudere man tegen.

Hij had grijs haar, hangwangen en een arrogante blik, en was gekleed in een keurig donkerblauw pak met een rode stropdas en een pochet. Hij had een zwartleren aktetas in de hand en keek naar Blum en Mercy, maar was duidelijk niet onder de indruk. De cipier die hem begeleidde zei: 'Deze kant op, meneer Marbury.'

Toen ze buiten gehoorafstand waren, zei Mercy: 'Ik vertrouw mensen die een pak en een aktetas dragen niet.'

'Je hebt zojuist de hele advocatuur geëlimineerd.'

'Dat weet ik.'

Blum zei: 'Ik betwijfel of ze ons kan helpen. Ik denk dat ze loog over die gevaarlijke hombres. Daarom vertelde ik haar niet wat er met agent Pine is gebeurd. Dat was zinloos geweest.'

'Maar als de mannen die met haar samenwerkten Lee niet hebben ontvoerd, wie dan wel?'

Blum zei mistroostig: 'Dat weet ik niet. En we hebben bijna geen tijd meer, dat voel ik gewoon.'

Toen ze weer bij Callum waren, vertelde Blum hem over een mogelijke deal in ruil voor informatie over Pine's verblijfplaats.

'Wat erg om dit over agent Pine te horen,' zei Callum. 'Maar ik denk niet dat we een deal kunnen sluiten, in elk geval niet meteen.'

'Waarom niet?'

'Omdat de vrouw nu wordt vertegenwoordigd door een advocaat. Hij zal eerst op de hoogte moeten worden gebracht en daarna moeten de openbaar aanklagers met hem praten. Als we niet alles volgens de regels doen, kunnen we de hele zaak de mist in helpen.'

'Wie is haar advocaat? Iemand uit de buurt?'

'Nee. Ene Marbury, Stephen Marbury. Hij komt uit New York. Jullie zijn hem waarschijnlijk in de gang tegengekomen. Oudere man met grijs haar en gekleed in een pak dat waarschijnlijk meer heeft gekost dan mijn pick-up.'

Mercy zei: 'Dat is die gozer die we in de gang tegenkwamen. Is hij haar advocaat?'

'Klopt. Hij komt net van het vliegveld, zei hij.'

Blum bedankte Callum voor zijn hulp, drukte hem op het hart dat hij niets over hen tegen de advocaat moest zeggen en liep daarna met Mercy naar buiten.

Ze stapten in de Porsche en keken naar de zwarte Escalade die voor de gevangenis stond, terwijl de chauffeur met zijn telefoon bezig was.

Mercy zei: 'Dat zal Marbury's auto wel zijn. Hij leek op een vent die wordt rondgereden.'

'Dus moeten we hier maar wachten om te zien waar die auto hem naartoe brengt.'

'Misschien naar mijn zus?' vroeg Mercy.

'Misschien,' zei Blum afwezig.

'Wat is er?' vroeg Mercy.

'Iets wat Desiree zei!' riep Blum opeens. 'Wacht hier, ik ben zo terug.' Ze rende weer naar binnen, kwam ongeveer twee minuten later naar buiten en liep terug naar de Porsche.

'Wat was er aan de hand?' vroeg Mercy.

'Ik heb net met Callum gepraat. Hij zei dat Desiree sinds ze hier is nog niemand heeft gebeld. En zij zei toch dat ze een advocaat zou krijgen?'

Mercy knikte langzaam, terwijl ze hierover nadacht. 'Dus als ze niemand heeft gebeld en tegen ons zei dat ze een advocaat "zou krijgen", had ze kennelijk geen idee dat deze Marbury vandaag kwam.'

'Dus als Desiree deze machtige advocaat uit New York niet heeft besteld, wie dan wel?'

50

Peter Buckley was aan het telefoneren en luisterde een paar minuten. Hij luisterde graag. Zo kwam je dingen te weten. Als je praatte, verraadde je dingen.

Hij zei: 'Prima. Maar ik wil je heel binnenkort zelf spreken voor een volledigere briefing. Ik stuur je het adres wel; ik heb al een plek geregeld.'

Hij stopte zijn telefoon weer in zijn zak en liep terug naar de kamer waar Pine zat. Deze keer hadden ze haar aan de stoel vastgebonden, zodat ze er niet afviel als ze haar weer sloegen.

Britt Spector stond iets bij haar vandaan, met een nerveuze blik op haar gezicht.

'Agent Pine,' zei Buckley. 'De vrouw die je hebt gearresteerd is Dolores Venuti. Ze hebben haar onder andere beschuldigd van het ontvoeren en gevangenhouden van een kind.'

Pine zei: 'Dat weet ik.'

'Waarom denk ik dat Dolores Venuti en Desiree Atkins dezelfde persoon zijn?'

'Denk wat je wilt,' zei Pine. 'Het is een vrij land.'

'Je wilt het niet bevestigen?'

'Nee.'

'Ik heb ook gehoord dat Dolores zal proberen op borgtocht vrij te komen.'

'Dat gaat niet gebeuren. De vluchtkans is te groot.' Pine realiseerde zich iets te laat dat ze haar mond voorbij had gepraat.

Met een korte glimlach zei Buckley: 'Juist. Dat komt doordat jij hun hebt verteld wat er in Georgia is gebeurd. Goed, dank je wel dat je mijn theorie dat Dolores en Desiree dezelfde persoon zijn hebt bevestigd. Dat van die borg zullen we moeten afwachten. Gerechtelijke besluiten zijn soms onvoorspelbaar.'

'Deze keer niet.'

'Maar als ze op borgtocht vrijkomt, zal ik haar betalen om me te vertellen wat ze weet.'

'Desiree heeft die vrouw al bijna twintig jaar niet gezien. Wat zou ze je in vredesnaam kunnen vertellen?'

'Dat kun je niet weten tot je het vraagt.'

'En als je met haar praat, breng jij me zeker gewoon veilig en wel terug naar het hotel?' vroeg Pine vals.

Buckley keek Spector even aan en zei toen: 'Ik geef je nog één kans om me alles te vertellen wat je over El Cain weet. Dan is je dood niet onvermijdelijk. Je hebt mijn woord.'

'Je woord? Dacht het niet. Laat maar.'

'Weet je het zeker?'

'Wat ik zeker weet, is dat ik al dood was zodra ik me liet verrassen door die jongens van je. Maar als je me toch vermoordt, is er geen enkele reden waarom je me niet zou vertellen waarom je Cain zo graag wilt vinden.'

'Dat heb ik je al verteld. Ze heeft iemand vermoord.'

'Maar je hebt me niet verteld wie.'

'Dat gaat je niets aan.'

'Toe nou. Ik geef je mijn woord dat ik het aan niemand zal vertellen. Niet dat ik dat zou kunnen.'

Buckley aarzelde. Hij dacht snel na, misschien te snel. 'Mijn broer.'

Spector keek hem afkeurend aan, maar zei niets.

'En, verdiende hij dat?'

'Geen twijfel aan.'

'Wat verwijt je haar dan?'

'Hij was mijn familie. Voor mij is dat reden genoeg.'

'Ik begrijp wel dat je er zo over denkt. Maar mensen die zo denken, gaan vaak eerder dood.'

'Volgens mij is mijn kans daarop kleiner dan die van jou op dit moment.'

'Wanneer weet je of Desiree op borgtocht vrijkomt?'

'Binnenkort.'

'O, maar dan hebben we nog heel veel tijd.'

Buckley keek haar aandachtig aan. 'Je hebt wel lef. Dat bevalt me.'

'Bedankt. Maar je kunt de pot op.'

Spector moest hierom glimlachen, maar wendde zich af zodat Buckley het niet zou zien.

'Weet je zeker dat je je beslissing niet wilt heroverwegen? De kans is groot dat je veel meer over deze zaak weet dan Desiree. Ik ben iemand die het liefst zo veel mogelijk informatie heeft.'

'Denk maar gewoon aan wat ik net tegen je zei.'

Buckley draaide zich zichtbaar gefrustreerd om en vertrok, terwijl hij Spector duidelijk maakte dat ze hem moest volgen.

Spector bleef lang naar Pine kijken. Aan haar blik te zien maakte ze zich zorgen. Toen draaide ze zich om en verliet het vertrek.

51

Pine hoorde dat er na Buckley en Spector nog iemand wegliep, en daarna nog iemand.

Ze hadden het licht uitgedaan, waardoor het zelfs nog donkerder leek te worden. De deur was dicht en zat op slot. En een paar seconden later, toen het geluid van de voetstappen was verdwenen, was het doodstil.

Pine wachtte nog even. Daarna leunde ze zo ver naar voren dat de achterste stoelpoten van de vloer kwamen. Ze bleef vooroverleunen tot haar knieën bijna geluidloos het beton raakten. Ze hadden haar enkels elk aan een stoelpoot gebonden, maar het touw niet door de kruisbalk gehaald. Dat was een cruciale fout. Ze rolde langzaam op haar zij en hoefde daarna alleen nog maar haar benen te strekken om ze vrij te krijgen. Toen kon ze gaan staan, met de stoel nog steeds aan haar vast.

Haar blinddoek was door al het gewriemel zo ver naar beneden gegleden dat een stukje ervan dicht bij haar mond zat. Ze nam de stof tussen haar tanden en bewoog haar hoofd heen en weer tot de blinddoek zo ver naar beneden was gegleden dat ze zelfs nu het licht uit was iets kon zien. Ze keek naar de muur, draaide zich om en liep achteruit tot de stoel ertegenaan botste.

Ze boog naar voren zodat het onderste deel van de stoel en de achterste poten de muur raakten. Daarna drukte ze langzaam maar zeker steeds harder, tot ze voelde dat het hout meegaf. Ze ging er langzaam mee door. Het laatste wat ze wilde, was dat de mensen die haar gevangenhielden een knal hoorden en hiernaartoe kwamen rennen.

De linkerstoelpoot ging het eerst los, en daarna de rechter. Het onderstel van de stoel kwam los van het bovenste stuk. Even later vielen de verschillende onderdelen uit elkaar. Ze maakte haar handen los en trok de stoel geluidloos van zich af. Ze rukte de blinddoek helemaal af en keek om zich heen in het donkere vertrek. Geen ramen. Stevige muren. Eén deur om naar binnen en naar buiten te gaan. Betonnen vloer. Ze sloop naar de deur en drukte haar oor ertegenaan. Ze hoorde niets. Als er iemand aan de andere kant was, zou die allang naar binnen zijn gestormd. Ze voelde aan de deur, maar die zat inderdaad op slot. Ze had geen telefoon, geen lockpicksetje en geen vuurwapens.

Ze was alleen en kon geen hulp inroepen.

Toch gaf dit haar geen hopeloos gevoel, maar ze beschouwde dit juist als een uitdaging, een obstakel dat overwonnen moest worden. Bovendien had ze niets anders te doen in de tijd tot ze haar zouden vermoorden.

Pine keek weer om zich heen en zag een paar dozen die op elkaar gestapeld tegen een muur stonden. In een van de dozen zat een noodradio met een ingebouwde lamp en andere voorzieningen. Ze maakte het batterijvakje open en haalde de oude batterijen eruit; een paar waren aan de uiteinden gecorrodeerd zodat er chemicaliën uit lekten. Ze legde de batterijen voor de deur op de grond en stopte er eentje in haar zak. Ze ging op de stoel staan waar Buckley op had gezeten, draaide het peertje uit de plafondlamp, klom weer naar beneden en ging bij de deur staan.

Ze stond daar meer dan een uur tot ze voetstappen hoorde, gelukkig maar één stel.

Ze ging tegen de muur staan.

De deur werd van het slot gedaan en daarna geopend. Ze zag dat iemand zijn hand uitstak naar het lichtknopje en tegelijkertijd binnenkwam. Maar doordat die batterijen er lagen, viel hij met een klap op de grond.

Dit was de enige kans die Pine nodig had. In het licht van het vertrek ernaast kon ze zijn omtrek op de grond zien. Ze trapte met haar rechtervoet in zijn middenrif om te voorkomen dat hij begon te schreeuwen. Daarna volgde een elleboogstrike tegen zijn hoofd, waardoor zijn schedel met een klap terugviel op het beton, met als gevolg een whiplash alsof hij in een auto had gezeten die van achteren werd aangereden. Hij raakte bewusteloos.

Ze doorzocht zijn zakken en pakte zijn pistool. Haar badge zat gelukkig in zijn andere zak. Met het touw van haar stoel bond ze zijn polsen en enkels vast, en daarna sleepte ze hem naar een hoek.

Pine keek aandachtig naar zijn gezicht. Dit was een van de mannen die haar uit het hotel hadden ontvoerd. Ze dacht niet dat dit de man was die met haar had gepraat. Die man was duidelijk de baas, en bazen deden zelden zelf het vieze werk. Ze stompte hem nog een keer in het gezicht, gewoon voor de zekerheid.

Ze verliet de kelder, deed de deur achter zich dicht en op slot. Daarna liep ze zachtjes door de ruimte ernaast naar de trap tot ze bij een deur kwam die op een kier stond. Toen ze voorzichtig door de opening keek, zag ze niets. Maar toen ze nog een keer keek, zag ze een man aan een tafel zitten; hij keek naar zijn telefoon en had oortjes in. Dit was de andere man die haar had ontvoerd. Ze keek om het hoekje en scande de rest van het vertrek.

Niemand te zien.

Maar dat was niet goed genoeg. Ze mocht geen enkele fout maken; ze had alleen deze ene kans om het goed te doen.

Met haar linkerhand haalde ze de batterij uit haar zak en gooide hem tegen het raam achter de man.

Zodra de batterij het glas raakte, sprong de man op, liet zijn telefoon op de grond vallen en riep: 'Wat is dit?!'

Pine wachtte drie seconden om te zien of iemand anders op het geluid van de batterij afkwam en toen bleek dat de man alleen was, liep ze naar binnen en richtte haar pistool op hem. 'Op je knieën, met je handen achter je hoofd, op je buik gaan liggen met je benen gespreid. Nu meteen, anders schiet ik.'

De man zag het pistool, liet zich op de grond vallen en vouwde zijn handen achter zijn hoofd.

Pine liep snel naar hem toe en sloeg twee keer met de kolf van het pistool tegen zijn schedel, waardoor hij het bewustzijn verloor. Hij kreeg dezelfde behandeling als zijn collega beneden, met een dik touw dat ze in een kast vond. Ze pakte zijn telefoon en belde 911, vertelde de telefoniste wie ze was en wat er was gebeurd, en vroeg haar Tate Callum te vertellen wat er met haar aan de hand was.

'Weet u waar u bent?' vroeg de telefoniste.

'Wacht even.' Ze rende naar buiten en zag dat het huis waarin ze gevangen was gehouden midden in een dicht bos stond. 'In the middle of nowhere.'

'Oké, we kunnen u traceren door uw telefoon. Laat hem gewoon aanstaan.'

Pine keek naar de telefoon. 'De batterij is bijna leeg. Straks is hij echt leeg en ik blijf hier niet, want er kunnen andere mensen komen. Ik loop naar de hoofdweg. Dan heb ik misschien een beter idee van waar ik ben. Blijf aan de lijn.'

Pine rende over de lange, bochtige oprijlaan tot ze de hoofdweg bereikte. Daar zag ze een brievenbus met het huisnummer erop en iets verderop een straatnaambord. Ze gaf deze informatie door aan de telefoniste.

De vrouw zei: 'Ik stuur zo snel mogelijk agenten naar u toe. Wees voorzichtig, agent Pine.'

Daarna wilde Pine Blum bellen, maar toen...

'Shit!' Ze keek naar het scherm en zag dat de batterij helemaal leeg was en het scherm zwart werd.

Het laatste wat ze wilde, was teruggaan naar het huis om een lader te zoeken. Maar even later kwam een oude rammelende Ford pick-up de bocht om. Aan de kentekenplaat te zien was hij antiek. Pine ging midden op de straat staan met haar hand met haar badge erin geheven. Toen de chauffeur gas terugnam en stopte, rende Pine naar de auto toe. Aan het stuur zat een vrouw van een jaar of tachtig met grijs haar. Ze droeg een verbleekte overall en een strooien hoed, en keek Pine aan met een droge glimlach.

'Ik ben FBI-agent,' zei Pine, terwijl ze haar badge liet zien.

De vrouw keek ernaar en zette haar bril, die aan een kettinkje hing, op om het beter te kunnen zien. 'Zo zo, dat is heel indrukwekkend, jongedame.'

'U moet me naar een hotel brengen in het centrum van Asheville.' Ze gaf de vrouw het adres en zei toen: 'Dit is een spoedgeval.'

'Natuurlijk, liefje. Ik weet waar dat is. Stap maar in.'

Nadat Pine was ingestapt vroeg de vrouw: 'Moet ik nu het een spoedgeval is de maximumsnelheid overtreden?'

Pine zei: 'U mag alles doen wat nodig is om me daar zo snel mogelijk naartoe te brengen. Als de politie ons aanhoudt, regel ik het wel. Hebt u misschien een mobiele telefoon die ik kan gebruiken?'

De vrouw schudde haar hoofd. 'Heb ooit zo'n ding gehad dat je moest openklappen, maar ik ben er nooit handig in geworden. Elke keer dat-ie in mijn zak begon te rinkelen, schrok ik me bijna dood.'

'Geweldig,' zei Pine zacht.

'Kom, we gaan.' De oude vrouw ging wat meer rechtop zitten, zette haar bril af en trapte het gaspedaal diep in.

De pick-up schoot naar voren, maar bleef hangen op een rustig gangetje van zo'n vijfenzestig kilometer per uur.

De vrouw keek Pine glimlachend aan. 'Deze pick-up was van mijn vader. En hij doet het geweldig, met alle honderdveertig pk's. Voel je wel? We zijn er zo. Dit is zo opwindend.'

'Ja, mevrouw,' was het enige wat Pine kon uitbrengen.

52

'Daar is hij,' zei Blum.

Stephen Marbury kwam net de gevangenis uit en stapte met een tevreden blik achter in de Escalade. Zodra het portier was gesloten reed de auto weg.

Blum zette de Porsche in de versnelling en volgde de auto op een discrete afstand.

Mercy zei: 'Denk je echt dat dit iets met Lee's verdwijning te maken heeft?'

'Het zou me verbazen als het niet zo was. Maar ik ben in Desirees huis geweest. Als zij samenwerkte met een drugsbende dat dit soort advocaten kan inhuren, zou je verwachten dat zij ook rijker zou zijn.'

'Misschien spaarde ze het op en leefde ze eenvoudig om geen argwaan te wekken,' opperde Mercy.

Blum keek haar aan. 'Je zou een uitstekende rechercheur zijn.'

'Ik heb veel geleerd in mijn leven,' antwoordde Mercy gespannen.

De Escalade reed de hoofdweg op en verhoogde zijn snelheid. Het was niet erg druk op de weg en even later moesten de beide auto's voor een rood verkeerslicht wachten.

'Herinner je je nog iets van je leven voordat je naar de Atkinses ging?' vroeg Blum. 'Behalve wat je me al hebt verteld?'

'Ik heb vage herinneringen aan mijn moeder. Zij was ook lang. Ik herinner me dat Lee in een boom zat. En toen ik terugging naar het huis van de Atkinses in Crawfordville, naar mijn kleine gevangenis, vond ik mijn pop Sally. Ik heb haar meegenomen; ze zit in mijn weekendtas.'

'Het was vast heel moeilijk om daar weer mee geconfronteerd te worden.'

'Eerst wel, maar toen bedacht ik me dat ik dat allemaal had overleefd.'

Het licht sprong op groen en ze reden door.
'Ik vraag me af waar hij naartoe gaat,' zei Mercy.
'Hopelijk naar een plaats die ons naar agent Pine leidt.'
'Vind je het prettig om voor haar te werken?'
'Dit is de beste baan die ik ooit heb gehad.'
'Lee klinkt perfect,' zei Mercy een beetje kribbig.
Blum keek haar aan. 'Als je die indruk kreeg door wat ik zei, dan heb ik het verkeerd verwoord. Ze is grotendeels alleen opgegroeid. Zelfs toen jullie moeder er nog was, was ze er eigenlijk niet. Na wat er was gebeurd, had ze het gevoel dat jullie moeder haar verstikte in die zin dat ze haar nooit uit het oog verloor, maar tegelijkertijd sloot ze haar emotioneel helemaal buiten.'
Mercy keek Blum aan, iets genuanceerder nu. 'Dat zal wel heel moeilijk zijn geweest. Een dubbele vloek eigenlijk, want ik kan me vaag herinneren dat Lee graag van alles deed wat mama niet wilde, maar dat mama toch heel trots was omdát ze het deed. Dat leek Lee heel belangrijk te vinden, ze hadden echt een goede band met elkaar.'
'Ik ben een moeder en ik weet hoe belangrijk het is dat je moeder je koestert. Het is niet te vergelijken met wat jij hebt meegemaakt, maar agent Pine heeft ook geleden doordat ze eigenlijk geen moeder had.'
Mercy knikte en keek peinzend naar buiten. 'En die Jack Lineberry is mijn vader? Hoe is dat precies gebeurd?'
'Hij werkte voor een overheidsdienst, ik weet niet precies welke. Zoals ik al zei was hij je moeders handler. Ze kregen gevoelens voor elkaar en gaven daaraan toe. Ik denk dat het een heel moeilijke tijd voor hen is geweest. Jack was verloofd met iemand anders, maar werd toen verliefd op je moeder. En... toen... kwamen ze bij elkaar en... werd je moeder zwanger van jou en je zus.'
Mercy glimlachte. 'Je hebt een aardige en correcte manier om je uit te drukken, Carol. Je bedoelt dat ze seks hadden en een tweeling kregen.'
'Zo kun je het ook verwoorden,' zei Blum preuts.
Ze sloeg links af om de Escalade te volgen.
'En waar is deze Lineberry nu?'
'Op zijn landgoed in Georgia.'

'Landgoed? Zal wel aangenaam zijn.'

'Hij laat trouwens alles na aan jou en agent Pine. Al zijn bezittingen. Als het zover is, zul je een bijzonder rijke vrouw zijn.'

Blum keek naar Mercy om haar reactie te zien. Die was niet zoals ze verwachtte. Of misschien ook wel.

Mercy fronste. 'Ik kan me prima redden. Ik hoef geen geld van een man die met mijn moeder heeft geneukt.'

'Nou ja, uiteindelijk gaat dat toch gebeuren. En dan kun je ermee doen wat je wilt.'

'Je gaat ervan uit dat ik die man overleef. Niets is zeker,' voegde ze er abrupt aan toe.

'Daar kan ik niets tegen inbrengen.'

Vijf minuten later zei Blum: 'Zo te zien zijn we er.'

De Escalade was langzamer gaan rijden en sloeg een lange oprijlaan in naar een enorm huis op een perceel van ongeveer twee hectare.

'Nou zeg, met wie we ook te maken hebben, hij heeft zelf ook een bak geld,' zei Mercy.

Blum nam gas terug en reed door naar de parkeerplaats van een kerk iets verderop, waar al andere auto's stonden. Ze parkeerde tussen twee andere auto's in om niet op te vallen en keek naar het huis aan de overkant. 'Daar houden ze agent Pine misschien gevangen.'

'Misschien wel. Wat gaan we doen?'

'We zouden de politie kunnen bellen, maar hebben daar geen echte reden voor. En als ze komen en daar niets vinden, weten die mensen dat we hun op het spoor zijn.'

'Ik kan wel een kijkje gaan nemen,' bood Mercy aan.

'Nee, dat is te gevaarlijk. Als ze daar zijn, kunnen ze je gevangennemen of je doden.'

'Wat doen we dan? Gewoon hier zitten wachten, terwijl zij Lee daar misschien iets aandoen?'

Blum leek verscheurd. 'Maar je hebt helemaal geen ervaring met dat soort dingen.'

'Ik heb meer "stoere" mannen in elkaar geslagen dan welke vrouw ook die je ooit zult ontmoeten, hoor, inclusief je baas. In dit geval is er veel om je zorgen over te maken, maar dat ik mezelf niet zou kunnen redden hoort daar niet bij.'

‘Maar...’

Mercy opende het portier. ‘Ik zal voorzichtig zijn en ga gewoon even een kijkje nemen, oké?’

Blums bezwaren verdwenen. ‘Weet je het zeker?’

‘Even zeker als dat ik Mercy Pine heet.’ Ze leunde naar de achterbank, ritste haar weekendtas open en haalde er haar Glock in de riemholster uit.

Toen Blum dat zag, vroeg ze: ‘Heb je daar een vergunning voor?’

‘Waar ik deze vandaan heb, heb je geen vergunning of achtergrondcheck nodig. Bovendien is North Carolina een *open carry without a permit*-staat. Dat heb ik gecheckt voordat ik hiernaartoe kwam.’

‘Waarom?’

Mercy klemde de holster aan haar riem en trok haar sweatshirt eroverheen. ‘Als ik het even kan vermijden, wil ik liever niet worden lastiggevallen door de politie. Geef me je telefoonnummer, dan stuur ik je een berichtje of ik bel je als er iets gebeurt.’

Blum gaf haar het nummer, dat Mercy in haar telefoon opsloeg, opende het dashboardkastje en haalde er een kleine verrekijker uit die ze aan Mercy gaf.

‘Bedankt. Zo voel ik me een echte spion.’

Blum zei: ‘Wees alsjeblieft voorzichtig. Ik zou niet graag beide zussen kwijtraken.’

Mercy stapte uit, keek naar links en naar rechts, en stak snel de straat over. Ze liep met een wijde boog om het terrein heen en was meteen al niet meer te zien.

Blum leunde naar achteren in haar stoel, streek met een trillende hand over haar voorhoofd en begon te bidden.

53

Buckley zat in gedachten verzonken in de eetkamer van het huis. De meubels waren groot, maar leken toch klein in het gigantische vertrek. Spector stond een beetje chagrijnig tegen de muur geleund, terwijl Stephen Marbury rusteloos heen en weer beende.

Het huis was afgesloten voor het seizoen; de eigenaren waren in hun andere woning in Colorado, die waarschijnlijk zelfs nog luisterrijker was dan deze. De beheerder had een enorm bedrag gekregen zodat ze het huis een paar uur konden gebruiken als een veilige ontmoetingsplek. Geen gezichten, geen namen, alleen cash.

'Dit brengt míj in een moeilijk parket, meneer Buckley,' zei Marbury, die de staat van zijn leren schoenen belangrijker leek te vinden dan zijn cliënt.

Buckley luisterde niet echt. Het telefoontje dat hij had gekregen, had zijn dag behoorlijk verpest. Agent Pine was ontsnapt. Zijn mannen waren gevonden, bijgebracht en verplaatst, gelukkig voordat de politie er was, maar dat was een kleine troost voor de problemen die konden worden veroorzaakt doordat Pine nu vrij rondliep. Hij zei afwezig: 'Ik heb Pine niet verteld dat ik je heb ingehuurd. Alleen dat Dolores Venuti wilde proberen op borgtocht vrij te komen. Ik heb niet eens gezegd dat jij dat zou proberen te regelen. Niemand zal dat verband leggen.'

'Maar ik heb Venuti vandaag gesproken. Natuurlijk gaan ze dat verband leggen. En ik moest mezelf identificeren bij de politie om toegelaten te worden tot de gevangenis. Zij weten wie ik ben en dat ik uit New York kom. Ze kunnen me heel gemakkelijk traceren.'

Nog steeds afwezig zei Buckley: 'Dan stel ik voor dat je met vakantie gaat, naar een ander land. Ik kan dat wel voor je regelen.'

Marbury sputterde tegen: 'Zo gemakkelijk gaat dat niet. Ik heb nog andere cliënten. Ik heb een kantoor. Ik heb een gezin.'

'Ga dan maar gewoon terug naar New York en als de politie je ondervraagt, vertel je alleen dat je een cheque aan toonder voor tienduizend dollar had ontvangen met de opdracht hiernaartoe te gaan om Atkins alias Venuti te bezoeken. Dat je niet weet wie je die cheque heeft gestuurd, maar dat je ervan uitging dat zij dat wel wist. Toen bleek dat zij daar geen idee van had, was je net zo verbaasd als zij. Ik kan regelen dat die cheque wordt geantedateerd en wordt afgeboekt op een niet te traceren rekening. Je kunt zeggen dat je die cheque nog niet had geïncasseerd, omdat je niet wist of je de zaak wel wilde aannemen. Je kwam hiernaartoe om je een indruk van de zaak te kunnen vormen. Je bent immers een prominente advocaat. Maar nu je weet wat er aan de hand is, wil je er niets mee te maken hebben. Je hebt nog niet officieel opgetreden als haar advocaat of de benodigde documenten ingediend waardoor je jezelf juridisch met haar zaak verbindt. Daarna is het klaar.'

Marbury hield op met ijsberen en keek hem diep onder de indruk aan. 'Dat zou inderdaad kunnen.' Vol bewondering voegde hij eraan toe: 'U zou een geweldige advocaat zijn geweest.'

'Nou ja, ik heb altijd meer willen bereiken in mijn leven,' zei Buckley kortaf, waar Spector om glimlachte. 'Dus nu je persoonlijke welzijn is gegarandeerd, wil ik graag dat je me de informatie geeft die ik nodig heb.'

Buckley had Marbury laten opdraven, zodat deze Desiree Atkins kon bezoeken om haar, zogenaamd als haar advocaat, zo veel mogelijk informatie te ontfutselen. Een paar mensen mochten een gevangene bezoeken, onder andere zijn of haar advocaat. Buckley had er helemaal geen belang bij dat Atkins op borgtocht vrijkwam. Het feit dat de advocaat met Desiree kon praten, had hij willen gebruiken om Pine onder druk te zetten, zodat zij hem informatie zou geven over El Cain om haar eigen leven te redden. Maar nu liep Pine ergens vrij rond, ongetwijfeld op zoek naar hem.

Marbury ging tegenover hem zitten, legde zijn handen op de tafel en balde zijn vuisten. Hij zag eruit alsof hij in de getuigenbank zat en om genade wilde smeken of wilde liegen. 'Atkins is een vreselijk mens, een onverdraaglijke zeur. Alles was de fout van iemand anders. Volgens mij is ze niet goed bij haar hoofd... Misschien is dat wel een goede reden om haar vrij te pleiten.'

'Ja, dat is wel zeker. Volgens mij kunnen we veilig stellen dat iemand die een ander mens gevangenhoudt en martelt niet goed bij zijn hoofd is,' zei Buckley. Maar toen Spector hem met opgetrokken wenkbrauwen aankeek, begreep hij wat ze dacht en zei hij: 'Als dat alleen maar wordt gedaan voor het sadistische genoegen van degene die de marteling uitvoert. Maar als het wordt gedaan om belangrijke informatie te verkrijgen... Ach, zelfs onze eigen regering heeft dat gedaan.' Hij keek Spector aan met een hooghartige blik, waarop zij haar blik afwendde.

Marbury leek deze stilzwijgende discussie niet te begrijpen, maar hij negeerde het en zei: 'Toen ik haar vertelde dat ik als haar advocaat een zwijgplicht had en dat alles wat ze me zou vertellen daaronder viel, vertelde dat stomme mens me dat een FBI-agent en haar medewerkster haar hadden overgehaald om te bekennen dat ze haar man had vermoord op dezelfde avond als waarop deze Rebecca Atkins ontsnapte uit de grot waar ze gevangen werd gehouden. Ze was daar woedend over en wilde dat ik dat bewijs ongeldig zou laten verklaren.'

Spector stapte naar voren en vroeg: 'Heeft ze gevraagd wie u naar haar toe had gestuurd?'

'Helemaal niet. Volgens mij is zij zo iemand die oprecht gelooft dat er zodra ze dat nodig heeft hulp komt opdagen. Het is wel een feit dat ze al op de vlucht was en dat geen enkele rechter haar dus nog op borgtocht zou vrijlaten. Ze zou gewoon opnieuw verdwijnen.'

Het was heel duidelijk dat Buckley geen enkele belangstelling had voor Desiree Atkins of voor een eventuele borgstelling. 'Wat heeft ze je over El Cain verteld?'

'Dat ze haar sinds die avond in Georgia niet meer heeft gezien.' Marbury zweeg even en wreef over zijn mond. 'Tot Cain vandaag samen met een oudere vrouw haar cel binnenkwam.'

Buckley en Spector keken elkaar veelbetekenend aan.

'Dat heb je niet verteld toen we elkaar aan de telefoon hadden. Hoe kwam dat?' vroeg Buckley fronsend.

'Ze kwamen zomaar binnen. Atkins had geen idee dat ze zouden komen. De oudere vrouw en Pine hadden Atkins al eerder bezocht. Ze zeiden dat ze een soort deal met haar wilden bespreken, maar de details daarvan wist ze nog niet. Ze zouden er bij haar op terugkomen.'

Buckley keek Spector aan. 'Je moet echt aan de bak met je contactpersonen bij de FBI om meer over agent Pine te weten te komen.'

'Ik heb al een paar dingen ontdekt. Die wilde ik net met je bespreken toen dit allemaal gebeurde.'

'Nou, dan wil ik die nu graag horen.'

'Oké. Ten eerste is Pine kennelijk een fantastische agent, maar ook een solist. Ze had allang hogerop kunnen komen, maar dat wil ze niet. Op dit moment is haar werkgebied de Grand Canyon en ze woont in een stadje dat Shattered Rock heet. Het is een *one-agent RA*,' voegde ze eraan toe, waarmee ze een klein Resident Agent-kantoor bedoelde. 'Carol Blum, die oudere vrouw, is daar haar assistente. Toch is het vreemd dat ze samen met Pine aan een zaak werkt. Dat is niet de manier waarop het Bureau opereert. En deze El Cain-zaak is kennelijk een cold case, dus ik begreep niet waarom Pine daar eigenlijk bij betrokken was. Ik bedoel, die zaak valt niet onder haar verantwoordelijkheid. Ik heb die vraag gesteld, maar mijn contactpersonen wisten het antwoord niet.' Waarschuwend voegde ze eraan toe: 'Maar Peter, volgens iedereen is Pine goed, en dan bedoel ik heel erg goed. We moeten behoedzaam te werk gaan.'

'Gezien het feit dat ze aan ons is ontsnapt, neig ik ertoe het met je eens te zijn.'

Marbury keek heel ongemakkelijk toen hij dit allemaal hoorde. 'Meneer Buckley, alstublieft, ik kán hier niet bij betrokken zijn! Ik moet heel voorzichtig handelen om mijn juridische loopbaan niet in gevaar te brengen.'

'Maak je geen zorgen, Marbury, niets hiervan zal naar jou wijzen.' Buckley keek de advocaat doordringend aan. 'Trouwens, klopt het dat jij een paar jaar geleden deel uitmaakte van El Chapo's advocatenteam?'

'Nou ja, iedereen heeft recht op een goede juridische verdediging,' zei Marbury stijf.

'Juist. Oké, vertel me eens waarom Blum en Cain denken dat Desiree nuttig voor hen kan zijn.'

'Mijn "cliënte" houdt kennelijk niet alleen mensen gevangen, maar is ook betrokken bij een plaatselijke drugsbende. Dat gaf ze toe toen ik haar vragen stelde over die deal waar we het over hadden. Hoewel Blum en Cain haar niet hebben verteld wat ze van haar wilden, laat staan dat agent Pine werd vermist, dacht Atkins dat ze op de hoogte waren van die drugsbende en daar misschien informatie over wilden. Ze vertelde hun dat ze eerst de voorwaarde voor een goede deal wilde horen, ongeacht wat ze van haar wilden. Volgens mij zijn ze vertrokken met de afspraak dat ze zouden terugkomen en wilden proberen zo'n deal voor haar te regelen.'

Spector zei: 'Dat klinkt wel logisch, Peter, aangezien ze geen idee hebben dat jíj hierbij betrokken bent. Ze kunnen onmogelijk weten dat hier iemand achter zit met een grief tegen El Cain en niet iemand die iets te maken heeft met Atkins en deze plaatselijke drugsbende.'

Dit had goed nieuws moeten zijn voor Buckley, maar dat was het niet. Hij had Pine namelijk per ongeluk verteld dat hij achter Cain aan zat omdat ze zijn broer had vermoord, dus tenzij Cain heel veel broers van heel veel mensen had vermoord, zou dat de zaken enorm beperken. Het was ongelofelijk stom van hem geweest om dat te vertellen, maar hij had nooit verwacht dat Pine zou ontsnappen. Wat maar weer eens duidelijk maakte dat je nooit ergens van uit mocht gaan. Maar heel misschien wist Cain niet dat zijn broer inderdaad was gestorven.

Toen hij opkeek ving hij Spectors blik. Ze was een intelligente, slimme vrouw, dat wist hij. En hij kon aan haar blik zien dat ze precies hetzelfde dacht als hij: hij had de boel verkloot. Maar hij wist ook dat ze hem had gedekt door wat ze net in het bijzijn van Marbury had gezegd. De advocaat hoefde dat niet te weten. Dat was een andere reden waarom hij het prettig vond met Britt Spector te werken: ze doorzag dingen die de meeste andere mensen ontgingen.

Buckley liet zijn gedachten even de vrije loop. *Stel dat Cain en Pine en Blum nu samenwerken en dat Cain ontdekt dat Ken mijn broer was en hoort dat Ken is overleden? Dan leidt hun spoor meteen naar mij.*

'Wat nog meer, Stephen?' vroeg Spector aan Marbury, maar nog steeds met haar blik op Buckley gericht.

'Cain is heel lang, lijkt heel stoer en heeft haar hoofd bijna kaalgeschoren, ze heeft stekelhaar.'

Buckley snauwde: 'Heeft Atkins je dit verteld? Over het stekelhaar? Want op de enige foto die wij van haar hebben, had ze lang haar. Dat was de enige reden dat mijn mannen zich vergisten in het hotel en

Pine meenamen in plaats van Cain. Zij dachten dat zij Cain was, doordat ze zo op elkaar leken.'

Door deze opmerking ging er een lampje branden bij Spector. Ze trok zich terug in een hoek, haalde haar telefoon tevoorschijn en ging op zoek naar informatie, terwijl Buckley en Marbury verdergingen met hun gesprek. Ze las verschillende teksten door, tot ze bij een scherm kwam en iets las waardoor haar mond openviel. 'Peter?' Ze wenkte hem.

Hij vroeg ongeduldig: 'Wat is er?'

'Wat je zei over dat je mannen dachten dat Pine Cain was...'

'Ja?'

Ze hield haar telefoon omhoog. 'Je moet dit zien. Nu!'

54

Buckley liep naar Spector, die nog steeds in een hoek stond. 'Wat is er zo belangrijk? Wat moet ik zien?'

'Pine heeft een Wikipedia-pagina. Ze heeft hem niet zelf gemaakt, maar een fan of zo. Toen ze op college zat, deed ze mee aan de kwalificatierondes voor het olympische gewichthefteam, maar ze heeft dat net niet gehaald. Ik had dit al eerder gezien, maar toen heb ik niet de hele tekst gelezen, omdat het me niet belangrijk leek. Dat was dus een vergissing.'

'Wat schieten wij daarmee op?' snauwde Buckley.

Ze gaf hem de telefoon. 'Je moet de laatste alinea van de laatste pagina lezen. Dat is een stukje van haar biografie van heel lang geleden. Shit, ik had dit eerder moeten weten, maar geen van mijn contactpersonen bij het Bureau heeft dat gemeld.'

Buckley las de laatste alinea en keek haar toen scherp aan. 'Mercy Pine. Ontvoerd uit Andersonville, en nooit teruggezien. Mercy Pine! Zijn het zussen?'

'Meer dan dat, ze zijn een identieke tweeling. Je moet het je mannen dus maar vergeven dat ze hen hebben verwisseld. Dat verklaart ook waarom ze aan deze zaak werkt én waarom mijn contacten bij het Bureau die vraag niet wilden beantwoorden. Niemand mocht waarschijnlijk weten waar ze mee bezig was.'

Dit verklaart een heleboel, dacht Buckley. Door deze informatie kwam hij ook op een idee dat algauw werd omgezet in een strategie die perfect aansloot bij wat deze zaak voor hem betekende. Pine's ontsnapping maakte alles wel gecompliceerder, maar gelukkig was er voor elk probleem een oplossing.

Terwijl hij hierover nadacht, liet Spector Buckley met haar telefoon in de hand staan en ze liep terug naar Marbury, die met een nieuwsgierige blik naar zijn opdrachtgever keek. 'Je zei toch dat Cain haar haar kort had geschoren?'

Marbury wendde zijn blik eindelijk af van Buckley. 'Ja, dat vertelde Atkins me, maar uiteindelijk heb ik het zelf gezien. Op dat moment wist ik dat natuurlijk niet, want ik had Atkins nog niet gesproken. Maar in de gevangenis, toen ik naar Atkins' cel liep, kwam ik op de gang Blum en Cain tegen. Ze hadden haar kennelijk net gesproken voordat ik eraan kwam.'

Toen Buckley dit hoorde, keek hij op van de telefoon; hij zou de details van zijn strategie later wel bepalen. Hij keek eerst naar Spector en daarna naar Marbury. 'Bedoel je dat zij het gebouw eerder verlieten dan jij?'

'Dat denk ik wel.'

'Waar stond je auto?'

'Voor de ingang. Dat was de handigste plek voor me, heel dicht bij de hoofdingang. Ik heb een manke knie.'

Spector zei tegen Buckley: 'Als ze een deal willen sluiten, moeten ze toestemming hebben van de plaatselijke politie. Misschien zijn Blum en Cain daar na hun gesprek met Atkins naartoe gegaan.'

'Maar dan zou de plaatselijke politie hun vertellen dat ze zo'n deal helemaal niet konden sluiten op dat moment, omdat...' Hij keek Marbury aan.

Marbury begreep waar hij op doelde en had het gevoel dat iemand hem een mes tussen de ribben stak. 'Omdat ze nu kennelijk werd vertegenwoordigd door een advocaat. Door mij.'

Spector liep naar het raam, maar bleef uit het zicht.

Buckley keek niet eens naar haar, omdat hij precies wist wat ze dacht. Op scherpe toon vroeg hij: 'Marbury, zou je het eigenlijk weten als iemand je hiernaartoe zou zijn gevolgd?'

De advocaat keek stomverbaasd. 'Gevolgd? Ik... Dat is niet eens bij me opgekomen!'

'Nee, natuurlijk niet,' zei Spector spottend. Ze haalde een kleine maar sterke kijker uit haar jaszak en scande de straat en de omgeving van de zijstraat. Ze zag niets opvallends, tot ze naar de parkeerplaats van de kerk keek waar een paar auto's stonden. Ze wilde net de andere kant van de straat bekijken toen ze de kijker scherpstelde en iets interessants zag. 'Op de parkeerplaats van de kerk staat een rode Porsche SUV met een kentekenplaat van Georgia.' Ze stelde de kijker opnieuw bij. 'En het zou heel goed kunnen dat het onze mevrouw Blum is die achter het stuur zit.'

Buckley kwam bij haar staan. 'Zie je Cain ergens?'

'Nee, maar die is misschien uitgestapt om de zaak van dichtbij te bekijken.' Ze keek om zich heen. 'Sterker nog, misschien is ze al in dit huis.'

Marbury keek hen geschrokken aan. 'Zijn we nu dan in gevaar?'

Spector trok een pistool uit haar schouderholster. 'Peter, ik ga het huis doorzoeken. Als ze binnen is, maakt dat onze taak een stuk eenvoudiger.'

Marbury leek bang door haar opmerking, maar was zo verstandig zijn mond te houden.

Buckley pakte de kijker en keek, nadat Spector hem had verteld waar hij naar moest kijken, naar de Porsche. Ondanks alles glimlachte hij; de adrenaline stroomde door zijn lijf en door de verhoogde bloeddruk voelde hij de opwinding weer die hij, nadat hij die heel lang elke dag opnieuw had gevoeld, nu alweer veel te veel jaren miste. Het mooiste was dat de mogelijke strategie die hij in een briljante opwelling had ontwikkeld nu een definitieve beslissing werd. De enige beslissing die nu van belang was.

Hij gaf Spector de kijker terug.

Ze keek hem afwachtend aan en verbaasde zich over de blik op zijn gezicht. Want ze had verwacht dat hij gefrustreerd en misschien zelfs wanhopig zou zijn, maar ze zag iets wat volkomen anders was. Ze raakte haar pistool even aan en vroeg: 'Wat doen we? Gaan we op zoek naar Cain, trekken we ons terug of wachten we tot ze ons hier heeft gevonden?'

'Niets van dat alles. Ik heb een veel beter idee.'

55

Mercy zat op haar hurken en keek door de verrekijker naar de achtergevel. Het huis was bijna helemaal gebouwd van steen, met een paar architectonisch interessante details van hout en andere materialen. Het stond afgezonderd, was niet zichtbaar vanaf de straat en had geen naaste buren. Een uitstekende keus als je iets slechts van plan was, dacht ze. De Escalade stond voor de garage voor drie auto's en ze zag dat de chauffeur in de auto zat en met zijn telefoon bezig was. Door de getinte zijramen kon ze niet zien of Marbury er nog in zat, maar dat betwijfelde ze. Waarom zou hij hiernaartoe gaan als hij gewoon in de auto bleef zitten?

Ze had naar Blum toe veel meer zelfvertrouwen uitgestraald dan ze nu voelde. Fysiek kon ze weliswaar bijna iedereen aan, maar in werkelijkheid had ze geen idee wat ze hier eigenlijk moest doen, want het was natuurlijk niet zo dat ze door haar korte loopbaan als goedkope beveiliger nu een uitstekende rechercheur was. Maar ze had wel wat ervaring als inbreker. Als het nu donker was geweest, zou ze met meer zelfvertrouwen hebben geprobeerd door een deur of raam naar binnen te gaan. Bovendien moest een huis zoals dit wel een uitstekende alarminstallatie hebben, hoewel die overdag misschien uitgeschakeld was, zeker nu er mensen binnen waren.

Mercy besloot dat het geen zin had om hier op haar hurken te blijven zitten, dus liep ze gebukt door, terwijl ze probeerde onzichtbaar te zijn vanuit de rij ramen aan deze kant van het huis. Ze kwam langs een zwembad dat voor de winter was afgedekt en bleef achter een paar struiken staan om te kijken of iemand haar had gezien en van plan was alarm te slaan. Dat was niet zo, dus ontspande ze zich. Ze keek om zich heen en probeerde haar gezonde verstand en haar natuurlijke observatievaardigheden die ze in de loop der jaren had ontwikkeld te gebruiken. Ze was op allerlei plekken waar ze had gewoond meer dan eens gered doordat ze de stemming in een vertrek en de gewelddadige neigingen van verschillende mensen goed had ingeschat.

Ze vroeg zich af of dit huis onlangs voor een korte periode was gehuurd, want de stoelen, ligstoelen en tafels rondom het zwembad waren op elkaar gestapeld en afgedekt. Het huis leek te zijn afgesloten voor de winter. De Escalade was niet in een van de garages gezet, wat waarschijnlijk betekende dat de auto hier niet thuishoorde.

Ze keek boven een struik uit en scande het huis door haar verrekijker. Achter de ramen zag ze niemand, maar ze dook snel naar beneden toen Marbury opeens in beeld kwam. Langzaam kwam ze weer omhoog. Hij praatte tegen iemand en even later kon Mercy heel duidelijk zien tegen wie. Ze had de man nooit eerder gezien, maar hij leek een belangrijk persoon.

Hij was in de veertig, groot en slank, en uitstekend gekleed. Mercy kon dat allemaal zien doordat er in die kamer licht brandde en de man zeker een minuut voor het raam naar buiten stond te kijken. Door de manier waarop hij tegen Marbury praatte en gesticuleerde, dacht ze dat hij de baas was en de advocaat de ondergeschikte. Ze nam aan dat advocaten altijd goede ondergeschikten waren. Mercy had verschillende keren een ontmoeting met een advocaat gehad en geen van die keren was goed uitgepakt voor haar.

De kaaklijn en de ogen van deze baas kwamen haar bekend voor, maar toch kon ze hem niet plaatsen. Ze trok haar hoofd terug en besloot toen om op haar buik te gaan liggen en van onder de struik omhoog te kijken.

De man stond te praten, maar bleef naar buiten kijken. Zijn blik beviel haar niet, die vond ze te waakzaam. Deze man dacht aan één ding en zij wist wat dat was: Lee Pine. Hij hield haar ergens gevangen, hier misschien wel, dat voelde ze gewoon. Hij speelde op de een of andere manier onder één hoedje met Desiree.

Toen de man bij het raam wegliep, verliet Mercy haar schuilplaats en rende naar het huis. Ze ging met haar rug tegen de stenen muur staan en wachtte even. Ze had een achterdeur gezien die vrijwel onzichtbaar was en haar daardoor mogelijkheden bood.

Met haar rug tegen de muur gedrukt sloop ze langs de zijkant van het huis naar de deur. Hij zat op slot, wat haar niet verbaasde. Ze keek naar het deel van het huis waar ze de beide mannen had gezien en had het idee dat dat ver genoeg weg was om veilig te doen wat ze van plan was.

Ze zette één voet op de deurkruk, ging erop staan en zocht houvast aan de gemetselde gevel die zo onregelmatig was dat haar sterke vingers voldoende grip hadden. Ze trok zichzelf omhoog en liet daarna haar hele gewicht op de deurkruk rusten. De kruk gaf wel mee, maar ging niet kapot. Nadat ze hetzelfde nog twee keer had gedaan, brak hij af.

Ze sprong naar beneden en bekeek het resultaat van haar werk. Nu de deurkruk eraf was, kon ze het slot zien. Ze stopte haar vinger in het gat en doordat ze zo sterk was, kon ze het slot openwrikken. Daarna duwde ze tegen de deur die vervolgens openzwaaide.

Meteen daarna stond ze binnen, met haar pistool in de hand, en keek om zich heen.

Haar vermoeden dat het huis was afgesloten, leek te worden bevestigd door de muffe lucht en de hoezen over de meubels. Snel en geluidloos onderzocht ze de vertrekken op de begane grond. Daarna luisterde ze even en hoorde boven voetstappen en gedempte stemmen. Ze liep naar de trap en zette heel behoedzaam haar voet op de treden.

Ondertussen hoorde ze nog meer voetstappen en nog meer gedempte stemmen. Mercy bleef stokstijf staan en wachtte even. Ze realiseerde zich opeens dat ze geen idee had hoe de stem van haar zus klonk. Zo stil mogelijk ging ze weer naar beneden en ze bleef onderaan de trap staan voor het geval iemand die boven was besloot hierlangs te vertrekken.

Na vijf minuten werd ze ongeduldig en dus liep ze naar boven tot ze bij de deur bovenaan de trap was.

Mercy duwde hem heel voorzichtig open en keek door de kier. Ze zag een grote luxueus ingerichte kamer, maar ook hier zaten er hoezen over de meubels. Ze opende de deur verder tot ze naar binnen kon glippen. Ze bukte zich en scande de ruimte voor en achter haar.

Ze wilde net een stap zetten, maar bleef abrupt staan. Ze had al een hele tijd geen voetstappen of stemmen meer gehoord. Ze ging rechtop staan en begon te rennen toen ze een auto hoorde starten.

Ze was net op tijd bij het raam om te zien dat een SUV als vanuit het niets met een brullende motor tussen de heggen die de oprijlaan omzoomden door verdween, even later gevolgd door de Escalade.

'Verdomme!' Mercy wist niet wat ze moest doen: de rest van het huis doorzoeken of teruggaan naar Blum. Uiteindelijk besloot ze dat deze mensen, als haar zus hier was, haar niet alleen zouden achterlaten, dus vertrok ze via dezelfde route als ze was gekomen. Ze rende naar de parkeerplaats waar ze Blum in de Porsche had achtergelaten.

Alleen waren de SUV en Blum daar niet meer.

56

Zelfs al voordat de oude pick-up voor het hotel was gestopt, sprong Pine eruit. 'Dank u wel!' riep ze nog.

De oudere vrouw toeterde, leunde uit het raam en riep: 'Jij bedankt, juffie. Zoveel lol heb ik al jaren niet gehad!'

Pine rende door de lobby naar de receptiebalie.

Dezelfde vrouw van de vorige avond zei: 'Mijn god, agent Pine! Ze hebben u overal gezocht. We dachten dat u was ontvoerd.'

'Dat was ik ook, maar ik ben ontsnapt.'

'U bent gewond!'

'Wat?'

'Uw gezicht is bont en blauw!'

Pine raakte de zijkant van haar gezicht aan, waar ze was geslagen. Door alle adrenaline tijdens haar ontsnapping was ze dat vergeten en had ze de pijn niet eens gevoeld. Nu kwam het allemaal terug. Ze wreef over haar schuine spier waar ze de eerste klap had geïncasseerd. Die was dik en deed verdomd veel pijn. Degene die dat had gedaan, had een enorme stootkracht.

Ze concentreerde zich en vroeg: 'Waar is de vrouw die bij me was, Carol Blum?'

'Dat weet ik niet. Ik heb haar niet meer gezien. De FBI is hier. Ze zijn in de eetzaal. Agent McAllister.' Ze beschreef hem.

Pine liep snel naar de eetzaal en zag bijna helemaal achterin twee mannen zitten, een man die op de beschrijving leek en dus Drew McAllister moest zijn, en een lange, jongere man. Ze rende naar hen toe.

De mannen keken stomverbaasd toen ze haar zagen.

'Agent Pine?' riep McAllister, terwijl hij onhandig opstond.

'Dat ben ik.'

'Ik werd net gebeld door Tate Callum en hoorde dat je was ontsnapt.'

Pine vertelde hun in dertig seconden wat haar was overkomen en hoe ze was ontsnapt. 'Ik hoop dat de mannen die ik vastgebonden heb achtergelaten ons meer kunnen vertellen over wat er allemaal aan de hand is.'

Tot haar verbazing zei McAllister hoofdschuddend: 'Dat gaat niet gebeuren. Callum vertelde dat de mannen al verdwenen waren toen hij op het adres aankwam dat je me doorgaf.'

Pine kreunde. 'Shit! Dan is er iemand gekomen die hen heeft losgemaakt, want zelf konden ze onmogelijk loskomen. Bovendien waren ze allebei bewusteloos.'

Hij wees met zijn duim naar zijn partner. 'Dit is Neil Bertrand.'

Pine knikte naar hem.

Bertrand zei: 'Hebben ze je afgetuigd?'

Pine wreef over haar gezwollen gezicht. 'Ik was minder coöperatief dan ze wilden.'

McAllister zei: 'Luister, we zijn hier om met je te praten over Tim Pine, maar aangezien de hel hier is losgebroken, moeten we ons eerst maar met deze zaak bezighouden, wat die ook inhoudt.'

'Bedankt! Op dit moment kan ik alle hulp gebruiken.'

'De plaatselijke politie zal het huis waar je gevangen werd gehouden helemaal doorzoeken. Misschien ontdekken ze iets.'

'Ik moet mijn vriendin bellen, Carol. Ik heb mijn telefoon in mijn kamer laten liggen. Ben zo terug.'

'Nee, die hebben wij van mevrouw Blum gekregen. Ze heeft geprobeerd je te bereiken.' Hij gaf haar de telefoon.

Pine nam hem snel aan en ontgrendelde hem. Er waren eerdere telefoontjes en berichtjes van Blum. Het was wel duidelijk dat ze erg ongerust was over Pine's verdwijning. Ze belde Blums telefoon, maar werd meteen doorgeschakeld naar de voicemail. Vloekend stuurde ze Blum een bericht, maar ze kreeg geen antwoord. 'Ik ben zo terug,' zei ze tegen McAllister.

Ze ging snel naar haar kamer, haalde haar legitimatiebewijs en wapens uit de kluis, en ging weer naar beneden.

'Wanneer hebben jullie Carol voor het laatst gezien?'

'Vanochtend toen we in het hotel aankwamen. Ze vertelde ons dat je was verdwenen. Maar ik weet niet waar ze daarna naartoe is gegaan.' Hij keek naar zijn partner. 'Neil, probeer dat uit te zoeken.'

Bertrand stond op en liep weg.

Pine ging op zijn stoel zitten en keek McAllister aan.

Hij zei: 'Blum dacht dat de mensen van de drugsbende met wie Desiree Atkins samenwerkte je misschien hadden ontvoerd. Wat denk jij?'

'Nee hoor, de man die hier de leiding over heeft, heeft me iets anders verteld. Ik was geblinddoekt en kan hem dus niet identificeren, maar hij vertelde me dat als Desiree Atkins op borgtocht vrijkwam ze haar zouden oppakken en haar zouden dwingen te praten. Dat klinkt niet naar haar drugsmaatjes, als die al bestaan.'

'Zei hij wat voor soort informatie hij van haar wilde?'

'Hij was naar iemand op zoek.'

'Naar wie?'

'Eloise Cain.' Pine ademde diep in. 'Dezelfde vrouw naar wie ik op zoek ben.'

'Vertelde hij waarom hij haar zoekt?'

'Hij zei dat ze zijn broer had gedood. Hij wilde wraak, neem ik aan.'

'Waarom zou ze zijn broer hebben gedood?'

'Hij zei dat het zijn broers verdiende loon was, maar dat hem dat niets kon schelen omdat het familie was. Het is duidelijk dat hij Cain wil vermoorden.'

'En waarom ben jij op zoek naar deze Eloise Cain?'

Pine had geweten dat deze vraag zou worden gesteld. 'Zij is belangrijk voor de zaak waar ik aan werk.'

McAllister zei teleurgesteld: 'Dat zeg ik altijd tegen mijn bazen als ik ze nog niet op de hoogte wil brengen. Kun je me echt niet meer vertellen?'

Pine keek hem aan en hield zijn blik vast. 'Je moet me maar gewoon vertrouwen. Het is een ingewikkeld verhaal en daar hebben we gewoon geen tijd voor. Alsjeblieft.'

Hij leunde naar achteren en zuchtte. 'Ik heb je natuurlijk nagetrokken voordat ik hiernaartoe kwam. Alleen maar superlatieven. Dus voorlopig zal ik dit accepteren, maar agent Pine, op een bepaald moment wil ik het hele verhaal horen.'

'Ik hoop dat ik het je dan kan vertellen, het hele verhaal bedoel ik.'

Pine vertrok en ging naar haar kamer. Ze liet drie berichten achter voor Blum, voicemail- en tekstberichten. Er was iets helemaal mis.

Stom!

Ze had niet eens gekeken of de Porsche nog op de parkeerplaats stond.

Ze ging snel naar de lobby en liep naar de uitgang toen voor het hotel een passagier uit een Lyft-auto stapte. Pine liep door de draaideur naar buiten, maar ze bleef stokstijf staan, draaide zich om en keek naar de vrouw die net door de draaideur naar binnen was gegaan.

De vrouw stond nu in de lobby naar Pine te kijken en liep daarna langzaam weer naar buiten.

En voor het eerst in dertig jaar keken de zussen elkaar aan, op slechts een paar meter afstand van elkaar.

Pine stond te trillen op haar benen en werd overspoeld door emoties die ze niet eerder had gevoeld. Nee, dacht ze, ik vergis me. Dit zijn dezelfde emoties die ik voelde toen ik hoorde dat mijn tweelingzus was verdwenen. 'M-Mercy?'

Mercy keek haar aan, terwijl oude herinneringen naar boven kwamen, herinneringen die waren verdrongen door alle haat, gif en wreedheid van Desiree Atkins. Het was alsof er eindelijk een dam brak en alles wat belangrijk was naar haar toe stroomde. 'Lee? Ben jij het echt?'

Pine zag een gezicht dat heel erg op het hare leek, maar ook weer helemaal niet. Het leven van de afgelopen dertig jaar, overwegend heel slecht, was in het gezicht van haar tweelingzus geëtst. Dat was niet te ontkennen. Verdwenen was het schattige mooie meisje met het prachtige lange haar, haar voorliefde voor jurkjes met tierelantijntjes en haar ondeugende glimlach waarmee ze Pine altijd aan het lachen kon maken.

Maar toch, om de een of andere reden wist Pine zeker dat ze haar zus zojuist had teruggevonden. De tranen stroomden over haar wangen en ze deed geen enkele poging ze weg te vegen. 'Ja, mijn god, ja! Ik ben het echt!'

De vrouwen liepen naar elkaar toe alsof ze met een sterk touw aan elkaar vastzaten. En eindelijk omhelsden ze elkaar, voor het eerst in dertig jaar.

57

Pine liet haar zus los, stapte achteruit en keek Mercy alleen maar aan. 'Ik kan gewoon niet geloven dat dit echt gebeurt. Na al die jaren.'

Mercy bekeek haar tweelingzus aandachtig, terwijl haar gelukkige blik langzaam verdween. 'Het is echt heel lang geleden. Ik denk niet dat ik nog zo ben als jij je herinnert.'

Ook Pine's glimlach verdween langzaam. Ze werd overvallen door iets wat vreemd en ondefinieerbaar was, een soort hoge muur die bestond uit ontelbare substantiële onderdelen. Maar ze wilde niet dat ook maar iets dit moment zou bederven. Daar was ze te gelukkig voor, en dat wilde ze haar zus laten zien. Haar glimlach werd zelfs nog breder. 'Het enige wat ik belangrijk vind, is dat jij leeft en dat je hier nu bent. O mijn god, ik heb op deze dag gewacht, al heel erg lang!'

Mercy stopte haar handen in haar zakken. 'Ja, dat kan ik wel zien. Oké, ik hoorde dat je in de problemen zat.'

Pine's glimlach betrok weer. 'Ja, dat was zo. Maar ik ben ontsnapt.'

Mercy keek naar het gezwollen gezicht van haar zus. 'Maar toen was je al afgetuigd?'

Pine sloeg haar armen over elkaar, want ze begreep dat het euforische moment van hun zusterlijke hereniging voorbij was. 'Hoort erbij. Ik hoop dat ik ze dat een keer betaald kan zetten.' Ze stapte naar voren en wreef over Mercy's arm. 'Ik weet een beetje van wat jou is overkomen en dat vind ik heel erg. Ik weet ook hoe ontoereikend woorden nu zijn.'

Mercy haalde haar schouders op. 'Ik heb het overleefd. En ik ben ook ontsnapt, net als jij. Zij hebben me niet geslagen.'

'Nee, dat niet.'

'Daar gaat het om, overleven.'

'Dat is waar,' zei Pine niet op haar gemak. Ze had het gevoel dat ze twee vriendinnen waren die luchtig met elkaar praatten over dingen die voor geen van beiden echt belangrijk waren. In de Hollywood-versie zouden ze alleen maar glimlachen, elkaar omhelzen en tranen met tuiten huilen. Maar het drong opeens tot haar door dat alles in het echte leven veel genuanceerder was. En ingewikkelder.

Waarom realiseer je je dat nu eigenlijk pas?

Ze zei: 'Luister, ik weet dat dit een slecht moment is, maar ik moet mijn vriendin zien te vinden. Ze zal hier wel ergens zijn.'

'Dat denk ik niet.'

'Wat?' zei Pine scherp.

'Heb je het over Carol Blum? We waren samen en hebben Desiree opgezocht in de gevangenis.'

Pine vroeg verbijsterd: 'Je hebt Desiree opgezocht?'

'Carol dacht dat ze misschien iets met jouw verdwijning te maken had. Je weet wel, Desirees drugsvriendjes... We dachten dat zij je hadden ontvoerd.'

'Wat gebeurde er toen?'

'Toen wij haar verlieten, kwam die belangrijke hotemetoot van een advocaat uit New York de gevangenis binnen om haar te bezoeken. Carol was zo slim om te bedenken dat Desiree die man niet had laten komen, dus vroeg ze zich af wie dat wel had gedaan. Daarom kwam ze op het idee om hem te volgen nadat hij de gevangenis had verlaten.'

'Waar ging hij naartoe?'

'Een of ander groot chic huis. Hij ontmoette daar een andere man. Ik ging naar binnen om te zien wat ik kon ontdekken. Dat huis leek afgesloten voor de winter, je weet wel, alsof de echte eigenaren ergens anders naartoe waren gegaan. En misschien gebruikten deze lui dat gewoon. Maar toen vertrokken ze allemaal en bleef ik helemaal alleen achter. Ik voelde me een stomkop, omdat ik eigenlijk geen idee had wat ik aan het doen was. Dus rende ik terug naar de auto om het aan Carol te vertellen, maar toen waren zij en de auto verdwenen.'

'Verdwenen? Denk je dat ze achter hen aan is gegaan?'

'Ik weet het niet. Heb je onlangs nog iets van haar gehoord?'

'Nee, en ik heb ik weet niet hoeveel berichtjes achtergelaten en niets van haar gehoord.'

'Dan denk ik dat haar iets is overkomen.'

'Misschien hebben ze gemerkt dat ze waren gevolgd.'

'Ja, misschien wel.'

Pine keek om zich heen en zag dat verschillende mensen naar hen keken en naar hun gesprek luisterden. Ze gaf een por tegen Mercy's arm en zei: 'Laten we naar boven gaan en dit verder in mijn kamer bespreken.'

Ze gingen met de lift naar boven en liepen naar Pine's kamer, waar ze haar sleutelkaart gebruikte om naar binnen te gaan.

Mercy zei: 'Mijn weekendtas lag in de Porsche. Al mijn kleren en andere spullen zaten erin.'

'Ik heb wel wat kleren voor je. Je bent langer dan ik, maar het zou moeten passen. We hebben ongeveer dezelfde bouw.'

Mercy bekeek haar zus. 'Je lijkt behoorlijk sterk en fit, uitstekend in staat voor jezelf op te komen.'

'Ja.'

'Helpt waarschijnlijk met je werk.'

'Kan geen kwaad.'

'Ik doe een beetje aan MMA en plaatselijke UFC-wedstrijden om geld te verdienen. Je moet toch wat?'

Pine keek haar aan. 'Ik weet dat je het heel zwaar hebt gehad, Mercy.'

'Ik kijk niet achterom. Dat probeer ik tenminste niet. Dat is niet goed voor iemand als ik.' Ze zweeg even. 'Oké, Carol dus...'

Pine ging op het bed zitten. 'Weet je nog waar dat huis was?'

'Niet precies. Carol reed en ik lette niet op. Ik ben met een Lyft teruggegaan naar het hotel, maar moest eerst een heel stuk lopen naar de plaats waar hij me oppikte. Misschien kunnen we het wel reconstrueren, maar ik had het idee dat ze het tijdelijk gebruikten en daar niet woonden. Ik heb wel een man voor het raam zien staan.'

'De advocaat?'

'Nee, een andere man.'

'Kun je hem beschrijven?'

'Groot, slank, in de veertig, goedgekleed, leek iemand van klasse. Heb je gezien wie je hebben ontvoerd?'

'Wel de spierballen, niet de baas. Maar ik durf te wedden dat hij de man is die je zag.'

'Wat heeft hij tegen je? Desiree heeft er toch niets mee te maken? Die man leek niet op een gebruikelijke drugsdealer, zelfs niet eentje hoger in de hiërarchie. Hij had meer klasse, zoals ik al zei. Hij leek wel een CEO van het een of ander.'

Pine schraapte haar keel en keek haar nerveus aan. 'Hij heeft kennelijk een grief tegen jou.'

Mercy was naar het raam gelopen en keek naar buiten. Ze draaide zich om. 'Tegen mij?'

'Hij was op zoek naar El Cain.'

'Waarom?'

'Hij zei dat je zijn broer hebt vermoord.'

Mercy zette een paar stappen naar haar toe. 'Ik heb de broer van die man vermoord? Zei hij dat?'

'Ja.'

'Ik heb niemand vermoord. Net zoals ik Joe Atkins niet heb vermoord. Carol vertelde me dat je Desiree zover hebt gekregen dat ze die moord bekende.'

'Dat klopt. Haar bekentenis is veilig geüpload naar mijn persoonlijke cloud.'

'Ik werd bang toen ik zag dat de FBI achter me aan zat.'

'Ze zaten niet achter je aan. Ze wilden je alleen vinden.'

Mercy fronste. 'Vertelde die man waarom ik zijn broer zou hebben vermoord?'

'Niet echt, alleen dat het zijn verdiende loon was.'

Mercy liet zich op een stoel vallen. 'Dat slaat nergens op. Die man is gek. Ik heb wel mannen afgetuigd omdat ze dat verdienden, maar ik heb niemand vermoord. Dat zweer ik.'

'Ik geloof je. Maar die man wil je hoe dan ook te pakken nemen. Het was een heel persoonlijke zaak voor hem.'

'Denk je dat híj Carol heeft ontvoerd?'

'Zou goed kunnen.' Pine stond op. 'Beneden is een FBI-team. Ze zijn hier voor een andere zaak die te maken heeft met Tim Pine.'

'Ja, Carol heeft me over hem verteld. En over onze biologische vader met bakken met geld.'

'Jack Lineberry.'

'Hoe zat het dan met onze moeder? Was ze een slet of een gek of allebei?'

Pine voelde dat haar gezicht warm werd door deze botte vraag.

Mercy leek haar gedachten te kunnen lezen. 'Sorry, hoor. Ik kan me haar niet echt herinneren. Carol vertelde dat ze een mol was die de maffia te pakken wilde nemen of zo, maar dat ze ervandoor ging en jou in de steek liet.'

Pine's gezicht werd nu zelfs nog warmer. 'Ja, dat heeft ze gedaan. Ik probeer haar te vinden, haar en Tim.'

'Waarom zou je, als ze jou in de steek liet? Wil je iets tegen haar zeggen, Lee? Maar zou het echt iets uitmaken? Na al die tijd?'

Pine liep naar de kast en haalde een envelop uit haar jaszak. Ze liet hem aan Mercy zien en zei: 'Ik heb deze brief net gekregen. Een brief van mama aan Jack Lineberry.'

'Wat staat erin?'

'Lees hem zelf maar, dan ga ik naar beneden om met die agenten te praten. Ik... wil niet dat ze nu al weten dat jij bestaat.'

Mercy keek haar aan. 'Je zei dat het allemaal cool was nu we weten wat er met Joe is gebeurd! Hij is doodgestoken. Ik heb dat niet gedaan. Ik heb hem alleen geslagen toen hij probeerde me tegen te houden. Je zei dat je Desirees bekentenis hebt. Carol vertelde me hetzelfde. Logen jullie soms?'

'Nee, dat is de waarheid, Mercy. Maar laat dit alsjeblieft aan mij over. Ik ken het Bureau. Vertrouw me maar. Ik kan dit regelen, dat beloof ik.'

'Ik heb mijn hele leven nog niemand vertrouwd en ik denk niet dat ik daar nu mee kan beginnen. Het spijt me, maar zo is het gewoon.'

'Oké, dat begrijp ik wel. Maar blijf gewoon hier en lees die brief, ik ben zo terug.'

Mercy nam de brief van haar aan. 'We moeten op zoek naar Carol. Ik vind haar aardig.'

'We vinden haar wel. Ik vind haar ook aardig. Ze is... Ze is...'

'... als een moeder voor je?' vroeg Mercy, terwijl ze haar tweelingzus aandachtig aankeek.

Pine gaf geen antwoord. Ze vertrok en Mercy ging op het bed zitten en begon de brief te lezen.

58

McAllister zat nog aan hetzelfde tafeltje in de eetzaal van het hotel. Hij was aan het telefoneren toen Pine binnenkwam en stak een vinger op om aan te geven dat ze even moest wachten. Toen hij het gesprek beëindigd had, keek hij haar aan en vroeg: 'Wat heb je ontdekt, Pine?'

'Carol Blum wordt vermist. We moeten een opsporingsbevel doen uitgaan.'

'Neil heeft de video van de parkeerplaats bekeken. Blum was daarop te zien toen ze in haar auto stapte, samen met een lange vrouw met een capuchontrui aan. Enig idee wie dat kan zijn?'

Pine wist dat deze vraag kon komen en had er nog steeds geen goed antwoord op. 'Dat weet ik niet zeker.'

'Oké,' zei McAllister, niet overtuigd. 'Ik zal het opsporingsbevel laten uitgaan, maar daarna moeten jij en ik even praten.'

Pine gaf hem een beschrijving van de Porsche en het kenteken.

Hij liet haar een paar minuten alleen en kwam terug met Neil Bertrand. Ze gingen tegenover haar zitten.

'Koffie?' vroeg McAllister. 'We hebben hier een lopende rekening.'

'Heel graag.'

'Je zult ook wel honger hebben. Je ontvoerders hebben je vast niets te eten gegeven.'

'Niet nodig, maar bedankt.'

'Zwarte koffie of met melk en suiker?'

'Zwart.'

Bertrand liep weg om het te halen.

McAllister nam een slok van zijn eigen koffie en zette het kopje neer. 'Je zei dat ik je moest vertrouwen. Oké, dat doe ik. Maar vertrouwen moet wederkerig zijn.' Hij liet deze woorden tussen hen in hangen en Pine zag wel dat hij niets meer zou zeggen tot ze had gereageerd. Zij zou in zijn plaats hetzelfde hebben gedaan.

Ze wachtte op haar koffie. Nadat die was gebracht, nam ze een grote slok en begon te vertellen. 'Ik heb verlof van het Bureau om mijn tweelingzus, Mercy Pine, te zoeken. Ze werd ontvoerd toen we zes jaar oud waren. We hebben ontdekt dat ze bij Desiree en Joe Atkins heeft gewoond. Ze hadden haar naam veranderd in Rebecca Atkins.'

McAllister keek haar met grote ogen aan en knikte toen. 'Rebecca Atkins? O ja, dat herinner ik me van de PSA van de FBI. Was dat je zus?'

'Ja. Hoe dan ook, de Atkinses hielden haar gevangen, maar ze is een kleine twintig jaar geleden ontsnapt. We vonden Desiree in Asheville. Daar ontdekte ik dat ze er een ander jong meisje gevangenhield en later kregen we haar zover dat ze bekende dat ze haar man Joe heeft vermoord.'

'Bekende?'

Pine pakte haar telefoon en liet de opname horen.

'Is dit toelaatbaar bewijs tijdens een proces?' vroeg McAllister.

'Dat hoop ik,' zei Pine. 'Omdat daaruit blijkt dat mijn zus niets verkeerds heeft gedaan, hoewel ik vind dat ze alle recht zou hebben gehad om hen allebei te doden. Ze probeerden haar opnieuw op te sluiten.'

'Nou, ik denk dat de meeste rechtbanken en jury's het daarmee eens zouden zijn. Weet je waar je zus nu is?'

Pine haalde diep adem. 'Boven, in mijn kamer. Zij was de lange vrouw die jullie samen met Carol in de auto zagen stappen. Zij is degene naar wie ik op zoek was.'

Ze keek op om te zien hoe McAllister en Bertrand hierop zouden reageren.

Bertrand leek verbaasd, McAllister niet.

'Twee lange vrouwen, dezelfde bouw en allebei gezien in gezelschap van Blum. Daar hoef je geen Sherlock Holmes voor te zijn. Je zus heet nu dus Eloise Cain?'

'Ja. Ze kwam hiernaartoe om Desiree te spreken en dat heeft ze gedaan. Maar er is een advocaat uit New York gekomen om Desiree te vertegenwoordigen, alleen is de man door iemand anders ingehuurd. Ik denk dat dat dezelfde persoon is die mij heeft laten ontvoeren. Carol en mijn zus zijn de advocaat gevolgd naar een huis, waar mijn zus de man met die advocaat heeft zien praten. Daarna zijn beide mannen vertrokken. Misschien vermoedden ze dat ze werden gevolgd, dat weet ik niet. Mijn zus was het huis binnengegaan om een kijkje te nemen en om te zien of ik daar was. Toen die mensen opeens vertrokken, rende ze terug naar de plek waar hun auto stond, maar ontdekte dat Carol en de auto verdwenen waren.'

'Je denkt niet dat Carol hen is gevolgd?'

'Dan had ze een boodschap achtergelaten. Dat heeft ze niet gedaan. En alle berichtjes die ik haar kortgeleden heb gestuurd, zijn niet beantwoord. Daarom denk ik dat ze haar te pakken hebben genomen.'

McAllister leunde naar achteren, keek naar Bertrand en zei tegen Pine: 'En deze man, laten we hem de bendeleider noemen, zei dat hij op zoek was naar El Cain, jouw zus, omdat ze zijn broer had vermoord? Wat zegt zij daarover?'

'Ze heeft geen idee waar hij het over heeft. Zij heeft niemand gedood.'

'En jij gelooft haar?'

'Ja.'

'Wanneer heb je haar gevonden?'

Pine haalde opnieuw diep adem. 'Ongeveer twintig minuten geleden.'

'Je hebt haar dertig jaar niet gezien en nu denk je dat je haar goed genoeg kent om te weten of ze wel of niet de waarheid spreekt als ze zegt dat ze niemand heeft vermoord? Zou ze zo'n misdaad echt bekennen tegenover een FBI-agent, of die nu wel of niet haar zus is?'

Pine's professionele kant wist wat ze moest antwoorden: natuurlijk kende ze haar zus niet goed genoeg. Maar haar menselijke kant gaf het antwoord. 'Ik denk dat ze de waarheid spreekt. En de man zei dat zijn broer het verdiende, dus heb ik het idee dat die broer, of ze dat nu wel of niet heeft gedaan, haar heeft uitgedaagd.'

'Heb je haar gevraagd of iets in haar recente verleden zo'n actie tegen haar heeft kunnen oproepen? Ik bedoel, de man die zich op haar wil wreken, ontvoerde een FBI-agent, liet een dure advocaat uit New York komen en ontvoerde een andere medewerker van de FBI. Het motief erachter moet wel heel belangrijk zijn.'

‘Zo uitgebreid heb ik dat nog niet met haar besproken.’

‘Hoewel dit feitelijk niet mijn zaak is, vind ik dat iemand dat wel zou moeten doen.’

‘Ik doe het wel.’

Bertrand zei: ‘Denk je echt dat je daar objectief genoeg voor bent, agent Pine? Volgens de regels van het Bureau…’

Ze snauwde: ‘Ik ken die regels heel goed!’ Ze werd echter meteen weer rustiger en nam nog een slok koffie om zichzelf de tijd te geven een beter antwoord te formuleren. Ze keek naar haar koffie, alsof daarin de uitweg uit haar huidige dilemma lag. ‘Ik zal er met haar over praten, objectief. Dan, als blijkt dat er meer achter zit, zal ik zorgen dat jij met haar kunt praten. Is dat iets?’

‘Prima, voorlopig dan. En hoe zit het met Tim Pine?’

‘Ik heb hem of mijn moeder al jaren niet gezien. Ik dacht dat hij dood was. Ik heb geen idee waar ze zijn.’

‘Hoe is Ito Vincenzo in zijn graf beland?’ vroeg Bertrand.

‘Hebben jullie Jack Lineberry al gesproken?’

‘Hij is de volgende op onze lijst. We begrijpen dat de politie van Georgia en een moordrechercheur uit Virginia hem al hebben ondervraagd. Ik denk niet dat we tevreden waren over zijn antwoorden.’

‘Waarom heeft de FBI hier eigenlijk belangstelling voor? Moord is een zaak voor de staat, tenzij er iets ongebruikelijks mee aan de hand is.’

‘Dat is nu kennelijk het geval.’

‘Weet je, mijn moeder werkte in de jaren tachtig als mol voor de Amerikaanse regering om een paar maffiabazen in New York op te pakken. Bruno Vincenzo was een van hen. Hij is in de gevangenis vermoord omdat hij een verrader was geworden. Maar daarvoor had hij zijn broer Ito al overgehaald om wraak te nemen en toen heeft hij mijn zus ontvoerd en mij bijna vermoord. Pas jaren later vond Ito mijn vader in Virginia en toen probeerde hij hem opnieuw te vermoorden. Alleen was Ito degene die stierf.’

‘Waarom heeft je vader dit niet gemeld?’

‘Dat had hij moeten doen, maar de maffia vergeet nooit iets. Hierdoor zou alles weer opgerakeld worden. Dus bedachten hij en Lineberry een plan. Lineberry was de eerste die de dode identificeerde als Tim en die identificatie werd bevestigd door mijn moeder. Ik neem aan dat het gezicht onherkenbaar was.'

'Ik heb de autopsiefoto's gezien. Dat was zo,' zei McAllister met een blik vol afschuw. 'Dus je moeder en die Lineberry logen tegen de politie en belemmerden een moordonderzoek.'

'Lineberry werkte voor de regering. Hij was mijn moeders handler. Ik neem aan dat hij een eed heeft afgelegd om te zwijgen. Dat moet je misschien met een andere dienst afkaarten.'

'Zou niet de eerste keer zijn.'

'Mijn enige doel op dit moment is Carol vinden.'

'Dat begrijp ik wel. Ga nu maar even met je zus praten, misschien weet zij iets nuttigs.'

Pine stond op. 'Bedankt voor de koffie.' Ze liep weg.

McAllister keek haar narrig na. 'Vreemde vrouw.'

'Maar een fantastische staat van dienst bij het Bureau,' zei Bertrand.

'Ja, maar ze strijkt iedereen altijd tegen de haren in.'

'Denkt u dat ze iets verzwijgt?'

McAllister keek de jongere man ongelovig aan. 'Verdomme, Neil, natuurlijk verzwijgt ze iets!'

59

Mercy legde de brief op het bed, draaide zich om en liep naar het raam. Het was een heldere dag, zodat ze de prachtige Blue Ridge Mountains goed kon zien. Het uitzicht zat als een gehoorzame hond voor haar, in de hoop haar te kunnen opvrolijken.

Dat gebeurde niet, want Mercy beschouwde de bomen niet als een symbolische hond en ze was niet vrolijk. De enige dingen die ze zag, zaten in haar eigen hoofd.

De kleine wildebras – blootsvoets, in een vieze tuinbroek en een verbleekt T-shirt – liet zich uit een hoge boom vallen en stond op: kaarsrecht, trots en koppig. Het kleine meisje in het gekleurde jurkje zat op een deken met haar pop Sally op de arm een denkbeeldig kopje thee te drinken. Het meisje in de jurk riep met een zuidelijk accent tegen de lange, knappe vrouw die haar dikke haar had opgestoken: 'Ik zei het toch, mama, Lee kon het wel. Ze kwam net heelhuids beneden.' Daarna kwam de knappe vrouw voor haar staan.

Mercy herkende bepaalde trekken van haar in zichzelf en in haar zus. Ze wist niet hoe deze Jack Lineberry eruitzag, maar zij en Lee hadden waarschijnlijk ook bepaalde trekken van hem geërfd.

De vrouw bukte zich en gaf Mercy een knuffel, met een brede en uitnodigende glimlach op haar gezicht die alles in Mercy's leven perfect maakte. 'Je had gelijk, Mercy. Jij lijkt Lee beter te kennen dan jullie moeder.'

'We zijn een tweeling,' zei de kleine Mercy. 'We delen alles. Zelfs onze hersens.'

Haar moeder lachte en riep tegen haar zus: 'Lee, kom eens hier, lieverd. Ik moet even in jullie hoofden kijken.'

In Mercy's hoofd kwam Lee in beeld. Haar sterke kleine handen waren bijna altijd gebald, alsof ze niet konden wachten tot ze met iemand konden vechten. Maar toen Lee Mercy zag en Mercy glimlachte, ontspanden de handen zich en glimlachte Lee terug. Ze lachte zoals ze altijd lachte en waardoor Mercy zelfs nog gelukkiger werd.

'In onze hoofden?' Lee bukte zich zodat haar moeder kon doen alsof ze haar hoofd openmaakte en naar binnen kon kijken.

'Nu moet ik naar je zusje kijken.'

Mercy giechelde en boog haar hoofd ook.

Hun moeder onderzocht haar hoofd gehoorzaam en riep dat de meisjes hun hersens inderdaad deelden.

'Hoe ziet het eruit, mama?' vroeg Lee.

'Eén kant draagt een mooie jurk en de andere een vieze tuinbroek,' antwoordde ze. Vervolgens begon ze Lee te kietelen tot die het uitgilde en Mercy meedeed en haar moeder kietelde. Daarna achtervolgden de meisjes hun moeder om haar te kietelen, tot ze allemaal op de grond lagen te gillen van de lach.

Mercy wendde zich af van het raam, terwijl de tranen over haar wangen stroomden. Na het lezen van de brief was deze herinnering zojuist volledig teruggekomen. Jarenlang had ze zich alleen maar flarden herinnerd; niet alles, niet de belangrijkste delen.

Al die jaren had ik bij haar en mijn zus kunnen zijn en kunnen genieten van zoveel plezier en zoveel... liefde. Maar in plaats daarvan was ik bij de Atkinses.

Toen ze de brief weer pakte en opnieuw de woorden las die haar moeder had geschreven – die zichzelf de schuld gaf van alles wat verkeerd was gelopen – werd Mercy opeens woedend. Probeerde haar moeder alleen maar medelijden en geld van Jack Lineberry te krijgen? Mercy vond dat de brief wel heel erg 'zie je wel hoe zielig ik ben' uitstraalde.

Maar misschien was ze niet eerlijk. Als je nog zo jong was en als mol bij de maffia zat, moest je wel heel moedig zijn. En nadat haar gezin was aangevallen, één dochter werd ontvoerd en de andere voor dood werd achtergelaten... Waarna de man van wie ze hield ook bijna werd vermoord...

Mercy vond het onplezierig als andere mensen haar veroordeelden, maar dat gebeurde te vaak op basis van haar rafelige kleren, haar oude auto, haar uiterlijk, haar beperkte opleiding, haar gebrek aan tact of haar lompe gedrag. Daarom vond ze eigenlijk niet dat zij het recht had anderen te veroordelen, ook haar moeder niet.

Toch begreep Mercy nu wel dat haar moeder niet gevonden wílde worden. Haar moeder wilde geen deel uitmaken van het leven van haar dochters. Dat was haar goed recht, dacht Mercy, hoewel zij dat heel egoïstisch vond. Zelfs nadat ze de brief had gelezen, begreep ze niet waarom haar zus de vrouw wilde vinden. Er was duidelijk niets meer. De vrouw met het opgestoken haar die met haar dochters had gespeeld en hen had gekieteld was allang verdwenen. Ze had een keus gemaakt en die keus betekende dat ze er niet meer was voor haar dochters. Ze moesten allemaal door met hun leven.

Ze keek op toen de deur opengeging en Pine binnenkwam.

Pine ging naast Mercy op het bed zitten en keek naar de brief in haar hand. 'En?'

Mercy haalde haar schouders op. 'Het is een brief. Vol spijt, een sentimenteel verhaal. Ik weet niet wat jij hierbij voelt, maar zij wil niet gevonden worden, dat is duidelijk genoeg. Oké, prima. Je zou er niets mee opschieten, Lee.'

Pine werd bleek en ze keek verdrietig. 'En je voelde niets bij wat ze schreef?'

'Waarom zou ik?'

'Waarom heb je dan rode ogen en natte wangen?'

Mercy legde de brief weer op het bed, stond op en wendde haar blik af. 'Ik heb geen zin in deze shit, Lee, oké? Ik kwam hier om met Desiree af te rekenen en heb tegen die bitch gezegd wat ik wilde zeggen. Ik word niet langer verdacht van een moord die ik niet heb gepleegd. Nu wil ik gewoon terug naar mijn eenvoudige leventje.'

'En ik dan?'

Mercy keek haar aan.

Pine's ogen schitterden en met een zachte, gespannen stem zei ze: 'Ik heb er niet voor gekozen jou kwijt te raken. Ik heb je niet in de steek gelaten. Ik heb mijn zus dertig jaar moeten missen, Mercy. En nu we elkaar hebben gevonden wil je gewoon weglopen? Net zoals mama bij mij is weggelopen?'

Mercy kromp niet in elkaar, maar leek juist langer en breder te worden. 'Ik heb geen gemakkelijk leven gehad, oké? Deze dertig jaar waren geen pretje, zus. Ik had graag met je willen ruilen.' Ze trok haar mouw omhoog. 'Kijk hier maar eens naar.'

Pine keek naar de vele littekens. 'Ik weet wat ze je heeft aangedaan.'

'Nee, je hebt verdomme geen idee wat die bitch me heeft aangedaan! Kijk, dit heeft ze me aangedaan.' Mercy trok haar trui en hemdje uit. Haar armen en torso waren bedekt met zwarte krassen, littekens en bulten. 'Desiree hield van sigaretten. Niet om te roken, maar om mij ermee te brandmerken.' Ze wees naar drie zwarte littekens dicht bij elkaar op haar rechteronderarm. 'Weet je wat ze hierover zei?'

Pine kon geen woord uitbrengen, ze kon alleen maar kijken.

'Ze zei dat wij de drie beren waren en dat ik Goudlokje was. Deze brandwond was te heet, en deze was te koud, en de derde was precies goed, dus drukte ze de sigaret op mijn huid tot ik dacht dat mijn hersens uit mijn hoofd zouden springen. Ik was negen.'

Ze trok haar broek uit zodat haar benen zichtbaar werden. 'En deze?' Ze wees naar haar bovenbenen die vol zaten met rijen brandwonden. 'Die bitch wilde een rij mieren maken die op en neer liepen over mijn benen. En ze lachte zich rot terwijl ze de mieren in mijn huid brandde. Ik was elf.'

Ze trok haar beha naar beneden, zodat haar borsten zichtbaar werden. 'Ze vond mijn borsten niet mooi. Dus pakte ze een mes en kerfde er shit in. Ik was twaalf. Ik had nog niet eens echte borsten, zodat ze eigenlijk alleen mijn huid met een scherp mes in mijn botten dreef.'

Ze raakte haar slipje aan. 'En... daarbeneden...' Mercy bukte zich en begon zacht te huilen. Boos veegde ze haar tranen weg. 'Daarbeneden...' Ze schudde haar hoofd en zag eruit alsof ze misselijk was. 'Ik was nog maar... Ik weet niet... hoe oud ik toen was. Ik weet alleen nog dat het pijn deed. De pijn was erger dan ik ooit had gevoeld.'

Pine kon het niet meer aanzien en sloot haar ogen.

Mercy keek haar recht aan. 'Ja hoor, Lee, kijk gewoon niet. Ik wilde dat ook niet. Ik was altijd net zo knap als jij. Dat denk ik tenminste, want dat kan ik me niet herinneren. Ik zie er al langer zo uit dan ik er niet zo heb uitgezien. Ik ben een freak, dat weet ik heel goed. Met dit lichaam kan ik alleen losers krijgen en daar is geen gebrek aan. Normale mannen gaan ervandoor zodra ze deze shit zien.'

Ze wreef over haar schedel. 'Ik heb mijn haar afgeschoren omdat Desiree er altijd handenvol uittrok, met wortel en al, of ze stak het in brand terwijl ze me vasthield. En na alle shit die je op mijn lichaam ziet, weet je dus dat dat niet het ergste was wat ze me aandeed.' Mercy sloeg tegen haar hoofd. 'Want in mijn hoofd heeft ze de meeste ellende aangericht. Met haar psychologische spelletjes, de pure shit die ze in mijn hoofd stopte vanaf dat ik klein was tot en met dat ik groot was. Dat was het allerergst. Die vrouw dreigde me elke nachtmerrie die je je kunt voorstellen aan te doen, de gruwelijkste en walgelijkste shit die je maar kunt bedenken, en vervolgens deed ze het ook echt. Daarna ging ze nog een stapje verder tot ze volgens mij zelf doodsbang werd voor alles waar ze toe in staat was.

Toen ben ik ontsnapt en heb ik jarenlang geleden door al die mislukkelingen die dachten dat ze alles met me konden doen en dat liet ik bijna allemaal toe, omdat ik niet beter wist. En ik heb dingen gedaan waar ik niet trots op ben, ik maakte de ergste keuzes die je maar kunt verzinnen en ik snoof en injecteerde en zoog op elke drug die je maar kunt bedenken en een paar waar je het bestaan waarschijnlijk niet van weet.'

Terwijl Mercy bleef praten, werd haar stem hoger en zij steeds kwader, terwijl Pine haar ogen stijf dichthield.

'En toen had ik eindelijk genoeg moed, of lef, ik weet niet hoe je het verdomme moet noemen, om te zeggen "genoeg is genoeg". En nu heb ik al heel lang verdomme een leven. Het is niet veel. Ik leef van looncheque naar looncheque, als alles mislukt ben ik dakloos, maar dan krabbel ik weer op. En ik ga door. Alleen. Omdat het zo moet zijn. Ik ben niet goed in met mensen omgaan, Lee. Want ik ben geen mens en dat ben ik al heel lang niet geweest. Dus ja, als je me vraagt of ik weg wil lopen, dan heb je verdomme gelijk: dat wil ik. Ik wil terug naar het kleine stukje shitleven dat ik voor mezelf heb opgebouwd omdat het *mijn* shitleven is. Omdat mensen zoals ik niet weten hoe lang het goed blijft gaan. Maar we weten dat het niet zo lang goed blijft gaan als voor normale mensen. Zo is het nu eenmaal. Ik heb de regels niet opgesteld. Ik ben het niet eens met de regels. Maar het zijn de regels. En ik word niet langer genaaid, door niemand niet. En het spijt me als onze kleine reünie anders verloopt dan je had gedacht, maar zo is het leven. Dus als jij een soort fantasie wilt waar iedereen een brede glimlach op zijn gezicht heeft, bij elk huis een wit hekje om de tuin staat en de scène eindigt met tranen en knuffels en perfectie, dan moet je dat ergens anders zoeken. Want zo ben ik niet!'

Ze stompte met haar vuist tegen de muur van gipsplaat, zodat er een groot gat ontstond. Daarna trok ze snel haar beha omhoog, trok haar hemdje en trui weer aan, stormde de kamer uit en sloeg de deur achter zich dicht.

Pine bleef zitten, nog steeds met haar ogen stijf dicht, ook al druppelden er tranen uit. Uiteindelijk opende ze ze weer en keek naar het gat in de muur dat te danken was aan de ijzeren vuist en de woede van haar zus. En voor het eerst in heel lange tijd wist Atlee Pine absoluut niet wat ze moest doen.

60

Peter Buckley liep langzaam over het terrein, terwijl hij werd overspoeld door levendige herinneringen. Dit was zijn geboortegrond, letterlijk: zijn moeder had hem, met de hulp van een vroedvrouw, ter wereld gebracht op de eerste verdieping van hun huis hier. Het huis was vernietigd door een brand die was veroorzaakt door een hoog explosieve kogel afgeschoten door federale agenten tijdens hun aanval op de compound, maar vooral op zijn vader.

Buckley had de gebouwen maar gedeeltelijk herbouwd en nu stonden er een grote schuur, de gevangenis, het huis waar hij had gewoond en een paar andere gebouwen. Verder had hij de hoge omheining, het toegangshek en een wachttoren laten bouwen.

Toen zijn ouders de leiding hadden en hier honderden mensen woonden, stonden hier verschillende schuren, kleine huizen voor de gezinnen en een slaaphuis van drie verdiepingen voor de mannen die single waren. Ook stond er de belangrijke kerk, waar zijn vader zijn versie van het evangelie predikte, die enorm afweek van de andere versies die in andere kerken in het land werden verkondigd. Verder was er een meertje dat werd gevoed door een bron aan de westkant van het terrein, waar je kon zwemmen en plezier kon maken, en waar ook het drinkwater vandaan kwam.

Ze verbouwden groenten en marihuana op de akkers, ze hielden vee en varkens voor de slacht en fokten paarden en muilezels om zich te verplaatsen en om mee te boeren. Ook was er een ruimte waar drugs werden gekweekt en daarna gedistribueerd via een zorgvuldig opgebouwd en onderhouden netwerk.

Dat had Buckley ontdekt toen hij acht was. Hij was er stiekem naartoe gegaan en had zich verbaasd over de illegale efficiëntie.

In die tijd was de hele compound omheind geweest, met strategisch geplaatste wachttorens. Dat alles had tot doel outsiders buiten te houden en een paar van de Faithful, die hun weg in het leven en hun geloof waren kwijtgeraakt, ervan te weerhouden te vertrekken voordat ze opnieuw konden worden geïndoctrineerd door andere leden die daar heel goed in waren.

En er was het kerkhof voor de Faithful die toch stierven, ook al beweerde hun leider dat zij allemaal het eeuwige leven hadden. De verklaring voor de dood van deze mensen was dat ze niet gelovig genoeg waren geweest, wat de anderen zo bang maakte dat ze zich zelfs nog meer achter Buckleys vader schaarden.

Het was een briljante tactiek, moest Buckley toegeven. En het zou zijn doorgegaan als die vreselijke dag niet was gekomen, de dag die hij nooit zou vergeten.

De federale agenten hadden de Faithful tien uur lang non-stop via luidsprekers bevolen het op te geven en de compound te verlaten. Buckleys vader had bij het toegangshek gestaan en zijn veroordeling uitgesproken over deze aanval op hun religieuze vrijheid en op elke andere vrijheid die ze volgens de grondwet hadden. Hoewel Buckley senior jarenlang ook had verkondigd dat dit terrein van de Faithful zijn eigen land was en dat het gebied onder zijn voeten niet langer deel uitmaakte van Amerika, was hij als het hem uitkwam meer dan bereid geweest eventuele voordelen van de Amerikaanse wet op te eisen.

Maar toen hadden de tanks zich verzameld bij de hekken en erachter stonden de federale agenten, in volle gevechtsuitrusting en met aanvalsgeweren.

Buckley herinnerde zich de paniek van die avond in de compound. De jonge moeders met kinderen gilden dat zijn vader zich moest overgeven. In alle drukte en verwarring had Buckley gezien dat zijn vader de jonge vrouw die een van de aanvoersters was achter een gebouw had gesleurd. Hij had niet gezien wat er daarna gebeurde, maar had wel het schot gehoord. Een paar seconden later was zijn vader teruggekomen, zonder de vrouw, en ging door met het aanvoeren van zijn mensen tegen deze aanval door de overheid.

Toen werd de omheining geramd en viel om, waarna de hel losbrak. Urenlang werden er schoten afgevuurd, explosies verlichtten de hemel, vlammen en rook en het gegil van angstige en stervende mensen doorboorde de duisternis, en de chaos hield maar niet op.

Buckley, toen nog maar twaalf jaar oud, had een geweer gepakt en positie ingenomen op de hooizolder van de schuur. Hij had door zijn vizier gekeken en op de federale agenten geschoten; hij had er twee geraakt maar niet een van hen gedood, doordat hij niet op hun hoofd maar op hun lichaam had gericht en zij een kogelwerend vest droegen.

Toen alles afgelopen was, waren meer dan twintig Faithful dood en had zijn vader verschillende schotwonden. Ze arresteerden de bloedende Buckley senior, nog steeds met een leeg vuurwapen in zijn handen geklemd. Dat was een heroïsch beeld, vond Buckley: de leider die tot het laatste moment vocht met alles wat hij had.

Slechts drie federale agenten lagen dood op de grond, dankzij hun superieure training, wapens en kogelwerende vesten, en het onvermogen van de Faithful om raak te schieten. Buckley was er altijd van uitgegaan dat zijn vader hen alle drie had gedood, want hij was een uitstekende schutter geweest. Buckley had het altijd jammer gevonden dat hij niet een van die agenten had gedood.

De Faithful werden gearresteerd en de vrouwen met kinderen werden over het land verspreid om een nieuw leven te beginnen, zonder het geloof. Buckley en zijn broers en zussen werden ondergebracht bij familieleden die nooit hetzelfde geloof als hun ouders hadden aangehangen.

De tijd bij zijn ouders waren de mooiste jaren van Buckleys leven geweest en de tijd meteen daarna de ergste. Vanaf zijn achttiende had Buckley keihard gewerkt om zoveel geld bij elkaar te schrapen dat zijn broers en zussen bij hem konden wonen. Buckley had een huis gehuurd niet ver hiervandaan en zich voorgenomen hen op te voeden op een manier die overeenkwam met het geloof van hun ouders. Maar tevergeefs. Zodra zijn zussen achttien waren geworden waren ze gevlucht en hij had hen nooit meer teruggezien. Zijn broers waren opgegroeid tot mislukte en onbelangrijke boefjes, verslaafd aan drank en drugs en vrouwen die misbruik van hen maakten.

Toen was alleen Buckley overgebleven. Zonder zijn familieverplichtingen was hij begonnen aan de opbouw van zijn persoonlijke imperium. Dat had hij gedaan met een doelbewuste gerichtheid die hem in staat stelde de mensen die slimmer waren dan hij te slim af te zijn, gewoon doordat hij het meer wilde. Hij werkte sneller en beter dan ieder ander, omdat hij wist hoe het was om alles te verliezen. Die vrees dreef hem elke minuut van elke dag.

En nu was hij hier, voor iets wat echt groots was. Dit was veel meer dan alleen het wreken van de dood van zijn stomkop van een broer. Hiermee zou hij de federale overheid aanvallen en hen eindelijk ter verantwoording roepen voor het vernietigen van zijn familie.

'Oog om oog, tand om tand' was een overblijfsel van een wilde cultuur, hoewel het werd omhelsd in zo ongeveer elk boek van welke religie ook. Maar het was helemaal van toepassing op zijn situatie. De wereld zou niet veranderen door wat hij hier zou volbrengen, dat wist hij. Maar het zou gepaste wraak zijn voor de onrechtvaardige dood van zijn vader en diens manier van leven.

Buckley droeg een spijkerbroek, een trui, een jagersjasje en laarzen, omdat de grond na de recente regenbuien modderig was. Hij liep langs de nieuwe omheining van de compound, knikte tegen de bewakers in de wachttoren die gewapend waren met AR-15's en het land tot aan de horizon scanden op bedreigingen. Hier woonden geen honderden mensen meer zoals vroeger. Behalve hijzelf en een paar geselecteerde helpers waren hier alleen Britt Spector en één ander iemand. En dat was, voor het succes van zijn plan, misschien wel de belangrijkste van allemaal.

Buckley opende de deur van een gebouw waar op de voorgevel een bord hing met maar één woord: GEVANGENIS. Zelfs onder de Faithful waren mensen geweest die gestraft moesten worden, en hier hadden ze hun straf uitgezeten. Zijn vader was daar heel streng in geweest: iedereen die de regels overtrad, moest ten voorbeeld worden gesteld.

Om die reden had Buckley het herbouwd, gewoon als een symbool. Hij had namelijk nooit verwacht dat hij het echt zou gaan gebruiken.

Maar nu zat Carol Blum in dit gebouw.

61

Ze zat op een klein, hard bed achter ijzeren tralies. Haar kleren waren vervangen door ouderwetse zwart-wit gestreepte kledij die Buckley speciaal voor de gevangenis had gekocht. Zijn vader had vroeger namelijk een voorkeur gehad voor die uniformen, omdat hij vond dat mensen die de regels hadden overtreden moesten opvallen en er stom uit moesten zien, wat in gestreepte kledij het geval was.

Ze keek op toen hij eraan kwam. Hij kon wel zien dat ze probeerde dapper te lijken, maar achter die façade was ze doodsbang.

Buckley zou ook bang zijn. Ieder mens zou bang zijn als hij het einde van zijn leven zag naderen.

Hij bleef aan de andere kant van de tralies staan en keek naar haar.

Ze was niet geblinddoekt, want dat was niet nodig.

'Wordt er goed voor je gezorgd?' vroeg hij.

'Meent u dit nou?' vroeg ze. 'Of bent u hier alleen naartoe gekomen om me te pesten? In dat geval ben ik ervan overtuigd dat u wel betere dingen te doen hebt.'

'Het spijt me als mijn vraag u stoorde. En ik denk dat u gelijk hebt. Het was gezien de omstandigheden inderdaad ongevoelig.' Hij ging op een stoel zitten en sloeg zijn benen over elkaar. 'Dan moeten we maar ter zake komen. Vertel me iets over de gezusters Pine.'

'Waarom?'

'Ze zijn fascinerend. Ik ben nieuwsgierig.'

'Wat wilt u weten?'

'Vertel me hoe ze zijn.'

'Ik ken Mercy nog maar net,' zei Blum.

'Maar toch, alles wat u me kunt vertellen.'

'Ik ga u niets vertellen, omdat dat slecht voor hen zal aflopen.'

'Daar gaat het niet om. Maar om u duidelijk te maken dat ik te goeder trouw ben, zal ik u over míjn familie vertellen. Ken was mijn jongste broer. Ik was de oudste. Ik heb ook twee zussen. Mijn andere broers waren ook mislukkelingen en zij zijn allemaal in de gevangenis gestorven.'

'En uw zussen?'

'Zij hebben de familie lang geleden verlaten,' antwoordde Buckley. 'Ik ben altijd van mening geweest dat vrouwen bepaalde zaken veel beter kunnen beoordelen dan mannen.'

Buckley glimlachte, maar de glimlach bereikte zijn ogen niet. Hij was hier om nuttige informatie te krijgen, maar er waren grenzen aan wat hij van anderen accepteerde. Hij voelde een trilling in zijn rechterhand en was een beetje verbaasd toen hij zag dat die zich woedend tot een vuist balde. Maar hier had hij altijd veel woede gevoeld, dus misschien was alleen al zijn aanwezigheid hier voldoende om die woede die zijn gebruikelijke beheerste en evenwichtige gedrag verdrong naar de oppervlakte te laten komen. Tijdens die afschuwelijke nacht was hij echt een woedend kind geweest en het had hem jaren gekost om die demonen te onderdrukken. Hij had gedacht dat hij daarin was geslaagd, maar nu was hij daar niet meer zo zeker van. Hij schraapte zijn keel en zei: 'Ken had een vriendin. Hij behandelde haar heel slecht. Hij was echt een monster. Wat ik ook probeerde, hij werd nooit ook maar een beetje een beschaafd mens. Toen ontmoette hij Mercy Pine, want laten we haar maar bij haar echte naam noemen. Ze vochten met elkaar. Ken trok uiteindelijk een pistool. En zij sloeg hem verrot, wat zijn verdiende loon was. Later is hij in het ziekenhuis overleden aan de verwondingen die ze hem had toegebracht. Ze weet waarschijnlijk niet eens dat hij dood is.'

'Dus dit is gewoon wraak voor de dood van uw broer? Zelfs als hij, zoals u net zei, het had verdiend?'

'Er is niets gewóóns aan wraak, vooral niet als het om een familielid gaat. Maar hoewel het daarmee wel begon, is het inmiddels uitgegroeid tot iets wat meer... symbolisch is.' Hij keek om zich heen. 'Weet u waar we zijn?'

'We zaten in een vliegtuig. We zijn geland. Ik ben hiernaartoe gebracht. Ik heb niet de kans gehad ook maar iets te zien.'

'Deze compound was vroeger van mijn ouders, Peter en Deborah Buckley. Komen die namen u bekend voor?'

Blum kneep haar ogen tot spleetjes, maar toen herinnerde ze het zich. 'Dat is al meer dan dertig jaar geleden! Uw ouders leidden een groep religieuze dwepers, maar hielden zich ook bezig met de verkoop van drugs en wapens, en andere dingen. De Feds kwamen hiernaartoe. Er volgde een gewelddadige confrontatie. Uw vader werd bijna gedood.'

'En mijn "engel" van een moeder getuigde tegen hem en liet vervolgens haar kinderen in de steek. Mijn vader werd later in de gevangenis vermoord. Maar eh... Wat bedoelde u met "andere dingen"?'

Ze keek hem onderzoekend aan. 'U moet toen nog maar een kind zijn geweest.'

'Ik was twaalf.'

'Nou, dan wist u het misschien niet.'

'Wat wist ik niet?'

Blum aarzelde. 'Het is niet belangrijk.'

'Nee, als het over mijn familie gaat is het wél belangrijk.'

'De FBI was betrokken bij de arrestaties en aanklachten. Ik werkte toen in het westen, niet erg ver van deze compound. Ik heb zelfs meegeholpen met bepaalde aspecten van deze zaak. Er was veel mankracht nodig, gezien de complexiteit. Daarom kan ik het me zo goed herinneren. Het was een topprioriteit voor verschillende federale diensten, waaronder het Bureau.'

'En?'

'En uw vader werd ook beschuldigd van betrokkenheid bij prostitutie en mensenhandel. Hij verkocht jonge mannen en vrouwen aan sekshandelaren, van wie sommigen leden van zijn sekte waren. Ik ben de naam vergeten die ze gebruikten.'

'De Faithful. En die beschuldigingen zijn nooit bewezen.'

'Ze zijn wel bewezen, tijdens het proces. Dat was een van de redenen dat uw vader levenslang zonder strafvermindering kreeg. En misschien getuigde uw moeder tegen hem omdat ze zich daar heel schuldig over voelde. Maar dat is alleen maar wat ik denk.'

'Ik bedoel dat het niet naar mijn tevredenheid is bewezen.'

Blum reageerde hier niet op, omdat ze wel aan zijn blik kon zien dat hij niet van mening zou veranderen, wat ze ook zou zeggen. Dat zou hetzelfde zijn als proberen een gletsjer te verplaatsen met een trekschuit.

Buckley ontspande zich. 'En nu ik mijn verleden aan u heb geopenbaard, wil ik graag dat u mijn vragen beantwoordt.'

'Agent Pine is een fantastische vrouw. Een uitstekende agent. Voor zover ik weet, heeft ze nog nooit gefaald een zaak op te lossen. Ze is vasthoudend, slim en stoer.'

'En een goede vriendin van u. Ze zal zeker willen dat u veilig terugkomt.'

'Waar u, dat weet ik zeker, anders over denkt.'

'En Mercy Pine?'

'Is door een hel gegaan.'

'Ja, ik weet een paar dingen over haar verleden. Vertel me iets over hun ouders.'

'Waarom?'

'Als je iets weet over de ouders, kan dat veel zeggen over de kinderen.'

'Geldt dat ook voor u?' vroeg ze.

Hij glimlachte. 'Weet u zeker dat u geen FBI-agent bent?'

'Dat vat ik maar op als een compliment.'

'Ik wil wel toegeven dat mijn verleden een grote invloed heeft gehad op wie ik nu als volwassene ben. Goed, de ouders van de Pines dus...'

'Als tiener werkte hun moeder als mol voor de federale regering tegen de maffia. Dat was gevaarlijk voor hen, en dat bleek wel toen Mercy werd ontvoerd en agent Pine bijna werd gedood; ze waren nog maar zes. Dat heeft het gezin verwoest.'

'De maffia? Interessant. En waar zijn de ouders nu?'

'Dat weet niemand. Agent Pine heeft hen ook gezocht.'

'Hun moeder moet wel heel goed zijn geweest als ze op zo jonge leeftijd al tegen de maffia werkte.'

'Volgens mij was ze heel bang, maar deed ze haar plicht. Maar haar werk heeft haar privé veel gekost.'

'Ik neem aan dat zij of hun vader heel lang waren...'

'Ze was 1 meter 82. Dat heeft agent Pine me verteld. Ze werkte ook weleens als model.'

Buckley knikte. 'Haar beide dochters zijn lang, sterk, dapper zelfs, en zijn uitmuntende vechters. Ik heb Mercy Pine's handwerk gezien. Ik neem aan dat haar zus al even getalenteerd is. Ik heb die Wikipedia-pagina gezien. Ze werd bijna opgenomen in het olympisch gewichthefteam. Indrukwekkend.'

'Beide zussen hebben veel tegenslagen moeten overwinnen.'

'Goed, goed. Maar ik denk niet dat uw agent Pine ooit fysiek is gemarteld zoals haar zus, of wel?'

'Nee, dat denk ik niet. Maar wat hebt u daar in vredesnaam mee te maken?'

'Als je pijn kunt verdragen, vind ik, is dat een bron van enorme kracht. Het geeft je overwicht over een ander, misschien zelfs wel een cruciaal overwicht.'

'Ik neem aan van wel, maar nogmaals, ik weet niet waarom dat relevant zou zijn.'

'Dat hoeft ook niet, mevrouw Blum. Want ik weet dat wel.'

'Ik kom hier niet levend vandaan, wel?'

'Nee, dat klopt. En de gezusters Pine ook niet.'

Blum schrok zichtbaar. 'Ze zijn toch zeker niet hier?'

Hij stond op, tikte met zijn vinger tegen de tralies en zei met een verlangende blik: 'Nog niet.'

62

Britt Spector moest toegeven dat het plan briljant was. En riskant. Daar werd het niet minder briljant van, alleen ingewikkelder. En speciaal. Haar bewondering voor Buckley had plaatsgemaakt voor ongerustheid: hij maakte dit alles veel te persoonlijk. Dat begreep ze wel, omdat het zijn broer was, maar inmiddels leek deze kwestie te zijn uitgegroeid tot een persoonlijke grief die zou uitlopen op een afschuwelijke, dreigende confrontatie. En ze had geen idee hoe die precies zou aflopen.

Ze had de compound verkend. De geografie van een locatie was heel belangrijk als je daar heelhuids vandaan wilde komen. Ze had veel vertrouwen in Peter Buckley, maar als de zaak uit de hand liep met zoiets als dit, ging het vaak helemaal mis. En dan was vertrouwen niet meer dan een woord, een nutteloos woord. Dan was je op jezelf aangewezen.

Ze was hier voor het eerst. De compound was een wild, indrukwekkend terrein. Als je niet wist wat je deed, zou het niet gemakkelijk zijn om hier te overleven.

Buckley had nooit iets over deze compound gezegd. Ze wist iets van zijn verleden en zodra ze had gehoord waar ze naartoe gingen, had ze de geschiedenis van deze plaats onderzocht. Zijn jeugd was al even ongebruikelijk en beschadigend geweest als die van haar. Dus hoe kon ze de man veroordelen?

Ze keek naar de bergketen in de verte en naar de uitlopers ervan minder ver weg. In de aarde waren ravijnen uitgesleten door ooit machtige rivieren die in de loop der tijd waren verdwenen. Na hun aankomst was ze door het hele gebied gereden, om er een gevoel voor te krijgen, om te proberen de geheimen ervan te begrijpen. Je kon nooit weten immers.

Ze liep naar het nieuwe gebouw van twee verdiepingen waar, zoals

Buckley haar had verteld, vroeger de oude hooischuur had gestaan.

Een team was binnen bezig met de bouw van een constructie. De stalen palen waren verzonken in de aarde en versterkt met een betonnen voetstuk. De drie meter hoge omheining van harmonicagaas werd aan deze palen vastgemaakt.

Ze klopte tegen een van de palen, maar die gaf geen centimeter mee. Betonnen schoenen voor een dode man. Buckley had aan alles gedacht.

Spector besprak de plannen met de voorman. Hij werd goed betaald, maar had geen idee waar dit uiteindelijk voor zou worden gebruikt en wilde dat ook niet weten. Zodra ze klaar waren, zouden hij en zijn mannen met een chartervliegtuig worden teruggebracht naar het land waar Buckley hen had ingehuurd. Dit verhaal zou voor hen eindigen in het vliegtuig met een heleboel bier.

Ze verliet de schuur, liep door en sloeg links af de hoofdstraat in. Het was echt een wonder dat hier ooit zoveel mensen hadden gewoond, en hier waren gestorven. Op de begraafplaats waren meer dan honderd graven met alleen een voornaam op inmiddels verrotte houten bordjes. Buckley had haar verteld dat deze mensen allemaal een natuurlijke dood waren gestorven.

Zij geloofde dat niet en ze betwijfelde of hij het wel geloofde. Ze wist niet zeker hoe hij zich daarbij had neergelegd, maar misschien was dat ook niet het geval.

Spector keek op. In dit deel van het land leek de hemel eindeloos. In een omtrek van minstens honderdvijftig kilometer was geen enkel ander levend wezen. Toen ze hier in het vliegtuig aankwamen, had ze naar buiten gekeken en zag ze een vlak, onherbergzaam landschap dat continu werd onderbroken door uitstulpingen, rotsachtige aardlagen, een rij heuvels en tot slot de hogere, ruige bergen met besneeuwde toppen in de verte. Ze zag vogels en dieren en een paar meren en wat vegetatie op de overwegend kale rode aarde. Maar niet één menselijk wezen.

Ze wist inmiddels dat Buckley hier de voorkeur aan gaf. Hij had haar verteld dat hij hier soms dagenlang verbleef en gewoon ronddwaalde. Hij had gezegd dat het hem verbaasde hoe machtig de afzondering was. ‘We zijn allemaal hamsters in een looprad, Britt. We blijven nooit lang genoeg stilstaan om te begrijpen wat we echt willen, wat we echt doen. Alles is niet meer dan een luchtspiegeling, gebaseerd op snelheid en gebrek aan persoonlijke concentratie en gedachten.'

'Als jij het zegt, Peter,' had ze toen geantwoord, wat hem zichtbaar had gestoord. Dat was haar bedoeling ook geweest. Ze was niet bereid om het zomaar met hem eens te zijn, want daardoor werd ze onbetekenend, en – nog veel erger – vervangbaar. Als je wilde dat de man je belangrijk vond, moest je uniek zijn. En één manier om dat te zijn was door hem niet klakkeloos te volgen.

Spector vroeg zich af of Buckley daar tijdens zijn wandelingen hier weleens aan had gedacht.

De eenvoud van het plan beviel haar. Zelf zou ze genoegen hebben genomen met een kogel, een strop, een stoot tegen de schedelbasis, een mes of zelfs een beetje ongemerkt toegediend gif. Maar Buckley zou dan misschien zeggen dat ze geen stijl had, een volkomen gebrek aan fantasie. Ze zou hem gelijk hebben gegeven. Spector had er geen behoefte aan een meesterwerk te maken; ze was geen Da Vinci. Ze was meer een ambachtsman en vond zelf dat ze meer gemeen had met Michelangelo: ongetwijfeld een genie, maar zijn meesterschap had iets alledaags en praktisch, iets wat voor haar gevoel de dromerige, prachtige visie van de maker van de Mona Lisa overtrof.

Ze had bovendien discreet navraag gedaan bij het Bureau en dat had een substantiële schat aan potentieel nuttige informatie opgeleverd. Iets daarvan had ze wel aan Buckley verteld en iets daarvan niet.

Ze liep de kleine gevangenis in, langs de bewaker en naar het cellenblok. Ze keek tussen de tralies door naar Carol Blum.

Zij had de vrouw ontvoerd in Asheville, nadat ze haar door de ruit van de Porsche had bedreigd met een pistool. Blum was slim genoeg geweest om aan de blik op Spectors gezicht te zien dat het geen zin had zich te verzetten en dat de vrouw niet zou aarzelen een kogel in haar hoofd te schieten. Dus had ze zich overgegeven. Spector had gehoord dat de vrouw iets mompelde als: 'Nee, niet weer.' Dat had ze vreemd gevonden, maar ze had wel bewondering voor Blums lef. Deze vrouw liet zich niet intimideren. Ze had moeten weten dat haar lot bezegeld was, maar daar gedroeg ze zich niet naar. Dat alleen al was indrukwekkend.

Blum keek haar aan. 'Ergens komt u me bekend voor. En dan bedoel ik niet van Asheville.'

'Dat betwijfel ik.'

'Kunt u me uw naam vertellen?'

'Lijkt me niet verstandig.'

'Meneer Buckley had er geen probleem mee me zijn naam te vertellen. Hij vertelde me iets over het verleden van deze plek en de relatie van zijn familie hiermee.'

'Dat is zijn keus. Ik werk anders.'

'Wat betekent dat u niet overdreven veel zelfvertrouwen hebt. Ik vind dat mannen dat vaak wel hebben, zelfs slimme mannen. Vooral als het om vrouwen gaat.'

'Dat kan ik niet ontkennen. Sterker nog, ik ben het ermee eens.'

'Ik neem aan dat hij u goed betaalt.'

Spector pakte een van de tralies vast. 'Soms lijkt dat niet genoeg. Zoals nu.'

'Gewetenswroeging?'

'Wat kunt u me over Mercy Pine vertellen?'

'Dat heeft meneer Buckley me al gevraagd. Ik heb haar nog maar kortgeleden ontmoet en kan niet zeggen dat ik haar ken.'

'Maar u hebt tijd met haar doorgebracht. Volgens mij kunt u mensen snel doorzien. Als u administratief medewerkster bent bij het Bureau, moet u dat wel kunnen.'

'Kent u het Bureau?' vroeg Blum snel.

Spector glimlachte. 'Iedereen die doet wat ik doe, moet aandacht besteden aan de FBI. Interpreteer dat maar zoals u wilt.'

'Wat wilt u weten?'

'Ik begrijp dat ze een zware jeugd heeft gehad bij Desiree Atkins.'

'Zo kun je dat wel noemen, maar toch is dat waarschijnlijk niet juist verwoord.'

'Maar ze is ontsnapt en... bouwde een leven op?'

'Dat klopt. En ze schijnt Buckleys broer te hebben gedood, zodat ze volgens zijn verwrongen geest als een soort compensatie ook moet worden gedood.'

'Heeft agent Pine haar zus al ontmoet?'

'Voor zover ik weet niet. Ik weet niet wat Mercy heeft gedaan nadat ze heeft ontdekt dat ik was verdwenen.'

'Ja, we dachten dat jullie samen waren. Ze hield het huis in de gaten?'

'Ik begrijp niet goed waarom jullie toen niet hebben geprobeerd haar te pakken te krijgen.'

'U bent niet de enige die zich dat afvraagt. Maar ik volg bevelen op, ik geef ze niet.'

'Waarom wilt u meer over haar weten?'

Spector wreef over het ene litteken op haar arm, het overblijfsel van haar eigen persoonlijke hel als kind. 'Ik vind het interessant dat mensen op verschillende manieren met vrijwel identieke problemen omgaan door totaal andere keuzes te maken.'

'Dat zegt natuurlijk iets over de individualiteit van de persoon in kwestie,' zei Blum, terwijl ze Spector aandachtig aankeek. 'Hebt u ongeveer hetzelfde meegemaakt als Mercy Pine? Wat voor u tot andere keuzes heeft geleid?'

Spector leek niet op haar gemak door de rechtstreekse vraag. 'Volgens mij dácht ik dat ik de juiste keuzes had gemaakt. U zou het misschien "de kant van het recht" noemen, hoe dom dat ook klinkt.'

'Ik vind dat helemaal niet dom klinken. Wat is er gebeurd?'

'Wat bedoelt u daarmee?'

'Daar bedoel ik mee dat u niet langer aan de kant van het recht staat.'

'Om uw eigen woorden te gebruiken, dat zegt zeker iets over de individualiteit van de persoon in kwestie.'

Blum hield haar hoofd scheef en keek teleurgesteld. 'U weet net zo goed als ik dat dat argument maar in beperkte mate kan worden uitgebreid en toegepast.'

'Misschien doe ik dat wel.'

'En om te voorkomen dat u me verkeerd begrijpt: ik weet dat u dit ietwat openhartige gesprek met me voert omdat ik binnenkort niet meer leef om dit aan iemand anders te vertellen.'

'Maar ik heb u niet verteld hoe ik heet. Geeft u dat niet een klein beetje hoop?'

'Niet genoeg,' antwoordde Blum openhartig. Ze zweeg even en zei toen verlangend: 'Toen ik tientallen jaren geleden bij het Bureau kwam, moest ik voor mijn gezin zorgen. Er was geen sprake van dat ik een special agent zou worden. Ik kan me niet eens herinneren wie de eerste vrouwelijke agent was en wanneer dat was.'

Spector zei meteen: 'Alaska Packard Davidson, in 1922. Haar broers hebben de Packard-autofabriek opgericht. Ze was vierenvijftig toen ze *special investigator* werd voor het Bureau of Investigation, de voorganger van de FBI.'

Blum viel haar in de rede. 'Dat is waar, nu weet ik het weer. Maar toen werd Hoover de directeur en hij ontsloeg alle vrouwelijke agenten.'

'Maar Hoover stierf in 1972 en toen benoemde het Bureau de eerste twee vrouwelijke special agents sinds 1929.'

'Susan Roley,' zei Blum. 'Ik ken de andere niet.'

'Joanne Pierce,' zei Spector. Toen Blum haar scherp aankeek, zei Spector glimlachend: 'Goed gedaan! Nu weet ik dat u wél alles weet van de geschiedenis van het Bureau.'

'Maar daar gaat het niet om. En ik ben heel verdrietig door wat ik nu over u weet.'

Spectors glimlach verdween. 'Ik kan me niet herinneren dat ik heb gezegd dat ik uw mening belangrijk vond.'

'Toch maakt het me verdrietig. En dat is mijn goed recht.'

'Iedereen maakt keuzes, mannen en vrouwen.'

'Het is wel duidelijk dat u uw keus al hebt gemaakt. Ik ben niet meer dan bijkomende schade. Sommigen zouden misschien zeggen dat ik lang genoeg heb geleefd. Mijn kinderen zijn volwassen. Ik ben niet getrouwd. Dus wie zou me heel lang blijven missen? Algauw zal ik niet meer zijn dan een verbleekte foto aan de muur.'

Door deze botte woorden werd Spectors gezicht hard, ook al verscheen er een zachtere blik in haar ogen. 'U lijkt me niet iemand die zich in zelfmedelijden wentelt.'

'Als ik al ergens in wentel, dan is het de realiteit,' zei Blum scherp.

'Ik hoop dat Pine u waardeert als haar assistente,' zei Spector.

'Ze zal hopelijk met liefde aan me terugdenken. Als ze daar de kans voor krijgt.'

Spector bracht haar gezicht vlak bij de tralies. Ze had duidelijk genoeg van dit vage gesprek. 'Luister, u lijkt me een aardige vrouw. Ik twijfel er niet aan dat u een toegewijde ambtenaar bent. Datzelfde geldt voor uw baas. Ik heb ook geen grief tegen Mercy Pine. Zij heeft duidelijk een shitleven gehad. Ik heb geen persoonlijke grief tegen een van jullie.'

'Maar het is het oude liedje, nietwaar? U moet uw werk doen...'

'Er staat veel op het spel.'

'Dat is altijd het geval als je iemand doodt. Dat zóú tenminste zo moeten zijn. Dat is het verschil tussen ons en andere dieren.' Blum leek dwars door de andere vrouw heen te kunnen kijken. 'Maar dat wist u al. En het gaat niet alleen om keuzes, hè? Zelfs niet voor voormalige special agents van de FBI.'

Spector klemde haar lippen op elkaar, draaide zich om en vertrok.

Blum had een triomfantelijk gevoel kunnen hebben na deze laatste opmerking. Maar het enige wat ze voelde was verdriet om een verspild leven. En omdat er nog meer verliezen geleden zouden worden.

63

Mercy zat in haar oude Honda Civic en keek naar buiten, maar zonder echt iets te zien. Ze had over veel dingen kunnen nadenken nadat ze was weggelopen bij haar zus. Maar ze dacht om de een of andere reden vooral aan Sally, in haar weekendtas in de Porsche, en aan het feit dat ze de pop misschien nooit terug zou zien. Ergens wist Mercy wel dat dit onbelangrijk was, het was zelfs bijna belachelijk. Toch kon ze het niet van zich afzetten. Ze streek over het vieze stuur en stelde zich voor dat iemand anders Sally nu vasthield. En die gedachte maakte haar kwaad.

Alleen ging het niet echt om die pop, dat wist ze wel. Ze had zojuist een regelrechte psychologiesessie op haar tweelingzus losgelaten. Die dingen hadden gezegd moeten worden, omdat Mercy ze allemaal had gevoeld. Als ze dat allemaal had opgekropt, zou er later een zelfs nog heviger explosie zijn gevolgd. Het was beter dat ze de druk van de ketel had gehaald. Alleen verdiende haar zus het niet om Mercy's emotionele salvo over zich heen te krijgen, maar zij was de enige geweest die in de buurt was en dus had zij de volle laag gekregen.

Toch wist Mercy ook dat ze het hier niet bij kon laten. Maar het was ingewikkeld, en dat was de reden dat ze zich volledig op Sally richtte. Poppen waren eenvoudig: je hield ze vast en je deed alsof ze leefden en alsof je onvoorwaardelijk van ze hield. Meer dan een beetje fantasie was daar niet voor nodig.

Maar dan drong het echte leven zich op en dwong je op de knieen. Je moest het echte leven het hoofd bieden en leiden, met fouten en al. Ze had nog drie minuten 'Sally-tijd' nodig: in het paleis in haar hoofd was zij opnieuw het kleine meisje en waren de enige zorgen die ze had de vraag welke denkbeeldige thee ze moest gebruiken voor haar denkbeeldige theevisite met haar denkbeeldige vrienden, en de vraag of haar eigenzinnige zusje in staat zou zijn om uit een hoge boom te klimmen en veilig en wel weer beneden zou staan.

Mercy nam de luxe van die volle drie minuten, maar daarna waren Sally en 'eenvoudig' verdwenen.

Ze stapte uit en leunde tegen het dak van de auto, waarvoor ze zich door haar lengte een beetje moest bukken. Het was een mooie dag met een onbewolkte hemel. Ze had dingen waar ze gelukkig om kon zijn. Desiree zat in de gevangenis. Ze had haar tweelingzus gevonden. Ze wist nu iets over haar echte vader. Ze wist ook dat de man die had geholpen met haar opvoeding misschien nog leefde en ergens met haar moeder samenwoonde: de lange vrouw met het opgestoken haar en de aanstekelijke glimlach – een beeld dat ze zich na al die jaren gewoon weer kon herinneren.

Ze kon naar huis rijden en haar leven weer oppakken met al die kennis in haar achterzak, zelfs zonder Sally. Dat zou ze kunnen doen omdat ze het grootste deel van haar leven alleen was geweest. Ze had niemand gehad om wie ze gaf, omdat niemand die ze kende iets om haar gaf. Als je je in die situatie bevond, verdween een groot aantal basale emotionele instincten zoals liefde en toewijding – net zoals ongebruikte spieren atrofisch werden. Ook begon ze haar gedrag als barmhartige samaritaan beter te begrijpen.

Ik geef geld aan mensen die ik niet ken. Ik help ze omdat ik weet hoe het is om niets te hebben. Maar dat is gemakkelijk. Ik geef ze een paar dollar en loop weg. Er zijn geen andere verplichtingen, er is geen sprake van langdurige verantwoordelijkheid. Ik hoef niets moeilijks te doen. Of ze leven of sterven, gewond raken of ziek worden, dat heeft geen invloed op mij. Dat raakt me niet, omdat ik geen echte band met ze heb.

Maar het was anders met mensen die om je gaven, met mensen die van je hielden. Dat was wederzijds en dat gold ook voor de verantwoordelijkheid. En dat joeg haar opeens meer angst aan dan alles waar ze ooit in haar leven tegen had gevochten.

Een directe band met een ander die echt belangrijk is, die echt telt, zodat ik als ik die zou verliezen de pijn zou voelen. Die pijn zou zelfs veel erger zijn dan alles wat Desiree me heeft aangedaan.

Ja, het was zoveel gemakkelijker, en ook pijnloos, om weg te lopen.

Toch sjokte ze het hotel weer in en liep de trap op. Ze liep door de gang en klopte op de deur.

Pine deed de deur open, met verse tranen op haar gezicht als hete was op een dodenmasker.

Ze leek veel verbaasder om Mercy daar te zien staan dan Mercy zich voelde omdát ze daar stond.

Heb ik steeds geweten dat ik terugkwam? Waarschijnlijk wel.

Pine deed de deur achter haar zus dicht en ging op het bed zitten.

Mercy bleef staan en vroeg: 'Hoe gaan we op zoek naar Carol?'

Pine veegde haar gezicht droog, schraapte haar keel en schoot in de FBI-stand. 'We hebben een opsporingsbevel laten uitgaan voor haar en de auto. De Porsche zal ergens zijn achtergelaten. Ze kan de staat allang uit zijn en, als het nog langer duurt, misschien zelfs het land uit.'

'Dat denk ik niet.'

'Wat denk je niet?'

'Die man wil mij, zoals je al zei. Dat hij alleen Carol heeft is niet genoeg. Zij is een middel tot een doel.'

Pine streek haar haar uit haar gezicht 'Je hebt gelijk. Dat is ze inderdaad.'

'Dus gaat hij Carol gebruiken om mij te pakken te krijgen.'

'Dat zal hij in elk geval proberen.'

Mercy knikte en dacht hier even over na. 'Nu hij haar gebruikt om invloed uit te oefenen, kunnen wij mij gebruiken als aas. Zo kunnen we bij Carol komen.'

'Nee, dat wordt je dood, Mercy.'

'Nou ja, Carol kan ook sterven.'

'Dat weet ik. Daarom moeten we dit ook heel behoedzaam doen.'

'Ze zullen contact met je opnemen. Ze zullen eisen dat je mij inruilt voor Carol.'

'Wat ik niet kan doen en niet zal doen.'

'Maar als ik dat goedvind, heb je geen keus.'

'Zo werkt dit niet,' zei Pine gedecideerd.

'Waarom niet? Dit is een vrij land.'

'Ik kan niet toestaan dat jij jezelf aanbiedt om vermoord te worden.'

'Dus jij bent bereid voor mij je vriendin op te offeren?'

Deze ongezouten vraag sloeg bij Pine in als een bom. Ze werd vuurrood, trok haar lippen in een dunne rechte lijn en balde haar vuisten. Ze keek naar Mercy alsof ze weer het kleine meisje in de overall was die op het punt stond een nieuwe boom aan te vallen. En zou winnen.

Pine zei: 'Ik offer helemaal niemand op. Mijn doel is Carol veilig en wel terug te krijgen, zonder jou daarbij kwijt te raken.'

Mercy ging in de stoel zitten. 'Hoe wil je dat dan doen?'

'Dat ben ik aan het bedenken.'

'Nee, je bent nog steeds aan het herstellen van de mentale wals waarmee ik je zojuist heb overreden.'

Even bleef het doodstil.

Pine zei met een hese stem: 'Je had kennelijk de behoefte om dat allemaal te zeggen. Maar je bent ook teruggekomen. Waarom?'

De vuisten waren niet langer gebald, maar haar handen trilden, zag Mercy. Het kleine meisje stond weer veilig op de grond, maar ze was nu misschien wel banger dan toen ze in een paar meter hoge populier zat terwijl er onweer aan kwam en ze niet naar beneden kon klimmen.

Mercy haalde haar schouders op als reactie op deze vraag, deels omdat het ingewikkeld was en deels omdat ze niet echt een antwoord had waar haar zus genoegen mee zou nemen. 'Je hebt veel moeite gedaan om me te vinden. Het zou een rotstreek zijn om ervandoor te gaan nu je hulp nodig hebt. En Carol verdient het niet om hiervoor te worden vermoord. Dit is haar probleem niet, maar mijn probleem.'

Door deze duidelijke en eerlijke verklaring week de spanning uit Pine's lichaam. Ze ontspande zich en sloeg haar blik neer. 'Carol is echt de enige goede vriendin die ik heb. Ik ben voor alles afhankelijk van haar. Ze... heeft me veel geleerd.'

'Die man die haar heeft ontvoerd... Kun je je nog meer herinneren van wat hij zei?'

'Hoezo?'

'Hij zei dat ik zijn broer heb vermoord. Misschien herinner je je iets wat mij een aanwijzing geeft voor waar hij het over heeft en wie zijn broer eigenlijk was.'

'Maar je zei dat je niemand hebt gedood.'

'Dat heb ik ook niet. Maar hij schijnt te denken dat ik dat wel heb gedaan.'

'Ik kan niets bedenken. En ik heb zijn gezicht niet gezien. Ik heb twee klappen gehad, maar volgens mij niet van hem. Degene die me sloeg, wist wat hij deed.'

Mercy zei: 'Alleen je gezicht? Je lichaam lijkt ook stijf.'

Pine trok haar trui omhoog, waardoor een heleboel gele en blauwe plekken zichtbaar werden aan de linkerkant van haar buikwand die doorliepen tot aan haar schuine spier.

'Vuist of een soort wapen?' vroeg Mercy met een onbewogen blik.

'Vuist. Ik voelde de knokkels.' Pine liet haar trui weer zakken.

'Degene die dit heeft gedaan, was ongelofelijk sterk.'

'Dat hoef je mij niet te vertellen.'

'Slechts vijf centimeter verder en je had dood kunnen zijn.'

Pine keek haar nieuwsgierig aan.

Mercy zei: 'Daar zitten je middenrif en je aorta achter. Zo'n harde stoot, vooral als je er niet op bedacht was, had tot gevolg kunnen hebben dat je niet meer kon ademen. En als je aorta was beschadigd en daarna was gescheurd... Dat is vergelijkbaar met wanneer je door een botsing tegen het stuur klapt doordat je gordel of de airbag niet werkt. Dan bloed je in no-time dood. Maar op de plaatsen waar ze je wel hebben geslagen, gebeurt dat allemaal niet.'

'Ik denk dat ze me in leven wilden houden zodat ze hun vragen konden stellen. En hoezo weet je daar zoveel van?'

'Zoals ik je vertelde doe ik wat aan MMA. Alleen bij de plaatselijke juniorleague, omdat ik bijna twintig kilo zwaarder ben dan de hoogste UFC-gewichtsklasse. Ik heb me in die dingen verdiept. Een sterke buikwand maakt het verschil. Dus, hoe denk je dat ze contact met je zullen opnemen over Carol?'

'Misschien laten ze een briefje achter in het hotel. Maar ze kunnen niet verwachten dat ik gewoon doe wat ze willen, zonder de garantie dat Carol nog leeft of dat ze haar laten gaan.'

'Je zei dat hier nog meer agenten zijn. Ga je het ze vertellen als je een briefje krijgt?'

Pine zei even niets. 'Als ik dat doe, weet ik zeker dat Carols ontvoerders haar vermoorden.'

'Dan moeten jij en ik het dus alleen oplossen. Net als in de goeie ouwe tijd, zus.'

64

Vier gruwelijke dagen waren verstreken zonder een woord van Blum of haar ontvoerders. De Porsche was ongeveer 30 kilometer buiten de stad teruggevonden op een onverharde weg. De technische recherche had de auto onderzocht, maar geen andere vingerafdrukken of sporen gevonden dan die van Pine, Blum en Mercy, die om haar te kunnen uitsluiten haar vingerafdrukken had laten maken.

Het opsporingsbevel had niet één reactie opgeleverd. Omdat Blum voor het Bureau werkte, waren er extra bronnen ingeschakeld, maar zonder resultaat.

Pine zat tegenover McAllister en Bertrand in de eetzaal van het hotel, die hun tijdelijke hoofdkwartier was geworden.

Aan McAllisters gezicht en blik was goed te zien dat hij te weinig had geslapen. Bertrand leek levendiger, maar Pine had niets aan levendig; zij wilde resultaten zien.

Pine verstijfde door de manier waarop McAllister haar aankeek. 'Ja?' zei ze afwachtend.

'Ik ga een beetje speculeren en je zou die speculaties onaangenaam kunnen vinden.'

'Ga je gang.'

'Is het mogelijk dat je zus iets met Carol Blums verdwijning te maken heeft? Ze heeft zelf bekend dat zij voor Blums verdwijning als laatste bij haar was. En haar vingerafdrukken zaten in de auto.'

'Doordat ze in die auto heeft gezeten. En wat zou haar motief kunnen zijn?'

'Wie weet? Je kent die vrouw niet echt, Pine, geef maar toe.'

'Ik ken haar goed genoeg. Ze heeft Carol geholpen om mij te zoeken. Het kan niet zo zijn dat ze samenwerkt met de mensen die mij hadden ontvoerd.'

'Hoe weet je dat?'

‘Dat heb ik je toch verteld? De man die me ondervroeg wil mijn zus; hij beweert dat zij zijn broer heeft gedood. Zij werken niet samen. Hij wil háár vermoorden. Ze zijn hem gevolgd naar een huis en zijn waarschijnlijk gezien. Toen hebben ze Carol meegenomen.’

McAllister keek ongerust naar zijn partner. ‘Oké, waarom hebben ze hen dan niet allebéí meegenomen als de man in werkelijkheid je zus wil hebben? Waarom liet hij haar achter en nam hij Blum mee? Je zus zei dat ze in het huis was waar zij waren. Toch gaan ze gewoon weg en laten de hoofdprijs achter? Dat slaat nergens op.’

‘Misschien wisten ze helemaal niet dat ze in het huis was. Misschien wisten ze niet dat Carol en Mercy samenwerkten. Dat gebeurde spontaan. Ze hebben Carol waarschijnlijk in de Porsche zien zitten. En als ze ons eerder zijn gevolgd, zullen ze mij en Carol samen hebben gezien.’

‘Dus toen ze jou meenamen, dachten ze dat jij je zus was?’

‘Inderdaad. Door onze lengte lijken zij en ik genoeg op elkaar om ons te verwisselen. Vooral voor mensen die ons niet kennen, zoals de mannen die mij meenamen. Maar toen ze mijn badge vonden, wisten ze dat ze fout zaten.’

McAllister leunde naar achteren en wreef over zijn kin. ‘Waarom hebben Blums ontvoerders dan nog niets laten horen? Die zullen toch op een ruil uit zijn, denk je ook niet?’

‘Dat lijkt me wel. Ik heb geen idee waarom we nog niets van hen hebben gehoord.’

McAllister keek opzij naar Bertrand, maar vroeg aan Pine: ‘En zodra ze contact opnemen, breng je ons op de hoogte, nietwaar?’

‘Ik ken de voorschriften met betrekking tot ontvoeringszaken!’ zei Pine scherper dan ze waarschijnlijk van plan was geweest.

‘Die voorschriften kennen en ernaar handelen zijn twee verschillende dingen,’ was zijn onmiddellijke reactie. ‘En ik wil hier niet mijn zoveelste kop koffie zitten drinken en dan tot de ontdekking komen dat je deze zaak helemaal in je eentje probeert af te handelen.’

‘Ik ga mijn best doen om ervoor te zorgen dat Carol gezond en wel terugkomt.’

‘Dat begrijp ik, maar je hebt mijn vraag niet beantwoord.’

‘Je weet hoe deze dingen kunnen lopen,’ antwoordde Pine.

‘We moeten de feiten onder ogen zien. De kans dat Blum niet in een lijkzak terugkomt, is verdomd klein. Mee eens?'

'Nee, daar ben ik het niet mee eens, omdat ik aan die zaak werk.'

'Een grote mond helpt niet echt. Maar nu even over iets anders: Tim Pine...'

'Ik heb je al verteld dat ik geen idee heb waar hij is.'

'Heb je iets van hem of je moeder gehoord?'

'Nee.'

'Op geen enkele manier?' vroeg hij, terwijl hij haar aandachtig aankeek.

Pine, die het gevoel had dat hij haar in de val wilde laten lopen, vroeg: 'Wat bedoel je daar precies mee? In een droom? Via telepathie? Op een ouijabord?'

McAllister schraapte zijn keel, dronk zijn koffiekopje leeg en zei: 'Agenten hebben met Jack Lineberry gepraat. Hij had het over een brief van je moeder aan hem. En dat hij die aan jou had gegeven.'

Pine hapte naar adem. 'Klopt. Sorry, daar had ik niet aan gedacht.'

'Mag ik die brief zien?'

'Daar staan geen aanwijzingen in. En... hij is nogal persoonlijk.'

'Deze hele zaak is persoonlijk, Pine. En dat is de enige communicatie van je moeder waar we iets van weten sinds ze je heeft verlaten. Wij denken dat zij en Tim Pine samen zijn nadat ze zijn dood in scène hebben gezet.'

'Vincenzo ging erheen om Tim te vermoorden. Hij verdedigde zichzelf en Vincenzo stierf. Ze hebben de identiteit verwisseld, omdat zij dit beschouwden als een kans om eindelijk aan de maffia te ontsnappen. Dat heb ik je allemaal al verteld.'

'Dat is misschien wel zo, maar het enige wat ik op dit moment zeker weet, is dat de man in dat graf Ito Vincenzo was, terwijl je moeder en Jack Lineberry logen en zeiden dat het Tim Pine was. Dat is een misdrijf, ongeacht de redenen die ze daarvoor hadden. En jij weet ook wel dat ik je niet op je woord kan geloven als je zegt dat Tim Pine Vincenzo uit zelfverdediging heeft gedood.'

'Hij had mijn zus ontvoerd en mij bijna gedood!' riep Pine. 'Denk je dan niet dat hij zou hebben geprobeerd de man die volgens hem onze vader was te doden?'

'Als die moord gerechtvaardigd was, hoeft hij nergens bang voor te zijn. Maar zover zijn we nog niet, zoals je ook heel goed weet. Als iemand vrijuit kan gaan na het doden van een ander mens gebaseerd op "stel dat" en "misschien" hadden we veel meer moorden en veel legere gevangenissen.' Hij klopte op haar hand. 'Als jij voor het Bureau aan deze zaak werkte, zou je dan iets anders doen dan ik op dit moment doe? Zo ja, zeg het dan maar.'

Pine sloot haar ogen, heel even maar, terwijl haar hoofd tolde en haar hersens dit allemaal verwerkten. Toen ze haar ogen weer opende, zei ze: 'Ik ga de brief wel even halen.'

'Dank je wel,' zei McAllister, een beetje opgelucht.

Pine stond op en keek op hem neer. 'Als jij iets over Carols verblijfplaats hoort, laat het me dan weten. En ik zal hetzelfde doen.'

'Bedankt dat je eindelijk mijn vraag hebt beantwoord.'

Nadat Pine was vertrokken keek McAllister zijn collega aan. 'Blijf aan haar plakken als secondelijm, Neil.'

De jongere agent knikte, stond op en liep weg.

65

Nog eens vierentwintig uren verstreken zonder een woord over Carol Blum en zonder een eis van haar ontvoerders.

Mercy en Pine verbleven inmiddels allebei in Pine's kamer van het hotel. Mercy droeg een spijkerbroek van haar zus die vijf centimeter te kort was en een trui die een beetje om haar brede schouders spande, maar verder goed paste.

Tijdens de lunch op hun kamer zei Pine: 'Er klopt iets niet. Zoveel tijd kost het niet om contact op te nemen.'

'Misschien proberen ze je onder druk te zetten. Ervoor te zorgen dat je gespannen raakt in de hoop dat je een fout maakt.'

Pine zette haar koffiekopje neer. 'Dat zou best eens kunnen. Maar op deze manier geven ze ons ook tijd om zelf een plan te bedenken.'

'En, hebben we zelf al een plan bedacht?' Mercy stopte de laatste vork vol salade in haar mond.

Pine keek haar een beetje teleurgesteld aan.

Mercy depte het allerlaatste beetje dressing op met een stukje van haar broodje en stopte ook dat in haar mond. Het bord leek nu schoon genoeg om opnieuw te worden gebruikt. Mercy ving haar blik en zei: 'Ik verspil geen voedsel.'

'Ja, dat zie ik. Maar om je vraag te beantwoorden: het is moeilijk om een plan te beramen als je niet weet wat de tegenpartij gaat doen. Maar McAllister heeft de FBI op de hoogte gebracht van de situatie en zij staan klaar, net als de plaatselijke politie. Ook is het opsporingsbevel nog steeds van kracht.'

'Jij denkt dus dat dit in Asheville wordt afgehandeld?'

Pine keek haar peinzend aan. 'Nee, niet per se.'

'Wat denk je dan?'

'Ik denk dat het feit dat jij je creditcard gebruikte de mensen die Carol hebben ontvoerd naar Asheville heeft gebracht.'

‘Bedoel je dat iemand mijn kaart volgt?’

‘Ja. Maar ze weten ook andere dingen en ik vraag me af hoe ze weten… Shit!’

‘Wat?’

Pine hief haar hand en belde iemand. Ze zette de telefoon op de speaker en legde hem op de tafel tussen hen in.

Wanda Atkins klonk van slag. ‘Agent Pine, u hebt me niet teruggebeld.’

‘Dat weet ik en dat spijt me, maar er is zoveel gebeurd. Ik herinner me dat u zei dat u me nog iets anders wilde vertellen… Dat u bezoek had gehad van een paar andere mensen…’

‘Dat klopt. Maar eerst wil ik weten of u Mercy hebt gevonden.’

‘Ja, dat wel. En uw telefoontje is heel nuttig geweest, dank u wel.’

‘O, dat is goed. Daar ben ik blij om. Maar die meid joeg me de stuipen op het lijf. Weet u wel zeker dat ze goed bij haar hoofd is?’

Pine keek Mercy met een nerveuze glimlach aan. ‘Vertel me meer over die andere mensen.’

‘Dat was de andere reden dat ik u belde. Er kwamen twee mensen bij me met vragen over Mercy en u.’

‘Wanneer?’

‘Op dezelfde dag als Mercy, alleen later. Ze stonden opeens voor de deur.’

‘Wat wilden ze?’

‘Ze zeiden dat Mercy iemand had vermoord en dat ze probeerden haar te vinden, omdat ze haar wilden overhalen zichzelf aan te geven.’

‘Wie waren die mensen?’

‘Dat weet ik niet. Ze hebben me niet verteld hoe ze heetten. Maar ik denk dat ze van de politie waren of zo. Ze leken heel professioneel. Ik heb ze verteld dat u bij me was geweest en heb ze uw kaartje gegeven.’

‘Wie zou ze hebben vermoord. Noemden ze een naam?’

‘Nee, dat niet.’

‘Was de man groot en slank, met donker haar, goedgekleed en knap?’

‘Ja, inderdaad.’

‘En die andere persoon?’

'Een vrouw, ongeveer even lang als u, maar slanker. Donker haar. Heel knap, heel intens. Ze... Ze...'

'Wat?'

'Nou, het leek alsof ze mij de schuld gaf van wat Mercy is overkomen. Ze keek me steeds heel beschuldigend aan. Dat vond ik helemaal niet prettig.'

'Oké.' De vrouw wilde kennelijk een meelevende reactie van Pine, maar die zou ze niet krijgen. 'Vertel verder.'

'En toen ik ze uw kaartje liet zien, vroeg de man aan de vrouw of ze uw naam herkende, maar ze zei van niet. Ze zei dat er duizenden vrouwelijke FBI-agenten zijn. Ik vroeg haar of zij er daar een van was geweest. Ze zei van niet, maar dat ze er wel een paar kende.'

'Oké, dus als ik het goed begrijp, vertelden ze u niet hoe ze heetten. Ik neem aan dat ze geen badges of legitimatiebewijzen hadden waaruit bleek dat ze echt van de politie waren. Waarom hebt u dan met hen gepraat?'

'Nou... Ze leken aardig en professioneel, zoals ik al zei.'

'Wanda, ik moet alles weten. En dan bedoel ik echt alles!'

'Oké, oké,' zei de vrouw nerveus. 'De man gaf me tweeduizend dollar. Ik had dus niet echt een keus, ik moest het wel aannemen. Len en ik kunnen bijna niet rondkomen door al die medische rekeningen. En ik kan u wel vertellen dat Medicare en de VA niet alles betalen, bij lange na niet.'

'Hebt u hun auto gezien?'

'Nee. Toen ik de deur opende, wees de vrouw me erop dat iemand onze lantaarnpaal had omgegooid en dat leidde me af. Ik durf te wedden dat Mercy dat heeft gedaan. Zoals ik al zei, joeg ze me de stuipen op het lijf. Zei dat ze mij en Len wilde vermoorden.'

'Ik heb hem tegen de grond geslagen,' zei Mercy. 'Dat deed ik om te voorkomen dat ik jou te pakken nam.'

Wanda vroeg vinnig: 'Ben jij dat, Mercy? Ik wist niet dat jij meeluisterde.'

'Nou, wel dus.'

'Het was niet erg aardig wat je deed. Het zal veel geld kosten om die lantaarnpaal te laten repareren.'

'Jij hebt die tweeduizend dollar dankzij mij gekregen, dus moet je niet zeuren.'

Pine zei ongeduldig: 'Wanda, zou je die mensen herkennen?'
'Ja, dat denk ik wel. Ze waren allebei nogal opvallend, zeg maar.'
Pine keek op haar horloge. 'Ik wil vandaag nog even bij je langskomen.'
'Waarom?'
'Zodat je ons meer details kunt vertellen. En ik wil wat rondvragen in de buurt. Iemand heeft die mensen misschien ook gezien, en de auto, en misschien het kenteken. We moeten deze mensen vinden en dit is de enige aanwijzing die we nu hebben.'
'Waarom moet je hen vinden?'
'Omdat ik bijna zeker weet dat zij Carol Blum hebben ontvoerd, de vrouw die bij me was toen ik bij jullie op bezoek was.'
'O mijn god! Ik heb het gevoel alsof ik in een spionagefilm ben beland of zo.'
'Alleen is dit het echte leven. Dus, ben je vanavond thuis?'
'Ja. Eigenlijk ga ik nooit meer ergens naartoe.'
'O ja, we hebben Desiree gevonden. Zij zit nu in de gevangenis.'
'Wat! Waarvoor?'
'Omdat ze een ander klein meisje gevangenhield.'
'Jezus. Hoop dat ze nooit meer vrijkomt!'
'Ik moet nog een paar dingen doen en dan komen we naar je toe. We zijn waarschijnlijk tegen zeven uur vanavond bij je.'
'Zijn dit echt slechte mensen? Ze leken heel aardig.'
'Ik zie je om een uur of zeven.'

66

Pine bestuurde de Porsche SUV die de politie had teruggevonden.

Mercy zat naast haar en achterin zat special agent Neil Bertrand, omdat Drew McAllister erop had gestaan dat hij meeging. Pine had Bertrand voorgesteld aan haar zus en de lange, slungelige agent was zichtbaar gefascineerd door Mercy Pine. Hij had ongetwijfeld iets gehoord over haar verleden, maar hij stelde geen vragen en sprak zijn mening niet uit, waar Pine dankbaar voor was.

Er zat onweer aan te komen en de wolken stapelden zich op toen ze over de brede I-75 door Chattanooga, Tennessee, reden. De wind rukte aan de SUV en Pine greep het stuur met beide handen vast. Het was druk op de weg en ze werden links en rechts gepasseerd door vrachtwagens die allerlei producten naar allerlei plaatsen vervoerden.

'Denk je echt dat Wanda Atkins in staat zal zijn je te helpen om Blum te vinden?' vroeg Bertrand.

'Ik weet bijna zeker dat de mensen die bij haar waren dezelfde mensen zijn die Carol hebben ontvoerd. Bovendien hebben we niet veel aanwijzingen.'

Ze keek naar hem in de binnenspiegel. 'Heb jij een beter idee?'

'Nee,' bekende hij.

'Hoe lang werk je al bij het WFO?'

'Twee jaar. Daarvoor was ik een RA in Fort Smith, Arkansas.'

'Heel anders dan het leven van een agent in D.C.,' zei Pine.

'Inderdaad.'

'Waar geef je de voorkeur aan?' vroeg Pine.

'Arkansas beviel me wel. Heb de mensen daar leren kennen. Het werk was niet zo uitdagend als ik had gehoopt, hoewel ze in dat gebied ook drugsbendes en bankovervallen en groepen witte racisten hebben.'

'Net zoals zo ongeveer overal,' zei Pine.

'Het WFO heeft wel veel meer bureaucratie, maar het is een belangrijke stap in de carrière van een agent. Ik weet dat jij daar ook hebt gewerkt.'

'Klopt. Maar ik ben vertrokken. Ik werk graag in mijn eentje. Shattered Rock in Arizona is mijn werkgebied en ik zou niet gelukkiger kunnen zijn. En ik kan niet wachten om terug te gaan.'

Het drong opeens tot Pine door wat ze had gezegd en ze keek naar Mercy, die uit het raam zat te kijken en niet leek te luisteren.

'McAllister zei dat je een hogere functie bij het Bureau had kunnen hebben als je dat zou willen. Zoals een leidinggevende baan in een van de veldkantoren.'

'Ja, een bevordering naar een bureaubaantje en leidinggeven aan andere agenten in plaats van dat werk zelf te doen. Nee, dank je wel. Daarom doe ik dit werk niet.'

'Dat begrijp ik. Dat is een wisselwerking.'

'Ach, iedere agent moet zelf besluiten wat hij wil.' Ze keek weer naar hem. 'En ik kan wel zien dat jij nog niet zover bent.'

Hij glimlachte. 'Nee, nog niet.'

'Nou, dat komt nog wel, wees maar niet bang.'

Het was donker toen ze Huntsville bereikten, en het onweer dat hen bijna de hele tijd had begeleid, stond op het punt zich boven de stad te ontladen. Wolken werden zwarte en grijze massa's met onderaan knetterende bliksemschichten, als pulserende aderen in de hersens.

'Dit gaat heftig worden,' zei Bertrand. 'Blij dat we hier niet met het vliegtuig naartoe zijn gegaan.'

'Ik heb nog nooit in een vliegtuig gezeten,' zei Mercy opeens. 'Hoe is dat?'

Bertrand keek Pine onzeker aan voordat hij antwoord gaf. 'Eh... meestal gaat dat heel soepel en het is natuurlijk heel snel. Alleen moet je het eten niet eten, in elk geval niet in de economyclass, hoewel ze tegenwoordig geen maaltijden meer verstrekken. Uithongering lijkt het doel op een hoogte van 3.000 meter. En ze stoppen je op elkaar als sardientjes. En met jouw lengte zullen de stoelen iets te krap zijn. Ik ben 1 meter 90, daarom neem ik altijd een stoel aan het gangpad of bij een van de nooduitgangen. Dan kan ik mijn benen tenminste een beetje strekken en krijg ik geen trombose.'

'Klinkt geweldig, kan niet wachten het een keer te proberen,' zei Mercy.

Bertrand glimlachte.

Even later reden ze de oprit van de Atkinses op en stapten uit.

Toen ze langs de omgevallen lantaarnpaal liepen, zag Pine dat Mercy er met een vals lachje naar keek, zodat ze zelf ook moest glimlachen.

Het begon zacht te regenen, dus liepen ze snel de veranda op.

Pine klopte aan en toen niemand opendeed nog een keer.

'Het is donker binnen,' zei Bertrand, terwijl hij op zijn horloge keek. 'Het is precies zeven uur. Ze zouden ons moeten verwachten, ja toch?'

'Ja, dat klopt.' Pine trok haar Glock, en Bertrand en Mercy trokken hun wapen ook.

Pine keek door het raam naast de voordeur naar binnen en zag niets opvallends. Het ging harder regenen, de lucht werd verlicht door een paar bliksemflitsen en toen hoorden ze een paar klappen onweer.

Pine bonsde op de deur. 'Wanda, doe open! Ben je oké?' Ze probeerde de deur, maar die zat op slot. Ze keek naar Bertrand, maar die keek om zich heen en leek op alles voorbereid. Daarna keek ze naar Mercy die verbaasd leek, maar rustig.

Pine stapte achteruit, zette haar achterste voet stevig op de houten vloer van de veranda en haalde uit met een trap tegen het slot van de deur. Dat gaf mee, maar brak niet.

Mercy zette haar schouder tegen de deur en dat had succes. Het slot sprong los, de deur zwaaide open en klapte tegen de muur.

'Wanda?' riep Pine. Ze liep naar binnen, gevolgd door de beide anderen.

Bertrand was de laatste die binnenkwam en stak zijn hand uit naar het lichtknopje.

'Wacht!' waarschuwde Pine. In het vage licht van het onweer scande ze de kamer. Ze zag geen rolstoel en geen Len. Er was niemand. Er brandden geen lampen. Het huis leek verlaten. 'Misschien was er een noodsituatie,' zei Pine. 'Misschien iets met Len. Hij heeft een beroerte gehad.'

‘Hebben ze een auto?’ vroeg Bertrand.

‘Denk het wel. Wanda zei dat ze eigenlijk nergens meer naartoe ging, maar er is wel een garage. Daar zou hun auto kunnen staan.’

‘Maar als er sprake was van een noodgeval, hebben ze vast een ambulance gebeld,’ zei Bertrand. ‘Dan zijn ze misschien in het ziekenhuis.’

‘Misschien.’ Ze stuurde Bertrand met een gebaar naar de keuken. ‘Wij checken de slaapkamers en de badkamers,’ fluisterde ze. ‘Jij neemt de keuken en dan de garage.’

Bertrand knikte en liep weg.

67

De wc in de gang was leeg. Maar toen Pine en Mercy voor de openstaande deur van de slaapkamer beneden stonden, siste Pine: 'Shit!'

Wanda Atkins lag roerloos op het bed. Len zat in zijn rolstoel, opzij geleund zodat hij bewusteloos leek.

'Wat is er met hen aan de hand?' mompelde Mercy.

Pine liep snel naar Len toe, drukte haar wijsvinger tegen Lens pols om te checken of ze zijn hartslag voelde. Daarna controleerde ze zijn halsslagader en streek met haar hand over zijn gezicht.

Koud.

Ze hief een van zijn armen en die bewoog soepel. Hij was dood, maar nog niet zo lang dat de rigor mortis al was ingetreden. Dat was logisch, omdat ze nog maar zes uur geleden met Wanda had gepraat. Ze haalde haar zaklamp tevoorschijn en bescheen hem. Ze zag geen zichtbare wonden, dus niets waaraan ze kon zien wat de doodsoorzaak was.

Ze keek naar Wanda en zag toen dat Mercy naast het bed stond. Pine liep naar haar toe.

'Ze ziet eruit alsof ze slaapt,' zei Mercy.

Pine verwierp die gedachte en scheen met het licht in Wanda's ogen. Niets bewoog, ze zag alleen de strakke blik van een dode. Toch controleerde ze Wanda's pols, maar vond die niet. De vrouw was koud. Pine bekeek haar in het licht van haar zaklamp op zoek naar striemen, een wond of schuim op de lippen dat op vergif kon wijzen.

'Is ze dood?' vroeg Mercy.

Pine knikte.

Ze kromp in elkaar toen ze iets rook. 'Ruik jij ook rook?'

Beide zussen draaiden zich om naar de deur.

'Bertrand!' riep Pine.

Toen hij niet antwoordde, greep Pine Mercy's hand, keek naar de grote zuurstoffles die in de hoek stond en dacht aan de andere in de woonkamer.

'Bertrand!'

Ze rende de kamer uit, met Mercy vlak achter haar aan. 'Bertrand!'

Ze renden de keuken in.

Pine verlichtte de keuken met haar zaklamp. En bleef staan toen ze zag dat Bertrand slap in een stoel zat.

Ze liep snel naar hem toe, maar gleed bijna uit. Toen ze de verse plassen bloed zag, werd ze misselijk. Ze liep behoedzaam naar hem toe, maar deinsde achteruit toen ze de ruim tien centimeter lange incisie in zijn hals zag. Zijn witte overhemd was nu rood en het bloed had zijn riem al bereikt.

Pine draaide om haar as met haar pistool in de aanslag. Ze wist dat iemand hem had overvallen zodra hij de keuken in kwam, zijn keel had doorgesneden zodat hij niet kon roepen en hem in die stoel had geduwd waar hij een paar seconden later was gestorven. Zijn wijdopen ogen staarden nietsziend naar het plafond en zijn huid begon al bleek te worden doordat er geen bloed meer door zijn aderen stroomde.

Ze keek naar de achterdeur die openstond. Was de moordenaar daardoor ontsnapt? Het onweerde nu en de wind had binnen vrij spel. Als ze de klootzak te pakken kreeg die dit had gedaan...

Ze keek weer naar Bertrand. Ze was een agent kwijtgeraakt. De eerste keer ooit. Haar schuld.

'Lee!'

Pine's blik schoot naar Mercy die naar de keukenkastjes wees. Toen Pine Bertrand had gezien, was ze vergeten dat ze rook had geroken. Nu was het probleem onmiskenbaar.

De vlammen sloegen uit de kastjes en het vuur likte langs het gelakte hout, alsof iemand gas had laten ontsnappen en een lucifer had afgestreken. Pine had niet eerder een brand gezien die zich zo snel verspreidde.

Ze draaide zich vliegensvlug om en toen vergat ze de brand even. Ze dacht aan iets wat nog veel gevaarlijker voor hen was: de grote zuurstofflessen die overal door het huis verspreid stonden.

Dit was niet langer een woonhuis in een buitenwijk.

Dit was een bom. Die elk moment kon exploderen.

Ze greep Mercy's arm en trok haar mee. 'Dit huis ontploft zo meteen.'

Ze renden naar de voorveranda en daarna door de regen het korte stukje naar de Porsche.

Pine verwachtte elk moment omvergeblazen te worden door de schokgolf van de explosie die haar en haar zus meenam.

Dan is er niets meer van ons over dan as. Dan worden we samen gecremeerd.

Ze trok het chauffeursportier open en Mercy deed hetzelfde aan haar kant.

Even later werd alles zwart, voor hen beiden.

68

Pine deed haar ogen even open en sloot ze weer. Ze herhaalde dit en vocht tegen het gevoel dat er beton op haar gezicht en oogleden drukte. Het was alsof ze een nachtmerrie had en probeerde haar ogen te openen en daarna vreselijke dingen op zich af zag komen.

Ten slotte bleven haar ogen open. Ze zag een laag plafond van witgeverfde bakstenen, maar een stenen plafond was bijzonder ongebruikelijk. Ze ging langzaam rechtop zitten en zag toen dat Mercy met haar rug tegen de muur op een stapelbed zat. Pine keek naar de ramen met tralies en kippengaas ervoor en naar de getraliede deur. 'Waar zijn we?'

Mercy haalde haar schouders op. 'Zo te zien in de gevangenis.'

Pine stond wankel op, zocht steun tegen de muur en strekte haar rug. 'Jeetje, ik heb het gevoel alsof ik door een tank ben overreden.'

'Ik ook. En ik kan me niet herinneren wat er is gebeurd nadat ik het portier van de auto opende.'

Pine knikte en keek door het raam naar buiten. Ze zag de hoge omheining van gaas met het prikkeldraad erop. 'Waar zíjn we hier, verdomme?'

'Zag net een man met een AK voorbijlopen.'

Pine voelde in haar zak naar haar telefoon. Die was verdwenen, net als haar beide pistolen.

'Ja, ze hebben mijn pistool ook afgepakt,' zei Mercy.

Pine ging op haar bed zitten, wreef in haar ogen en zei somber: 'Ze hebben Neil Bertrand vermoord. De Atkinses zijn ook dood. En wij zijn hier.'

'Ja,' zei Mercy. 'Volgens mij zijn we in de val gelopen. Ze hebben ons daar opgewacht.'

'Maar hoe konden ze weten dat we naar Wanda zouden gaan?'

'Geen idee. Ik vraag me af of het huis eerst is afgebrand of opgeblazen,' zei Mercy.

'Degenen die ons hebben ontvoerd, hebben ons opgewacht in de Porsche. Toen ik het portier opende, dacht ik dat ik iets zag, maar toen werd alles zwart. Misschien hebben ze ons verdoofd met een soort gas of zo.'

Mercy knikte, maar zei niets.

Ze spitsten hun oren toen ze voetstappen hoorden.

Er kwam een man aan, gekleed in een spijkerbroek en een flannellen overhemd, die twee dienbladen bij zich had. Hij zette een dienblad op de grond en wachtte. Daarna verscheen een andere man, die net zo gekleed was. Pine zag dat hij was gewapend met een *riot shotgun*, een dubbelloops hagelgeweer zoals in gevangenissen werd gebruikt en dat was ontwikkeld om een brede, niet te dichte groep mensen te doden.

De eerste man deed de deur van het slot en schoof de beide dienbladen naar binnen.

Pine keek naar de beide mannen, maar ze keken niet naar hen, en vroeg: 'Kunnen jullie ons tenminste vertellen waar we zijn?'

De eerste man deed de deur weer op slot, waarna beide mannen vertrokken zonder iets te zeggen of naar hen te kijken. Alsof ze eten voor twee onzichtbare mensen hadden achtergelaten.

Pine pakte een van de dienbladen, gaf dat aan Mercy en nam zelf het andere. Op hun bed zittend aten ze het eten op en dronken het glas water leeg dat hun was gebracht.

Toen ze klaar waren, kwamen dezelfde twee mannen terug en haalden ze de dienbladen op. Door deze timing dacht Pine dat ze onder surveillance stonden.

Vijf minuten later kwam er een andere man aan.

Peter Buckley droeg een spijkerbroek, een wit overhemd, een donker vest, een bruin corduroy colbert met olijfgroene elleboogstukken en waterdichte laarzen. Hij trok een stoel bij en ging zitten, waarna hij tussen de tralies door naar hen keek.

Hij keek eerst naar Pine en toen naar Mercy.

'Jij bent die vent die ik in het huis zag, met die advocaat,' zei Mercy.

Buckley zei niets, maar bleef naar hen kijken.

Pine liet dit visuele onderzoek even over zich heen komen, maar zei toen: 'Goed, we zijn er.'

Buckley keek haar aan. Hij glimlachte niet, hij grinnikte niet, hij keek niet grimmig of boos of triomfantelijk. Hij leek alleen nieuwsgierig. 'Inderdaad.'

Toen Pine zijn stem hoorde werden haar vermoedens bevestigd: dit was de man die tegen haar had gepraat toen ze was ontvoerd.

'Je hebt een FBI-agent vermoord, plus twee andere mensen,' zei Pine.

'Nee hoor, de Atkinses kregen een hartaanval of een beroerte toen mijn mannen het huis binnendrongen. Ze hebben hen met geen vinger aangeraakt.'

'En agent Bertrand?'

'Hij had verdoofd moeten worden, net als jullie. De mannen weten niet zeker hoe de brand is begonnen, maar er is niet veel over van het huis. Maar het belangrijkste is dat jullie hier allebei zijn.'

'Hoe wist je dat wij bij de Atkinses zouden zijn?' vroeg Pine.

'We verborgen een tracker in de Porsche nadat mijn mannen mevrouw Blum hadden meegenomen. En we tapten de telefoon van de Atkinses af. We hoorden jullie telefoongesprek.'

Pine deed even haar ogen dicht; ze was woedend op zichzelf omdat ze hier geen rekening mee had gehouden. 'Carol Blum is hier dus ook?' vroeg ze, nadat ze haar ogen weer had geopend.

Buckley knikte. 'Zij speelt een belangrijke rol in deze zaak.'

'Welke zaak?'

Buckley keek Mercy aan en zei: 'Jij hebt mijn broer vermoord.'

'Echt niet!'

'Wat ik bedoelde te zeggen, was dat je niet wist dat je dat hebt gedaan, maar dat je dat dus wel hebt gedaan.'

'Nogal vaag.'

'Zijn naam was Ken. Je hield hem tegen toen hij Rosa mishandelde. Hij trok een mes en daarna een pistool. Je hebt hem verrot geslagen.'

Mercy hapte naar adem en keek Pine aan. 'Hij was niet dood. Ik heb zijn pols gecheckt. En ook al viel hij met zijn hoofd op de grond, hij was niet echt gewond. Dat heb ik ook gecheckt.'

Buckley zei: 'Hij stierf later aan een aneurysma, waarschijnlijk doordat hij met zijn hoofd op de grond klapte.'

Mercy keek hem aandachtiger aan. 'Toen ik je in dat huis zag, kwam je me bekend voor. Dat komt doordat je ongeveer dezelfde ogen en kaaklijn hebt als Ken.'

'Je zei dat hij het had verdiend,' zei Pine. 'Het was doden of gedood worden. En ze wist niet eens dat hij dood was. Dus wat probeer je hier precies te doen?'

Buckley sloeg zijn benen over elkaar. 'Het is wraak, maar wel een gecompliceerde wraak. Het heeft niet echt iets te maken met de vechtpartij tussen Ken en je zus.'

Pine hapte naar adem.

Buckley glimlachte toen hij zag dat ze zich ongemakkelijk voelde. 'Ja, dat weten we. Wat jullie beiden vertegenwoordigen, is eigenlijk symbolisch.'

'Zoals mijn zus al zei: nogal vaag.'

'De overheid heeft de dood van mijn vader veroorzaakt en ze hebben mijn moeder en mijn zussen opgezet tegen de rest van de familie. Ik was de enige die echt iets van zichzelf heeft gemaakt. Deze wraak is gericht tegen de overheid. En omdat ik dat natuurlijk niet direct kan doen, wil ik het indirect doen, via jullie.'

'Je gaat ons dus vermoorden omdat je je op de overheid wilt wreken? Vind je dat zelf ook niet een beetje gestoord klinken?'

'Nee hoor, helemaal niet. Dat is volkomen logisch en heeft een zekere symmetrie. En Ken was mijn broer. Het maakt niet uit of het wel of niet gerechtvaardigd was, maar je zus heeft hem gedood. In mijn wereld moet zijn dood worden gewroken. Ik sla dus twee vliegen in één klap, figuurlijk tenminste.'

'We gaan dus allebei dood?'

'Niet noodzakelijkerwijs.'

'Wat betekent dat? En waar is Carol?'

'Zij is veilig. En om je eerste vraag te beantwoorden, dat zal heel snel duidelijk worden.'

'Wat?'

'Wat ik voor jullie heb bedacht. Ik moet jullie wel waarschuwen, want dat zal moeilijker zijn dan alles wat jullie ooit hebben meegemaakt.'

'We hebben allebei heel veel meegemaakt,' zei Pine, terwijl Mercy hem alleen aankeek.

‘Zoiets hebben jullie nog nooit meegemaakt,’ zei Buckley. ‘Dat kan ik jullie verzekeren.’ Daarna stond hij op en vertrok.

69

Er verstreken twee dagen.

Pine sliep ongemakkelijk en werd tussendoor steeds wakker. Een beetje jaloers zag ze dat haar zus heerlijk sliep en zich helemaal geen zorgen leek te maken over de situatie waarin ze zich bevonden. Overdag, en wetend dat ze waarschijnlijk onder surveillance stonden, bespraken ze van alles.

Mercy vertelde Pine wat er met Ken was gebeurd. 'Ik denk echt niet dat ik hem zo hard heb geslagen. Maar hij wilde me doodschieten.'

'Je hebt niets verkeerds gedaan,' zei Pine.

'Dat weet ik,' zei Mercy nuchter.

Ze praatten over Mercy's leven nadat ze was ontvoerd. Pine vond het vreselijk toen Mercy haar vertelde over haar jaren bij de Atkinses, maar ze vermoedde dat Mercy haar wilde sparen en het daardoor minder erg deed voorkomen dan het was geweest. Het was ook moeilijk voor Pine om te horen wat Mercy in de jaren na haar ontsnapping had meegemaakt, vooral omdat ze in die tijd herhaaldelijk slecht was behandeld.

'Ik liet het gebeuren,' zei Mercy rustig. 'En toen niet meer.'

'Je liet helemaal niets gebeuren. De Atkinses sloten je op in een hol en toen ben je ontsnapt. Je was absoluut niet in staat om om te gaan met wat je was overkomen, Mercy. Dat was allemaal vreselijk oneerlijk.'

'Niets in het leven is eerlijk, in elk geval niet voor mensen zoals ik. Maar uiteindelijk kreeg ik mijn leven weer op de rails.'

Pine keek haar aandachtig aan. 'Nu wilde ik dat je wel was vertrokken. Dan zou je hier niet opgesloten zitten.'

'Die vent zat achter mij aan. Op een bepaald moment hadden ze me toch wel gevonden. Nu kunnen we dit tenminste samen ondergaan en elkaar steunen.'

Pine zei: 'Ik zou alleen graag willen weten waar ze Carol hebben opgesloten. Dat hij zei dat ze veilig was zegt niets. Ik wil zelf zien dat ze oké is.'

'Ik vraag me af wat die vent bedoelde met wat ons te wachten stond.'

'Hij lijkt me iemand die de zaken minder erg voorstelt dan andersom. Dus ik denk dat we ons zorgen moeten maken.'

'Denk je dat de FBI naar ons op zoek is?'

'Dat weet ik wel zeker. Ze hebben het huis van de Atkinses inmiddels wel doorzocht. Wat ervan over is, tenminste. Ze zullen Bertrand hebben gevonden. Ze zullen alles op alles zetten om deze zaak op te lossen.' Dit laatste zei ze iets luider, in de hoop dat ze inderdaad werden afgeluisterd.

Mercy keek naar buiten. 'Heb je enig idee waar we zijn?'

Pine keek ook naar buiten. 'In het westen van het land, denk ik. Utah misschien, of Idaho, of Colorado. Ik ben vaak door die staten gekomen en herken het landschap.'

'Dan moeten we hiernaartoe zijn gevlogen. Ik denk niet dat we lang genoeg bewusteloos waren om hier met een auto naartoe gebracht te worden.'

'Wat betekent dat die man zijn eigen vliegtuig heeft met piloten die hun mond houden.'

'Hij leek rijk,' zei Mercy.

'En dit lijkt een soort compound. Een gevangenis, een omheind terrein, gewapende bewakers.'

Mercy fluisterde bijna onhoorbaar: 'Zoals die vent van Waco? Daar heb ik over gelezen.'

Pine antwoordde al even zacht: 'David Koresh? Dat weet ik niet. Deze man lijkt me eerder een zakenman, niet een of andere geschifte sekteleider.'

'Dat zal nog wel blijken.' Mercy ging weer op haar bed liggen en liet haar hoofd op een arm rusten.

Pine keek even naar haar, terwijl er allerlei gedachten door haar heen gingen. Ten slotte, toen ze niet langer kon zwijgen, zei ze: 'Sorry voor dit alles, Mercy.'

Mercy keek haar aan. 'Dit was jouw schuld niet. Die vent wilde mij hebben, dus ik zou jou mijn excuses moeten aanbieden.'

'Nee, dat bedoelde ik niet. Ik bedoelde...' Pine sloeg haar blik neer en zocht naar de juiste woorden. Alleen haar emotie belemmerde haar poging logisch te zijn. Uiteindelijk won de emotie. 'Ik had al veel eerder naar je op zoek moeten gaan. Ik ging gewoon door met mijn leven en... Het was alsof je niet... Ik verdiende het niet om... ook maar iets te hebben. Ik... haat... mezelf.' Ze leunde naar voren, tot haar hoofd haar knieën bijna raakte, sloeg haar armen om haar lichaam en begon te huilen. Ze had het gevoel dat iemand zojuist een hele wereld op haar ziel had laten vallen, zodat daar niets van overbleef.

Mercy ging rechtop zitten. Ze leek geschrokken, maar toen verscheen er een begrijpende blik op haar gezicht. Ze liep naar het andere bed, ging vlak bij Pine zitten en sloeg haar lange sterke armen om haar heen, terwijl haar zus maar bleef huilen en haar lichaam onbeheerst trilde. Mercy verstevigde haar greep en probeerde de door schuldgevoelens veroorzaakte woede van haar tweelingzus te temperen. Met haar mond vlak bij Pine's oor zei ze: 'Je overleeft dit wel. Wíj overleven dit wel. Jij vindt altijd een oplossing, altijd.'

Pine schudde haar hoofd heftig. 'Nee, dat is niet zo. Het heeft me verdomme dertig jaar gekost om je te vinden. Ik ben nutteloos!'

'Kijk me aan, Lee. Kijk me aan!'

Pine keek ten slotte met betraande wangen naar haar zus.

'Herinner je je die oude eik in onze tuin? Dat je altijd helemaal naar boven klom en dat mama dan woedend werd, omdat ze bang was dat je eruit zou vallen en dat je dan dood was?'

Pine knikte. 'Ja, dat weet ik nog.'

'Maar je wist altijd een manier te vinden om weer naar beneden te komen. Elke keer weer. Ik heb je dat zien doen. Dat weet je toch?'

Pine knikte versuft.

'Maar deze keer zitten we samen in die boom en ga jij ervoor zorgen dat we allebei veilig beneden komen.'

'Hoe kun je daar zo zeker van zijn?' vroeg Pine met een smekende blik en nog steeds huilend.

'Ik geloof in je, Lee. Ik heb altijd vertrouwen in je gehad. En daardoor heb ik meer kunnen verdragen dan je ooit zult weten.'

Langzaam werden Pine's snikken minder heftig. Haar lichaam trilde niet meer en haar ademhaling werd rustiger.

Ondertussen bleef Mercy haar stevig vasthouden. 'Ik ben bij je, Lee. Ik ben bij je.'

Pine ademde nog een keer diep uit, ging rechtop zitten, keek Mercy aan en sloeg haar armen om haar heen. En ze hield haar even stevig vast als Mercy haar vasthield. 'Ik laat je nooit meer gaan, Mercy. Wat er ook gebeurt, ik laat je nooit meer gaan. Vanaf nu is het wij allebei of geen van beiden.'

Mercy gaf een klopje op Pine's rug en keek met een ongeruste blik naar het plafond. Niets in haar leven was ooit volgens plan verlopen. En haar blik verraadde haar gevoelens.

Ze had haar zus gevonden of haar zus had haar gevonden.

Ze waren samen, na al die jaren.

En nu zouden ze waarschijnlijk samen sterven.

In een ander vertrek van de gevangenis zat Britt Spector alleen aan een bureau voor een beeldscherm met oortjes in. Ze had zojuist het hele gesprek tussen de beide zussen gezien en gehoord.

Ze zette de video stop en rukte de oortjes uit haar oren. Overmand door haar eigen herinneringen keek ze naar het scherm, terwijl de tranen over haar wangen stroomden.

70

Pine en Mercy werden ruw gewekt door het gedreun van zware voetstappen op hout. Ze zaten rechtop op hun bed toen zes grote mannen hun cel binnenkwamen. Vier van hen waren gewapend met een geweer. De andere twee hadden boeien bij zich die waren ontwikkeld om gevangenen te transporteren.

Buckley was er niet bij.

Pine keek onderzoekend naar het gezicht van de mannen. Hun blik was hard, vlak en gevoelloos. Ze waren hier om een taak uit te voeren – ongetwijfeld een goedbetaalde taak – en dat gingen ze doen ook. Dit soort mensen had nooit last van vragen over goed of kwaad, of van normen en waarden.

'Opstaan,' zei een van de mannen. Hij was de kleinste, maar leek ook de slimste.

'Waar gaan we naartoe?' vroeg Pine. 'En waar is Carol?'

'We brengen jullie naar haar toe. Opstaan, nu!'

De deur werd geopend en de enkels en polsen van de vrouwen werden geboeid met kettingen, die werden vastgemaakt aan een ketting om hun middel, zodat ze gedwongen waren hun cel schuifelend te verlaten.

Een van de mannen porde met de loop van zijn geweer in Pine's rug. 'Nu weet je hoe het voelt om te lopen als een gevangene, FBI.'

Ze werden naar buiten gebracht, waar het koud en donker was en een harde westenwind waaide.

Pine rilde en voelde regendruppels op haar hoofd. Terwijl ze over de modder liepen, zag ze andere gebouwen, een wachttoren en een rij voertuigen. Dit was duidelijk een soort compound, verborgen in niemandsland. Kon de man die zo goed gekleed was en zich zo goed kon uitdrukken en die dit allemaal deed echt een soort sekteleider zijn, zoals David Koresh? Of was hij het hoofd van een criminele organisatie? De mannen om hen heen leken veel meer op geharde criminelen dan op potentiële Kool-Aid-drinkers. Als ze gelijk had, voorspelde dat niet veel goeds voor hen drieën.

Ze liepen een groot gebouw in dat eruitzag als een schuur. Pine zag iets groots in het midden van de ruimte, maar ze kon niet zien wat het was, doordat het was afgeschermd met een groot dekzeil.

Ze werden gescheiden en twee gewapende mannen brachten Pine naar een kleine kamer. Er hingen kledingstukken aan haken aan de muur. Een man maakte haar boeien los, terwijl de andere man haar onder schot hield.

De eerste man stapte naar achteren, wikkelde de kettingen om zijn arm en zei: 'Kleed je uit in dat hokje daar en trek dan deze kleren aan.' Hij wees naar de kledingstukken die aan de haken hingen.

'Waarom?'

De tweede man bewoog zijn geweer heen en weer. 'Trek ze nou maar gewoon aan. Wij blijven hier wachten. Je hebt twee minuten, dan komen we binnen, dus schiet op. En geen sokken of schoenen. Laat die maar liggen.'

Pine pakte de kleren en liep het hokje in. Ze kleedde zich uit tot op haar ondergoed en keek toen naar de andere kledingstukken.

Wat heeft dit te betekenen?

Ze trok de korte sportbroek aan, de borstbeschermer en het sporttopje.

Daarna verliet ze het hokje en vroeg aan de mannen: 'Wat is hier de bedoeling van?'

Ze gebaarden alleen dat ze naar de deur moest lopen waardoor ze net naar binnen waren gekomen.

Ze liepen terug naar de grote ruimte. Daar zag Pine Mercy, die uit een ander deel van het gebouw kwam en net zo gekleed was als zij.

Mercy keek haar aan, al even verbaasd als zijzelf.

Ze werden naar het dekzeil gebracht.

Op dat moment verscheen Buckley. Hij was gekleed in een kakikleurige lange broek, een beige sportjasje met eronder een gele coltrui, en stevige bruine schoenen.

Pine keek hem aan. 'Wat heeft dit verdomme te betekenen?'

Buckley antwoordde niet, maar gaf een seintje aan een man die in een hoek stond met zijn hand op een metalen hendel die was verbonden met een apparaat met een vliegwiel en een ketting. De man trok aan de hendel, waarna ze het gejammer van hydraulica hoorden.

Ze keken allemaal naar het dekzeil, dat op het hoogste punt aan een ketting vastzat en langzaam omhoog werd getrokken. Eronder zagen ze iets wat Mercy heel goed kende.

Een UFC-kooi. Ze keek met open mond naar haar zus.

Het dekzeil werd opzijgetrokken en op de grond gelegd.

Pine keek Buckley aan. 'Dat is geen antwoord op mijn vraag.'

'Maar dit wel.' Buckley wees naar een andere man die uit het zicht verdween, maar ongeveer tien seconden later terugkwam met een geblinddoekte en geknevelde Carol Blum.

'Carol!' Pine wilde naar haar toe rennen, maar haar weg werd versperd door een muur gewapende mannen.

Blum werd gedwongen om in een stoel naast de kooi te gaan zitten en haar blinddoek werd verwijderd, maar haar knevel bleef op z'n plek. Toen haar ogen zich aan het licht hadden aangepast, zag ze eerst Pine, en toen Mercy. Ze keek met grote ogen naar hen.

Pine draaide zich snel om naar Buckley. 'Je moet haar gewoon laten gaan. Jij hebt een grief tegen ons, niet tegen haar. Laat haar gewoon gaan.'

Buckley zweeg even en zei toen: 'Ben je klaar? Want ik heb nog andere plannen.'

Pine keek hem vals aan.

'Goed. Zoals je kunt zien, ga je zo dadelijk vechten met je zus.'

'Echt niet!'

Hij keek naar de man die naast Blum stond en knikte. De man pakte een gekarteld mes en drukte dat tegen Blums hals. 'Als jullie niet vechten, sterft je vriendin en sterven jullie ook. De keus is aan jullie.'

Mercy stapte naar voren. 'Ik heb je broer gedood, zij niet. Laat me met een van je mannen vechten. Verdomme, ik vecht wel tegen allemaal. Maar je hoeft mijn zus of Carol niets aan te doen.'

Weer zweeg Buckley even. 'Ben je klaar?'

Mercy keek naar Pine, maar zei niets.

'Ik wil jullie voorstellen aan jullie scheidsrechter.'

Britt Spector stapte uit de schaduw. Ze droeg een gestreepte kangoeroetrui met capuchon en een wijde zwarte broek, er hing een tas aan haar schouder en ze had haar haar in een paardenstaart gebonden. Ze bleef naast Buckley staan en keek niet naar Pine of Mercy, maar strak voor zich uit.

Buckley zei: 'Dit zijn de regels. Het gaat om vier rondes. Vijf minuten per ronde. Als ik wanneer dan ook maar de indruk heb dat jullie niet keihard vechten' – hij keek naar de man die naast Blum stond – 'zal Jason daar een snee in de huid van jullie vriendin maken. Elke volgende snee zal dieper zijn en heviger bloeden. Waar dat op uitdraait is wel duidelijk. Hoe vaker ik zeg dat Jason moet snijden, hoe meer bloed ze verliest. Een omslagpunt zal worden bereikt en dat is dat. Maar ik zal fair zijn.'

'Ja hoor, tuurlijk!' snauwde Mercy.

'Hoe loopt dit af?' vroeg Pine.

'Als een van jullie wint met een knock-out, blijf je in leven, net als mevrouw Blum. En de ander sterft. Als geen van beiden duidelijk wint, sterven jullie allebei, net als mevrouw Blum.'

'En jij denkt dat wij geloven dat je ons gewoon laat vertrekken zodat we de politie kunnen vertellen wat er is gebeurd?'

'Ik heb helemaal niet gezegd dat de winnaar kan vertrekken. Ik zei dat die blijft leven, maar niet waar of hoe.'

Pine wilde woedend op Buckley afstormen, maar twee van zijn mannen tackelden haar voordat ze bij hem was.

Ze viel voor hem op de grond. Hij keek op haar neer en knikte toen naar de man die naast Blum stond.

Pine zag dat en riep: 'Nee, alsjeblieft, niet doen!'

De man sneed Blums mouw open met zijn mes en maakte een lichte snee in haar huid.

Blum kromp in elkaar en begon te rillen van de pijn.

Pine werd overeind getrokken en trilde van woede.

Buckley keek haar teleurgesteld aan. 'Ik had iets beters van je verwacht. Je zus schijnt in de kooi een echte killer te zijn, zodat je dus maar beter alles op alles kunt zetten.'

Hij knikte naar zijn mannen, die de twee vrouwen de kooi in trokken. Spector liep achter hen aan naar binnen, waarna de deur achter hen werd gesloten.

Nu pas keek Spector hen aan. 'Zijn jullie klaar?'

‘Wat dénk je verdomme?’ snauwde Pine.

‘Als jullie niet keihard vechten, zal hij met je vriendin precies doen wat hij zei.’

‘Denk je nu echt dat wij geloven dat hij ons niet alle drie vermoordt, ongeacht wat hier gebeurt?’ vroeg Pine.

‘Ik weet niet wat ik nog meer moet zeggen,’ zei Spector met haar blik neergeslagen.

‘Geweldig hoor, bedankt voor je hulp,’ zei Mercy.

‘Ik doe gewoon mijn werk.’

‘Ja hoor, ik weet zeker dat hij je genoeg betaalt. Geniet daar maar van, net als van de herinnering aan een drievoudige moord,’ zei Pine.

Spector leidde hen naar het midden van de ring. Uit haar tas haalde ze twee paar UFC-handschoenen en twee bitjes, en ze hielp hen die aan te trekken. Daarna keek ze naar een man naast een grote klok op een tafel en die iedereen in de kooi kon zien. ‘Oké, ik neem aan dat jullie de regels kennen. Ik ben de enige die beslist over knock-outs en armbar-stops. Hij beslist over jullie niveau van vechten. En Carol bloedt al een beetje, vergeet dat niet.’

De zussen keken naar Blum en zagen haar van pijn vertrokken gezicht en het vele bloed dat in haar mouw sijpelde.

Pine keek naar haar zus. Mercy keek terug, zonder ook maar een sprankje hoop.

‘Goed dan,’ zei Pine. Haar stem was vervormd door het bitje. ‘Hij had wel gelijk toen hij zei dat het iets was wat ik niet eerder had meegemaakt.’

Spector zei: ‘Oké, stap naar achteren en begin met vechten zodra je de toeter hoort.’

Pine keek Mercy nog een keer aan en schudde haar hoofd. Ze zei: ‘Shit!’ Meer kon ze niet bedenken.

71

Toen ze de toeter hoorden, stapten ze naar voren. Ze namen allebei een verdedigende houding aan. Mercy probeerde een kick; Pine blokte hem en deelde een onhandige stoot uit. Ze verstijfden toen ze de gil hoorden.

Blums knevel was verwijderd en de man die naast haar stond had een grote snee in haar bovenarm gemaakt, waar nu bloed uit stroomde.

'Carol!' riep Pine.

Buckley riep: 'Ik heb jullie gewaarschuwd. Vechten, nu!'

Spector stapte tussen hen in en fluisterde: 'Doe het, dames, anders is ze dood. Maak gewoon contact en accepteer de afstraffing. Hij is geen kenner van MMA. Kom op, jullie kunnen dit!'

Pine keek haar bevreemd aan en stapte achteruit.

Mercy keek haar zus aan en zei: 'Laten we maar een show opvoeren voor die hufter.'

Pine haalde met een rechtse hoekstoot uit naar Mercy's linker schuine spier, die daarop achteruit wankelde. Toen Pine naar voren stormde, draaide Mercy om haar as en deelde een sidekick uit tegen Pine's kaak. Als Mercy al haar kracht had gebruikt, zou Pine's kaak zijn gebroken. Toch deed het evengoed verdomd pijn.

Pine kromp ineen en duwde haar zus van zich af. Ze deelden stevige stoten uit met hun vuisten en voeten, en gingen daarmee door tot ze de toeter hoorden en de ronde afgelopen was.

Ze trokken zich terug, ieder in een andere hoek. Aan een haak aan het gaas hingen een waterfles met een spuitmond en een witte handdoek.

Spector hield de fles voor Pine's mond en liet haar drinken. Ze depte Pine's gezicht, armen en benen met de handdoek. Ondertussen zei ze zacht: 'Ga gewoon op dezelfde manier door.'

Pine keek Spector nieuwsgierig aan.

'Hou vol, en vertrouw me,' zei Spector.

Spector liep naar Mercy's kant om haar te laten drinken en af te drogen, en zei tegen haar precies hetzelfde.

Buckley riep door het gaas: 'Goed gedaan! Nu doorgaan, ik wil meer zien!'

De toeter weerklonk weer en de tweede ronde begon.

Ze ontmoetten elkaar in het midden van de ring en begonnen te schoppen en te slaan. Tijdens een clinch mompelde Pine: 'Vertrouwen we haar?'

Mercy zei: 'Verdomme, we hebben toch geen keus?'

Ze hoorden weer een gil en toen ze zich omdraaiden, zagen ze dat de man weer een snee in Blums arm had gemaakt. Daarna keken ze allebei naar Buckley die nu bij het gaas stond. 'Nog geen enkele knockdown?'

Pine keek naar Mercy, die op haar borst tikte. Ze communiceerden zwijgend met elkaar, alsof ze weer de kinderen waren die in de achtertuin in Georgia aan het spelen waren.

Pine stapte achteruit en stormde opeens naar voren met een *looping kick* tegen de linkerkant van Mercy's hoofd. Mercy wankelde achteruit, knalde tegen het gaas en zakte door een knie, terwijl haar strakke buik op en neer ging.

Pine sprong naar voren, maar Mercy was alweer opgestaan en ramde een vuist in Pine's onderbuik. Ze wankelde achteruit en viel op haar achterste. Mercy zat boven op haar, ze worstelden met elkaar en probeerden de ander met een armbar te overweldigen. Pine kwam uiteindelijk vrij en stond op, terwijl het bloed over haar gezicht stroomde.

Pine was trots maar ook jaloers op haar zus, want hoewel ze ongeveer even sterk waren, was Mercy groter, soepeler en een betere MMA-vechter dan zij.

De derde ronde verliep net als de tweede. Mercy en Pine sloegen erop los, maar ze voelde wel dat Mercy zich inhield met haar stoten en zij probeerde hetzelfde te doen. Ondertussen deed ze alsof ze helemaal verrot werd geslagen, wat niet eens ver bezijden de waarheid was.

Het gezicht van de vrouwen was bebloed, hun ledematen en bovenlichaam zaten onder de blauwe plekken, hun ademhaling ging met horten en stoten, en ze zweetten enorm, ondanks de lage temperatuur.

Buckley stond vlak bij het gaas en leek te genieten. Hij stond zelfs even te schaduwboksen, tot groot plezier van zijn mannen die de hele tijd joelden en klapten en met hun voeten stampten.

Voordat de vierde en laatste ronde begon was Spector opnieuw in de weer met de waterfles en de handdoek. Ondertussen gaf ze Pine en Mercy dezelfde boodschap: 'Wacht op mijn teken als er nog één minuut te gaan is. Met nog dertig seconden te gaan vecht je zo hard je kunt. Ik heb die afleiding nodig.'

Daarna, terwijl ze hun hoofd afdroogde met de handdoek, drukte ze stiekem iets rubberachtigs in hun oren.

De twee vrouwen bereidden zich voor op de laatste ronde.

Spector keek onopvallend naar de tas die ze aan het gaas had gehangen, waarna ze met haar handen losjes langs haar heupen achteruit stapte. Ze keek achterom, eerst met een triomfantelijke glimlach naar Buckley, en daarna naar Blum, die op haar stoel zat met een bloedende arm en een blik vol afschuw op haar gezicht.

De toeter weerklonk weer en de beide vrouwen gingen er vol tegenaan. Ze hadden misschien nog vijf minuten te leven. Ze deelden de ene stoot na de andere uit en probeerden de ene armbar na de andere. Ze gingen ieder twee keer neer, maar dat leek beide keren veel erger dan het was. Voor hun publiek leken ze bijna dood, maar in werkelijkheid hadden ze nog heel veel energie over.

Pine probeerde niet te kijken, maar af en toe keek ze toch naar Spector, die elke keer een ondoorgrondelijke blik op haar gezicht had.

'Jullie staan allebei nog!' riep Buckley. 'Dat is niet genoeg, dames!'

'Nog één minuut te gaan,' riep Spector.

Toen Pine naar Spector keek, stond deze met haar rug naar het publiek. Spector maakte een één en een nul met haar vingers, waarna ze heel even haar ogen sloot.

Pine begreep meteen wat ze bedoelde. Tijdens een clinch met Mercy gaf ze haar fluisterend instructies.

'Nog dertig seconden!' riep Spector even later.

Op dat moment schopte Mercy Pine zo hard dat ze door de ring vloog en tegen het gaas tegenover Spector knalde. Pine was versuft en stond langzaam op. Mercy viel boven op haar en begon te stompen, terwijl de mannen juichten en dichterbij kwamen om getuige te zijn van de moord.

Toen iedereen naar de zussen keek stak Spector haar hand in de tas. 'Nog tien seconden!' riep ze.

Pine en Mercy sloten hun ogen, zodat ze het pistool in Spectors rechterhand en de andere dingen in haar linkerhand niet konden zien.

Spector schoot twee keer door het gaas heen. Beide schoten troffen doel en de man met het mes naast Blum viel dood neer.

Ondertussen had Spector twee flitsgranaten omhooggegooid. Ze vlogen over het gaas heen en vielen nog geen dertig centimeter bij Buckley en zijn mannen vandaan op de grond.

Toen ze ontploften werd de ruimte overspoeld met rook, een felle lichtflits en een keiharde explosie. Buckley en zijn mannen vielen meteen op de grond.

Pine en Mercy – met hun oordopjes in en hun ogen dicht en afgewend gezicht – konden snel opstaan en renden achter Spector aan naar de deur. Ze trapte hem open en rende door de rook heen naar Blum, die op de grond was gevallen.

Een van de mannen die op de grond lag kreunde en stak zwak een hand uit.

Spector vloerde hem met een kick en Pine zorgde ervoor dat hij bleef liggen met een stoot tegen zijn achterhoofd.

Spector probeerde Blum op te tillen.

Mercy duwde haar opzij, bukte zich en tilde Blum op haar schouder. 'Kom mee!' riep ze.

72

De vrouwen hadden hun oordopjes uitgedaan. Spector sprintte naar de deur met Mercy vlak achter haar. Pine liep achteraan en toen er opeens iemand voor haar opdoemde, schopte ze tegen zijn hoofd. Toen hij wankelde, ramde ze haar vuist in zijn rug, waardoor hij gilde en voorover tuimelde.

Zodra ze een hoek om kwamen, zagen ze een gewapende bewaker.

'Wat is er verdomme aan de hand?' riep hij.

Als antwoord schoot Spector een kogel in zijn hoofd.

Pine bleef staan, pakte de AK en het pistool van de man af en stopte het pistool in haar broek.

'De SUV staat vlakbij, kom mee!' riep Spector.

Ze hoorden geschreeuw uit het gebouw dat ze net waren ontvlucht, maar ook rennende voetstappen die vanuit andere delen van de compound hun kant op kwamen.

Ze bereikten de zwarte Escalade, en Mercy en Pine tilden Blum erin. Spector sprong achter het stuur en startte de motor. Mercy stapte in naast Blum. Pine wilde net naast Spector gaan zitten toen een man naar buiten kwam en op hen schoot. De kogel verbrijzelde het zijraam en vloog vlak achter Spectors hoofd langs.

'Stap in!' riep ze.

Dat deed Pine, maar eerst schoot ze met de AK op het lichaam van de man, die meteen op de grond viel.

Spector trapte het gaspedaal diep in zodra Pine haar portier had gesloten. Ze schoten naar voren en waren al snel bij de toegangsweg van de compound. Een man in de wachttoren riep dat ze moesten stoppen. Voordat hij kon richten en schieten, leunde Pine uit haar raam en raakte hem met twee kogels uit het pistool. De man viel over de rand van de balustrade van de toren en kwam vlak naast hen terecht. Daarna ramde de SUV het hek, dat meteen opensprong.

Spector reed rechtdoor, maar begon te zigzaggen toen ze schuin van achteren werden beschoten. Pine keek achterom en zag mannen die al schietend achter hen aan renden.

Een paar kogels sloegen in de carrosserie van de SUV, maar gelukkig niet in de banden.

Pine draaide zich weer om toen Spector links afsloeg, uit de vuurlinie van hun achtervolgers. 'Waar zijn we in vredesnaam?'

'In the middle of nowhere in Idaho.'

'Oké, volgende vraag: waarom hielp je ons?'

Spector keek haar niet aan, maar bleef voor zich uit kijken. 'Je hebt een fantastische assistente aan Carol Blum, agent Pine. Ze komt met goede en eerlijke argumenten. Dankzij haar heb ik een paar zaken heroverwogen waarvan ik niet had gedacht dat ik ze ooit zou heroverwegen.'

Mercy onderzocht Blum die nog steeds bewusteloos was en zei: 'We moeten haar verbinden, want ze bloedt nog steeds.'

'Shit!' Pine klom naar de achterbank.

'In de weekendtas in de bagageruimte heb ik een verbanddoos,' zei Spector. 'En wat kleren, eten, water, wapens en munitie.'

'Je hebt overal aan gedacht.' Pine bekeek de inhoud van de tas en vond de verbanddoos. Terwijl ze met Blum bezig was, zei ze: 'Carol, je redt het wel. Het komt weer helemaal in orde.'

Blum was kennelijk nog steeds versuft door de flitsgranaten, en verzwakt door het bloedverlies. Maar ze slaagde erin haar ogen te openen en te knikken. Toen ze Spectors achterhoofd zag, verscheen er een tevreden glimlachje op haar gezicht.

Pine liet Blum een beetje water drinken en controleerde haar wonden om te zien of ze nog bloedden. Daarna dekte ze de wonden af met een gaasje en deed er verband omheen. Ze keek opgelucht naar Mercy en klom terug naar de voorstoel. Op de snelheidsmeter zag ze dat ze ruim honderdtwintig kilometer per uur reden.

'Jullie hebben je rol goed gespeeld,' zei Spector.

Pine wreef over haar kaak. 'Misschien wel te goed.' Ze keek trots achterom naar haar zus. 'Ik weet dat je je inhield. Als je dat niet had gedaan, had je me in de eerste minuut al knock-out geslagen.'

'Hou jezelf niet voor de gek, Lee, jij kunt goed incasseren.' Mercy wreef zacht over haar linker schuine spier.

Pine vroeg aan Spector: 'Waar gaan we naartoe?'
'Naar een stadje ruim tweehonderd kilometer hiervandaan, de dichtstbijzijnde plaats. Maar we zijn nog niet buiten gevaar. Ik heb mijn best gedaan, en een paar voertuigen onklaar gemaakt, maar niet allemaal. Maar met deze voorsprong zouden we hun voor moeten kunnen blijven.'
'Jij hebt meer dan je best gedaan.'
Spector keek haar aan. 'Ik hoop dat je dat nog weet als we dit echt overleven.'
Pine hield haar blik even vast, keek achterom naar Blum en toen weer naar voren. Ze zei tegen Spector: 'Zonder jou waren we nu allemaal dood. Het maakt me niet uit waarom je daar was. Het enige wat ik belangrijk vind, is dat je ons hebt geholpen. Dat was heel riskant. Als het anders was gelopen, hadden ze jou ook gedood.'
'Oké,' zei Spector, waarna ze zich weer concentreerde op het besturen van de SUV. 'Misschien moeten jij en je zus je maar omkleden. Dat zijn wat kleren van mij. Jullie zijn langer dan ik, maar voorlopig kan het ermee door.'
Mercy koos de trainingsbroek en een T-shirt met lange mouwen, een gevoerd jasje dat strak om haar schouders zat, en hardloopschoenen die wel lang genoeg maar te smal waren. Pine klom weer naar de achterbank en koos een spijkerbroek, een wollen trui, een mouwloze parka en wandelschoenen.
Ze had het pistool en de AK, en in Spectors voorraad zaten nog twee andere pistolen, een geweer en een scherpschuttersgeweer. 'Je keus voor wapens bevalt me wel,' zei Pine.
'Niets komt tussen mij en eersteklas wapens,' grapte Spector.
Pine en Mercy zaten nu achterin met Blum tussen hen in. Blum begon zich langzaam beter te voelen, ging rechtop zitten en keek Pine aan.
'Het komt allemaal weer goed, Carol.'
'Dat weet ik. Ik ga er altijd van uit dat u wint.' Blum keek Mercy aan en legde een hand op haar brede schouder. 'Jij ook, Mercy.'
'Dan hoop ik maar dat ik je niet teleurstel.'
'Ik denk niet dat je dat ooit zult kunnen.'
'Voel je je al wat beter? Hier, drink nog wat water; je moet zorgen dat je genoeg vocht binnenkrijgt.' Pine gaf Blum nog wat te drinken,

draaide de dop op de fles en leunde naar achteren.

Blum pakte de hand van Pine en die van Mercy en hield ze stevig vast, terwijl de SUV snel doorreed.

Spector glimlachte toen ze in de binnenspiegel keek en achter hen alleen duisternis zag. Maar toen ze naar de benzinemeter keek, viel haar mond open. 'We hadden een volle tank toen we vertrokken en hij is nu al half leeg. Er is iets mis.'

'Shit, dan hebben ze de benzinetank geraakt!' zei Pine. 'Doe het achterraam open.' Ze klom naar de laadruimte, keek naar achteren en zag dat ze een benzinespoor achterlieten.

'Op deze manier halen we dat stadje niet,' zei Spector waarschuwend.

'Komen we niet langs garages of benzinestations?' vroeg Mercy.

'Onderweg is niets meer dan wat je nu ziet.'

'Heb je een telefoon?' vroeg Pine.

'Jawel, maar dit is zo'n gebied zonder bereik. Pas anderhalve kilometer voor de stad hebben we weer bereik.'

Mercy zei: 'Kunnen we stoppen om te kijken of we het gat kunnen dichten?'

Pine keek achterom en dacht lichten te zien. 'Ik denk niet dat we kunnen stoppen.' Ze wees naar de koplampen ver achter hen. 'Ze hebben zich veel sneller hersteld dan ik had verwacht.'

Spector keek in de spiegel en zei: 'Verdomme!'

'Zeg dat wel,' zei Pine. 'Verdomme!'

73

Peter Buckley zat met een grimmige blik achter in de Jeep en keek naar het pistool in zijn hand. Het was lang geleden dat hij zelf iemand had gedood, maar op dit moment had hij er zin in.

Ook was hij van plan Britt Spector te martelen en af te slachten, omdat ze hem had bedrogen. Hij baalde van zichzelf, omdat hij de duidelijke waarschuwingssignalen niet had gezien. Ze had zich vreemd gedragen, had afgeleid geleken. Nee, niet afgeleid. Gedesillusioneerd was een beter woord. Alsof ze nadacht over gebeurtenissen in haar leven. Nou, ze had zeker een ander pad gekozen. Misschien omdat ze allemaal vrouw waren en twee van hen bij de FBI zaten. Misschien was die band sterker dan zelfs zij had geweten.

Ze hadden de benzinesporen gezien, zodat ze wisten dat hun tank lek was en hij wist dat ze niet genoeg benzine hadden om hulp te kunnen bereiken. Het terrein was rotsachtig en meedogenloos. Als ze geen benzine meer hadden, hadden ze ook geen warmte meer. En 's nachts daalde de temperatuur tot ver onder het vriespunt. Maar hij ging ervan uit dat ze hen dan allang hadden ingehaald.

Het zou geen eerlijk gevecht zijn. Hij had te veel mannen en zij waren vier vrouwen, van wie eentje in de zestig. Hij vond dat een leuke overeenkomstigheid, want het gevecht waarbij zijn vader bijna was gedood was ook niet eerlijk geweest. Buckley had zijn wraak tijdens het kooigevecht niet gekregen. Dus zou hij die hier krijgen, waar hij hen ook zou begraven – heel diep in de aarde en bedekt met rotsblokken.

Hij keek naar de donkere lucht en stelde zich voor hoe dit allemaal zou aflopen. Dit was zijn enige, bepalende moment geworden, dat zag hij nu duidelijk. Alle andere dingen die hij in zijn leven had gedaan – het geld, de relaties, het beetje roem, het reizen en de cultuur – betekenden niets. Alsof hij zijn leven had verspild. Maar nu had hij de kans om het goed te maken. Hij had zich nooit dichter bij zijn vader gevoeld dan nu. De oudste zoon zou zijn vader eindelijk wreken, voor eens en voor altijd.

Vijftien kilometer verderop reed Spector een doodlopend ravijn in, miljoenen jaren geleden gevormd door woeste rivieren. Ze reed zo ver mogelijk door over de onverharde weg. Ze schatte dat ze nog bijna twintig liter benzine hadden en zag dat de benzinemeter niet veel verder terug was gelopen; de kogels hadden de tank dus boven dit benzineniveau doorboord. Toch was het niet genoeg om de stad te bereiken, zeker niet met de snelheid die ze moest aanhouden. Daarom was ze dit ravijn in gereden. Als ze op de vlakte was gestopt, hadden ze helemaal geen kans gehad. Ze zette de SUV achter een stapel naar beneden gevallen brokken steen en deed de motor uit. 'Misschien zien ze deze afslag niet, waardoor wij wat tijd winnen.'

'Tijd waarvoor?' Mercy keek naar buiten. 'Ik zie niet gebeuren dat iemand ons hier komt redden.'

Spector knikte. 'Dit is echt the middle of nowhere, op Buckleys compound na.'

'Buckley?' vroeg Pine.

'Ja. Ik neem aan dat je niet weet wie hij is.'

'Alleen dat hij een broer heeft die Ken heette,' zei Mercy. 'Ken Buckley, neem ik aan.'

Spector wilde iets zeggen, maar verrassend genoeg was het Blum die hun alles vertelde over het verleden van Buckley en zijn familie. 'Dit was ver voordat u bij het Bureau kwam werken, agent Pine.' Ze keek naar Spector alsof ze wilde zeggen: en ver voor jouw tijd ook.

Als Pine haar blik al zag, zei ze er niets over.

Blum zei: 'Hij vertelde me dat hij dit niet echt deed om zijn broer te wreken, maar zijn vader en alles waar deze voor stond. Buckley leek er heel opgewonden over, op een zieke manier.'

Spector knikte en zei: 'Toen hij het mij uitlegde, leek hij een beetje... gestoord.'

'Ken je hem al lang?' vroeg Pine.

'Ik heb ander werk voor hem gedaan,' zei Spector vaag. 'Maar nooit iets wat zo persoonlijk voor hem was als dit. En hij nam nooit zelf deel aan missies. Hij betaalde me om te doen wat gedaan moest worden.'

'Hoe heet je echt?' vroeg Pine.

'Dat hou ik liever geheim.'

Pine keek naar haar, maar drong niet aan.

Spector zei: 'Oké, we moeten de grens van ons gebied bepalen. En jullie zullen wel honger hebben nadat je elkaar verrot hebt geslagen. En een leger kan niet vechten met een lege maag.'

Later, nadat ze hadden gegeten en wat water hadden gedronken, nam Pine de eerste wacht. Ze zag dat Spector een perfecte locatie had uitgekozen. De weg het ravijn in was smal en gaf haar een uitstekende zichtlijn. Blum zat in de SUV met een deken om zich heen, en Mercy bewaakte haar.

Pine had het scherpschuttersgeweer met telescoopvizier in haar hand en lag op een uitspringende rand in de wand van het ravijn. Spector had een paar dingen meegenomen, was de weg afgelopen en uit het zicht verdwenen.

Aan Pine's riem zat een portofoon die Spector haar had gegeven. Ze had Pine verteld dat ze twee stuks had meegenomen uit de compound, maar die op een andere frequentie had gezet. Pine had hem gebruikt om zich af en toe bij haar te melden.

Spector had gemeld dat Buckley en zijn mannen nog niet te zien waren. 'Er is hier een heel netwerk van ravijnen en haarspeldbochten en heuvels. Ze konden ons even niet meer zien en toen ben ik dit ravijn in gereden. We waren er al een paar gepasseerd, dus die zullen ze eerst moeten checken. Peter kennende zullen ze dat heel systematisch doen, wat betekent dat het hun veel tijd zal kosten ons te vinden.'

Maar Pine wist dat ze hen op een bepaald moment wel zouden vinden. Ze keek even achterom, naar de belangrijkste twee mensen in haar leven: Blum en haar zus. Zij waren haar echte familie, de enige familie die ze waarschijnlijk ooit zou hebben. En de kans was fiftyfifty dat ze haar familie én haar leven hier zou verliezen. Maar als dat gebeurde, was ze heel blij dat ze Mercy had gevonden voordat ze stierf.

En als dit onze Alamo is, zullen we in elk geval zo veel mogelijk van die mannen meenemen.

Toen Pine een tijdje later door het vizier keek, verstijfde ze. Iemand rende naar haar toe. Pine's vinger gleed naar de trekkerbeugel en bleef daar rusten. Tot ze zeker wist wie het was, zou ze niet schieten.

Haar portofoon piepte.

'Ik ben het,' zei de stem.

Pine ontspande toen Spector de uitstekende richel had bereikt.

Spector zei drie woorden, de enige die ze hoefde te zeggen: 'Ze komen eraan.'

74

'Ik neem het scherpschuttersgeweer,' zei Spector. 'Ze zijn nu te voet, lopen langzaam en nemen geen risico's. We hebben ongeveer dertig minuten.'

'Ik lig hier goed,' antwoordde Pine.

'Ik wil je iets anders laten doen. Kom snel mee.'

Pine gaf met tegenzin het geweer aan Spector en liep daarna met haar mee terug naar hun kamp. Ze vertelden Mercy wat er aan de hand was. Mercy pakte haar pistool en zei: 'Ze zullen door me heen moeten om bij Carol te komen.'

Spector opende de laadruimte van de SUV en haalde een kleine drone met afstandsbediening uit een kleine tas. 'Ooit zoiets gebruikt?' vroeg ze aan Pine.

'Ja, voor surveillance. In het binnenland van Arizona, daar komen ze goed van pas. Hoe kom je daaraan?'

'Hij is van Buckley. Die gebruikt hij om een oogje op zijn terrein te houden. Hij houdt niet van onbevoegden. Ik dacht dat ik hem beter kon gebruiken, dus nam ik hem mee.'

'Goed gedacht,' zei Mercy.

'Oké, deze afstandsbediening heeft een scherm, waarop je kunt zien wat de drone ziet. Ik wil dat je positie inneemt achter het rotsblok naast de richel waar je net was.'

'En dan?'

'Ik wil dat je de drone boven de weg laat vliegen die ze nu nemen. Hou hem op een hoogte van een meter of dertig. Hij is zo klein en het is zo donker dat zij hem niet goed kunnen zien.' Ze wees naar de onderkant van de drone. 'En dit is het belangrijkst. Als de drone precies boven hen is, druk je op deze knop van de afstandsbediening.' Ze wees naar een knop aan de rechterkant. 'Dan doe ik de rest.'

'Jij hoeft niet alles te doen,' zei Pine.

'Dat doe ik ook niet. Daarvoor zijn er te veel. Ze zullen onze buitenste verdedigingslinie doorbreken. Als ze dat doen, dan zal het uitdraaien op man-tot-mangevechten en alle trucjes die we maar uit de kast kunnen halen. Maar ik durf te wedden dat wij gaan winnen.'

Pine keek naar het scherpschuttersgeweer. 'Weet je zeker dat je niet wilt dat ik dat van je overneem?'

Spector leek niet op haar gemak. Heel zacht vroeg ze: 'Ken je het HRT?'

'Het Hostage Rescue Team van de FBI? Ja, natuurlijk.'

Spector pakte het geweer stevig vast. 'Nou, ik ben daar twee jaar scherpschutter geweest en dit is hetzelfde model geweer als ik toen gebruikte.' Ze keek Pine niet aan. Eerst niet tenminste. Toen ze dat wel deed, keek Pine haar scherp aan. Spector likte nerveus over haar lippen.

'Dan moet je je positie maar innemen. En succes,' zei Pine ten slotte.

'Bedankt, agent Pine.'

Spector liep snel weg.

Pine keek hoe het met Blum ging en praatte even met haar zus. Daarna gaf ze Mercy haar portofoon en zei dat ze, als er iets gebeurde, meteen contact met Spector moest opnemen. Daarna zei ze: 'Als dit misgaat... Ik... Weet je, ik ben heel blij dat we elkaar hebben gevonden.'

Mercy haakte de portofoon aan haar riem, keek haar zus aan en legde een hand op haar schouder. 'Dit gaat niet mis. We moeten een klus klaren en dat gaan we doen. Die klootzakken zullen niet weten wat hun overkomt.'

Pine pakte Mercy's hand en kneep er even in. 'Ik moet er gewoon voor zorgen dat wij drieën de boom weer uit komen, zoals je zei.'

'Maar deze keer zal ik je helpen, Lee.'

Pine liep snel weg met de drone en nam haar positie in. Ze zag Spector, die op haar buik op de uitstekende richel lag; de driepoot van het scherpschuttersgeweer stond klaar en ze keek door de nachtzichttelescoop. Zo te zien concentreerde ze zich volledig.

Het HRT? dacht Pine. Dat waren de allerbesten. Het was goed om dat van haar te weten, en ook bijzonder verontrustend.

Pine zette de drone neer en activeerde hem. Met de afstandsbediening liet ze hem opstijgen en stuurde hem vervolgens rechtstreeks naar de weg.

Ze liet hem stijgen tot een meter of dertig en stuurde hem nog een stukje verder. Ze keek aandachtig naar het verlichte scherm waarop een groepje zwaarbewapende mannen te zien was. Hun omtrek was zwart en grijs. Ze liepen snel, maar behoedzaam. De leider knielde, scande de grond, pakte een handvol losse aarde en rook eraan.

De benzine, dacht Pine. De geur was nog steeds te ruiken.

De groep liep door. Pine dacht dat ze Buckley herkende. Hij liep bijna vooraan en had een geweer in zijn handen.

Ze liet de drone even boven de groep hangen. Daarna legde ze haar vinger op de knop die Spector had aangewezen en drukte erop.

De duisternis boven Buckley en zijn mannen werd verscheurd en ze stonden opeens in het zoeklicht van de drone, alsof ze van griezelig dichtbij een zonsopgang meemaakten.

Nog geen fractie van een seconde later hoorde Pine dat Spector haar geweer afvuurde.

Op het scherm zag ze dat er een man werd geraakt en viel. Daarna een andere man, en toen een derde. De andere mannen verspreidden zich en probeerden uit het lichtschijnsel van de drone te komen waarin ze een gemakkelijk doelwit waren. Maar Pine verplaatste de drone, zodat ze in het licht van de schijnwerper bleven.

Spector bleef schieten. En nog meer mannen vielen.

Shit, dacht Pine. Die meid kan echt schieten.

Even later werd de drone door een van Buckleys mannen uit de lucht geschoten. Het was meteen weer donker.

Maar de schade was al veroorzaakt.

Spector klom snel van de uitstekende richel af toen de mannen haar positie beschoten en er door elke treffer scherven van de stenen spatten. Zodra ze bij Pine was, zei ze: 'We moeten ons terugtrekken.'

'Verderop wordt de weg smaller,' zei Pine. 'We kunnen hen daarheen lokken.'

Ze renden weg, terwijl de mannen op hen bleven schieten. Toen hun achtervolgers dichterbij kwamen, weerkaatste het geluid van rennende voetstappen tegen de wanden van het ravijn. Het geweervuur werd zo heftig dat ze niet langer door konden rennen en dekking moesten zoeken.

'Pas op!' riep Spector even later.

Er doemde een man op uit het donker en hij schoot op Pine. Ze draaide zich om en schoot hem in de borst, waarna hij dood neerviel. Maar ze kreunde, want een vlijmscherp stuk steen dat door het geconcentreerde geweervuur van de rotsen was geschoten, sneed in haar arm, zodat de huid beschadigde en ze bloedde als een rund. Pine greep naar haar arm, maar ze kon zich omdraaien en wegrennen.

Spector hing haar geweer aan haar schouder, trok een pistool en schoot naar achteren om wat tijd te winnen.

Ze renden een bocht om en bleven rennen tot ze bij de SUV waren.

Pine pakte de verbanddoos en Mercy hielp haar om haar arm te verbinden. 'Komt het goed met je?' vroeg Mercy.

'Echt wel,' zei Pine. 'Ik wil dit onder geen voorwaarde missen.' Ze haalde een paar reservemagazijnen uit een van de tassen.

Mercy pakte het geweer en hield het wapen schietklaar. 'Ik heb Carol op de achterbank gelegd,' zei ze tegen Pine. 'De kogels zullen ons zo wel om de oren vliegen.'

'Jij bent de reservepost, Mercy. Als ze ons passeren, moet jij het doen.' Pine trok de slede van het pistool naar achteren, stopte de magazijnen in haar jaszak, gaf er een paar aan Spector en zei: 'Goed, laten we deze zaak afhandelen.'

75

Pine bevond zich aan de linkerkant van het pad en Spector aan de rechterkant. Ze kropen naar voren, probeerden geen geluid te maken en wachtten soms een paar seconden om in de stilte om hen heen te kunnen horen of er misschien iets hun kant op kwam. Pine wist dat het feit dat ze niets hoorden, betekende dat Buckley en zijn mannen op hun hurken zaten en de situatie heroverwogen in het licht van de zware verliezen die ze hadden geleden.

Pine keek naar het pad en zag Spector knielen.

Spector keek naar Pine en wees naar voren, hief haar pistool en maakte toen een x met haar onderarmen, gevolgd door een zwaaiende beweging voor zich.

Pine stak haar duim op. Ze richtte haar pistool naar rechts, ongeveer een halve meter voor Spectors positie.

En wachtte.

Toen de twee mannen in zicht kwamen, vuurde Spector en een fractie van een seconde later deed Pine hetzelfde. Ze gebruikten de cross-streamtactiek, wat betekende dat ze met een overlappend schootsveld het hele gebied voor hen dekten.

Beide vrouwen leegden hun hele 15-patroons magazijn, stopten even om te herladen en schoten opnieuw.

Drie mannen vielen uiteindelijk dood voor hen neer.

Het enige nadeel van deze tactiek was dat hun mondingsvuur hun positie verraadde.

Ze werden hevig beschoten. Het schieten was zo intens dat de vrouwen snel over de rotsen moesten klauteren en zich daar plat op hun buik moesten laten vallen. Toen het schieten ophield, sprong Pine op, rende naar Spector toe en hielp haar opstaan. 'We moeten weg, nu!' riep Pine.

Vanuit de duisternis doemden vlakbij twee mannen op die hun

wapen op hen richtten. Pine draaide zich vliegensvlug om en schopte het wapen uit de hand van een van hen. De andere man schoot op haar, maar miste doordat Spector hem een trap tegen zijn ballen had gegeven.

Toen begonnen ze te vechten, een man-tegen-vrouwgevecht. De mannen waren veel groter en sterker, maar waren toch geen partij voor de twee vrouwen – fysieke kracht in een gevecht als dit werd enorm overschat. Spector doodde een van de mannen door haar mes in zijn buik te steken. Pine brak de nek van de andere man door hem tussen haar benen te klemmen en zijn hoofd met geweld naar rechts te draaien. De vrouwen stonden op; ze waren buiten adem en hadden veel pijn. Ze hadden dit gevecht weliswaar gewonnen, maar de mannen hadden hun veel schade toegebracht. Pine en Spector zaten onder de blauwe plekken en kneuzingen en waren uitgeput. Pine kon haar linkerarm bijna niet bewegen en haar rechterknie was zo gezwollen dat haar broekspijp knelde.

'Kom mee,' zei Spector.

Even later kreunde ze toen een kogel haar linkerkuit doorboorde en er aan de andere kant weer uit vloog, tegelijk met wat spierweefsel. Iets vlijmscherps sneed in haar wang en iets anders drong diep in haar schuine spier.

Terwijl de kogels hun om de oren bleven vliegen, brak Pine haar enkel toen ze over een rotsblok struikelde. Ze verwondde haar handen en haar gezicht toen ze op de harde grond knalde, en ze brak ook een vinger. Een kogel vloog door haar jasje en verschroeide de huid van haar onderarm, maar drong gelukkig niet haar lichaam binnen. Ze sprong op, draaide zich om en leegde haar magazijn dwars over de opening van het pad. Door deze dekking kon Spector opstaan, naar haar toe komen en schieten terwijl zij zich terugtrokken.

Pine ademde moeizaam en klemde haar kaken op elkaar, terwijl er met elke stap bloed uit haar lippen sijpelde. Ze zag dat Spector lijkbleek was, behalve daar waar het bloed uit haar hoofdwond over haar gezicht stroomde. 'Waar ben je nog meer geraakt?'

'Kuit, schuine spier, maar ik ben in orde,' loog Spector. 'Jij?'

'Ik ben ook in orde,' loog Pine.

Snel hinkten ze terug naar de pick-up. Ze begrepen allebei dat dit hun laatste verdedigingsstelling zou zijn.

Ze bereikten de SUV en Mercy, die erachter had gezeten, stond op en zag hun onbeholpen manier van lopen, het bloed en hun opeengeklemde kaken. 'Hoe erg is het?'

'Niets aan de hand,' zei Spector, en Pine knikte instemmend. Maar ze zakten allebei tegen de zijkant van de SUV, ademden diep in en probeerden een beetje te kalmeren, terwijl het zweet vermengd met bloed over hun gezicht stroomde.

Mercy liep om de pick-up heen en keek naar het pad. 'Hoeveel zijn er nog over?'

Spector zei: 'Niet zeker. Maar waarschijnlijk te veel.'

Pine keek naar het vele bloed op haar lichaam en begreep dat haar gewonde hand betekende dat ze moeite zou hebben met het hanteren van haar geweer.

Spector checkte haar eigen lichaam ook. En aan haar blik te zien deed het alleen al gruwelijke pijn om zelfs maar op haar gewonde been te staan.

'We staan er slecht voor,' zei Pine. 'En onze munitie begint op te raken.'

Mercy haalde iets uit haar zak en zei: 'Deze vond ik onder de stoel.' Ook hield ze hun de portofoon voor. 'Ik heb een idee.'

Spector keek naar Pine, die moeizaam zei: 'Laat maar horen, zus. Want ik weet het niet meer.'

76

Buckley keek langs een rotsblok naar de SUV, die tien meter verderop stond. Toen keek hij naar twee van zijn mannen, die al even nerveus leken als hij zich voelde. Dit was bij lange na niet zo gemakkelijk geweest als hij had gedacht. Hij had de vrouwen gigantisch onderschat.

Maar aan de bloedsporen had hij gezien dat de beide vrouwen gewond waren, hoewel hij niet wist hoe ernstig. Hij nam aan dat ze zouden doorvechten tot het einde. Ze hadden ook geen keus. Hij wenkte een van zijn mannen, die naar hem toe kwam. Buckley zei: 'Ik denk niet dat ze in de SUV zitten, maar misschien zitten ze erachter en gebruiken ze hem als schild. Schiet dat hele ding aan flarden. Misschien hebben we geluk.'

De man knikte en liep terug naar de groep om de mannen uit te kiezen die hij nodig had. Een minuut later kropen ze naar voren, verspreidden zich achter een rij rotsen, richtten en op het teken van hun aanvoerder haalden ze hun trekker over. De ramen van de SUV werden verbrijzeld, de banden aan flarden geschoten en de metalen zijkanten doorboord. Ze schoten zelfs onder het voertuig door, voor het geval iemand zich erachter had verstopt.

Het gegil uit de richting van de SUV was zelfs boven het geluid van de schoten uit te horen. Toen het schieten heviger werd, werd het gegil zelfs nog luider en hield toen op. Nadat ze honderden kogels hadden afgeschoten, stak de man zijn hand op. Hij keek naar Buckley, die in de richting van de SUV knikte en zei: 'Zo te horen is het afgelopen, maar zorg dat je het verdomd zeker weet.'

Een paar mannen liepen naar de auto toe, gedekt door Buckley en de rest van de groep. Ze verwachtten minimaal één dode te vinden en schenen met hun zaklampen door de verbrijzelde ramen naar binnen, maar het zicht was slecht.

Aarzelend opende de aanvoerder het achterportier en een andere man het passagiersportier. Ze zwaaiden hun wapen heen en weer. Toen zag de eerste man de portofoon op de vloer liggen met de praatknop vastgeplakt en het volume op de hoogste stand.

Terwijl langzaam tot hem doordrong wat dit betekende, keek hij geschrokken naar zijn compagnon.

Maar toen werd hun aandacht getrokken en vastgehouden door iets anders.

'Brandt er iets?' vroeg de tweede man.

Aan de andere kant van de SUV brandde de lange lont die Mercy in de SUV had gevonden snel op. Het andere uiteinde was in de benzinetank gedoopt, waar een paar liter benzine en een heleboel explosieve gassen in zaten. De lont brandde snel op, bereikte de opening van de benzinetank en verdween naar binnen.

De mannen draaiden zich om en wilden wegrennen, maar het was te laat.

Een seconde later volgde de explosie. De SUV werd heen en weer geschud en van de grond getild, en liet niets over van de mannen die de pech hadden te dichtbij te staan. Door de schokgolf vloog wat er nog van hen over was wel dertig meter weg. Een arm raakte Buckley in het gezicht en een been knalde tegen de man naast hem.

'O mijn god!' gilde Buckley, terwijl hij probeerde weg te rennen. Meer zei hij niet, want daar kreeg hij de kans niet voor.

Een enorme schoen raakte Buckleys gezicht zo hard dat zijn kaak verbrijzelde. De luchtpijp van de man naast hem werd door dezelfde voet samengeperst. De man greep naar zijn keel en viel, terwijl hij naar adem hapte, maar die kon niet door de beschadigde luchtpijp in zijn longen terechtkomen. Buckley vloog door een andere trap tegen de zijkant van zijn hoofd door de lucht. Hij klapte keihard tegen een rotsblok en zakte op de grond, bloedend uit verschillende sneden en andere wonden.

Een derde man was zo dom om te proberen met zijn blote handen in de aanval te gaan. Een knie werd in zijn gezicht geramd en brak zijn neus. Terwijl hij viel, werd zijn schedel verbrijzeld door herhaalde stoten met voeten en ellebogen. Hij zou een minuut later sterven door de hersenbloeding.

De resterende mannen waren hun vechtlust kwijt, draaiden zich om en sloegen op de vlucht. Tenminste, dat hadden ze willen doen, maar de kogels, afgevuurd door Pine en Spector, maakten een einde aan hun leven.

Daarna was het volkomen stil, behalve het gekreun en het gejammer en het gerochel van de stervenden, en de laatste adem die ze uitbliezen bevroor in de koude lucht.

Mercy, blootsvoets en ontspannen, boog zich over Buckley heen. Met haar voet rolde ze hem op zijn rug. Hij was nu lang niet meer zo knap.

Toen ze zich omdraaide en naar Pine en Spector keek die wankelend uit hun dekking kwamen, terwijl de rook nog uit de loop van hun geweer kwam, ging Buckley opeens rechtop zitten. Hij hief zijn wapen en richtte de loop op Mercy's brede rug.

Een wapen ging af.

Alleen was het niet Buckleys wapen.

De kogel vloog via zijn mond naar binnen en aan de achterkant van zijn hoofd weer naar buiten. Toen viel hij voor de laatste keer achterover op de grond.

Mercy draaide zich vliegensvlug om en keek daarna achterom, zodat ze nog net zag dat haar zus haar wapen liet zakken.

Pine ademde diep uit en zei: 'We zijn uit de boom, Mercy. En staan weer veilig beneden.'

Daarna viel ze bewusteloos neer. Even later gevolgd door de uitgeputte en bloedende Spector.

77

Mercy bracht hen in Buckleys Jeep naar de stad. Toen ze eindelijk weer bereik hadden, belde Pine – wel bij kennis maar zwaargewond – de plaatselijke politie en vertelde wat er allemaal was gebeurd.

Mercy stopte bij het ziekenhuis, sprong uit de Jeep, rende naar binnen en regelde dat er snel een groep artsen en verpleegkundigen naar buiten kwam om de gewonde vrouwen te verzorgen.

Later belde Pine vanuit haar bed op de spoedeisende hulp Drew McAllister en bracht hem in een paar minuten op de hoogte.

'Ik kan me de zaak-Buckley wel herinneren,' zei hij. 'Heb samengewerkt met een paar agenten die erbij waren. Dat was een nare zaak: sekshandel, wapens, drugs. En die ouwe vent sliep kennelijk met alle jonge meisjes om er zeker van te zijn dat ze "acceptabel" waren.'

'Nou, bij zijn zoon was dat minder duidelijk, maar hij was even gevaarlijk en al net zo'n psychopaat als zijn vader.'

'Van wat je me net allemaal hebt verteld, is het een wonder dat jullie er levend van af zijn gekomen.'

'Ik vind het heel erg van Bertrand.'

'Ja. Het ziet ernaar uit dat er niemand meer over is die we kunnen arresteren.'

'De plaatselijke politie zal de compound grondig uitkammen, maar iedereen die hij niet had meegenomen voor die achtervolging is er nu waarschijnlijk allang vandoor. Met als enige gevolg heel veel opruimwerk en administratie.'

Hij vertelde haar dat hij contact zou opnemen met de plaatselijke autoriteiten en binnen vierentwintig uur met een team agenten in het vliegtuig zou stappen.

Pine's wonden werden schoongemaakt en verder behandeld. Het vocht werd uit haar knie gezogen, haar gebroken vinger werd gespalkt en ze kreeg loopgips voor haar gebroken enkel.

Later liep Pine met een paar krukken naar de kamer van Spector, waar deze herstelde van de operaties aan haar kuit, gezicht en schuine spier. 'Zo goed als nieuw?' vroeg Pine, terwijl ze op een stoel naast het bed ging zitten.

Spector ging rechtop zitten en vertrok haar gezicht een beetje. 'Zeker weten. Mij hoor je niet klagen.'

'Was wel een beetje gevaarlijk,' zei Pine.

'Je zus heeft ons echt gered. Het was haar idee om die portofoon te gebruiken en de SUV met die lont in een bom te veranderen. Buckley had me verteld dat ze dynamiet hadden gebruikt om een paar van die oude beschadigde gebouwen te slopen. Daardoor lag die lont nog in de SUV.'

'Maar goed dat ze er was, anders waren we nu dood.'

'Ik zou haar tijdens een kooigevecht onder geen voorwaarde als tegenstander willen hebben.'

Pine wreef over haar kaak. 'Ik heb het gevoel dat ik door een tank ben beschoten. En ze hield zich in!'

Spector zakte onderuit en keek naar het plafond. 'Ik neem aan dat de FBI onderweg is hiernaartoe...'

'Dat was onvermijdelijk, dat weet je.'

'Klopt.'

'Ze zullen hier over ongeveer vierentwintig uur zijn. Ik ken de agent die de leiding heeft. Hij is een goede vent, integer.'

'Juist. Oké.' Spector streek het laken glad en wendde haar blik af.

Pine keek even naar haar. 'Vertel, hoe gaat het echt met je kuit? Ik wil het weten, het is belangrijk.'

Spector keek haar nieuwsgierig aan. 'Niet slecht. Het bot is niet geraakt. De chirurg zei dat de kogel er netjes in en uit is gegaan.' Ze keek naar Pine's krukken en loopgips. 'Anders dan jij kan ik er nu waarschijnlijk echt op lopen. Over een week ben ik helemaal de oude. Maar waarom is dat belangrijk?'

'Oké, maar de grote vraag is: kun je rijden?'

Spector ging rechtop zitten en keek Pine verbaasd aan. 'Dat weet ik zeker, maar waarom moet je dat weten?'

'Er is een autoverhuurbedrijf in de stad. Dat zag ik toen we hier aankwamen.'

'Oké, maar...' Spector zweeg toen het haar begon te dagen. 'Wacht eens even, bedoel je wat ik denk dat je bedoelt?'

'Om de een of andere reden ben ik helemaal vergeten special agent McAllister iets over jouw betrokkenheid te vertellen. Voor zover hij weet zijn alle criminelen dood.'

'Ik moet het weten: wat bedoel je precies?'

'Twee uur rijden hiervandaan is een vliegveld. Dat heb ik opgezocht op mijn telefoon. Je kunt een vliegtuig pakken en al heel gauw overal zijn waar je naartoe wilt, zelfs naar een ander land als je zou willen.' Ze zweeg en keek Spector aan.

Spector had dit duidelijk absoluut niet verwacht. 'Waarom? Dit is een overtreding van alle regels van het Bureau, dat weet jij ook.'

'Jij hebt ons leven gered. Ik neem jou niets kwalijk. En ik werk al zo lang bij het Bureau dat ik mijn eigen regels soms bepaal. En die zijn meestal beter dan die van de FBI.'

'Ik weet niet wat ik moet zeggen...'

'Nou, ik wil je graag persoonlijk bedanken, alleen weet ik nog steeds niet hoe je heet.'

Spector sloeg haar blik neer. 'Britt Spector.'

'Oké, Britt, bedankt dat je het leven van ons allemaal hebt gered.'

Spector zei nerveus: 'Nu kun je heel eenvoudig mijn FBI-dossier inzien. Dat is niet bepaald... ideaal.'

'Natuurlijk zou ik dat kunnen doen, maar dat doe ik niet.'

'Waarom niet?'

'Omdat ik je in de meest bizarre omstandigheden die je maar kunt bedenken heb leren kennen en daardoor alles over je weet wat er te weten is. Daar hoef ik geen dossiers voor te lezen.'

Spector zei ongerust: 'Ze zullen vragen stellen. De technische recherche...'

'De plaats delict is een puinhoop. Ik weet dat, jij weet dat. Er is niemand meer om in staat van beschuldiging te stellen. Ze zullen alleen alles doen wat moet en dan is het voorbij. De plaatselijke politie en het Bureau hebben geen enkele reden om zich er verder in te verdiepen.'

'Maar jij bent een agent. Hiermee neem je een risico. Ik wil je niet in een lastige situatie achterlaten.'

'Ik vind het de moeite waard om dat risico te nemen. En ik ben er echt heel goed in om wat het Bureau betreft weer op mijn pootjes terecht te komen.'

Ze keken elkaar een hele tijd aan.

Spector stak langzaam haar hand uit, die Pine aannam. 'Ik vraag me af of ik dit verdien, maar dank je wel.'

'Het enige wat ik nog wil zeggen, is dat je iets selectiever moet zijn als het gaat om de mensen voor wie je werkt. Je bent veel te goed om criminelen te blijven helpen. Wij hebben je veel meer nodig dan zij.'

Spector zakte weer onderuit en keek met een zwakke glimlach naar het plafond. 'Daar heb ik al over nagedacht, en je hebt gelijk.'

'Waarom?'

Spector keek haar aan. 'Waarom wat?'

'Dat kwam niet alleen door wat Carol tegen je zei. Ik heb het daar met haar over gehad. Ze is wel goed, maar misschien ook weer niet zó goed. Dus waarom heb je ons echt geholpen?'

Spector wreef in haar ogen om een paar tranen weg te vegen. 'Ik heb geen geweldige jeugd gehad. En ik heb nooit een zus gehad.' Ze keek Pine met betraande ogen aan en zei schor: 'Maar ik had zeker een zus kunnen gebruiken. Dan... zou alles iets draaglijker zijn geweest.'

'Dat kan ik heel goed begrijpen. Ik denk er precies zo over.'

'Ik weet wat jou en je zus is overkomen. En toen dacht ik gewoon dat jullie beiden veel meer tijd samen verdienden dan Peter Buckley bereid was jullie te geven.'

Pine stond op en pakte haar krukken. 'Oké dan, Britt, volgens mij heb ik zojuist een erezuster gevonden.'

Spector keek haar aan. 'Ik misschien ook, Atlee.'

78

Pine had net als Spector niet gewacht tot de FBI in het stadje in Idaho aankwam. Ze wilde McAllister nu even niet zien, ze had behoefte aan enige afstand. Dus voordat McAllister en zijn team landden, zat zij al samen met haar zus en Carol Blum in een vliegtuig naar de oostkust. Ze had McAllister een mailtje gestuurd om hem te vertellen wat ze van plan was. Toen hij terugmailde met het bevel te blijven waar ze was, zat zij toevallig al in het vliegtuig met haar telefoon uitgeschakeld.

Nu, meer dan drieduizend kilometer verderop en vier dagen na de dodelijke confrontatie, belde Pine Drew McAllister om te horen hoe zijn onderzoek in Idaho verliep.

Pine moest heel voorzichtig zijn met wat ze zei tijdens hun telefoongesprek.

'Ik had gezegd dat ik je wilde spreken zodra we aankwamen. Waarom ben je verdomme teruggevlogen? En ik probeer je al vier dagen telefonisch te pakken te krijgen.'

'Mijn assistente Carol had een bijzondere medische behandeling nodig,' zei Pine. 'En ik moest om persoonlijke redenen terug naar de oostkust. Ook heb ik niet op mijn telefoon gekeken. Het is een nieuwe. Ik was de oude in de chaos kwijtgeraakt en heb nog wat moeite ermee om te gaan.'

'Juist. En in Idaho konden ze Blum niet de juiste medische behandeling bieden?'

'Ik heb dat besluit gewoon genomen. Maar ik ben volkomen bereid om alle vragen die je nu hebt te beantwoorden. En als je me had gesproken voordat je op de plaats delict was geweest, zou ons gesprek lang niet zo nuttig voor je zijn. Nu je de tijd hebt gehad alles te zien, kunnen we veel productiever zijn.'

'Verschillende mensen van het Bureau hadden me al gewaarschuwd dat jij alles recht kunt praten wat krom is.'

'Ik probeer je gewoon te helpen.'

'Het lijkt hier wel een oorlogsgebied,' zei McAllister, weer helemaal ernstig nu.

'Nou, als je het wilt weten, ik heb de meest bizarre dingen meegemaakt tijdens mijn loopbaan, maar niets wat hiermee te vergelijken is.'

'Ik heb twee keer geschoten in de vierentwintig jaar dat ik voor het Bureau werk, maar zo te zien heb je dat aantal ver overtroffen.'

'Dat was noodzakelijk.'

'Dat heb ik gezien. Wat ik ook heb gezien, was de kooi in die oude schuur. Waar diende die voor?'

'Daar hadden ze ons in opgesloten.'

'Maar er was een gevangenis.'

'Daar hadden ze ons ook opgesloten.'

'Jou en je zus en Carol Blum?'

'Carol niet, die zat niet in die kooi, alleen in de gevangeniscel.'

'We hebben onderzoeken uitgevoerd en vonden wat bloed van haar in de schuur buiten die kooi. En we hebben sporen van jouw bloed in die kooi gevonden.'

'Tja, ze hebben ons niet goed behandeld.'

'Waarom brachten ze Carol naar de schuur?'

Pine besloot gewoon de waarheid te vertellen. Ze legde uit dat Buckley haar had gedwongen om in de kooi tegen haar zus te vechten en dat hij Blum als dwangmiddel had gebruikt.

'Jezus, wat een maniak!' zei McAllister.

'Klopt helemaal.'

'Maar hoe zijn jullie dan weggekomen?'

'We slaagden erin te ontsnappen en een paar wapens in handen te krijgen. We hebben een SUV gestolen, ramden het hek en gingen ervandoor. Ze achtervolgden ons en schoten onze benzinetank lek, dus moesten we dat doodlopende ravijn wel in rijden. Daar heeft het echte gevecht plaatsgevonden.'

'We hebben de restanten van een drone en een ongelofelijk aantal NATO-geweerkogels gevonden.'

'Er lagen een heleboel wapens in die SUV, maar die drone ook. We hebben alles wat we konden vinden gebruikt om in leven te blijven. En we hadden het allemaal nodig.'

'En die SUV? Daar was niets van over.'

'Ja, mijn zus had het geweldige idee om de benzinedampen in de tank te gebruiken als een bom om een aantal van Buckleys mannen uit te schakelen.'

McAllister zei droog: 'Nou, dat is gelukt. Ik kan me niet herinneren dat ik ooit zoveel lichaamsdelen op één plek heb gezien. Dat beeld zal de komende tien jaar wel in mijn hoofd blijven rondspoken.'

'Nou ja, de slechteriken hebben verloren,' zei Pine opgewekt.

'Juist,' zei McAllister. 'Jij beweert dus dat jij en je zus al die zwaargewapende mannen zonder hulp hebben uitgeschakeld? Ik bedoel, ik weet dat je goed bent, maar echt...'

'Nou ja, Carol was er ook, vergeet haar niet. En mijn zus kan zo ongeveer iedere FBI-agent verrot schoppen met wie je ooit hebt samengewerkt.'

'Datzelfde heb ik over jou gehoord.'

'En Buckley heeft een FBI-agent laten vermoorden. Hij heeft dus zijn verdiende loon gekregen. Het verbaast me toch wel een beetje dat je me aan een derdegraadsverhoor onderwerpt. Ik heb het allemaal overleefd.'

'Nee, nee, je hebt helemaal gelijk,' zei McAllister, met een heel andere klank in zijn stem. Hij schraapte zijn keel en zei: 'Hoe dan ook, we kijken ook naar Buckleys imperium. Zo te zien had dat een legale en een illegale kant, en die kanten vermengden zich alleen als hij zwart geld moest witwassen via de legale bedrijven. Hier zullen de beste financiële rechercheurs voor nodig zijn om dat allemaal te ontrafelen.'

'Verbaast me niets. Buckley was een slimme man.'

'En nu een dode man. Heb jij hem gedood?'

'Inderdaad. Het is maar goed dat ik verlof heb, anders zou ik nu achter mijn bureau moeten zitten terwijl het Bureau een onderzoek instelt omdat ik met mijn wapen heb geschoten, wat ik die dag best vaak heb gedaan.' Pine zweeg even en vroeg toen: 'Oké, zijn we hier klaar mee? Want ik wil je wat vragen.'

'Jeetje, laat me raden.'

'Hoe gaat het met je onderzoek naar Tim Pine?'

'Heb je de clearance om dat allemaal te horen?' vroeg hij.

Ze kon zijn glimlach bijna zien. 'Dat denk ik wel, maar je mag me ook alleen de niet-geheime delen vertellen, als je je daar beter bij voelt.'

'Wat die zaak betreft was er sprake van een ongebruikelijke ontwikkeling.'

'O?' vroeg Pine nieuwsgierig.

'Leden van een andere federale dienst zijn bij ons geweest.'

'Van welke?'

'Dat is het geheime deel.'

'Oké.'

'Ze vertelden ons het hele verhaal over je moeder en Tim Pine. Bruno en Ito Vincenzo. Alles. Dingen die jij me al had verteld en die zij bevestigden. Het was heel moedig wat je moeder allemaal heeft gedaan. Ze was toen nota bene nog maar achttien.'

'Ja, klopt.'

'Maar goed, ze maakten duidelijk dat Ito daarnaartoe ging om Tim Pine te vermoorden, maar dat Pine hem vermoordde. Ze zeiden dat die hele zaak geheim is gehouden op bevel van de hoogste niveaus binnen de Amerikaanse inlichtingenwereld.'

'Dus jullie gaan niet langer achter Tim Pine aan?'

'Wat het Bureau betreft is de zaak gesloten.'

'Heb je met Jack Lineberry gepraat?'

'Inderdaad. Een bijzonder indrukwekkende man.'

'Had hij er de hand in dat deze zusterdienst zich meldde?'

'Die vraag moet hij maar beantwoorden. Ik neem aan dat een van de redenen dat je nu aan de oostkust bent is dat je hem wilt opzoeken.'

'Klopt. Heeft Lineberry je nog meer verteld?'

'Zoals?'

'Wat dan ook.'

Zoals dat hij mijn én Mercy's vader is, dacht Pine.

'Niets meer dan wat ik net zei.'

'Oké, bedankt.'

'Ik hoop dat je, als dit allemaal is afgerond, terugkomt naar het Bureau. Je bent een goede agent, Pine. We willen je niet kwijt.'

'Maak je maar geen zorgen. Ik ben een FBI-agent in hart en nieren.'

'En zorg dat je uit de problemen blijft, in elk geval de eerste paar dagen.'

'Ik ben nooit op zoek naar problemen.'
'Dat weet ik; die vinden jou gewoon.'
Inderdaad, dacht Pine.

79

Ze stopten voor het dubbele toegangshek van Lineberry's landgoed. Het was een paar weken na hun terugkeer uit Idaho. Pine was van haar loopgips af en haar andere verwondingen waren veel beter. Blum was helemaal genezen.

Pine zat achter het stuur van de huurauto, Mercy zat naast haar en Blum achterin.

'Lieve help!' zei Mercy. 'Woont die man hier?'

'Je zou zijn huis in Atlanta moeten zien en zijn pied-à-terre in New York,' zei Blum.

'Een pjee wat?' vroeg Mercy.

'Dat is een appartement, een heel mooi appartement,' zei Pine. Ze meldde zich bij de intercom en de hekken zwaaiden open.

Toen Mercy zag hoe enorm groot het gebouw en het terrein waren, keek ze haar zus hoofdschuddend aan. 'Woont hij hier alleen?'

'Hij heeft personeel.'

'Ja, dat lijkt me ook. Ik bedoel, alleen al om te voorkomen dat hij verdwaalt als hij van de slaapkamer naar de keuken loopt.'

'Hij is ook jouw vader,' zei Pine.

'Voor mij niet. Ik kan me de man niet eens herinneren van wie ik dacht dat híj onze vader was.'

Ze stopten voor het huis en stapten uit.

De voordeur werd geopend door het dienstmeisje, een efficiënt uitziende vrouw van in de dertig. Ze ging hun voor naar Lineberry's kantoor. 'Het gaat veel beter met hem dan de vorige keer dat jullie hier waren.' Ze keek Mercy aan en zei: 'U zult de tweelingzus wel zijn van agent Pine. Meneer Lineberry zal het heel fijn vinden u te ontmoeten.'

'Misschien is dat niet wederzijds,' zei Mercy.

Toen de vrouw haar stomverbaasd aankeek, legde Pine een hand op Mercy's schouder en zei tegen de vrouw: 'Ik weet de weg, bedankt.'

Pine klopte op de deur en Lineberry zei dat ze binnen mochten komen.

Lineberry zat aan zijn bureau en stond op toen ze binnenkwamen. Hij leek een totaal ander mens, vond Pine. Hij was gekleed in een beige linnen lange broek, een wit overhemd en een marineblauw sportjasje met pochet. Hij had een gezonde kleur, zijn grijze haar was keurig geknipt en hoewel hij nog steeds mager was, leek hij wel hersteld van zijn verwonding.

En van zijn depressie, dacht Pine.

Hij glimlachte, keek naar Mercy en kwam met uitgestrekte armen naar hen toe. 'Mijn god, Mercy, ik kan je niet vertellen hoe blij ik ben je te zien.'

Toen hij haar wilde omhelzen, zette Mercy een stap achteruit en ze stak haar hand uit.

Hij leek eerst verbaasd, maar toen keek hij naar Pine en verscheen er een begrijpende blik op zijn gezicht. Hij schudde Mercy's hand. 'Ik kan me kennelijk niet beheersen. Je kent me niet eens. Neem me niet kwalijk. Ga alsjeblieft zitten.'

Hij ging samen met hen om de salontafel zitten en keek hen allemaal stuk voor stuk aan, tot zijn blik op Pine bleef rusten. 'Ik begrijp dat je is verteld dat de FBI de zaak met betrekking tot Tim heeft afgesloten.'

'Vergis ik me of heb jij daar de hand in gehad?' vroeg Pine.

'Ik had daar zelf ook belang bij, want ze deden ook onderzoek naar mij, weet je. Maar ik wil wel toegeven dat ik een paar oude kameraden heb gebeld, plus een paar lui op Capitol Hill, die ik de afgelopen jaren grote donaties heb gegeven. Het was heel duidelijk dat Ito Vincenzo daarnaartoe ging om Tim te vermoorden en dat Tim zichzelf alleen maar verdedigde. En van agent McAllister hoorde ik dat jullie een avontuur hebben beleefd in het westen van het land, maar hij heeft er niet over uitgeweid.'

'Omdat het geheim is,' zei Pine. 'Maar we hebben het allemaal overleefd, zodat we hiernaartoe konden komen.'

Lineberry's mond viel even open, maar hij sloot hem snel weer en keek Mercy aan. 'Ik neem aan dat je zus je alles heeft uitgelegd?'

Mercy keek hem taxerend aan, liet haar blik door het fraai ingerichte vertrek dwalen waaruit duidelijk bleek hoe rijk hij was en keek hem weer aan, niet onder de indruk. 'Dat je met onze moeder sliep en ons kreeg? Ja, dat weet ik. Ik hoorde ook dat je ons al je bezittingen wilt nalaten. Kan ik nu alvast iets van mijn aandeel krijgen? Ik moet rekeningen betalen en mijn leven weer op de rails zien te krijgen. Dat zal waarschijnlijk minder zijn dan wat jij aan je kapper uitgeeft.'

Blum verstijfde, maar Pine niet. Ze had zich afgevraagd hoe haar zus op deze ontmoeting zou reageren. En wat er nu gebeurde, verbaasde haar dus niet.

Lineberry was zo verstandig om er ook niet op in te gaan. Geen hooghartige glimlach, geen boze of teleurgestelde blik – niets waaruit bleek dat hij vond dat ze hem door haar botte woorden respectloos behandelde. Hij keek Pine aan en zei gedecideerd: 'Atlee, willen jij en Carol mij en Mercy misschien een paar minuten alleen laten?'

'Vind je dat goed, Mercy?' vroeg Pine.

Mercy haalde haar schouders op. 'Ja hoor.'

Pine en Blum stonden op om te vertrekken. Pine keek nog even gespannen achterom voordat ze de deur sloot. Ze zag dat vader en dochter elkaar vanaf een afstand van ongeveer anderhalve meter aankeken. Het had net zo goed anderhalf miljoen meter kunnen zijn. Daarna deed ze de deur achter zich dicht.

80

'En, kan ik het geld nu krijgen of moet ik wachten tot je dood bent?' vroeg Mercy.

Lineberry zei: 'O, ik weet zeker dat er wel iets geregeld kan worden. Zoals je duidelijk kunt zien, heb ik heel veel geld. Daar zou jij zeker je deel van moeten krijgen.'

'Dat bedoelde ik niet. Ik moest al mijn banen opzeggen om in mijn verleden te duiken en alles uit te zoeken. En ik ben uit huis gezet, zodat ik nu dakloos ben. Ik heb alleen een beetje geld nodig om een huis en een baan te vinden, en dan is alles oké. En dan mag je de rest aan Lee nalaten. Ik heb het niet nodig.'

'Dus dat is alles? Je wilt alleen het geld? Je hebt geen andere vragen voor me? Over je moeder?'

Mercy haalde haar schouders op. 'Ik weet alles wat ik moet weten. Nadat ik was ontvoerd, is mijn moeder nooit naar mij op zoek gegaan. Ze liet me wegrotten in een hel. Daarna liet ze Lee in de steek en niemand heeft haar ooit teruggezien. O ja, en ze schreef een belachelijke brief om zichzelf een beter gevoel te geven. En in die brief heeft ze niet één keer gezegd dat ze heeft geprobeerd me te vinden. Dus ze kan de pot op. Heb ik iets gemist?'

'Je hebt heel veel gemist. De waarheid bijvoorbeeld.'

Mercy keek hem minachtend aan. 'O, dan ga je me nu zeker vertellen dat ze een soort Jeanne d'Arc was?'

'Nee. Ze had haar fouten, heel veel zelfs, net als wij allemaal. Ze heeft fouten gemaakt, nogmaals, zoals wij allemaal. Ik, en jij ook, dat weet ik zeker.'

'Hou mij hier alsjeblieft buiten, oké?' zei Mercy scherp met een valse blik.

'Maar je maakt hier deel van uit.' Hij zweeg even en keek haar bedachtzaam aan. 'Je moeder gaf zichzelf de schuld voor wat jou en je zus is overkomen. Dat schuldgevoel maakte haar gek. Ze heeft alles op alles gezet om je te vinden.'

'Dat is onzin, dat weet ik. Als ze dat had gedaan, had ze me gevonden.'

Alsof hij haar niet had gehoord, zei Lineberry: 'Op een bepaald moment werd ze gedwongen te stoppen met het zoeken naar jou, in elk geval officieel. Daarna moest ze wel onderduiken met de rest van haar gezin.'

Daar keek Mercy van op. 'Gedwongen te stoppen?'

Lineberry keek haar onderzoekend aan. 'Ik heb zelfs je zus nooit verteld wat ik jou nu ga vertellen.' Hij zweeg weer, alsof hij er zeker van wilde zijn dat hij haar volle aandacht had. 'Ben je bereid ernaar te luisteren? Zo niet, dan mag je opstaan en vertrekken. Ik zal niet proberen je tegen te houden.' Hij haalde een chequeboekje uit zijn zak. 'Ik kan nu een cheque voor je uitschrijven, zodat je je leven weer op de rails kunt zetten. Is tweehonderdduizend dollar genoeg, denk je? Zo niet, moet je maar zeggen hoeveel je nodig hebt. Eén miljoen? Twee? Tien? Mij maakt het niet uit.'

Mercy kromp ineen door deze absurd hoge bedragen. Maar toen ontspande ze zich en knikte langzaam. 'Ik ben bereid ernaar te luisteren, maar dat is niet hetzelfde als het geloven. Jij hield van mijn moeder en doet dat misschien nog steeds. Je zou waarschijnlijk alles zeggen om haar in een goed daglicht te stellen.'

Hij legde zijn chequeboek neer. 'Wat ik je ga vertellen, is de hele waarheid. Of je me gelooft of niet is aan jou.'

Mercy sloeg haar armen over elkaar, leunde naar achteren en wachtte.

'De maffiafamilies die zijn opgepakt, mede dankzij je moeder toen ze nog maar achttien was... Die hadden verspreid over het land nog steeds veel tentakels, in allerlei vormen. Ook bij de politie en de federale regering.'

'Wacht eens even. Mij is verteld dat Ito-nog-wat me heeft ontvoerd en probeerde Lee te vermoorden. Toen dumpte hij me bij die gestoorde familie. En dat hij dat deed voor zijn broer die bij de maffia zat en op de een of andere manier was belazerd. Waar hij mijn moeder de schuld van gaf. Dat heeft Lee me verteld.'

'Bruno Vincenzo werd inderdaad belazerd, maar niet door je moeder.'

'Door wie dan wel?'

'Daar kom ik zo op. Je moeder sloot een deal met Bruno toen deze ontdekte wie ze was. Dat was het enige wat ze kón doen. Als haar identiteit bekend was geworden zou de hele operatie zijn mislukt en dat zou je moeder en heel veel andere mensen het leven hebben gekost. Bovendien zouden veel gevaarlijke en keiharde mobsters vrijuit gaan en vrij zijn om nog meer gruwelijke dingen te doen. Dus sloot ze die deal met Bruno. Die deal werd goedgekeurd door de hoogste regeringsniveaus, maar toen het erop aankwam die deal uit te voeren, werd Bruno bedrogen. Hij zou immuniteit krijgen en daarna in het getuigenbeschermingsprogramma worden geplaatst, maar dat gebeurde allebei niet.'

'Waarom niet?' Mercy leek nu geïnteresseerd en betrokken.

'Omdat een bijzonder hoge figuur, een man met een veel hogere rang dan ik en met een naam die veel Amerikanen zouden herkennen, besloot dat de deal niet mocht worden uitgevoerd. Bruno werd berecht en veroordeeld, en in de gevangenis vermoord omdat hij een verrader was.'

'Waarom zou die hooggeplaatste figuur dat doen?'

Lineberry antwoordde niet, maar keek haar alleen aan.

'Bedoel je dat die man door de maffia werd betaald?'

'Ze wilden Bruno,' zei hij alleen. 'Ze wilden dat hij zou boeten, omdat hij niet had verteld dat je moeder als spion bij de maffia zat. Dus werd de deal afgeblazen en Bruno vermoord. Wat we niet wisten, was dat Bruno zijn broer Ito had gevraagd achter je moeder aan te gaan, omdat hij dacht dat je moeder hem had verraden.'

Mercy keek hem onderzoekend aan. 'Oké, stel dat dit waar is, dan heeft mijn moeder nog steeds niet geprobeerd me te vinden. Daar zei je net helemaal niets over.'

Lineberry stak een vinger op. 'Toen je zus in het ziekenhuis lag, is ze maar één keer weg geweest, om naar Washington D.C. te vliegen en te eisen dat alles werd gedaan wat kon worden gedaan om je te vinden. Ze zei dat ze, als dat niet gebeurde, bekend zou maken wat ze wist.'

'Wacht even, wat wist ze dan precies?' vroeg Mercy.

'Ze wist dat de hooggeplaatste persoon over wie ik het had was omgekocht door de maffia. Ze wist dat hij eigenlijk indirect degene was die Bruno had vermoord. En ze dacht dat jij was ontvoerd door iemand die iets met Bruno Vincenzo te maken had. Ze wist niet dat het zijn broer was. Ik betwijfel of ze wist dat hij een broer had. Ze ging er gewoon van uit dat het de maffia was. En wat ze meer wilde dan wat ook was jou terugkrijgen.'

Mercy werd zichtbaar rustiger. 'Hoe heeft ze ontdekt dat die hooggeplaatste figuur samenwerkte met de maffia?'

'Ze was undercover. Ze luisterde heel veel gesprekken af. Mensen vertelden haar dingen die ze niet hadden mogen vertellen, want ze was echt heel goed in haar werk. En ze zag mensen komen en gaan. Hij was een van hen.'

'Maar als ze wist dat hij erbij betrokken was, waarom verraadde ze hem dan niet meteen vanaf het begin aan de autoriteiten?'

'Omdat hij een van die autoriteiten wás, Mercy. En zij was niet eens officieel een agent in overheidsdienst. Ze was nog maar een tiener. Maar die man was een legende, oud geworden terwijl hij zijn land diende. Wie zou haar geloven? Hij had probleemloos bewijzen tegen haar uit zijn hoge hoed kunnen toveren. Ze gebruikte toen drugs. Ze ging om met criminelen. Er waren ontelbare manieren voor hem om haar te pakken te nemen. Dus hield ze haar mond. Maar jouw ontvoering was voor haar de druppel. Ze zocht hem op en beschuldigde de klootzak recht in zijn gezicht. Om jou. En ik kan je niet vertellen hoe moedig dat was. Je weet misschien niet veel over hoe de overheid functioneert, maar wat zij deed was vergelijkbaar met wat David tegen Goliath deed. En dat heeft ze gedaan zonder ook maar één moment aan zichzelf te denken.'

'Wat gebeurde er tijdens dat gesprek?'

'Ze bedreigde hem.' Hij zweeg even. 'En hij bedreigde haar.'

'Wat?' vroeg Mercy een beetje buiten adem.

'Als ze doorging ophef te maken, als ze bleef eisen dat het hele land naar jou op zoek ging, als ze doorging de aandacht op deze kwestie te richten... dan zou hij je zus en Tim...' Hij zweeg en keek haar met een veelbetekenende blik aan.

'Verdomme! Hoe kon iemand van de regering dat doen?'

'De wereld zat in die tijd anders in elkaar, Mercy. De maffia was toen nog heel machtig en had erg veel invloed. Hij zat er te diep in. En hoewel je moeder had geholpen heel veel slechte mensen uit de roulatie te halen, liepen er toch nog steeds heel veel slechte mensen rond. En deze verrader weigerde toe te laten dat zijn goede naam hierom te grabbel werd gegooid.'

'Je bedoelt dat hij dreigde de maffia te vertellen waar mijn moeder en haar gezin waren?'

'Dat was de reden dat ze van de ene op de andere dag uit Andersonville zijn vertrokken, zonder een spoor achter te laten. Ze was al één dochter kwijtgeraakt en ze kon niet nog een dochter kwijtraken. Maar ik weet dat ze alle mogelijke moeite bleef doen om je te vinden, ten koste van heel veel tijd en geld en alles wat ze had. Ik weet dit, omdat ik heb geprobeerd haar daarmee te helpen. Nadat je was ontvoerd, heb ik haar nooit meer zien glimlachen. Al het leven, alle geluk... was uit haar verdwenen.'

Mercy sloeg haar blik neer. Ze leek verloren, ongelovig. 'Waarom heb je die klootzak dan niet verraden?' vroeg ze scherp.

'Tegen de tijd dat je moeder me in vertrouwen nam, was hij al dood. Hij is rustig in zijn bed gestorven en kreeg een heldenuitvaart voor zijn vele jaren trouwe dienst. Hij ligt nu begraven op Arlington National Cemetery.'

'Dat is toch te gek voor woorden!'

'Inderdaad. En op dat moment kon je moeder de waarheid niet meer over hem vertellen. Want niemand zou haar geloven en daardoor zouden de mensen die haar nog altijd zochten weten waar ze was. Dat zou Tim en je zus in groot gevaar hebben gebracht. Je moeder zat klem en was machteloos.'

'Waarom heb je dit nooit aan Lee verteld?'

Lineberry schoof ongemakkelijk heen en weer op zijn stoel. 'Het gemakkelijke antwoord is dat ik heb gezworen nooit officiële geheimen te verraden. Maar als je het echt wilt weten: je zus verafgoodde je moeder. Ze heeft veel langer bij haar gewoond dan jij. Zelfs nadat Amanda haar had verlaten, hield je zus nog steeds heel veel van haar. En ik wist dat als ik haar dit allemaal zou vertellen ze alles op alles zou zetten om haar te vinden. Ze zou de rest van haar leven opschorten. Ze...'

'Ze zou haar eigen leven niet leiden, bedoel je? Ze zou alleen nog dit allemaal najagen en nooit haar eigen ding doen?'

'Ja, en zichzelf misschien in gevaar brengen. Je moeder dacht dat het Atlee zou beschermen als ze niet wist waar ze was, dáárom heeft ze haar verlaten.'

Even zwegen ze allebei, terwijl Mercy dit allemaal verwerkte.

'Luister, ik... waardeer je eerlijkheid. Mensen zijn niet vaak eerlijk tegen me. De meeste mensen zien me niet eens staan.'

'Dat zal mij nooit overkomen, geloof me,' zei hij vol overtuiging.

Ze keek hem aan. 'Je bent anders dan ik had verwacht.'

'Jij bent precies zoals ik had verwacht dat je zou zijn.'

'Wat bedoel je daarmee?'

'Niet klein te krijgen.'

'Dat klinkt leuk, maar zo ben ik heel lang niet geweest. Ik heb me door mensen laten gebruiken.'

'Maar nu niet meer.'

'Nee, nu niet meer.' Ze keek hem aan. 'Ga je Lee ooit vertellen wat je mij net hebt verteld?'

'Ik denk dat ze het misschien beter van jou kan horen. Maar of je dat doet of niet, laat ik helemaal aan jou over.' Hij stond op. 'Als je er geen bezwaar tegen hebt, wil ik graag dat je zus en Carol weer binnenkomen. We moeten een "tripje" maken, iets wat we veel eerder hadden moeten doen.'

'Een tripje? Waarnaartoe?'

'Dat zul je wel zien. Dat zullen jullie allemaal wel zien.'

81

Het 'tripje' was niet met de auto, maar met Lineberry's privévliegtuig, een Gulfstream 650 met alles erop en eraan.

Beide zussen en Blum keken vol bewondering naar het luxe interieur: de betimmering van donker hout, de gekleurde vloerbedekking en de crèmekleurige leren stoelen met een gouden biesje. Ze werden met een kalme blik en een stevige handdruk verwelkomd door een geüniformeerde steward en twee professioneel uitziende piloten.

Terwijl ze met z'n allen aan een glanzend gewreven tafel gingen zitten, vroeg Pine: 'Waar gaan we precies naartoe?'

'Het is maar een korte vlucht,' was alles wat Lineberry wilde zeggen.

'Dit wordt mijn eerste keer in een vliegtuig,' zei Mercy. 'De man die me vertelde hoe dat was, heeft volgens mij nooit in zo'n toestel gezeten.'

'De meeste mensen niet, Mercy,' zei haar zus.

Ze stegen op als een speer en klommen snel naar een hoogte van 12.000 meter. Ze kregen koffie en een lichte maaltijd, en nog geen uur later begon het toestel aan de daling door de wolken. Toen het vliegtuig onder de wolken vloog keek Pine naar buiten en zag ze een stad onder zich met ten oosten ervan een groot wateroppervlak. 'Waar zijn we?'

'Savannah, Georgia,' zei Lineberry. 'En dat is de Atlantische Oceaan.'

'Waarom Savannah?'

Lineberry keek haar aan, een beetje verdrietig, dacht Pine. 'Vertrouw me maar gewoon, Atlee. Alsjeblieft. Nog één keer.' Zijn ingetogen stemming maakte haar alleen nog gespannener.

Op de parkeerplaats van het vliegveld werden ze opgewacht door een SUV met chauffeur. Ze stapten in en vertrokken.

Ze reden door de buitenwijken van de stad, tot ze een pad insloegen waardoor Pine's hart een slag oversloeg. 'Een begraafplaats?' Ze keek haar zus gespannen aan. Daarna vroeg ze aan Lineberry: 'Jack, wat heeft dit verdomme te betekenen?'

Lineberry, die voorin zat, bleef stoïcijns naar buiten kijken. Hij gaf de chauffeur opdracht te stoppen op een smalle verhoogde weg bijna helemaal achterin. Daar stonden een paar grafstenen, sommige wel drie meter hoog. Er waren ook oude en reusachtige grafkelders, en er stonden een paar eenvoudige bronzen kruisen in het gras.

Toen Lineberry uitstapte, greep Pine zijn arm. 'Je kunt ons nu maar beter vertellen wat dit te betekenen heeft, Jack. Dit... is een ongelofelijke rotstreek. Ik bedoel, een begraafplaats... Mijn god, vertel me alsjeblieft niet dat we hier zijn...'

Hij viel haar in de rede. 'Ik vroeg je me te vertrouwen. Dat doe je of je doet het niet. Ik zou je nooit opzettelijk pijn doen, maar ik ga de waarheid ook niet voor je verborgen houden, nu niet meer.'

Hij draaide zich om, liep voor hen uit naar een paar graven en bleef staan bij een verlaagd deel met een van de eenvoudige kruisen. Ze gingen er allemaal omheen staan en keken naar de naam die erop stond.

'Mark Douglas?' las Pine, voordat ze Lineberry verbaasd aankeek.

'Hij was nog maar achtenveertig toen hij stierf,' zei Blum, die naar de geboorte- en sterfdatum keek.

'Ja, dat klopt,' zei iemand. 'Hij is veel te vroeg gestorven.'

Ze draaiden zich allemaal om toen er een vrouw achter de grafkelders vandaan kwam.

Ze was halverwege de vijftig, haar donkere haar was doorschoten met grijs en hing tot op haar schouders. Ze droeg een donkere spijkerbroek, zwarte schoenen en een zwart matrozenjasje. Ze was langer dan Pine, maar een paar centimeter kleiner dan Mercy. Ze was slank en had een perfect gevormd gezicht. De vrouw was zo nonchalant elegant en knap dat het Pine de adem benam. Haar ogen waren zo sprankelend blauw dat ze nep leken. Maar Pine wist dat ze dat niet waren.

Pine wist ook dat ze hun moeder was.

Beide zussen stonden kaarsrecht naast elkaar toen de vrouw die zij 'mama' hadden genoemd en die Julia Pine heette naar hen toe kwam.

Julia keek eerst naar Pine en daarna naar Mercy, die ze het langst aankeek. Ze stak haar hand uit en streelde Mercy's wang. Mercy bleef staan en liet het toe. 'Ik had gedacht dat ik je nooit zou terugzien, Mercy. Nooit.' De blauwe ogen vulden zich met tranen en de huid eromheen rimpelde, waardoor er dunne lijntjes zichtbaar werden die haar schoonheid alleen maar leken te verhogen, doordat ze haar gezicht het raffinement en de waardigheid gaven van een ouder meesterwerk.

Mercy pakte met trillende lippen de hand van haar moeder vast en drukte die stevig tegen haar gezicht.

Julia keek naar haar andere dochter. Met haar vrije hand verstrengelde ze haar vingers met die van Pine. 'Lee, kun je me ooit vergeven wat ik heb gedaan, lieve schat?'

Pine vond eindelijk haar stem terug en zei: 'Toen kon ik het niet, maar inmiddels weet ik beter. Jack heeft me de brief laten lezen die je hem had gestuurd.'

Julia keek nu naar Lineberry.

'Ik weet wat je had gezegd,' zei hij. 'Maar gezien de omstandigheden vond ik dat zij het recht had het te weten.'

Ze knikte. 'Dank je wel dat je mijn meisjes naar me toe hebt gebracht, Jack. Je bent tijdens deze hele nachtmerrie een goede vriend geweest.'

Pine keek weer naar het graf en daarna naar haar moeder.

Julia knikte en zei zacht: 'Toen Tim op een avond de straat overstak, werd hij overreden door een dronken chauffeur. Hij was op slag dood.'

Pine keek weer naar het graf en er viel een traan in het gras.

'In Savannah heetten we Mark en Sandra Douglas. We hebben daar jarenlang een kleine bloemenwinkel gehad. Dat had iets te maken met ons... leven. Ik heb de winkel nog steeds. Bloemen maken mensen gelukkig,' zei ze verdrietig.

'Maar ik begrijp het niet. Hoe wist Jack dat hij hiernaartoe moest komen?'

Julia keek naar Mercy en zei: 'Ik zag het FBI-bericht op de televisie. Over een meisje dat Rebecca Atkins heette, uit Crawfordville. Ik herkende de naam natuurlijk niet, maar zodra ik haar gezicht zag wist ik dat jij het was, Mercy.'

'Na al die jaren?' vroeg Mercy ongelovig.

'Ik ben je moeder. Dat waren dezelfde mooie ogen die ik zag op de dag waarop je werd geboren en in de zes jaar daarna. Het was hetzelfde prachtige haar dat ik miljoenen keren heb geborsteld, de neus waar ik ontelbare keren een zakdoek tegenaan heb gedrukt... Miljoenen dingen die alleen een moeder zou zien. Ik belde Jack. Tim had zijn nummer bewaard. Jack vertelde me iets van wat jou is overkomen, Mercy.' Haar ogen vulden zich opnieuw met tranen en haar fraaie gezicht betrok. 'Ik... Ik vind het zo erg.' Ze stapte naar voren en sloeg haar armen om Mercy heen.

Haar dochter verstijfde even en Pine, die aandachtig naar hen keek, wist niet wat ze kon verwachten. Maar toen sloeg Mercy haar armen om haar moeder heen en omhelsde haar ook.

Mercy zei: 'Jack heeft me vandaag een paar dingen verteld. Waarom je moest stoppen met mij te zoeken. Je... had zo te horen geen keus.'

Pine keek Lineberry geschrokken aan, maar hij keek alleen naar Julia en Mercy.

Julia Pine stapte ten slotte achteruit, keek naar haar andere dochter en sloeg haar lange armen om haar heen. Ze hielden elkaar trillend van emotie vast.

Blum, die zich een beetje afzijdig hield om de familie de ruimte te geven, keek naar het gras, terwijl de tranen over haar wangen stroomden.

Toen de vrouwen elkaar loslieten, zei Pine: 'In je brief aan Jack zei je dat je iets had ontdekt en dat iemand je geld gaf. Was die persoon Jacks vroegere verloofde, Linda Holden-Bryant? Ze had geld genoeg.'

'Jack zei al dat je een heel goede FBI-agent was, lieve schat,' zei Julia. 'Ja. Ik realiseerde me uiteindelijk dat Linda de enige was die mensen had kunnen vertellen waar wij ons verborgen hielden.' Julia streek Pine's haar uit haar ogen. 'Ik heb het grootste deel van dat geld gebruikt om voorzieningen te treffen voor je opleiding en je dagelijkse uitgaven. Het was laf om je in de steek te laten, maar ik dacht dat hoe dichter ik bij je was hoe gevaarlijker dat voor jou was. Ze hadden Tim bijna vermoord en het enige waar ik aan kon denken, was dat ze nog steeds vrij rondliepen. Als zij dachten dat Tim dood was en dat ik voorgoed was verdwenen, dacht ik dat ze wel zouden ophouden met zoeken. Ik heb me daarna ontelbare keren afgevraagd of ik wel de juiste beslissing had genomen. Ik heb lang overwogen je mee te nemen, maar je stond aan het begin van je leven en had al zoveel bereikt. Het laatste wat ik wilde doen, was je dwingen dat allemaal op te geven en je weer te verbergen. Dan zou ik je feitelijk vragen om helemaal geen leven te hebben.'

'Dat kan ik wel begrijpen. En... ik denk dat je de juiste beslissing hebt genomen.'

'Dan ben je een beter mens dan ik. Ik wilde elke dag contact met je opnemen, maar toen verstreken de maanden en de jaren, en verdween de moed die ik misschien had kunnen opbrengen. Je zou me moeten haten. Dat verdien ik.'

'Ik heb eindelijk mijn zus gevonden,' zei Pine. 'En jij hebt ons gevonden. Ik heb echt geen ruimte voor haat, mama.'

Julia glimlachte verdrietig. 'Was jullie vader hier maar om jullie te zien. Hij hield zoveel van jullie. Hij dacht zijn hele leven alleen maar aan zijn meisjes.'

Pine keek naar Jack en zei toen: 'Hij was een geweldige vader.'

Daarna keek Pine naar Blum en ze stelde haar voor aan haar moeder.

De vrouwen omhelsden elkaar en Julia zei: 'Jack heeft me verteld dat je een fantastische vriendin bent geweest voor Lee. Daar ben ik je heel dankbaar voor.'

'Ik ben degene die geluk heeft,' zei Blum.

Mercy zei: 'Ik móét het weten: waarom heb je me Mercy genoemd?'

'Omdat, lieve schat, jij de eerste was die geboren werd na twee dagen van gruwelijke weeën en een ruggenprik die me niet verdoofde. Dat was gewoon het eerste woord dat me te binnen schoot.'

Julia en Blum keken elkaar met een veelbetekenende blik aan.

Mercy glimlachte. 'Ja, dat kan ik denk ik wel begrijpen.'

Julia nam haar dochters bij de hand. 'Willen jullie mijn kleine bloemenwinkel zien? Die is zo dichtbij dat we er wel naartoe kunnen lopen.' Ze glimlachte. 'Het heet *Twin Pines*. Ik neem aan dat jullie wel begrijpen waarom hij zo heet.'

'Dat klinkt geweldig, mama,' zei Pine.
Mercy knikte. 'Ja, echt.'
'Carol en ik zien jullie daar straks wel,' zei Jack.
'Jullie mogen wel met ons meelopen, hoor,' zei Julia.
Blum zei met een geëmotioneerde glimlach: 'Nee, dit moeten jullie met z'n drieën doen, Julia. Om een heleboel redenen.' Daarna liep ze samen met Jack terug naar de SUV.
De drie vrouwen liepen naar het westen, waar de zon net onderging en de hemel in een prachtig rood en gouden licht doopte.
Langzaam liepen ze arm in arm in de richting van die schitterende gloed.

Dankwoord

Aan Michelle, eindelijk de waarheid over Mercy. Bedankt voor alle hulp met deze serie! Atlee zou jou kunnen zijn!

Aan Michael Pietsch, Ben Sevier, Elizabeth Kulhanek, Jonathan Valuckas, Matthew Ballast, Beth de Guzman, Anthony Goff, Rena Kornbluh, Karen Kosztolnyik, Brian McLendon, Albert Tang, Andy Dodds, Ivy Cheng, Joseph Benincase, Alexis Gilbert, Andrew Duncan, Bob Castillo, Kristen Lemire, Briana Loewen, Mark Steven Long, Thomas Louie, Rachael Kelly, Kirsiah McNamara, Nita Basu, Lisa Cahn, Megan Fitzpatrick, John Colucci, Alison Lazarus, Barry Broadhead, Martha Bucci, Rick Cobban, Ali Cutrone, Raylan Davis, Tracy Dowd, Melanie Freedman, Elizabeth Blue Guess, Linda Jamison, John Leary, John Lefler, Rachel Hairston, Tishana Knight, Jennifer Kosek, Suzanne Marx, Derek Meehan, Christopher Murphy, Donna Nopper, Rob Philpott, Barbara Slavin, Karen Torres, Rich Tullis, Mary Urban, Tracy Williams, Julie Hernandez, Laura Shepherd, Jeff Shay, Carla Stockalper, Ky'ron Fitzgerald, en iedereen bij Grand Central Publishing, omdat jullie alles voor me uit de kast halen.

Aan Aaron en Arleen Priest, Lucy Childs, Lisa Erbach Vance, Frances Jalet-Miller en Kristen Pini, omdat jullie mijn leven zoveel gemakkelijker maken.

Aan Mitch Hoffman, omdat je me dwingt steeds heel diep te graven.

Aan Anthony Forbes Watson, Jeremy Trevathan, Lucy Hale, Trisha Jackson, Alex Saunders, Sara Lloyd, Claire Evans, Sarah Arratoon, Laura Sherlock, Stuart Dwyer, Jonathan Atkins, Christine Jones, Leanne Williams, Andy Joannou, Charlotte Williams, Rebecca Kellaway en Neil Lang van Pan Macmillan, omdat jullie met elk boek meer je best doen.

Aan Praveen Naidoo en het perfecte team van Pan Macmillan in Australië. Als ik zie wat jullie daar voor mij hebben gedaan... dat is echt verbazingwekkend. Ik ben ontzettend dankbaar.

Aan Caspian Dennis en Sandy Violette, omdat jullie absoluut geweldig zijn in wat jullie doen.

En aan Kristen White en Michelle Butler, want zonder jullie zou het allemaal lang niet zo leuk zijn. En dan heb ik het niet alleen over het margarita-apparaat!